U0128318

潛園文錄

葉政欣 著

高雄復文圖書出版社

澹園文錄

國家圖書館出版品預行編目（CIP）資料

澹園文錄／葉政欣著. — 初版. — 高雄市：高雄復文，2022.11
面；公分
ISBN 978-986-376-252-2（平裝）

863.55　　111017123

著者・葉政欣
發行人・蘇清足
總編輯・蔡國彬
出版者・高雄復文圖書出版社
地址・802019高雄市苓雅區五福一路57號2樓之2
電話・07-2265267
傳真・07-2233073
劃撥帳號・41299514
臺北分公司・100003臺北市中正區重慶南路一段57號10樓之12
電話・02-29229075
傳真・02-29220464
法律顧問・林廷隆律師
電話・02-29658212

ISBN 978-986-376-252-2　初版一刷　2022年11月
定價・650元
版權所有，請勿翻印

行政院新聞局出版事業登記證局版台業字第1804號
本書如有破損、缺頁或倒裝，請寄回更換。
http://www.liwen.com.tw E-mail:liwen@liwen.com.tw

《澹園文錄》

——葉政欣著

【目次】

（序文依作者年齒為序次）

二、雜文類

三、附錄

黃永武教授《澹園文錄》序

葉政欣教授把過去發表過的文章，學術的，憶舊的，議論時事的，乃至家族祠堂的，匯成一巨冊，名為《澹園文錄》，他說：「以此代表自己為學進程走過的路，並以一路的足跡作為此生的紀念」。他要我為此《文錄》寫一篇序文，基於他與我交情甚深，他的要求，我是無可推辭的。

我與葉政欣一同負笈上學，又同為室友數年，先父看他亦親同兒輩，後又與我同事，我退休移民後，電訊仍常往還，交誼深於桃花潭水千尺了！所以應命寫序後，想著他平生治學，行事，志節與待人，必須抓準幾個綱領字來形容這位老友，想著想著，想起他一生的核心理念該是「志在春秋」四字。

他的著作偏重於《春秋左氏傳》與《史記》，這是狹義的「志在春秋」，其實從他一踏入中文系時，大陸上正逢「批孔揚秦」、「破四舊」的運動，他與我同樣懷著「為往聖繼絕學」的信念，堅信政治只興於一時，文化才垂諸千秋，我們一起專心讀經研史，為中華文化延續一線命脈而獻身，這已是廣義的「志在春秋」了。

他崇敬蔣公，認為蔣公領導抗戰，打敗日寇，光復台灣，解除各國對華的不平等條約，躋身世界四強之一。播遷台灣後，建設台灣，推行德政，為台灣人民帶來幸福，無論後來者視角立場如何不同，千秋歷史自有定評，由於他對國家興替的百年功過，了然於心，所以一再撰文為蔣公申張正義，甚至在葉家祠堂文中，告誡子子孫孫勿忘蔣公恩德，這也是「志在春秋」思維的具體表現。「志在春秋」四字，讓人想起民俗畫中的關公關雲長，畫他秉燭夜讀，手裏就執著一卷《春秋》，大凡忠義之人，志業雖各有鉅細的不一，但一脈正氣與思維模式乃是同一類型的。

他寫成功大學教過他的老師七、八位，一一傳揚老師們的名聲事蹟，意欲留之於校史，乃至於青史！看他任事的態度，也都尊重前任，愛護後任，他說：「辦系務工作或籌劃博士班，像接力賽跑，感謝前一棒奠定了基礎，鼓勵後一棒繼續努力」。凡事著眼於歷史的傳承，一個學系，一個國家，累積春秋，都會形成一條生生不息的歷史長河！

上過他《左傳》課的學生形容他：溫文儒雅。溫文和平的音調，有禮有節的應答，把《左傳》中彬彬有禮的態度，與言詞交鋒，機智應答的內涵，完全融入待人處世之中。這可真是「志在春秋」的精神昇華了。

我與政欣深交六十餘年，明白他有忠孝兩全的人品，又樂於成人之美，讀完這本《文錄》後，才知道他還有許多美德沒發現呢！憑添更多的欽佩！

黃永武寫於二〇二二年一月

陳金雄教授序

伉儷學海雙比翼　家庭志業兩圓融

一、學術志業　文錄風華

成大中文系葉政欣教授，編集《澹園文錄》即將付梓，囑余為序，殊覺榮幸！緣以彼此同鄉、同庚又同事，其學養人品，望重士林；此書呈現其學術慧命風華，誠可為子孫之精神遺產，後學之典範。

「立德、立功、立言」三不朽，為古今人生追求之崇高價值。現代人則於學涯、職涯奮力脫穎同儕，服務社會；追求「親情、愛情、友情、人情」四事之圓滿，父子師生棒棒遞接，薪火相傳，止於至善。《菜根譚》有云：「天地有萬古，此身不再得」。是以政治家、企業家、各領域學者，莫不於中、晚年有所撰述，公之於世，以展現自我、無忝所生。葉教授之編集此文錄，也寓有這種用意吧？

二、輝映前賢　洋洋大觀

有幸提前拜讀《澹園文錄》。澹者，恬靜寡欲也；此足以媲美明代思想家、文學家焦竑所著《澹園集》。焦竑為明代嘉靖、隆慶、萬曆三朝士林領袖之一，詩文收錄成書，為當代及後世所推重。葉教授治學行事風格，應符恬靜寡欲，動靜有節之意趣。文錄集結論著、雜文，及相關資料，洋洋大觀，後先輝映，彌足珍貴。

三、與筆者緣深情深　職場夥伴

回首民國七十（一九八一）年秋，筆者有幸，應夏漢民校長之聘，由教育部轉成大中文系任教，因而得緣與葉政欣教授共事，效力成大。筆者初期兼任總務長，奉命執行拆除光復校區東北角違建戶，並新建文學院館，現改為中文系館。復以同為二十八年次，今屆八四耄耋之齡，且為高雄市岡山、梓官區同鄉，四十餘載交誼迄今。

筆者又與葉夫人謝金美教授，過去數年同於台南大學（南師）「校友總會」分任理事長、秘書長，共同打拼發展會務，回饋母校。兩家彼此緣深情深，允為教育志業夥伴。

四、中文系友先驅　與異邦學術交流

葉教授係成大中文系五一級第三屆校友，台灣師大碩士；五四年返校任教，係首位系友返校任教者，於中文系學術薪傳，具指標性義涵。稍後又進修，得博士學位。專長領域為春秋左傳、尚書學、兩漢史學。教學、研究、行政服務各具優異績效。其間任教長達三十六年有餘，並兼任校長室秘書、中文系所主任、所長各三年。尤以熱心推動學術研討會議，籌辦業師重大壽慶，為文追思師長道範，為師友所仰重。

七十五年秋，成大與韓國光州「全南大學校」有約，兩校互派交換教授。中文系派葉教授前往韓國全南大學中文科教學一年，增進兩校學術交流及師生情誼，名揚異邦。

九十一年二月，葉教授公職榮退，為紀念萱堂鍾葉順女士，慨捐獎學金四十萬元，嘉惠中文系學子。隨而應聘南台科技大學通識中心教授，直至九十四年二月正式退休，學術職涯豐盈多彩。又長期熱心參加孔孟學會、古典文學學會等學術團體活動，傳習道業，樂此終身。

五、學海比翼　上庠眷侶

夫人謝金美教授，台南師範五二級普師科，成功大學中文系學士、高雄師大國文研究所碩士、博士，普考教育行政及格。曾任教母校虎山國小，台南啟聰學校小學部、中學部教師十餘年及台南師專、師院講師、副教授、教授二十二年，並曾兼任師院圖書館主任一年、館長四年，語文教育學系系主任前後六年。提前退休後又任教南台科技大學通識中心教授七年。自九十年八月自南師院退休後，即捐設「謝周桂花及謝朝生紀念

（雙親）獎學金」，至一〇八年累計已達四十一萬餘元，獎勵南大國語文學系清寒優秀生。又長期膺一〇八。任母校南大校友總會理事、秘書長、諮詢顧問，定期或參與重要活動，隨機熱心贊助，貢獻心力。

謝教授學術專著有：《古今書信研究》、《錢大昕之生平及其學術》、《崔東壁學述》等，及單篇論文多種。並編撰《應用文》上、下冊、《應用文》精簡本、《閱讀與寫作》等大專教科用書。又於志光教育科技出版社發行其《國文測驗題綜覽》，則為全國青年參加高普考、初等考試、三、四、五職等特考考試適用之參考書。約每年編印一冊，至今已出七冊。

六、恩師月老　杏壇佳話

賢伉儷之學術情緣，傳為杏壇佳話。原任教南師專與成大兩校之趙阿南資深教授的因緣撮合，洵為人間美事；兩造交往，情投意合，遂於五十五年三月締結連理；相濡以沫，鶼鰈情深，職涯同步建樹非凡。

七、教養有成　潭第增輝

伉儷培育兩位公子，教養有成。長公子耕柏，五十六年次，成大建築系，留美密西根大學安亞堡校區（Uni. of Michigan-Ann Arbor）建築學碩士，目前在高雄市開設葉耕柏建築師事務所，曾設計監造南大附小教學大樓、高市大義國中校園整體規劃、五甲民眾活動中心大樓等；長媳林秀珍，成功大學中文系，台灣師大碩士，高雄師大文學博士，任職正修科技大學副教授。長孫恆一，東海大學生命科學系大三；孫女恆安，道明中學高三。

次公子耕榕，台大工商管理系、商學研究所碩士，美國德州大學阿靈頓分校（University of Texas at Arlington）企管博士，曾任教中正大學，現任台南大學經營與管理學系副教授；次媳王鈿，台大經濟系、商學研究所碩士，德州大學阿靈頓分校企管博士，任職成功大學國際經營管理研究所副教授。孫女德琳，台南女中高三，次孫女德玫，後甲國中國三。闔府青少孫輩，學行優異，錦程遠景，自可預期。

八、霞光晚景　持盈多姿

賢伉儷終身致力教育志業，民國八十學年度，兩人同時分任成大中文系與南師院語教系之系主任，上庠輝映；教養兩公子傳薪有成，允為杏壇典範。伉儷注重家庭生活，旅遊觀光，保健養生，喜樂融融。經常帶領兒孫與親友，赴國內外旅遊，增長見聞，凝聚親情、友情。以中國大陸舉辦世界園藝博覽會，即曾參訪一九九九年昆明、二〇一九年北京，兩趟旅程，親友樂道。

至於保健養生，則擅長外丹功與太極拳；外丹功具教練授證，太極拳則為台南市太極拳協會資深會員，曾應邀崇學國小校慶示範表演。目前居家後甲國中校區北鄰東興公園旁，每晨與拳友在公園運動練拳，持恆不懈。謹藉此虔祝潭第騰芳，福壽無疆。是為序。

二〇二二年八月二十八日

陳怡良教授序

政欣兄將他發表過的單篇文章結集出版，囑身為成大中文系學弟，也是本系同仁的我，為其大著寫序，蒙其不棄，情面難辭，只有應允。對政欣兄出版的這本文錄，我如鯁在喉，以為值得為他高興與慶賀的理由，是：

一、自古以來，著述之眾，浩如煙海，但能流傳下來的，畢竟有限，正如清・曾國藩在〈聖哲畫像記〉一文中說：「吾讀班固《藝文志》，及馬氏《經籍考》，見其所列書目，叢雜猥多，作者姓氏，至於不可勝數，或昭昭於日月，或煙沒而無聞」、「為學著書之深淺同，而或傳或否，或名或不名，亦皆有命焉」。可見歷代著述者甚眾，但能流傳千古者，屈指可數，而政欣兄並不考慮其大著，是否能流傳後世，當然，這應是他有感於人生不能留白，才會有這本《文錄》的出版吧，平素心血灌溉的作品，能適時適地的公諸於世，這豈非是件令人感動與值得揄揚的事嗎？

二、清・張潮《幽夢影》說：「有功夫讀書謂之福」、「有學問著述謂之福」，張氏對「福」字的解讀，可謂卓識。以此兩言衡之政欣兄，則政欣兄可說是一位沉浸在幸福中的讀書人。因他是長期受過良好的正規教育，大學在成大中文系就讀，而後在師大取得碩、博士學位，受到不少博學鴻儒的培植，學有所成，並在本系任教數十年，今將其讀書、教學、研究的心得，與平素對某些世事的感想記錄，加以整理、結集，深信其《文錄》，對於研究者，或關懷世事者，不無裨益，對照上舉張潮的兩句名言，因而個人以此肯定，他該是一位最能體會幸福感的人了。

三、政欣兄專攻《左傳》，其實早在他於成大就讀時，即對「左傳」一門產生興趣，曾選修過趙阿南老師開授的「左傳」，以後攻讀博士，即以此門作為主要研究的課題，可說順水推舟，水到渠成，而獲豐碩的成果。《左傳》一書，詞句精簡，義蘊豐富，舉凡天象地文、禮樂征伐、制度考文之事，無不包羅，正是冶經史於一爐，其著述乃為闡發《春秋》大義而作。其特色，前人已屢有闡述，或謂其直書其事，兼述其義，與《春秋》互為表裡，釋《春秋》不書之義，或又謂作者左氏，假「君子」之名，以發議論，自申其義，讓後人啓心益智，可謂用心良苦。《左傳》自經學而言，確實是為闡發《春秋》大義而作，不過，實際就文學方面來說，其價值更不可估量，前人曾有所評，以為可列於古今絕藝者，如《莊子》的說理文，《左傳》的敘事文，屈原的韻文（按：即屈原的〈離騷〉等作品），可說已達古代文學的高峰，如是，則《左傳》在古代散文史的地位，可想而知。

而政欣兄專精者，是在《左傳》之經學方面，其實治經非易事，清．戴震曾在〈與是仲明論學書〉一文中說：「僕聞事於經學，蓋有三難：淹博難，識斷難，精審難」，誠哉是言。其中「淹博」已不易，何況是「識斷」、「精審」呢？不過在此方面，政欣兄卻有其高明的造詣，此處可舉出政欣兄在《文錄》中，所載的《左傳》「燭之武退秦師」一段，其中「以亂易整，不武」句的注解，一般均依晉．杜預的注釋，是以秦晉和釋「整」，兩國相攻釋「亂」，而政欣兄並不以為然，乃提出別解，是「用零亂的軍容，替代齊整，不威武」，有某學者提出異議，他隨即加以據理論辯，逐條駁正，可謂解析入微，詞理兼茂了。

而另收錄於《文錄》中，屬《史記》領域的兩篇：〈談《史記》「鴻門宴」—並澄清幾項誤解〉、〈論漢高祖劉邦：附論呂后並澄清若干誤解〉，均是他不人云亦云，針對疑點所做的研判、澄清，凡此不難看出他在「思」、「辨」工夫上之了得。

四、極為難能可貴的，是收錄在《文錄》中的兩篇：〈故鄉岡山後協里與我〉、〈岡山後協里舊居的改建與「葉氏祠堂」的設立〉，可說是地方文史的寶貴資料。前文敘述的，是岡山後協里成立的過程、變遷，以及周遭的人、事、物、文化等，並點出作者政欣兄，自出生、成長其間的種種歷程。寫來脈絡清晰，語言平實，文如其人，呈現出作者篤實敦厚的人格特質。文末，政欣兄特別舉出，他是在如此環境蘊育成長的人，長期的潛移默化，也育成了他「正直無私的秉性和與人為善的胸懷」，也賜給他「謙遜、識大體的見識」，使他「成為一個正直和善的人」，長期任教，對國家社會「付出一份心力」，並以「曾經是後協里的一份子為榮」。

而後文敘述的，是其「舊居的改建」，與「葉氏祠堂的設立」。除了敘述其舊居的改建過程，及設立「葉氏祠堂」的曲曲折折外，重要的是，言其意義所在，並語重心長的標示：「天下事得失之間，或許上天自有安排，上天畢竟是公平的」，表面上來看，似乎都在娓娓敘述他自家的事，實際卻無一不涉及人情，而這也是政欣兄的生命經驗，或許可以給人一番啟示。

有人說，生命如白駒過隙，瞬間消失，也有人說，人生如電光石火，一閃而逝，不問如何，生命短暫是為事實，為了不讓歲月虛度，不讓人生留下遺憾，我們讀書人，總可拿起文筆來揮灑、來點綴，不論是文學藝術，不論是學術技藝，只要有心耕耘，必能在自己興趣與專長的園地中，種出五彩繽紛的生命花朵來。政欣兄的這本《文錄》，是他愛惜光陰，與生命競走，並將其學術探討，與人生體驗的心得，留下精彩的記錄。最後個人願藉張潮《幽夢影》的名句，為其大著作為祝賀的獻禮：「著得一部新書，便是千秋大業」。是為序。

二〇二二年八月二十八日

張高評教授序

《春秋》《左氏》學三書讀後（代序）

民國六十八年前後，我在臺灣師大攻讀博士學位，論文題目為有關《左傳》之研究。曾專程前往成大，到勝利路校舍，拜謁葉老師，請教若干專業疑問，這是我們第一次見面。七十四年，我應聘到成大歷史語言研究所，次年改聘到中文系，從此有幸成為同事，方知老師為儒雅長者，謙謙君子。其後，老師榮膺中文系所主任，籌備成立博士班事宜，溫良誠懇待人，察納雅言處事，系務蒸蒸日上，已略具規模遠舉。八十年八月，四川大學主辦「國際宋代文化研討會」，偕同老師參加。得《全宋文》主編曾棗莊教授協助，以低於臺灣進口之書價，為系所添購大陸叢書一批。出遊在外，猶心繫公務，有如此者。

臺灣大學自傅斯年校長以來，《史記》與《左傳》專書，即持續列為大一國文之選修。成大中文系，則自創系主任施之勉教授以來，《史記》與《左傳》二書，亦薪火相傳，成為開授與研發的重點。其間，老師深受薰陶濡染，亦喜愛《史記》與《左傳》，知之好之樂之，作為開授治學、安身立命的志業。《左傳》，號稱大經，為探索古史的津梁，研治五經之鈐鍵。《史記》，則為紀傳體的始祖，史傳文學的開山，古文義法的典範。《左傳》十八萬餘言，《史記》五十五萬言，於傳統之經學史學中，深奧與宏富兼而有之。老師雅好《左》《史》，以之傳道授業、以之沉潛探究，其知難而進之魄力、始終如一之精神，為何如也？

最近，老師挑選已發表的單篇文章，二十餘篇；雜文，近二十篇，集印成書，題為《澹園文錄》（以下簡稱「文錄」）。澹園，取其清靜恬澹、自得自適之意，誠然為藹然長者之傳神寫照。《文錄》單篇論文二一，其中《左傳》十七篇，《史記》二篇，《左傳》為老師之專擅可知。由於相關專著，皆已出版發行，故《文錄》只選單篇論文及序文，自是難饜人意。其實，在經學方面，老師撰有三部大作：其一，《春秋左氏傳杜注釋例》；其二，《杜預及其春秋左氏學》；其三，《漢儒賈逵之春秋左氏學》，皆有關《春秋》《左氏》學之專著。我肄業臺灣師大國文所時，博士論文研究《左傳》之文學，治《左》之方向與途徑為辭章義法，初看似與老師之漢學考據南轅北轍。然而，最近六、七年，盡心致力探討《春秋》之微旨隱義，從屬辭比事之《春秋》教切入，以論證宋學之創造性詮釋。清皮錫瑞《南學會講義》稱：「漢學出自漢儒，人皆知之；漢學出自宋儒，人多不知。」夫然後知漢學與宋學相互依存，所謂百慮而一致，殊途而同歸。謂吾不信，請以《春秋》《左氏傳》之體例、義例言之。辨章學術，考證源流，乃知合之則雙美，離之則兩傷。論說舉例如下：

梳理《春秋》《左氏傳》之體例、義例者，如《春秋左氏傳杜注釋例》，申說杜氏之學，且闡明經傳之義。作例凡五，析分之，凡百七十例。其中，考述杜注釋經之例，凡四十六；杜注釋傳之例，凡四十二；杜注異漢儒說之例，十二；杜注引據群書釋春秋經傳之例，三十四；杜注訓詁之例，二十五。《杜預及其春秋左氏學》，則述評《春秋釋例》，凡四十二。《漢儒賈逵之春秋左氏學》〈序言〉稱：本文取賈逵《春秋左氏傳》之遺說，為之爬梳整理，「並依內容性質分為《春秋》義例、《左傳》義例、《左傳》文旨」云云。第二章〈關於春秋義例之闡釋〉，或綜釋全書之義例，或釋《春秋》書而示義，或釋《春秋》不書而示義，或闡明其事之原委，或闡釋經文之旨義。第三章關於《左傳》義例及文旨之闡釋，其中有闡明《左傳》之義例者，如釋傳言不稱不書之例、釋傳言「初」之例、釋傳稱「潰」「叛」之例、釋闕疑之例等。至於釋傳文之旨義者，凡二十八。說明其事之原委者，十五。釋傳文所專指者，二十一。老師《春秋》《左傳》之研究，主要在體例、義例之闡發，發凡起例之揭示。展卷研讀，可謂珠璣在眼，琳琅滿目。三部專著之完成，自是賈逵、杜預之千古知音，賈、杜《春秋》《左傳》學之大功臣。

上述三部專著，老師之研究成果，固展示《春秋》漢學實事求是之根柢，亦提供《春秋》宋學精微闡發之觸媒與利基。《四庫全書總目》〈經部總敘〉稱：經部所論次者，詁經之說而已。「自漢京以後垂二千年，詁經之學凡六變，「要其歸宿，則不過漢學、宋學兩家互為勝負。」且謂：漢學宋學，各有優劣，互有得失：「漢學具有根柢，講學者以淺陋輕之，不足服漢儒也。宋學具有精微，讀書者以空疏薄之，亦不足服宋儒也。消融門戶之見，而各取所長，則私心祛而公理出，公理出而經義明矣。」會通兼容《三傳》而研究之，為東漢鄭玄以下學人之共識。消融漢學宋學的門戶之見，各取所長，亦《四庫全書》館臣所喜聞樂見。我研治宋元明清近世之《春秋》學，雖醉心於宋學之創造性詮釋，唯研讀老師之《春秋左氏學》三部專著，其中發蹤指示，指點迷津，居然如指針導航，有助於乘筏登岸，甚至登堂入室，其稱心快意何似！

蓋漢學宋學之紛爭，起始於宋學之以義理闡發為主潮，然宋代尚同步運用漢唐注疏，不廢訓詁考據。朱熹集宋學之大成，為宋學之大家，堪稱宋學之典範人物。其治經論學，以校勘、訓詁、考據為能事，既精且博，錢穆推崇朱子之成就，謂絕不在清儒之下。誠如朱熹自云：「漢魏諸儒，正音讀、通訓詁、考制度、辨名物，其功博矣。學者苟不先涉其流，則亦何以用力於此？」清儒菲薄宋儒，目為空疏。唯朱子於斯學最稱擅場，成果可觀。嘗考《宋史・藝文志》，宋人於《五經》之箋疏集解為數不少，薈萃歷代經注而彙編為集解者亦多，更不乏搜集群經注釋之論著。觀此，知義理闡發於宋代雖蔚為理學主潮，然漢唐以來傳統之章句訓詁方法，並未揚棄偏廢。綜要而言，研究《春秋》宋學，當以漢學考據為前鋒，為利基，借鏡務實考據之成果，方可百尺竿頭更進一步，提出創造性之詮釋而不失誤。張之洞《書目答問》稱：「由小學入經學者，其經學可信；由經學入史學者，其史學可信；由經學、史學入理學者，其理學可信；以經學、史學兼詞章者，其詞章可用；以經學史學兼經濟者，其經濟成就遠大。」斯言有理。雖不能至，然心嚮往之。

清章學誠《文史通義．答客問上》稱：「《春秋》之義，昭乎筆削。筆削之義，不僅事具始末，文成規矩已也。以夫子『義則竊取』之旨觀之，……所以通古今之變，而成一家之言者，必有詳人之所略，異人之所同，重人之所輕，而忽人之所謹。」據此，或筆或削之書法，為因應忌諱敘事，乃一變為屬辭比事之《春秋》教，再變為詳略、異同、重輕、忽謹、先後、因變之史法，三變為曲直、顯晦、有無、虛實、忌諱、回護之義法。以葉老師所著《春秋左氏傳杜注釋例》〈杜注明春秋義例例〉言之，如無義例例、史不書策，經亦不書例、史略文例、史失之例、史闕文例等，因或筆或削而見史義，藉或書或不書而見史觀，皆杜預《春秋》學假或筆或削以昭示史義者。又如征伐主兵先書例、舉重略輕例、文同事異例等，猶詳略、異同、重輕、忽謹、先後、因變之書法，多經排比史事以彰顯史義。又如魯公薨凶變例、從告而書例、變文示義例、直書見失例、告辭略例、因史成文例、史異辭例、史特書例、所書非例例、史諱之例、省文例、闕文例等，皆是曲直、顯晦、有無、虛實、忌諱、回護之書法，多緣連屬辭文以見指義。或筆或削，因出於作者之獨斷與別裁，往往為自成一家之言所由生。

《春秋左氏傳杜注釋例》，〈杜注明左傳體例例〉一節，或明筆削昭義，如諸魯事傳釋不書，所以明孔子書經因史舊法例；史不書策，經亦不書，傳見其事以明之例；經無義例，傳但言其歸趨例；傳發凡言例，皆周公舊典禮經例；經無異文，傳備其事，案文足成例；侵伐經傳異文，經從告，傳言實例等體例，可見《左傳》與《春秋》之密切關係。《太平御覽》六百十引桓譚《新論》曰：「左氏經之與傳，猶衣之表裡，相待而成。有經而無傳，使聖人閉門思之，十年不能知也。」從左氏之筆削去取，以昭明《春秋》之體例史義，杜預《春秋注》居功甚偉。杜預《春秋經傳集解》，發明《左傳》之體例，或據比事顯義之書法。如傳所據非唯史策，兼采簡牘之記例；經無異文，傳備其事，案文足成例；經無正文，傳備其事，所以廣記備言，推尋經義例；侵伐經傳異文，經從告，傳言實例；傳先經以始事例；傳不必與經同年例；經不書，傳因他事而兼及之例；傳先事以張本例等。大抵排比編次經傳、裏外、有無、異同、先後、疑似之文獻，即可推求經旨與傳義。經傳之微辭隱義，杜預《春秋注》假屬辭以見義，往往有助於廓清疑似，規正迷誤。如傳用周正例、傳重言時、屬辭之宜例、傳略舉之例、傳誤文例、傳釋嫌例；賓主交讓得辭，傳言賓主以明之例；文異例同，傳重發以同之例等。凡此，杜預《注》多藉屬辭約文，以明旨義歸趣。錢鍾書《管錐編》稱：「《春秋》之書法，實即文章之修詞。」確實有見而言然。總而言之，或筆或削亦所以昭義，排比史事自可以顯義，所謂《春秋》書法者，其層面多方，不止屬辭見義而已。

《杜預及其春秋左氏學》一書，歸納杜預《春秋經傳集解》價值有四：一，為讀解

《春秋》《左傳》之基本參考資料；二，為鑽研《春秋》《左傳》學之津梁；三，為稽考漢代《春秋》《左傳》學之重要憑藉；四，為魏晉時期《春秋》《左傳》學之代表作。所謂參考、津梁、憑藉、代表云云，宏觀之視野，系統之思維，三言兩語，堪作斯學之明燈與指針。本書之重點，尤在述評杜預之《春秋釋例》（以下簡稱《釋例》）。《釋例》四十二，一一為之解說、駁正，檢討、論斷。解釋詳盡，評議公允，誠如〈自序〉所言：「有助於初學者研治斯學之參考，而為之借鏡。」研讀此書，獲得啟益者，何止初學？最近，我先後發表有關《春秋》宋學之論文，涉及體例、義例問題，主要參考杜預《春秋釋例》之原典文獻，觸類旁及《杜預及其春秋左氏學》之第四、第五章，述評《釋例》諸例要義；以及《賈逵春秋左傳遺說探究》之第二章、第三章，成為最值得倚重、可供觸發之相關資料。

本人撰寫論文與專著時，參考《釋例》及其述評者不少，例如〈鄭莊公稱雄天下與《左傳》之敘事義法〉，敘繻葛之戰，王卒大敗；〈論晉楚城濮之戰的敘事義法〉，敘城濮之戰，楚師敗績；〈《左傳．晉楚邲之戰》及其敘戰之義法〉，邲之戰，晉師敗績。上列諸什多參考《釋例》述評「戰敗例」。〈《春秋》曲筆書滅與《左傳》屬辭比事〉、〈《春秋》直書滅華與《左傳》資鑑之史觀——以直書華夏相滅、狄吳滅華為例〉、〈《春秋》直筆書滅與《左傳》以史傳經——以楚滅華夏為例〉、〈《春秋》「楚子入楚」與《左傳》——〈申叔時諫縣陳〉之解讀〉四篇，多參考《釋例》述評「滅取入例」。〈《春秋》五例與《左傳》之忌諱敘事〉，論叔孫僑如如齊逆女，參考《釋例》述評「內外君臣逆女」。筆者《左傳英華》專著，〈齊楚召陵之盟〉、〈晉侯假道于虞以伐虢〉、〈晉楚城濮之戰〉諸什，參考《釋例》述評「會盟朝聘例」、「侵伐襲例」。〈「魯桓公薨于齊」與《春秋》《左傳》之詮釋〉、〈《春秋》曲筆直書與《左傳》屬辭比事——以《春秋》書薨、不手弒而書弒為例〉二文，書隱公之弒，曰公薨；書桓公之弒，曰公薨于齊；許世子止進藥而藥殺其君，《春秋》書「許世子止弒其君買」；趙穿殺靈公於桃園，晉史董狐書「趙盾弒其君」。凡此，多參考《釋例》述評「崩薨卒例」。〈《左傳．齊連稱管至父弒襄公》之敘事義法〉、〈《春秋》曲筆直書與《左傳》屬辭比事——以《春秋》書薨、不手弒而書弒為例〉、〈從屬辭比事論《公羊傳》弒君之書法——《春秋》書法之修辭觀〉、《左傳英華．趙盾弒其君夷皋》四篇，參考《釋例》述評「書弒例」。〈《春秋》比事屬辭與《左傳．驪姬亂晉》之敘事義法〉一文，參考《釋例》述評「殺世子大夫例」。〈《左傳．秦晉韓之戰》及其敘事義法〉，戰于韓，獲晉侯，則參考《釋例》述評「執諸侯例」。凡此，多開卷有益，有觸發，得啓迪，有助於研究成果之補充與發展。

　　博士論文《賈逵春秋左傳遺說探究》，易十數寒暑之沉潛玩索，精益求精，乃刪正增訂成《漢儒賈逵之春秋左氏學》之專著。其中第二章〈關於春秋義例之闡釋〉，或綜釋全書之義例，七則。或純釋《春秋》書而示義者，二十八則；或單釋《春秋》不書而示義者，二十五則。又，第三章〈釋傳言不稱不書之例〉，一則，論或書或不書，可併入合論。賈逵說《春秋》，或闡明史事之原委者，十八則；第三章，亦有說明《左傳》史事之原委者，凡十五則，議題相近，亦併入合論。其他，賈逵遺說，有闡釋經文之旨義者，十八則，於此將詳說之。

案：或書，或不書，即或筆或削書法之異名。元趙汸《春秋屬辭．假筆削以行權》稱筆削：「以其所書，推見其所不書；以其所不書，推見其所書。」書與不書，互發其蘊，互顯其義。看似相反相對，其實相濟為用。清莊存與《春秋正辭．春秋正指》亦云：「《春秋》非記事之書，不書多於書。以所不書知所書，以所書知所不書。」尤其敘寫近代、現代、當代歷史，觸忌犯諱，動輒得咎處必多。為講究忌諱之敘事，主文而譎諫，使言之者無罪，聞之者無罪，於是或筆或削、或書或不書之《春秋》書法乃應運而生。明乎此理，可以破譯章學誠所謂「《春秋》之義，昭乎筆削」之書法命題。

賈逵之《春秋》學，有闡明其事之原委者，杜預《春秋經傳集解．序》稱：經者，不刊之書也。「故傳或先經以始事，或後經以終義，或依經以辯理，或錯經以合異。隨義而發。」《左氏》以史傳經，以「丘竊取之」之義為指歸，或先之、或後之、或依之、或錯之。孔子作《春秋》，比其事而屬其辭，以體現「丘竊取之」之義。左氏以歷史敘事解傳《春秋》經，與孔子纂修《春秋》之歷程無異。要之，原始要終，本末悉昭，為歷史敘事法之一。編次排比史事如此，可據以顯現史義、史觀，乃至於歷史哲學。由此觀之，賈逵之《春秋》《左氏》遺說，對於杜預自有沾溉與啟益。如提示《傳》先經以始事，先事以張本諸例，《春秋左氏傳杜注釋例》專書已作確切之呼應與演述。

《漢儒賈逵之春秋左氏學》專書，有闡釋《春秋》經文之旨義者，凡十八則。闡釋《左傳》傳文之旨義者，二十八則。以賈逵遺說為主體，再臚列諸家之言，經由對讀細究，比較論述，而作異同、是非、得失、短長之析分與案斷。文獻徵引堅實，考據所得自然可信。〈自序〉所謂輯賈注之佚文，申賈注之義蘊，辨賈杜之得失，論諸家之是非，析賈注之條例者，可於此中觀之。推求《春秋》、《左傳》之編纂旨義，向來為學者之志業。清章學誠《文史通義．言公上》稱：「孟子曰：『其事，齊桓、晉文；其文，則史；孔子自謂竊取其義焉耳。』載筆之士，有志《春秋》之業，固將惟義之求。其事與文，所以藉為存義之資也。」這段話的警策和亮點，在「其事與文，所以藉為存義之資也」二語。換言之，義，既然寓存於事與文之中，因此，史事之編比、辭文之連屬，皆可藉以推求旨義。另外，清顧棟高著《春秋大事表》，〈讀春秋偶筆〉引韓愈〈贈盧仝〉詩：「《春秋》三傳束高閣，獨抱遺經究終始。」且謂：「『究終始』三字最妙，此即比事屬辭之法。」始、微、積、漸，為歷史發展之必然規律，所謂前後、終始、本末。元程端學《春秋本義．通論》發現：「一事必有首尾，必合數十年之通而後見。或自春秋之始至中，中至終而總論之，正所謂屬辭比事。」因此，提出大屬辭比事、小屬辭比事之法。清張自超《春秋宗朱辨義．總論》亦稱：「凡所辨論，必反覆前後所書，比事以求其可通。」其弟子方苞，著《春秋通論．通例》亦云：「先儒褒貶之例，多不可通。以未嘗按全經之辭，而比其事耳。」由此觀之，有關《春秋》《左傳》之指義，求索之法門有四：一曰或筆或削以昭義，二曰依憑屬辭以見義，三曰假藉比事以顯義，四曰探究終始以通義。新近研討《春秋》宋學之詮釋法，發表三十餘篇論文，有一得之愚，因獻曝呈教如上。

第三章關於闡明《左傳》之義例者，或釋不稱不書之例，或明其事之原委，已併入前《春秋》義例之闡釋，合而論之，不贅。今選擇其餘二項：言「初」之例、稱「潰」「叛」之義例。討論如下：

賈逵說《左傳》屬辭，用「初」之義例，杜預與賈逵不同。而稱說「潰」「叛」之例，則依從杜預之說。如云：

> 《左傳．隱公元年》：「初，鄭武公娶于申。」賈逵曰：「凡言初者，隔其年後有禍福將終之，乃言初也。」案語引李貽德曰：「隔其年後有禍福者，謂間隔其初年之後，或禍或福。《傳》將終言禍福之事，乃曰初，以追敘事原也。」《正義》曰：「杜以為凡倒本其事者，皆言初也。」（《漢儒賈逵之春秋左氏學》，頁二三三）

> 《左傳．文公三年》：「凡民逃其上曰潰。」賈逵遺說謂：「舉國曰潰，一邑曰叛。」杜預《注》：「在眾曰潰，在上曰逃。」（《漢儒賈逵之春秋左氏學》，頁二三四）

《左傳》屬辭，關於用「初」之義例，經由臚列對讀，比較研析，案語遂謂：「賈說蓋以往年之事原爲主而言之，故曰隔其年後有禍福將終之。杜說則以眼前事爲主，而追敘往年相關之事，故曰倒本其事。言雖不同，其實一也。」論斷異同，洞徹明白如此。討論賈逵稱說「潰」「叛」之義例，則引僖公四年《公羊傳》，指為賈逵所本。又旁徵博引洪亮吉《春秋左傳詁》卷九、劉文淇《春秋左氏傳舊注疏證》文公三年，終引孔穎達《左傳正義》之說，論斷賈逵釋例之不安。因此，權衡二說，當以杜義為長。對於《春秋》與《左傳》之體例義例，藉由賈逵遺說，推闡盡致，大抵如此。全書之考據論說，由此可見一斑。

清咸豐初年，張應昌纂集歷代有關體例、義例之文獻，以比事屬辭為視點，完成《春秋屬辭辨例編》六十卷煌煌鉅著，付梓流傳，後收入《續修四庫全書》中。其書卷二十三，載錄《春秋》書潰、書救、書次、書至、書追、書克、書殲、書平諸義例。卷三十，載錄《春秋》書出奔、書孫、書叛。卷三十一，載錄《春秋》書立、書納、書入、書歸。卷三十二，載錄書弒君；卷三十三，載錄書殺；卷三十四，載錄書執；卷三十七，載錄書即位之義例。卷五十八，纂集歷代論《春秋》書初、書大、書遂、書猶、書其、書于、書且、書乃、書而、書以、書與、書及之義例。探索這些義例之原委虛實，正可規劃為一大研究課題。

上述《春秋》學之義例文獻，包括杜預《左傳》解經的核心概念，所謂《左傳》五十凡例，或看作訓詁學之素材，或視為修辭學之佐助，似是而非，皆非確解。當回歸本初，正名為《春秋》《左氏傳》，及《公羊傳》《穀梁傳》之義例。何謂義例？宋胡安國《春秋傳·明類例》云：「《春秋》之文，有事同則詞同者，後人因謂之例。然有事同而詞異，則其例變矣！」《春秋》成書，是否有例？《三傳》解經而生發之凡例、義例，是否確切可靠？古往今來，眾說紛紜，莫衷一是。葉老師研究賈逵、杜預揭示之義例體例，其複雜疑似，三部研究成果已作若干展示。《朱子語類》〈易三·綱領下〉稱：「《春秋》以形而下者，說上那形而上者去。」指義、經義、史義，為「丘竊取之」者，乃形而上者也；凡例義例，則為形而下者，為屬辭比事歸納所得。持凡例義例，以檢驗《春秋》與《三傳》，是否名實相符，了無例外？標榜義理之宋學，與注重考證信據之漢學，必須進行學術聯姻，交叉研究，千古疑惑才可望破解。由此觀之，宋學之義理闡發與漢學之考據並非水火不容，可以兼顧並治，不必楚河漢界，不相往來。漢學宋學，不過治學方法不同而已，難分軒輊。清人所謂「訓詁明，則義理明」，苟昧於名物訓詁，義理闡發又何能順理成章，精當服人？

《澹園文錄》出版有日，撰文如上，聊表祝賀之意。同時，趁機溫習老師《春秋》《左氏》學三書，且誌心得，權作呈教之讀書報告。或許見仁見智，觀點不同，亦曰各言爾志而已。

民國一一一年十一月一日　張高評序于鹽水溪畔

江建俊教授序

順中以為常——為《澹園文錄》出版獻一言

葉政欣老師近將其發表於學術刊物之論文及報章之雜論，董理編次，輯為《澹園文錄》，即將付梓，囑為一言以誌之。建俊當下婉言不敢接受，師謂，我的老師輩已泰半作古，或已老邁不能為文，直言已商請幾位同仁為之，不必自謙，可就所知彼此情誼及印象為言，不必專談學術，無已，以師命不可違，乃愧然援筆。

感謝系中師長之提攜鼓勵，使建俊得有回母系任教的機會，今吾師又不棄生之譾陋，以明道治學為立場，謹先陳吾師在經史學之耕耘。師先在師大國研所完成《春秋左氏傳杜注釋例》之碩士論文，其後又成《杜預及其春秋左氏學》一書，專研杜氏之學，博採眾家，循正去異，探討春秋筆法。精思「春秋義例」，乃經國常制，推變例以正褒貶，由此允推《左傳》為解《春秋》的正宗。論述縝密，文質辨洽。師應聘成大中文系任教，開授「左傳」、「國學導讀」、「史記」等課，其間又入師大博士班攻讀，因杜預《集解》有祖述賈逵、服虔，且時出不同意見，其後學者每援賈逵、服虔說以駁杜氏，因而吾師乃完成《賈逵春秋左傳遺說探究》博士論文，斠論賈、杜二家義理之差異，對「春秋左氏學」有全面的照察，其中涉及注疏者的家學、家風及其治學方法，對漢晉經學傳承的異變，與時代思潮、政治環境的密切關係多所掘發，體大思精、條分縷析，不可多得。

吾師又從事《史記》的研究。許多學界爭論不已之議題，如澄清歷來對「鴻門宴」之誤解，並申論項羽、劉邦之成敗得失，及呂后亂政等《史記》疑義；另如「《左傳》『以亂易整，不武』義，吾師指出「不武」指軍容言，「不武」的比重不如不仁、不智，杜預注將「不武」與不智混同解釋等新義，與師大國文系李鍌教授往來析辯，互相商榷，使疑義獲得貞定。《文心．史論》有言：「舉得失以表黜陟，徵存亡以標勸戒」，是以片言隻字多存褒貶，因用言居正，特具史德、史識，又承宗經徵聖之統緒，遂得史傳體之矩矱。尋此以針砭時事、臧否得失，直道而言。其所持之立場，皆就中華文化之「道統」血脈，念茲在茲於文化慧命之賡續，及懷抱憂國淑世之襟懷。

其後老師主持中文系所務工作，因其畢業於本系第三屆，得見創系之宗旨，後入師大國文研究所攻讀碩士、博士，吸收了師大國文系所之精華，回頭對母系之興革與發展，早已成竹在胸，故每能取法乎上，銳意改革，如延攬優良師資，開設新課程，以滿足學生需要；舉辦大型研討會，多與海內外著名大學及學術研究機構交流，邀請學有專精之學者到系作專題演講，獎勵學術研究，追求卓越，注重教學績效，活絡系友會功能，以協助推展本系的相關活動，並凝聚系友的向心力。八十學年度，原有歷史語言研究所中文組與歷史組分家，另成立中國文學研究所碩士班，老師成為首任所長，就原有基礎，苦心擘劃，使所務蒸蒸日上，呈現一股蓬勃之新氣象，其遠規宏謨，對後來系所務之推展，奠下堅實的基礎。

葉老師平素甚重養生之道，多收集有關健康醫療良方，及專家之養生治療資訊，加以歸類比勘，擇其精者，匯集成冊，以贈送親朋，嘉惠於知交舊友。他早先即習外丹功，後又習太極拳及刀劍，退休後，更精進勤習。平素樂與人為善，凡有請益，無不熱心相授，都見長者氣象。

吾師頗具勝情，喜優游名山勝水，退休後更得一遂周遊列國以尋幽探勝及觀風採俗之願，是以每偕師母遍遊歐美及亞澳各國名勝，尤其足跡踏遍全大陸，有如司馬遷二十歲之壯遊南北。其履賢哲之行跡，發思古之幽情，攬日月山川之佳勝，聽泉流之潺湲，神與物遊，得濠梁之逸興，以澄懷味象而神超形越。又寄情玄遠，提昇了審美的眼光，山林皐壤，使其欣然樂與，臻乎仁智之境，無形中也開闊了視野，使其生命情調愈見寬厚純如。此老師性情謙和，熙熙然與物為春，愈見其儒雅之內在涵養，已臻化境。

故讀老師學術之作，涵詠其史識、史德，謦欬其「尊德性」、「道問學」之器識修為，仰尊其太極拳、外丹功之造境，得見老師生命情態之雍容、恬淡寡欲。其與師母謝金美教授相知相敬，教子有方，長子耕柏習建築，留學美國密西根大學得建築碩士，為高雄開業建築師，長媳任教大學。次子耕榕及次媳皆獲美國德州大學阿靈頓分校之博士學位，目前同任教於國內國立大學，一門有五位博士，同為大學教授，表現傑出，誠為幸福家庭之楷模，此乃得自嚴謹之家教，亦由其「順中以為常」的操持，以「中道」為應世之原則，故不激矯，不躁進，直道而行，乃蹈乎大義之方。

民國五十八年建俊修習老師開授《左傳》一課，深賞其旁徵博引各家義，將春秋時代影響局勢的幾大戰役，如崤之戰、城濮之戰、泌之戰、鄢陵之戰等，先分析其主客觀環境，進而述及鏖戰始末，從而商略成敗得失，揆其影響，層層剖析，敷陳疑滯，辭理兼至，不疾不徐，卻啟人思致。此為生輩進入史學領域啟蒙，其後吾又旁聽台大傅樂成老師之「秦漢史」，逯耀東老師之「魏晉南北朝史」，及黎東方博士的「歷史哲學」，及細讀杜維運的《史學方法論》，始略窺史學之門徑，為日後治魏晉學術思想奠下基礎，此建俊授課時每援史以證諸子之學說，也為魏晉玄學與史學的密切關係有較深刻的理會，此皆拜葉老師啟蒙之賜。今得重溫老師專著之外的雜論，尋「載道」之核心精神，乃能切入其思想理念，又珍視其歷史情懷，始得體現吾師身上保有中國「士」階層關懷國計民生的至大至剛之氣象，也才能解讀並證成其君子坦蕩蕩，泰而不驕、不憂不懼之行止。謹呈以上雜言，實對吾師學行之尊仰，所抉一二聞見之所感，其可不可，尚請吾師定正之。

生　江建俊謹序。

二〇二二年七月十一日

王偉勇教授序

葉政欣教授《澹園文錄》（以下簡稱《文錄》）即將付梓，得知消息，曷勝期待！葉教授與我，亦師亦友，於其書其人，自當鄭重引薦，以饗讀者。《文錄》計收學術論著、雜文兩大類，另將平日師友互動之文字、賀聯、書畫墨寶及照片，彙為「附錄」，精彩可見！

葉教授專攻《春秋》經、傳，尤著力於《左傳》；我則探究詞學，於其經學造詣，實無容置喙。然葉教授與我，自民國八十七年五月起，至九十三年七月止，同時受聘為國立編譯館高中國文教科書審查委員，幾乎每週開會，凡六寒暑，於其學養欽仰已久。記憶尤深者，當時初開放民編教科書，參與之書局多達十家，每家編選《左傳》教材時，幾乎都選入〈秦晉殽之戰〉一文；且因幼獅文化事業公司印行之《國文選》已收錄該文，因之諸多說解皆被各書局採用。該文凡標四目：燭之武退秦師、蹇叔哭師、秦師入滑、晉敗秦師於殽；此中魯僖公三十年，九月甲午「燭之武退秦師」之末段，解說均依杜預注的說法，葉教授則認為不妥，茲先引錄如次：

子犯請擊之，公曰：「不可，微夫人之力不及此。因人之力而敝之，不仁；失其所與，不知；以亂易整，不武。吾其還也！」亦去之。

文中「以亂易整，不武」句，各書局皆釋為：「秦、晉本和整而來，今還以相攻，是以亂易整也，雖勝，何武之有？」亦即「以分裂代替團結，何武之有？晉攻秦為亂，秦、晉和為整。」葉教授認為這樣解釋是沿襲杜預注將不智不武二者混同解釋的錯誤，如「以分裂代替團結」是解釋不知（智）」，「以亂易整」是說不武，不能混淆，全段應解釋為：

晉文公說：不可以。如攻擊秦軍，將成忘恩負義，是不仁；失去友軍，變友為敵，是不智；成軍出征，軍容整齊雄壯，如擊秦軍，軍容將零亂不整，就不威武了。

顯然，葉教授的新解，順理成章；舊說雖有所據，但以融通的視野，看待主、客觀立場，葉教授之見解，確乎合情合理！以此類推，《文錄》所錄近二十篇有關《春秋》經傳研究之論文，必是葉教授數十年研讀心得之總呈顯，值得讀者好好細讀挖掘，俾見「匠心」所在。

至於「雜文類」，無疑是葉教授日常行誼之紀錄；從這些紀錄，我們還可以發現他真是有情有義、忠孝兩全的人。而我從工作夥伴到「系上同仁」，相處日久，更深深體會到他還是熱心助人的謙謙君子，寡言吉人。

我是民國九十年八月，離開東吳大學，南下成功大學任教。葉教授則是於九十一年元月，以服務三十六年有半的年資，自成大中文系提前三年退休。兩人在系上交集的時間只有半年，此期間，無論公、私事務，葉教授都給予許多的協助引領，讓我很快地熟悉、融入這個新環境。九十四年八月，承蒙同仁厚愛、校長勾選，讓我承擔系主任工作，倍感責任重大！上任第二天，翻閱系上簡介，赫然發現成大中文系「創立於民國四十五年」，迄九十五年，適逢五十週年。走過五十週年的歷史，該不該慶祝？該如何慶祝？越想越感到惶恐不安！

於是，積極向前輩及各屆師友請教，葉教授當然是我移樽就教的師長之一，更是《國立成功大學中國文學系創系五十週年紀念專刊》的重要推手。該專刊包括：本系五十週年大事記、現況簡介、本系教授出任院長專訪、五位系主任專訪、懷思與追憶、系友專訪、鳳凰樹文學獎暨鳳凰劇展專題報導等單元，葉教授除親自撰寫〈杜學知先生的生平及學術成就〉、〈一個成大「中文系人」的回顧〉兩文，還有一篇由學生撰寫〈謙謙君子風，隨緣且盡心——葉政欣教授專訪〉一文，是專訪稿，採錄葉教授八十至八十二學年擔任系主任期間，重要的系務措施。

以上這些文章，都收入《文錄》，但有些用來稱頌葉教授標題文字，葉教授都客氣地予以保留，正可以印證他一向謙虛的素養。也因此我仍要藉此提三件事，稱頌他的貢獻：

其一，葉教授退休那年，為紀念母親，特捐贈新臺幣四十萬元，設置「鍾葉順女士獎學金」，用來獎勵成大中文系大學部學生；九十五年，中文系五十週年系慶，又捐了新臺幣十萬元，供系上運用，真可謂慷慨捐輸，嘉惠學子，功在學系。

其二，葉教授擔任系主任期間，創刊《成大中文學報》及《雲漢學刊》，前者迄今仍名列科技部評比臺灣中文學門核心期刊之一級期刊（THCI core），大大提升成大中文系之學術地位；後者則造福碩、博士生有了論文投稿的園地，並建構研究生與他校切磋交流的平臺。

其三，葉教授恆以「史觀」之視野，看待走過的歲月。如六年高中國文教科書之審查工作，委員幾度更迭，葉教授卻能如數家珍，一一記錄，詳參〈懷念張子良學兄〉一文。次如這本《文錄》的整理，類歸之後，也以時間為主軸，予以彙整。再如成大中文為五十週年系慶編輯專刊時，也賴葉教授等師長口述筆書，始得完整呈現系史。孟子曾道：「所謂故國者，非謂有喬木之謂也，有世臣之謂也。」成大中文系何其慶幸，有這麼一群「老教授」關注這個大家庭！

除了對家庭、對朋友、對學系的關心，葉教授對國事的關心，也教人肅然起敬！〈「中正紀念堂」不應當被廢棄〉一文，可資印證。該文寫於九十七年陳水扁政府執政，炒作撤除「紀念堂」之際，葉教授獨「一士諤諤」，撰成此文，客觀中肯的評價蔣介石對臺灣的貢獻，並語重心長地說道：

可惜今天年輕一輩的人，受到政治人物不當言論的影響，不知珍愛它，眼看著就要把它拋棄，這固然讓蔣先生受到委屈，但我相信數十年乃至百年之後，共黨的陰霾終將過去，那時國人為感念他的功業，會在南京修建一座比臺北的紀念堂更宏偉壯觀的建築來紀念他。相信能知鑑歷史的人會認同我的這番判斷。

一轉眼，十四年過去了，炒作撤除「紀念堂」的人，竟因貪得無厭成了階下囚；臺灣的處境在自稱「轉型正義」的人執政下，更安全壯大了嗎？且由讀者自行去感受！無論如何，葉教授在當時氛圍下，仍秉「春秋」之筆，寫出他的「史觀」，至今讀之，依然擲地有聲！

其實，認識葉教授的人都知道，他是善於傾聽的人；無論開會、聚餐，總是沉默寡言，但「時而後言，人不厭其言」！而且熱心助人，不求回饋；皮裡陽秋，是非了然！今自居「澹」泊之「園」，寧靜自適；又擬彙集論著、雜文，金針度人。我身為晚輩，既先睹為快，爰綴數語，明其志行；至其學術成就，領域不同，不敢妄贊一詞，端賴高明予以揭揚。是為序！

國立成功大學名譽教授王偉勇撰

二〇二二年八月一日

自序

我最近擬將過去發表過的單篇文章，集印成書，作為此生的紀念。檢點篋笥，除專著數種外，僅二十餘篇而已，加上可資紀念的雜文近二十篇，勉可成冊，即以之付印。題為《澹園文錄》，取其與我恬澹自適個性相近之意，聊誌自己一生走過的痕跡而已。

書中第一類學術性的文字，以春秋左傳的篇章較多，其次為史記，及一篇參加日本「二松學舍大學」研討會有關漢字運用與華文教學的論文，和一篇南華大學黃永武教授學術研討會的半篇「專題報告」；第二雜文類十八篇雜文，都是我生平為相關的人事物所寫的篇章，還包括故鄉和祭祖的事；第三類附錄，附載幾篇師友相關文章及一些較具紀念性的墨寶、對聯、相片等。末附政欣及家人簡單大事年表，便於查閱。

我於民國廿八年（一九三九），出生在臺灣省高雄縣岡山鎮（今高雄市岡山區）後協里，當時尚屬日本國殖民臺灣時期。到卅四年（一九四五）十月，二次大戰結束，臺灣回歸祖國。次年，我八歲入國民小學就讀，得以接受本國教育，隨後一路升學初中、高中、大學，乃至研究所，完成完整教育。尤其大學進入中國文學系學習，接受中國文學專業訓練，得到中國文化薰陶。繼又進中國文學研究所深造，獲得高學位，奠定了我一生從事高等教育工作的基礎。

回顧上述整個學習過程中，至少可以見證兩件事情：其一是我慶幸自己雖出生在仍是日本殖民地時期的台灣，而能因很快台灣光復而有接受完整的祖國教育的機會，得以深通中國文史學識，沐浴在中國中道文化的環境中，是我深感幸運和榮耀的。其二是在我整個就學過程中，從小學、中學到大學、研究所，所遇到的教師中，幾乎有九成以上是來自大陸各省市籍的老師，尤其是大學和研究所階段，更是青一色的大陸籍學有專精的學者。

這主要原因當然是國家的改變，而日本殖民台灣時期的殖民政策，沒有重視發展台灣的中高等教育，沒有重視培養足夠的本地高級知識人才，也是重要的原因。而民國三十八年（一九四九）大陸撤守，整個中央政府遷台，許多政府各級官員、文化藝術界、企業界、商界人士，以及學界菁英高級知識分子大量來台，填補了這一空缺，也提供了這一需要。由於日本的殖民政策，在許多地方限制了台灣的發展。因此，在中央政府遷台之前，台灣的文化水準及各種產業發展是相對落後的。這一群為數超過兩百萬人來自大陸的人士，也包括各級軍人及百姓，隨蔣公來到台灣，和台灣同胞共同努力，把他們的能力貢獻給台灣，使台灣的一切均脫胎換骨，大大加速了台灣各方面的進步，國力也獲得大大的提升。這也是幾十年來，台灣以彈丸之地得以抗拒大陸的原因。當初國民政府整個播遷來台，對整個國家來說是大不幸，但對台灣則是千載難逢的機遇。回顧這段歷史，令人感慨萬千。

幾十年來，我一直生活在台灣，對台灣的一切，應有切身的體會。我於民國五十四年（一九六五）秋，開始任教於成功大學中國文學系，擔任一般文史課程，並兼了幾年秘書工作。擔任課程中以《左傳》和《史記》兩種專書時間較長，研究和閱讀範圍也以這兩方面為多。《左傳》與《史記》這兩本典籍，兩千多年來的發展，累積了豐厚的學術成果，供後人學習和運用。我接觸時間既久，故凡有論述，也以這方面的為多。而我研究春秋左傳，著重杜預與賈逵兩家之學，漢儒賈逵是漢代春秋左傳學的大家，可惜他的著作已全部失傳，透過後人輯佚，得以將他僅存的遺說，取與晉儒杜預說較論其得失。繼又探討杜氏《春秋經傳集解》一書的內容要義及其《春秋釋例》的得失，所作論述，雖乏真知灼見，亦庶幾可供後學參考。至於《史記》的研究，則側重人物的興替，行事的得失及對政局的影響等方面，尤其秦末楚漢之際的人物行事，瞭解亦較為深刻。

我教學及研究的方向，側重於史部之學。課餘閱讀興趣漸廣，舉凡中外戰史、國際現勢、兩岸關係等方面的文字，均喜瀏覽，旁及兩岸近代人物事跡、兩岸發展現勢、中共內幕訊息等，如京夫子所寫的《血色京畿》一書，均喜閱讀，故對當前兩岸及國家情勢發展良窳的認知，亦能成竹在胸。早些年，常看湖北籍立法委員胡秋原先生的文章，胡先生學貫中西，長於歷史與哲學，具有中國知識份子的素養和愛國心，常有長篇大論，在《中華雜誌》上發表，是我課餘所喜歡看的。《中華雜誌》月刊，是胡先生所創辦，我長期訂閱，深得其益。他也是中俄共問題專家，他寫了〈蔣總統論〉等多篇權威性的評論文章，評論近現代中國重要的政治人物，能秉持一個具有傳統中國文化素養的知識份子的見解，持論中肯，值得敬佩。胡氏所著《中國古代文化與中國知識份子》一書，出版於台灣風雨飄搖的四十年代，藉倡導中國文化和歷代中國知識份子所表現精神，鼓舞士氣。他以在野力量配合政府政策，安定人心，著有貢獻。近年以來，兩位院長級的前輩，王作榮先生談經濟、法制，錢復先生談外交，政論家聯合報的黃年先生談兩岸關係和未來，均具卓識，為政欣所服膺。

我閱讀歷史，深知戰亂的可怕，幾十年來，身處台灣，未受戰亂波及，生活安定，自認非常幸運。其實，台灣的安定發展，得力於兩蔣時期政府的勵精圖治，和民間的配合，發展迅速，奠下了堅實的基礎。人文及經濟方面的發展，尤為凸出，人民生活安和樂利，為舉世所欽佩。可惜後繼者守成而已，不能把握國家發展的正確方向續有作為，至今三十餘年，雖兩蔣餘蔭猶在，尚能勉強維持安定局面，然已逐漸走到關鍵的十字路口。而國際情勢不斷變化，大陸發展也進步神速，迅速崛起，而台灣反共的形勢也明顯轉變。現在兩岸差距越來越大。在大陸積極追求兩岸統一的情勢下，台灣如何因應，無疑是重中之重。未來兩岸如能走向以談判解決問題，避免戰端，將對兩岸及人民有利，對中華全民族未來的發展有利。未來究竟要往何處去？端賴今後兩岸主政者的操持領導，和兩岸全體知識份子的良知覺悟，可不慎哉！

我任教大學四十年，上過課的學生少說也有幾千人，課堂上除了傳授知識以外，當然也會把我的人生經驗及各種道理告訴學生，使學生獲得益處。同時，我也當過導師兼過行政工作，也算為教育的發展，付出一份心力，為國家社會的進步盡了一點責任。我在「故鄉與我」一文中說，故鄉居民質樸踏實，和平互助，培養了我平易坦誠的個性，從小接受本國教育，得到中國文化的薰陶，育成了我正直無私的秉性和與人為善的胸懷。這些自述成長的說法，雖有自誇之嫌，但我也始終堅持此一信念，自我約束，不敢懈怠，期能實現而已。

經過一番努力，這本《文錄》即將編成付印。在這裡要特別感謝黃永武教授等幾位為本書寫序的好朋友，和題簽的黃宗義教授，有了他們的大作，可以為本《文錄》增色不少。還有協助出版出力的麗文文化公司，也一併致謝。葉欣政謹序。

民國一一一年（二〇二二）八月三十日

一、學術論著類

《春秋左氏傳杜注釋例》序

《春秋左氏傳》自漢初北平侯張蒼獻之祕府，儒林重之，雖立學之日甚暫，而傳世不絕。其以左氏學名家者，前漢則有賈誼、尹咸、劉歆，後漢則有鄭眾、賈逵、馬融、許淑、穎容、服虔等，而賈、服二家，尤見重於時。顧諸儒之說，多未能錯綜經文，以盡其變，而於丘明之《傳》，亦未盡篤守，間有取《公羊》、《穀梁》為釋而與他例違異者，方鑿圓柄，轉相牴牾，猶未臻至善也。晉儒杜預，稟其天縱之資，既恢宏於事功，復耽樂於左氏，其時去漢未遠，漢儒之書具在，預以其瑜瑕互見，未能宏深，乃探原竟委，舍短取長，專修丘明之《傳》以釋《經》，然後筆削大義，昭然若揭。《晉書》稱，預自平吳後，從容無事，乃著《集解》，又參考眾家《譜第》，謂之《釋例》，又作《盟會圖》、《春秋長曆》，備成一家之學，比老乃成，其用力之勤，可以概見矣。

先是，賈、服之書行於魏世，杜氏又作《經傳集解》，服、杜《注》乃具立於國學，後學者或宗服說或傳杜義，遞相祖述，流派遂分，《北史》所謂江左《左傳》則杜元凱，河洛《左傳》則服子慎是也。及唐孔穎達等作《正義》，專主杜氏一家，為之疏證，杜義益顯，至是諸家之說寖微，而杜書巍然獨存，非偶然也。

逮乎有清，為之補注者多家，並有可取，已足補其闕略，而駁之者或謂其專輒，或詆其徇私，幾欲並其書而棄之，實則杜氏之說，多存古義，雖微疵片瑕，容或不免，然其有功於左氏，固非一曲之見者所可污誣也。今撰《杜注釋例》，以申杜氏之學而明經傳之義，作例凡五，析分之，凡百七十例云。

中華民國五十三年歲次甲辰夏五月十日

葉政欣謹識於臺灣省立師範大學國文研究所

杜預與《春秋經傳集解》

一、前言

《春秋經》出於孔子的創作，歷來學者沒有異辭。孔子作《春秋》的用意，《孟子》和《史記》二書有扼要的述說。《孟子．滕文公》下篇說：

「世衰道微，邪說暴行有作，臣弒其君者有之，子弒其父者有之。孔子懼，作《春秋》。」

司馬遷《史記．自序》也說：

「周道衰廢，孔子為魯司寇，諸侯害之，大夫壅之。孔子知言之不用，道之不行也，是非二百四十二年之中，以為天下儀表。貶天子，退諸侯，討大夫，以達王事而已矣。……夫《春秋》上明三王之道，下辨人事之紀，別嫌疑，明是非，定猶豫，善善惡惡，賢賢賤不孝，存亡國，繼絕世，補敝起廢，王道之大者也。」

蓋周室東遷以後，王道衰替，綱紀墮廢。孔子生逢其時，本有起而重振綱紀的抱負，但環境不允許他有所作為。不得已採取春秋二百四十二年的史實，筆削之，損益之，「上明三王之道，下辨人事之紀」，藉以達到恢復周道的目的；可謂用心良苦，胸懷遠大。孟子說：「孔子成《春秋》，而亂臣賊子懼」，足見他這一「補敝起廢」的工作，曾經發生了效果。

至於孔子作《春秋》，所根據的史料，和傳授《春秋》的情形，以及在左丘明為《春秋》作《傳》的由來。《史記》和《漢書》也有明確的記載。《史記·十二諸侯年表》說：

「孔子西觀周室，論史記舊聞，興於魯而次《春秋》，七十子之徒，口授其傳指，為有所刺譏褒諱挹損之文辭，不可以書見也。魯君子左丘明懼弟子人人異端，各安其意，失其真，故因孔子史記具論其語，成《左氏春秋》。」

《漢書·藝文志》也說：

「仲尼以魯史官有法，故與左丘明觀其史記。有所褒諱貶損，不可書見，口授弟子，弟子退而異言。丘明恐弟子各安其意而失其真，故論本事而作《傳》，明夫子不以空言說《經》也。」

根據這兩段記載，則孔子據史記舊聞而制義法，左丘明輯舊史而論本事，以為《春秋》作《傳》的事實，可以確定。（後世學者雖有異說，惟司馬遷家世為通學，班氏書也有所本，二家之說似不可廢。）

《春秋經》自孔子以後，為儒家傳授的重要經典之一，可以考見孔子的學術思想及制作要義。《左傳》詳載春秋二百四十二年間的史實，可以明孔子筆削大義，而文辭之精妙，尤可冠冕群書，故無論為經學，為史學，為文學，《左傳》均有其崇高的地位。

晉儒杜預潛心《春秋》及《左氏》之學，垂數十年，著有《春秋經傳集解》，「專修丘明之《傳》，以釋孔子之《經》」，備成一家之學。號稱左氏功臣。自《集解》行世以後，漢儒的著作便隱微不傳，《集解》成為碩果僅存的《春秋左傳》古注。後世研讀《春秋》和《左傳》的人，必以杜氏《集解》為津梁，其重要性實足以與經傳並行而不朽了。

二、家世及生平事功

杜預，字元凱，是晉朝京兆杜陵（今陝西長安東南）的人，生於魏文帝黃初三年（西元二二三年），卒於晉武帝太康五年（西元二八四年），享年六十三歲。

他可以說是生在一個仕宦的世家。他的十一世祖杜延年，做過漢朝的御史大夫。祖父名畿，仕魏朝，官至尚書僕射。父親名恕，也擔任過魏朝的幽州刺史。杜預自幼聰穎好學，博極群書，因此學問根柢極為深厚。同時，他的見識超卓，才兼文武，具有多方面的才幹，是一位不可多得的高才。故《晉書．本傳》說他「博學多通，明於興廢之道」。他又富進取心，認為「立德」一項或不敢企求，但「立功」和「立言」是可以靠努力而達到的，可見其志趣所在。這些都是後來他成就大事業和大學問的重要因素。

元凱早年在魏朝做官，不甚得志，也不見知名。到魏高貴鄉公正元二年（西元二五五年），得司馬氏提攜，改調尚書郎，並承襲祖先爵位，為豐樂亭侯。這時元凱三十三歲，在任凡四年，又轉參相府軍事。這是元凱表現他軍事才能之始。

景元四年（西元二六三年），鍾會、鄧艾率兵伐蜀，元凱任鎮西長史，也在軍中。後來，鍾會謀反，僚佐大都遇害，只有元凱應變得當才保全性命。不久，受命與賈充等人共同制定《律令》，由元凱加以注解，頒行天下。

司馬炎篡位自立，元凱繼續仕晉，曾任河南尹，頗有政績；旋去職。這時，胡人入寇隴右，元凱出任安西軍司、秦州刺史，受安西將軍石鑒節制；因與石鑒意見不合，去職。後以事實證明元凱所陳策略極為正確，他的軍事才能就逐漸為其他朝臣所賞識。這時匈奴帥劉猛在并州、河東一帶叛亂，元凱便受詔參預軍事。不久又受命為度支尚書，主持國家財政大計。

元凱在度支尚書任內，建樹頗多，諸如奏請建立藉田，興常平倉，定穀價，較鹽運，制課調等等，凡五十餘項，都得朝廷採納而興辦起來；使得國內財政安定，人民普受其利，邊患因得解除，這些不能不歸功於元凱的妥善策劃。可惜卻因糾彈石鑒論功不實一案去職，數年後才得以復職。

這段期間，杜預在朝前後凡七年，除策劃財政措施外，於朝政也多獻替，比較重要的有下列幾件事：

晉武帝元配楊皇后的梓官將遷葬峻陽陵，依舊制，既葬後，皇帝和群臣即吉，博士議以為皇太子也宜同時釋服。元凱不以為然，他認為，古制：母后既葬，皇太子應行諒闇終制，不宜葬畢即除喪服。結果元凱之議為朝廷採納，以後便成為典例。這是他對典制的貢獻。

晉武帝即位之初，採用劉智所訂的《泰始曆》，行了十餘年，發現差舛不應晷度；當時適有善曆者李修、夏顯兩人，完成一種新曆，稱為《乾度曆》，元凱亦通曆法，經他審訂之後，奏上，也被朝廷採用。

元凱又看到黃河孟津渡，因水勢湍急，往來南北兩岸，常有覆舟危險，於是想在河面上建造一排船，一一連接起來，做為一座浮橋，對於南北交通裨益必大。他選定富平津為建河橋地點，並向武帝提出建議。當時許多朝臣反對，但武帝接受他的建議，經他一番苦心籌劃，終於完成。當橋成之日，武帝還親率百僚，前往主持盛典，並加慰勉。以當時技術說，這是件非常艱鉅的工程，他終能運用巧思，把艱鉅工程完成。

咸寧四年秋天，各地大雨，積水無法宣洩，以致春耕困難，尤以潁川、襄城等地最嚴重。又加上蝗蟲侵襲，使五稼收成大受影響，朝廷頗為憂慮。元凱於是上疏條陳農要，提出解決辦法，頗多卓見。

因為他對朝政貢獻甚多，成績卓著，所以贏得了朝野一致的讚美，大家給他一項美稱，叫做「杜武庫」，說他胸懷韜略，無所不有。可見當時朝野對他的倚重和崇拜了。

元凱生平最著名的一項功業，就是平吳的壯舉。自鍾會、鄧艾伐蜀成功後，魏、蜀、吳三國鼎立之局，便一變而為魏、吳南北對峙之勢。不久，司馬氏篡魏自立，晉、吳對峙。這時，晉朝正當開國鼎盛之際，地大物博，賢良眾多，國富兵強，正是大有作為的時候。反觀東吳，雖歷數十年經營，國基穩固，但孫皓在位，荒淫驕虐，不修德政，上下離心，卻給晉國一個大好機會。

晉武帝在開國之初，就又伐吳之計，但朝臣大都反對，只有羊祜、張華、杜預等人表示贊同。不過因為羊祜等人是當時最有遠見和最了解雙方實力的人物，所以反對的人雖屬多數，武帝還是沒有動搖伐吳的決心，而積極部署，為伐吳奠定基礎。不久，羊祜得病，乃薦元凱自代。到羊祜病卒，武帝便正式任命元凱為鎮南大將軍，都督荊州諸軍事，接替羊氏的職務。

元凱到任以後，便繕治甲兵，提高軍威士氣，簡選精銳士卒，突襲吳西陵都督張政的營壘，把吳軍打敗，並俘獲部分吳兵。張政未將失敗詳情向朝廷報告，元凱便用離間計，把所獲吳兵遣送吳主孫皓，孫皓果然把張政召回，改派武昌監劉憲接替他。元凱既用反間使吳人陣前換將，又經周密部署後，便上表請示伐吳之期。這時，武帝尚無立即伐吳之意，便報以「待明年方欲大舉」。元凱再度上表分析當前敵我形勢，認為時機成熟，大有成功把握，且時機稍縱即逝，坐失良機，著實可惜，又說：

「自秋以來，討賊之形頗露，若今中止，孫皓怖而生計，或徙都武昌，更完修江南諸城，遠其居人，城不可攻，野無所掠，積大船於夏口，則明年之計，或無所及。」

經元凱一再上表陳述形勢利害，中書令張華又表示贊成，武帝才准出兵大舉伐吳。於是杜元凱便在太康元年正月，正式出兵。晉軍所到之處，連克城邑，吳軍都督孫歆也成了俘虜。進圍江陵城，吳督將伍延所部也被晉軍擊破。長江中上游等地，悉為晉軍佔領，沅、湘以南至于交州、廣州，都望風歸降。晉軍又進圍建業，孫皓請降，前後不到一年，便把吳國平定。元凱因功進爵增封，算是達到了他生平功業的最高峰，這時元凱已五十九歲了。

綜觀元凱生平，出將入相，利國澤民，其功業足以彪炳千秋，永垂青史。他所以能有這麼大的成就，實由於好學不倦，熟諳典制掌故，故能胸懷韜略，識見超卓，蔚為國用，成就了偉大的事功。

三、治學和著述

元凱生平成就，可別為兩方面：一為事功方面，已如上節所述，另一為學問方面，則是本節所要敘述的。而這兩方面的成就，可說互為因果，相得益彰。

元凱年輕的時候，已博覽經史和百家之書；後來仕宦任職，公餘治學甚勤，而於《春秋》和《左傳》二書用力尤多。嘗謂為學當以致用為第一要務，所以對經世濟民有關的學問，特別重視。其生平著述也以有益世用及教化者為依歸，比較重要的著述有《春秋左氏經傳集解》、《春秋釋例》及《女記讚》等書，可說都是具有這種作用的。從他的著作看來，他治學範圍並不算廣，著作也不算多，這和漢儒馬融、鄭玄等的遍注群經，就範圍和量來說，都有所不同。這固然和他的治學貴專精和不輕言著述的作風有關，但他對於《左傳》的偏好以及歷膺要職，在官的時間居多，從容著書的時間較少等因素，也不無關係。

他對《左傳》的偏好，從《晉書．本傳》中可以看出來：

「時，王濟解相馬，又甚愛之，而和嶠頗聚斂。預常稱：『濟有馬癖，嶠有錢癖。』武帝聞之，謂預曰：『卿有何癖？』對曰：『臣有《左傳》癖。』」

他愛好《左傳》，到了成「癖」，其程度之深，可以想見。因為他深愛左傳，所以對《左傳》的研究用力最勤，收穫也最多。

他的著述，以《春秋經傳集解》（或稱《春秋左氏經傳集解》）和《春秋釋例》二書最為重要。《晉書．本傳》在敘述他平吳的經過之後，接著說：

「既立功之後，從容無事，乃耽思經籍，為《春秋左氏經傳集解》。又參考眾家《譜第》，謂之《釋例》。又作《盟會圖》，《春秋長曆》，備成一家之學，比老乃成。」

從這段記載，我們可以看出他生平關於《春秋》、《左傳》的著作，計有《春秋經傳集解》、《春秋釋例》、《盟會圖》、《春秋長曆》四種。但《盟會圖》和《春秋長曆》二種，後來均併入《春秋釋例》一書傳世。因此他關於這一方面的著作，實際上只有兩種。

《春秋經傳集解》一書，《隋書．經籍志》及《唐書．藝文志》均有著錄，且均作三十卷。唐孔穎達作《春秋左傳正義》時，就選定此書作為《春秋》《左傳》古注的標準，並根據它作《疏解》。它是現存最古的一部春秋左傳注，也是被後人保存下來惟一完整的一部《春秋左傳古注》，其重要性，自不待言。

《春秋釋例》一書，以闡明《春秋》及《左傳》義例為主，並附以《盟會圖》和《春秋長曆》。《隋志》、《唐志》著錄均作十五卷。到了元朝，吳萊作《後序》時稱為四十卷，卷數較前增多，這大概是因為元朝時所行的本子把原有卷次另作分析之故。到了明朝，此書已殘缺不全，只在《永樂大典》中，還保存了三十篇，其中六篇有《釋例》而無《經傳》，其餘諸篇也大都有脫文。清初修纂《四庫全書》時，才經過一番整理，採孔穎達正義和其他引用春秋釋例的文字，加以補充，校訂訛誤，重新釐訂為四十六篇。仍舊分十五卷。經過這番整理之後，雖仍非全璧，但其內容大概，已不難窺見。

這兩部書，以《集解》為主，《釋例》為輔，兩相配合，而杜氏一家的《左傳學》，便包含其中；《晉書》說它「備成一家之學」，誠非虛譽。

至於這兩書完成的時間，也可從《晉書．本傳》那段記載看出大概。元凱平吳是在他五十九歲時完成的，他死時是六十三歲；從平吳到死去，這四年時間，應即本傳所謂「既立功之後，從容無事」的時間，既有較充裕的時間從事著述，成績必有可觀。那麼，這兩部書到他晚年方才完成寫定，殆無可疑。

又據杜氏《春秋釋例．土地名》篇稱：「孫氏僭號于吳，故江表所記特略。」且篇中所列地名，多兩漢三國的郡縣名稱，與晉時不盡相合，可知他的著作雖到晚年方才寫定，但其屬稿則應當在平吳之前了。

他又著有《女記讚》一書，按此書今不傳。《隋書．經籍志》雜傳類有杜預《女記》十卷，《新唐書》藝文志作《列女記》；《隋》《唐》二志所錄，應即此書。《史通．外篇》也說：

「杜元凱撰《列女記》，博採經籍前史，顯錄古老名言，而事有可疑，猶闕而不載，斯豈非理存雅正，心嫉邪僻者乎？」

這是對杜氏此書的讚譽，另外《集聖賢群輔錄》引用汝南太守李傕妻一事時說：「見杜元凱《女戒》」，所謂《女戒》，也應當是這部女記讚。《太平御覽》當中，也引用書中所載的四件事，可惜原書今已不傳。

此外，他早年曾與賈充等人共同修訂《律令》二十一卷，書成以後，元凱並加注解，由朝廷頒行天下。原書久佚，我們已無法知道它的詳細內容，不過我們可以從他進呈該書的一篇奏表，看出一些痕跡，以及他對法律的基本見解：

「法者，蓋繩墨之斷，例非窮理盡性之書也，故文約而例直，聽省而禁簡。例直易見，禁簡難犯；易見則人知所避，難犯則幾於刑厝。刑之本在於簡直，故必審名分，審名分者必忍小理。古之刑書，銘之鐘鼎，鑄之金石，所以遠塞異端，使無淫巧也。今所注皆綱羅法意，格之以名分，使用之者執名例以審趨捨，伸繩墨之直，去析薪之理也。」

這些見解，至今仍不失其正確性，我們誦讀之餘，不能不佩服他的卓見。

四、集解一書的價值及特點

杜元凱以左氏學名家，《春秋經傳集解》一書是他的代表作。

自從漢初北平侯張蒼把《左傳》呈獻朝廷以後，雖一時尚未立於學官，但學界對這部書已甚重視，學者私下研究的，非常普遍，故名家輩出。前漢比較著名的學者有張蒼、賈誼、尹咸、劉歆等人；後漢有鄭眾、賈逵、服虔、許惠卿、穎容等人。他們有的為《左傳》作訓解，有的研究《左傳》的條例，各人均有著作傳世。到了杜元凱研究《左傳》，著《春秋經傳集解》，他便參考以前各家的著作，把他們的長處，一一採取。因此，在他的《集解》中，保存了許多漢儒舊說，所以他是有所本的。

但他對漢儒舊說，也有很多不滿意的地方。《集解自序》說：

「古今言《左氏春秋》者多矣，今其餘文可見著十數家，大體轉相祖述。進不成為錯綜《經》文，以盡其變；退不守丘明之《傳》，於丘明之《傳》有所不通，皆沒而不說，而更膚引《公羊》、《穀梁》，適足自亂。」

他對前此各家的某些說法既不滿意，當然不會再去蹈襲他們的短處。他的《集解》，有許多不同於前儒的說法，都是他個人精思玩索的心得，頗多具有價值的創見。所以他的書又是一個進步。

元凱既能保存漢儒長處，避免短處，又能推陳出新，有創見，他的書當然是較完備而理想的。單憑這些優點，《集解》已足夠超越其他各家的注解，而成為一部重要的《左傳注》了。

本來，各家的左傳注，同時流傳於世，但到後來，有些因不為後人所重，也就慢慢衰微，至於亡佚；只有杜元凱《集解》，巍然獨存。這碩果僅存的古注，便成了讀解《左傳》的重要憑藉了。

杜氏《集解》的特點有二：第一、杜氏始創經傳分年相附的體例。原來漢儒關於《春秋經》及《左傳》的著述，大抵把經和傳分開，所以經傳卷數多不相同。至劉歆雖已開始引傳文解經，轉相發明，但因劉歆的書已亡佚，是否仍採經傳分行的辦法，無法確定。不過我們從杜氏《春秋釋例》所引劉氏說經大義，可以判斷劉氏的解說，當仍因襲經傳分行之舊。西漢末年以降，才有兼釋左氏經傳的，但亦仍有專說傳不說經的。如賈逵的注便兼釋左氏經傳，服虔的注則只釋傳不錄經。

到了元凱才把經和傳合而為一，分年相附。《集解》自序說：

「預今所以為異，專修丘明之傳以釋經，經之條貫，必出於傳，傳之義例總歸諸凡。……分經之年與傳之年相附，比其義類，各隨而解之。」

他把經傳相附的用意，是為了矯正前儒之失。他把經和傳的關係拉近，所謂「專修丘明之傳以釋經，經之條貫必出於傳。」這是他獨到的地方。

第二、杜氏認為左氏言「凡」者五十條，都是周公垂法，史書舊章。又有仲尼變例和新例之別，也是發前儒所未發。《集解》自序說：

「春秋著，魯史記之名也。《周禮》有史官掌邦國四方之事，達四方之志。諸侯亦各有國史，大事書之於策，小事簡牘而已。孟子曰：楚檮杌，晉乘，魯春秋，其實一也。韓宣子適魯，見《易象》與《魯春秋》，曰：《周禮》盡在魯矣！韓子所見，蓋周之舊典禮經也。

周德既衰，官失其守，上之人不能使《春秋》昭明，赴告策書，諸所記注，多違舊章。仲尼因魯史策書成文。考其真偽而制其典禮。上以遵周公之遺制，下以明將來之法。左丘明受經於仲尼，以為經者不刊之書也；故傳或先經以始事，或後經以終義，或依經以辯理，或錯經以合異。隨意而發，其發凡以言例，皆經國之常制，周公之垂法，史書之舊章，仲尼從而修之，以成一經之通體。

其微顯闡幽，裁成義類者，皆據舊例而發義，指行事以正褒貶，諸稱書、不書、故書、不言、不稱、書曰之類，皆所以起新舊，發大義，謂之變例。然亦有史所不書，即以為義者，此蓋春秋新意，故傳不言凡，曲而暢之也。其經無義例因行事而言，則傳直言其歸趨而已，非例也。」

從這段話可以看出杜氏見解的平正通達，確有超過前儒的地方，孔穎達引申杜氏之意說：

「先儒之說春秋者多矣，皆云丘明以意作傳說春秋之經，凡與不凡，無新舊之例。杜所以知發凡言例是周公垂法，史書舊章者，以諸所發皆是國之大典，非獨經文之例。隱七年始發凡例，特云謂之禮經。十一年又云，不書於策。建此二句於諸例之端，明書於冊者，皆是經國之常制，非仲尼始造策自制此禮也。」

據此可知杜氏這些說法，都是他詳玩傳文而獨創的心得，並非有所承於先儒的了。

五、集解流傳及清儒補充

杜氏《集解》寫定以後，因賈逵、服虔之書仍盛行，所以杜氏的書，一時未能受到學界重視。《晉書》本傳稱：

「當時論者謂預文義質直，世人未之重，唯祕書監摯虞賞之。」

激賞他的只有祕書監摯虞，可見知音不多。雖如此，在他死後，他的書就慢慢傳開，不久，便和服虔的左傳注同時被立於國學，左氏學成了、服杜兩家並行的局面。後學的人，有的傳服虔之學，有的傳杜氏之學，彼此壁壘分明，並有互相攻擊的情形。

晉室南渡以後，長江以北的地方，成了胡人的天下，服虔一派的左傳學便在北方盛行起來。南朝則盛行杜預一家之學，歷經宋、齊、梁、陳，一直不衰。等到隋朝統一天下，服虔一派才逐漸衰微，而杜氏一派則仍盛行。唐初孔穎達受詔編撰《五經正義》，《春秋》一經專採《左氏傳》，而古注則以杜氏的《集解》為準。因為孔氏的《五經正義》是國定的五經標準本，科舉場中，五經就完全以這個本子為標準。所以自從孔氏的《五經正義》頒行，不但《春秋經》為《左氏傳》所專，而且《左氏傳》的注，也為杜氏一家所專。從此以後，杜氏的集解定於一尊，而其他左氏學的大師如賈逵、服虔等人的解說，便煙沒無聞了。

唐中葉以後，經學漸變，啖助、趙匡、陸淳三人，號稱春秋大師，他們研究《春秋》，但不專主《左氏》、《公羊》、《穀梁》三傳，遂開後人捨棄三傳，獨究遺經之風。至宋，孫復、劉敞諸儒繼之，此風更盛。於是過去專守注疏的風氣，便一變而為以思考大義為重，把注疏放在次要的地位。考其所以轉變的原因，實由於這時《公羊》、《穀梁》二傳已絕傳，而《左傳》獨盛，杜預及《集解》專行已久，孔穎達《正義》又復專主杜氏《集解》立論，高才穎異之士，不屑章句之業的學者，或則厭杜氏的拘於舊典禮經，不能明春秋筆削微言大義，於是冥思幽討，復採取《公羊》、《穀梁》二傳解經之義，和《左氏》所載之事，折衷於個人見解，以為如此或可以與孔子的原意相合，經學之風便因此而轉變。

在這種風氣影響下，疏陋的人，固往往有流於臆測鑿空的，但高明的學者則不乏卓識偉論，超越前賢的地方。其間如宋朝的陳傅良、呂祖謙、魏了翁、程公說、林堯叟，以及元末明初的黃澤、趙汸諸家，都是治左氏學頗有成就的學者。他們大抵均祖述杜氏之學，但又不為杜氏之學所囿，故能卓然自立，有其獨到的成就。因此，杜氏《集解》到了宋、元、明三代，雖仍不失其重要地位，但顯然已不如隋、唐時代之受人尊崇了。

明代漸有一種補充杜氏集解的風氣。明初趙汸著《春秋左傳補注》，是此中的佼佼者，他著補注的旨趣，可從他的自序中看出。自序說：

「黃先生（澤）論春秋學，以左丘明、杜元凱為主，所謂魯史遺法，既於左氏傳注中得之，而筆削微旨，殊未能潛窺其罅隙。公、穀所發書、不書之義，陳止齋因之以考《左傳》，故其筆削義例，獨有根據。所可惜者，偏於公、穀，與杜元凱正是合得一邊。乃以陳合杜，舉經正史，以章指附入《左傳集解》中。」

趙氏本其師黃澤之學，治春秋以左氏、杜預為主，以公、穀、啖、趙及陳傅良為輔，成就甚大。他的《春秋左傳補注》一書，尤能開清代學者補杜的風氣，有功杜氏之學亦多。

清代為杜氏《集解》做補注的學者漸多，最早的一人是顧炎武。顧氏著《左傳杜解補正》三卷，博考古籍，推求文義，在訓詁名物方面，補充杜氏的不足，訂正《集解》的訛誤，頗具價值。

稍後有惠棟著《春秋左傳補注》六卷，補杜氏之失，亦稱精審。惠棟在序言中說：

「棟曾王父樸菴先生，幼通《左氏春秋》，至耄不衰，常因杜氏之未備者，作《補注》一卷。傳序相授，于今四世矣。竊謂《春秋三傳》，左氏先著竹帛，名為古學，故載古文為多。晉、宋以來，鄭、賈之學漸微，而服、杜盛行。及孔穎達奉勅為《春秋》正義，又專為杜氏一家之學。值五代之亂，服氏遂亡。

嘗見鄭康成之《周禮》，韋宏嗣之《國語》，純采先儒之說，末乃下以己意，令讀者可以考得失而審異同。自杜元凱為《春秋集解》，雖根本前修而不著其說，又其持論間與諸儒相違，于是樂遜《序義》，劉炫《規過》之書出焉。棟少習是書，長聞庭訓，每謂杜氏解經，頗多違誤，因刺取經傳，附以先世遺聞，廣為《補注》六卷；用以博異說，怯俗議。宗韋、鄭之遺，前修不揜；效樂、劉之意，有失必規。其中于古今文之同異者尤悉焉。」

從這段話可以看出他做補注的由來和用意。其書能廣搜古訓，援引秦漢子書以補杜氏，尤其對古今文的異同考究甚詳，可說是特色。

此外，又有馬宗璉著《春秋左傳補注》三卷，洪亮吉著《春秋左傳詁》三十卷，沈欽韓著《春秋左傳補注》十二卷，又《左傳地名補注》十二卷，皆屬佳作。馬書援引古籍，博采漢魏諸儒說經故訓，在顧氏、惠氏以外，補正杜氏的遺漏和缺失，亦多卓見。

洪氏自述他的《春秋左傳詁》的經過和體例說：

「於是冥心搜錄，以他經證此經，以別傳校此傳，寒暑不輟者又十年。分經為四卷，傳為十六卷，遵漢《藝文志》例也。

訓詁則以賈、許、鄭、服為主，以三家固專門，許則親問業於賈者也。掇及通俗文者，服子慎之所注與李虔所序者截然，而兩徐堅《初學記》等所引可證也。」地理則以班固、應劭、京相璠、司馬彪等為主輔，而晉以前輿地圖經可信者，亦酌取焉。

又舊經多古字古音，半亡於杜氏，而俗字之無從鈎校者，又半出此書。因一一依本經與二傳，暨漢唐《石經》，陸氏《釋文》與先儒之說，信而可徵者，逐件校正，疑者闕之。大旨則以前古之人正中古之失，雖旁證曲引，惟求中古人之旨，而已無預焉者也。」

可見洪氏於此書之作，用力甚勤，而內容則以訓詁、地理、人名為主，皆有所本，而簡潔不蕪，亦足以補杜氏之失。

沈氏書，把解釋訓詁、名物、典制的部分，稱為《春秋左傳補注》，共十二卷。又把解釋地名的部分，別出為《地名補注》，也是十二卷。二書共二十四卷，大抵都能根據先儒的經訓，考究春秋經傳的意義，補充杜氏說的缺失，見解亦頗精到，考定亦稱翔實。沈氏出書最晚，而卷數最多，其功力的深厚，可以想見。潘氏錫爵在跋文中說：「此注訓解名物，剖析字句，尤有詳贍於諸家者。」可見其價值亦不在前此諸家之下。

綜上所述，自趙汸、顧炎武、惠棟，以至馬宗璉、洪亮吉、沈欽韓諸家的補注，都能針對杜氏的疏略，援引漢魏以來學者的詁訓，以及名物典制，或補充杜氏所未備，或訂正杜氏的缺失，都有他們獨到的地方，可以說是杜氏的諍友，左氏的功臣。

杜氏的《春秋經傳集解》，雖是一部劃時代的著作，但因所注的《春秋經》和《左氏傳》，包含春秋二百四十二年的史實和孔子的筆削大義，內容極為豐富，範圍極其廣闊，所牽涉的問題也非常多，要想把這許多問題的每一個細節都作妥當的解釋，是非常困難的事；因此難免有錯誤的地方，只要把這些錯誤改正過來，依舊是一部極具價值的著作。所謂「小疵不掩大醇」，正可以拿來形容杜氏的書。

經過清儒的補益，《春秋》和《左傳》的注解，已較前更為完善。我們研讀《春秋》和《左傳》的時候，可以參考杜氏和孔氏的解說，輔以諸家的補注，則春秋經傳的義例和二百四十二年的史實，可以瞭然在目了。

（本文刊載於《國語日報》副刊「書和人」第一一〇期，民國五十八年五月）

《左傳》古史疏證之一

——隱公至僖公

前言

《左傳》一書，詳載春秋二百餘年之史實，舉凡當時周天子、諸侯及卿大夫間之重要活動，無不詳哉言之，而亦間及於前代之遺聞軼事，以為敘事之佐證。良以古之史官，世代相傳，史料保存必多。春秋時人之博通者，類能稱述古文古事，以典籍所在多有故也。左氏躬與國史，其所述古事，當有所據。秦火以後，典籍散佚，古史煙沒無聞，則《左傳》所述，雖僅鱗爪而已，亦彌足珍貴矣。

前儒訓釋《左傳》，類多詳於訓詁名物之解說，而略於史實之引證，尤以西周以前之史實為然。疏證之作，引申注義，條列佐證，於古史之稱述，雖偶及之，然體例所限，未能詳盡，且異同之義，未加考辨，學者於誦說之餘，不無憾焉！

本文摘錄《左傳》所稱述之古史，起自上古，下終西周之亡。旁徵故籍，援引前說，以證成《左傳》之言；遇有疑義，間予考辨，依傳之先後比次之，庶幾可彌補此一缺憾矣。雖然，年遠代易，典籍散亡，古史豈易言哉！引申傳義，辨別異同，聊資讀古史及《左傳》者之一助云爾。

1.「**薛侯曰，我先封。滕侯曰，我周之卜正也。薛，庶姓也，我不可以後之。**」（隱公十一年傳）

【證】：按定公元年傳載薛宰自述其先祖云：「薛之皇祖奚仲，居薛以為夏車正。奚仲遷于邳。仲虺居薛，以為湯左相。」杜預注：「仲虺，奚仲之後。」據此則奚仲為薛國之祖，嘗為夏之車正，封於薛，又遷於邳。湯興，奚仲之後仲虺復居薛而為湯之左相。《史記．殷本紀》云：「湯歸，至于泰卷陶，中𤳹作誥。」按中𤳹即仲虺。湯既敗夏桀，歸而命仲虺作誥，仲虺為湯臣可知。孔穎達《正義》引譜云：「薛，任姓，黃帝之苗裔奚仲封為薛侯。今魯國薛縣是也。奚仲遷于邳，仲虺居薛，以為湯左相。武王復以其冑為薛侯。」〈地理志〉：「魯國薛縣，夏車正奚仲所國，後遷于邳，湯相仲虺居之。」是諸說皆以奚仲為薛之祖，奚仲、仲虺先後為夏殷所封，在周之前，故薛侯自以為先滕國受封也。

滕國，文王子叔繡之後，武王封之於滕。滕侯何時受命為周王室之卜正，史無明文。惟西周之初，周公舉康叔為司寇，冉季為司空，其他宗親頗有兼領王室之官職者，以此例之。滕侯之為周室卜正，或在周初。卜正，蓋卜官之長。古者，國必有卜官之設，專司卜事。《尚書．洪範》載，卜筮稽疑為洪範九疇之一，又擇建卜筮人以司其事。《周禮．春官》：太卜，下大夫二人，其下有卜師，卜人，龜人，筮人，太卜為之長。蓋其制也。

2.「**夫許，太岳之胤也。**」（**隱公十一年傳**）

【證】：按太岳，字亦作太嶽。莊公廿二年傳謂，姜姓太嶽之後。此云許太岳之胤。則許亦姜姓，與齊同祖。孔穎達《正義》引譜云：「許，姜姓國，與齊同祖，堯時四岳伯夷之後也。周武王封其苗裔文叔于許。」顧棟高《春秋大事表列國爵姓及存滅表》說同。是許為太岳之胤也。又參見莊公廿二年傳條。

3.「**武王克商，遷九鼎于雒邑，義士猶或非之。**」（**隱公十一年傳**）

【證】：九鼎為夏商周三代傳國之寶器，其鑄成之年代，當在夏初。《史記．封禪書》云：「禹收九牧之金，鑄九鼎。」《漢書．郊祀志》因之，皆以九鼎為夏禹之時所鑄也。《墨子》耕柱篇云：「昔者夏后開（按開原作啟，蓋漢人避景帝諱改）使蜚廉折金於山川，而陶鑄之於昆吾。九鼎既成，遷于三國。」是又以夏后啟之所鑄也。二說雖有不同，惟禹之與啟，乃父子相承，其間相去甚暫，或係禹在位之時，已有收金鑄鼎之舉而未成，至啟即位乃續成之，後人傳述，因有異辭。要之其為夏初所鑄則一也。宣三年傳云：「楚子問鼎，王孫滿對曰，昔夏之方有德也，遠方圖物，貢金九牧，鑄鼎象物。」則以為鑄於夏有德之時。據《史記．夏本紀》，夏之有德，以禹、啟在位之時為盛。是傳亦以為鑄於夏初，與《封禪書》及《墨子》說合。

宣三年傳云：「桀有昏德，鼎遷於商。商紂暴虐，鼎遷於周。成王定鼎於郟鄏。」《墨子．耕柱篇》云：「夏后氏失之，殷人受之，殷人失之，周人受之。」據此可知夏后氏既為殷人所代而失天下，鼎亦為殷人所得。殷人失國，鼎又入於周人之手。三代皆以為重器，故楚子問鼎，王孫滿告以在德不在鼎，及天命之不可移易焉。

周武王克殷，遷九鼎於雒邑，《史記．周本紀》嘗載其事云：「武王伐殷滅之，命南宮括、史佚展九鼎寶玉。營周居于雒邑而後去。」又云：「周公行政七年，成王長，周公反政成王，北面就群臣之位。成王在豐，使召公復營雒邑，如武王之意。周公復卜，申視，卒營築，居九鼎焉。」據此武王滅殷之後，嘗移鼎於雒，並營雒而未成。武王崩，周公攝政七年，反政成王，乃復營雒，如武王之意而居九鼎。故王孫滿有定鼎郟鄏之說也。

武王遷鼎於雒邑而義士非之者，蓋指伯夷、叔齊也。《漢書．王貢兩龔鮑傳》云：「昔武王伐紂，遷九鼎于雒邑，伯夷、叔齊薄之」是也。伯夷、叔齊事詳見《史記．伯夷列傳》。夷、齊皆節義之士故孔子賢之，以為不降其志，不辱其身。孟子亦謂，聞伯夷之風者，頑夫廉，懦夫有立志。故傳以義士稱之。

4.「**師克在和，不在眾。商、周之不敵，君之所聞也。**」（桓公十一年傳）

【證】：此意指商、周眾寡之懸殊也。商為天下共主者凡六百餘年，根基深厚，人口眾多故為大國。周則本為西方一小國耳，傳至文王，能修德，行仁政，晚年先後擊敗犬戎、密須、耆國、邘、崇諸國，國勢漸強，威望漸著。然與商相較仍屬眾寡不敵。及武王興師伐紂，而商眾周寡之形勢，仍持續未變也。《史記．周本紀》述武王伐紂之事云：「武王徧告諸侯曰，殷有重罪，不可以不畢伐，乃尊文王，遂率戎車三百乘，虎賁三千人，甲士四萬五千人，以東伐紂。師畢渡盟津，諸侯咸會。帝紂聞武王來，亦發兵七十萬人距武王。」據此武王所率眾僅戎車三百乘，虎賁三千人，甲士四萬五千人，益以來會之諸侯，至多亦不過十餘萬眾。而紂乃發兵七十萬人拒之，雖則紂眾七十萬之說，容或誇大，然雙方兵力眾寡懸殊，殆無可疑也。

又《尚書》諸誥中，周人每自稱「小邦周」，而稱商為「大邦殷」。如〈大誥〉云：「天休于寧王興我小邦周。」〈召誥〉云：「皇天上帝，改厥元子茲大國殷之命。」又云：「天既遐終大邦殷之命。」〈多士〉云：「王若曰，肆爾多士，非我小國敢弋殷命。」又云：「肆予敢求爾于天（當作大）邑商。」可證周未代殷前兩國大小固甚懸殊也。

《論語・泰伯》：「三分天下有其二，以服事殷，周之德其可謂至德也已矣。說者以為，天下歸文王者六州，雍、梁、荊、豫、徐、揚也。惟青、兗、冀尚屬紂耳。按此說不足取，崔述《考信錄》辨之詳矣。述《論語》者蓋謂諸侯叛紂而傾向於周者為數居三分有二耳，非謂周已據有天下三分有二之地也。且諸侯多為小國，其數雖多，人口仍屬少數。是則傾心於周之諸侯雖多，仍無改於兩國眾寡之形勢也。昭廿四年傳引〈太誓〉謂：「武王曰，紂有億兆夷人，亦有離德；余有亂臣十人，同心同德。」兩國眾寡之勢，與夫勝敗之關鍵，可於〈太誓〉語中見之。

5.「**禹湯罪己，其興也悖焉；桀紂罪人，其亡也忽焉。**」（莊公十一年傳）

【證】：禹、湯為夏、殷二代開國之君；桀、紂則夏、殷二代亡國之主。其興亡之史實，載籍頗多稱述。《孟子》述禹之德曰：「禹惡旨酒而好善言。」又曰：「禹聞善言則拜。」《史記・夏本紀》亦云：「禹為人敏給克勤，其德不違，其仁可親，其言可信。」又述桀與湯云：「桀不務德而武，傷百姓，百姓弗堪。迺召湯而囚之夏臺，已而釋之。湯修德，諸侯皆歸湯。」〈殷本紀〉云：「湯德至矣，及禽獸。當是時，夏桀為虐政淫荒。」《尚書・牧誓》武王數紂之罪曰：「今商王受（紂），惟婦言是用，昏弃厥肆祀，弗荅。昏弃厥遺王父母弟不迪。乃惟四方之多罪逋逃，是崇是長，是信是使，是以為大夫卿士，俾暴虐于百姓，以姦宄于商邑。」是禹、湯修德，桀、紂失德之事也。

至其所以興及所以亡之故，則《管子》及《呂覽》言之至為明審。《管子》之言曰：「善罪身者，民不得罪也；不能罪身者，民罪之。故明王有過，則反之於身，有善則歸之於民。此明王之所以治民也。夫桀、紂不然，有善則反之於身，有過則歸之於民，此其所以失身也。」《呂覽》亦云：「昔上世之亡主，以罪為在人，故日殺僇而不止，以至於亡而不悟，三代之興，以罪為在己，故日功而不衰，以至於王。」三代之興，夏禹、商湯、周文武之功也，故曰禹、湯罪己而興，桀、紂罪人而亡。

6.「**姜，太嶽之後也。**」（**莊公廿二年傳**）

【**證**】：杜預注此傳云：「姜姓之先，為堯四嶽。」是傳所謂太嶽即堯四岳也。堯之四岳，見於《尚書・堯典》。《國語・周語》云：「堯命禹治水，共之從孫四嶽佐之，胙四嶽國命為侯伯。賜姓曰姜，氏曰有呂。」《史記・齊世家》亦以為大公望呂尚之先祖，嘗為四嶽，佐禹平水有功，虞夏之際，封于呂，或封于申，姓姜氏。是姜為太嶽之後也。

7.「昔召康公命我先君太公曰，五侯九伯，汝實征之，以夾輔周室，賜我先君履，東至于海，西至于河，南至于穆陵，北至于無棣。……昭王南征而不復，寡人是問。」（僖公四年傳）

【證】：此管仲答楚使之言也。齊之始封君為太公望呂尚，嘗佐周文王、武王成就王業，以功封於齊。《史記．齊世家》云：「於是武王已平商而王天下，封師尚父於齊營丘。太公望至國修政，因其俗，簡其禮，通商工之業，便魚鹽之利，而人民多歸齊，齊為大國。及周成王少時，管蔡作亂，淮夷畔周。乃使召康公命太公曰，東至海，西至河，南至穆陵，北至無棣，五侯九伯實得征之，齊由此得征伐。」是成王使召康公命太公之事也。

齊都營丘，其國境東北及東方皆濱海，東北為北海（今渤海），迤東為東海（今黃海），故襄公二十九年傳：吳季札謂，「表東海者，其大公乎」也。西境至黃河。齊居黃河之下游，黃河過漯水，播為九河，齊之西境蓋抵於此。南境穆陵，穆陵蓋即山東臨朐縣南之穆陵關。《一統志》云：「今山東臨朐縣南一百里有穆陵關，在大硯山上，南接沂水縣界」是也。無棣即無棣溝，無棣溝地，江氏永以為在「今河北鹽山縣南」，《方輿紀要》則以為在慶雲縣南。《續山東考古錄》又以為在海豐縣北。本師程旨雲（發軔）先生謂，「鹽山、慶雲、海豐三縣，壤地相接，疑無棣溝古為徒駭河、鬲津河間之枝津，實貫注三縣邊境。」《春秋左傳地名圖考》是古無棣不出三縣境內也。齊之北境抵此。

昭王南征不返，載籍頗多記述。《太平御覽》引《竹書紀年》云：「昭王末年，夜清五色光貫紫微，其年王南巡不反。」《史記．周本紀》云：「昭王之時，王道微缺，昭王南巡狩不返，卒於江上。」是昭王嘗南巡江漢間而不復北返也，至昭王何以南巡不返，史記但謂卒於江上。張守節《正義》引《帝王世紀》云：「昭王德衰，南征，濟于漢，船人惡之，以膠船進王。王御船，至中流，膠液船解，王及祭公俱沒於水中而崩。其右辛游靡，長臂且多力，游振得王，周人諱之。」《呂覽．音初篇》，服虔注及《水經．沔水注》說略同，蓋其事也。

8.「**太伯、虞仲、太王之昭也，太伯不從，是以不嗣；虢仲、虢叔，王季之穆也，為文王卿士，勳在王室，藏於盟府**」（僖公五年傳）

【證】：太伯、虞仲為周太王古公亶父之二子，俱讓國適吳，《史記．周本紀》述其事云：「古公有長子曰太伯，次曰虞仲，太姜生少子季歷。季歷娶太任，皆賢婦人，生昌，有聖瑞。古公曰：『我世當有興者，其在昌乎。』長子太伯、虞仲知古公欲立季歷以傳昌，乃二人亡如荊蠻，文身斷髮，以讓季歷。」是太伯、虞仲，皆太王之子，以亡如荊蠻，故不得嗣位也。

虢仲、虢叔，王季之子，他書無明文。惟《尚書・君奭》列舉文王賢臣五人，有虢叔其人者，蓋即王季之子，文王之弟也。《國語》謂文王敬友二虢。蓋虢仲、虢叔皆賢者，故文王敬之，且以為卿士，二人皆文王弟，故文王友之也。賈逵云：「虢仲封東虢，制是也；虢叔封西虢，虢公是也。」顧棟高《春秋列國爵姓及存滅表》說同，且以二虢皆文王弟是也。虢叔為文王卿士，《書・君奭》載之，然不言虢仲，蓋〈君奭〉所列舉者皆賢臣，虢叔不在五賢之中，故不及耳。

9.「冬，蔡穆侯將許僖公以見楚子於武城，許男面縛，銜壁，大夫衰絰，士輿櫬。楚子問諸逢伯，對曰：『昔武王克殷，微子啟如是，武王親釋其縛，受其壁而祓之，焚其櫬。禮而命之，使復其所』」（僖公六年傳）

【證】：前儒於逢伯答楚子之言，頗有疑非微子所為者。

徐孚遠云：「武王既立武庚而又復微子之位，則是微子與武庚同在故都也。厥後武庚之叛，微子何以初無異同之迹？然則武王克商，微子未嘗來歸也。」（據崔述《考信錄》引。下何、王、金諸人之說同）何孟春云：「按書，殷紂無道，微子去之，在武王克殷之前，何應當日而有是事。已去之後，無復還之理，而牧野之戰，亦必不從人而伐其宗國也。意此殆非微子事，而逢伯之言特託之古人以規楚子乎。」皆以為武王克殷時，微子不在紂都，必無面縛銜璧以向武王之事也。王柏云：「面縛銜璧之事，必屬武庚，蓋入商之時，紂以自焚，武庚嫡冢，父死子繼，則武庚此時已為殷君，力不敵周，故衰絰輿櫬，造軍門而聽罪，此事理之最確者。」金仁山云：「武王伐紂，非討微子也。使微子未遯，面縛銜璧，亦非其事也。且武王豈不聞微子之賢，賓王家，備三恪，何不以處微子而顧首以處武庚也？故面縛銜璧必武庚也，後世失其傳耳。若微子則遯於荒野，武王釋箕子之囚，封比干之墓，百爾恩禮，舉行悉徧，而未及微子，以微子遯野未獲也。」王、金二氏則以面縛銜璧之事，必屬武庚，微子非所宜也。

按諸家之說，雖非無見，然深究之，實有未的。何以言之？微子雖嘗隱遁而去，以避紂之戕害，然一旦武王興師來伐，微子為宗國存亡計，必無坐視不救之理，則安知微子不適時返國，以圖收拾殘局。及紂敗死，而武庚之封未行，其生死亦且未卜之際，微子紂之庶兄，為使宗國不致絕滅，倉卒攝行面縛銜璧之舉，以自罪責，冀武王之從寬處置，俾殷祀不致斷絕，於理不悖，豈必武庚而後可行乎？此其一。徐氏謂武王既立武庚而又復微子之位，則是微子與武庚同在故都也。厥後武庚之叛，微子何以初無異同之迹？此亦不然。古籍煙沒無聞者多矣，意者當日微子之行迹，史官或有記述，然安知其非由於篇籍之散佚者乎？是未可以不見異同之迹，輒以為微子未嘗來歸也。試觀周初三監之叛，當日大事也，而史籍於武庚及管蔡之叛迹，所載甚略，豈非篇籍散佚使然乎？此其二。金氏謂武王釋箕子之囚，封比干之墓，百爾恩禮，舉行悉徧，而未及微子，以微子遯野未獲也。其說亦不然。按史記宋世家有復微子故位之說，則武王恩禮未及微子之說不確也。武王釋箕子之囚，封比干之墓，表商容之閭，信恩禮矣，然復微子之位，將不得為恩禮乎？此其三。是知微子面縛銜璧之說，實無可疑也。

《史紀．宋世家》云：「周武伐紂克殷，微子乃持其祭器，造於軍門，肉袒面縛，左牽羊，右把茅，膝行而前以告。於是武王乃釋微子，復其位如故。」是《史記》亦以為微子所為也。惟史遷牽羊把茅之說，與傳銜璧說稍異，或係《史記》兼取異說故耳。

10.「昔周饑，克殷而年豐。」（僖公十九年傳）

【證】：《詩・周頌桓》：「綏萬邦，屢豐年。」鄭康成箋：「誅無道，安天下，則亟有豐熟之年，陰陽和也。」孔穎達申之曰：「此安天下，有豐年，謂伐紂即然。」並引此傳為證，是周克殷而後有豐年也。至周饑之說，考之篇籍，未見武王克殷前有薦饑之文，或係偶逢水旱之災，致五穀歉收，而情非嚴重，故篇籍未嘗特加記載。然則傳意蓋謂武王克殷前，周嘗有薦饑之歲，及克殷之後，乃多豐年也。

11.「**文王聞崇德亂而伐之，軍三旬而不降。退脩教而復伐之，因壘而降。」（僖公十九年傳）**

【證】：按文王伐崇，《詩・大雅・皇矣及文王有聲》二詩均述之，而〈皇矣〉所述尤詳。《史記・周本紀》云：「西伯蓋即位五十年。詩人道西伯，蓋受命之年稱王，而斷虞芮之訟。」及《周本紀》述文王斷虞芮之訟後，繼云：「明年伐犬戎，明年伐密須，明年敗耆國，明年伐邘，明年伐崇侯虎，而作豐邑，自岐下而徙都豐，明年西伯崩。」據此則文王蓋於斷虞芮訟之年，受命稱王，又六年而伐崇，伐崇之明年而崩也。

文王兩度伐崇，可於《詩・皇矣》篇中見之。詩云：「帝謂文王，詢爾仇方，同爾兄弟，以爾鉤援，與爾臨衝，以伐崇墉。臨衝閑閑，崇墉言言，執訊連連，攸馘安安，是類是禡，是致是附，四方以無侮。臨衝閑閑，崇墉仡仡，是伐是肆，是絕是忽，四方以無拂。」說《詩》者毛亨、鄭玄以此為詩人頌文王伐崇之詩也。而前則曰「臨衝閑閑」，曰「是致是附」，蓋始攻之緩，戰之徐，將以致附而全之也。後則曰，「臨衝茀茀」，曰「是伐是肆」，「是絕是忽」，則茀茀然以盛強之師，疾伐而絕之矣。是文王於崇固嘗再伐而後乃克之也。惟傳云「退脩教而復伐之，因壘而降。」似崇不戰而降矣，與《詩》有不盡合者，蓋子魚欲勸宋公修德，故隱其戰而言其降耳。

12.「任、宿、須句、顓臾，風姓也。實司太皞與有濟之祀，以服事諸夏。」（僖公廿一年傳）

【證】：按任、宿、須句、顓臾，皆春秋時國名。任國在東平任城縣，須句在東平須昌縣西北。《漢書．地理志》：「東平任城故任國，太皞後，風姓。東郡有須昌，故須句國，太皞後，風姓」是也。《水經注》：「汶水西流，逕無鹽縣之故城南，舊宿國也」。《春秋傳說彙纂》：「宿故城在今山東之東平縣東二十里。」是宿國所在也。杜預曰：「顓臾在泰山南武陽縣東北。」《春秋傳說彙纂》：「今山東費縣西北八十里，有顓臾城。」是顓臾所在也。

傳謂邾人滅須句，須句子奔魯，因成風而成風為之言於僖公，僖公乃伐邾，取須句而反其君焉。成風蓋須句之女，故為請於僖公而復之。杜預謂，「須句，成風家」是也。成風者，魯莊公之妾而僖公之母也。蓋嘗事成季（季友），又風姓，故謂之成風。則須句之為風姓可知也。且《左傳》所述四國及成風事，皆近在春秋，其言當可確信，故任、宿、須句、顓臾四國之為風姓，可無疑也。

昭公十七年傳列舉古帝之號，有黃帝氏、炎帝氏、共工氏、太皞氏、少皞氏。太皞氏《漢書·律歷志》謂即《易繫辭傳》之炮犧氏，後世言古史者多因之，崔述《補上古考信錄》嘗駁其說，以為太皞非炮犧氏，而列太皞於黃帝、炎帝、共工之後，少皞、顓頊、帝嚳之前，世次與傳合。其說蓋是。任、宿、須句、顓臾四國皆主太皞之祀，則四國太皞之後，顧棟高《春秋大事表》說同。有濟者，濟水也。洪亮吉云：「水經，濟水與河合流，至乘氏縣又分為二，其一又東北過壽張縣西界，又北過須昌縣西。」是四國所在地皆近濟水，故亦主濟水之祀也。

13.「昔周公弔二叔之不咸，故封建親戚，以蕃屏周。管、蔡、郕、霍、魯、衛、毛、聃、郜、雍、曹、滕、畢、原、酆、郇，文之昭也。邘、晉、應、韓，武之穆也。凡、蔣、邢、茅、胙、祭，周公之胤也。」（僖公廿四年傳）

【證】：《史記．周本紀》云：「武王既克殷，於是封功臣謀士，而師尚父為首封，封尚父於營丘曰齊，封弟周公於曲阜曰魯，封召公奭於燕，封弟叔鮮於管，弟叔度於蔡，餘各以次受封。」是武王克殷，嘗封建親戚，以為王室屏藩也。昭公二十六年傳云：「昔武王克殷，成王靖四方，康王息民，並建母弟，以蕃屏周。」昭公九年傳云：「文武成康之建母弟，以蕃屏周。」則是周初封建親戚，不限武王、周公時也。又昭公廿八年傳云：「昔武王克商，光有天下，兄弟之國十有五人，姬姓之國四十人。」據此則周初所封姬姓之國，計五十有五。顧棟高《春秋大事表列國爵姓及存滅表》所載姬姓國之可考者，凡五十二國，則周初所封已不盡見於春秋矣。此傳載文王子十六國，武王子四國，周公之胤六國，合共二十有六。此二十六國，皆王室近親，固當在姬姓五十五國中也。

文王子之封國而見於《史記》者凡八人，《史記．管蔡世家》云：「武王同母兄弟十人。……武王已克殷紂，於是封叔鮮於管，封叔度於蔡，封旦於魯，封叔振鐸於曹，封叔武於成，封叔處於霍。康叔封、冉季載皆少未得封。武王崩，成王少，周公旦專王室，……封康叔為衛君，封季載於冉。」據此文王子之封國者八人，皆武王母弟，餘八人史傳不載其名，蓋皆文王庶子也。武穆四國之中，成王封叔虞於唐，為晉之祖，見於《史記．晉世家》，其餘三國及周公之胤六國，蓋亦成王時所封，惟始封為誰，不可審知矣。

14.「昔周公太公，股肱周室，夾輔成王，成王勞之，而賜之盟曰；世世子孫，無相害也。載在盟府，大師職之。」（僖公廿六年傳）

【證】：按此魯展喜答齊孝公之言。《史記．周本紀》云：「武王即位，太公望為師，周公旦為輔。襄公十四年傳云：「王使劉定公賜齊侯命曰，昔伯舅太公右我先王，股肱周室，師保萬民，世胙大師，以表東海。是周公、太公股肱周室也。武王既克殷，封太公於齊，封周公於魯。太公就國，周公留佐武王及成王，皆有功勳於王室。傳謂成王勞之而賜之盟，蓋成王親政之後，乃勞而賜之也。〈魯語〉云：「昔者成王命我先君周公及齊先君太公曰，女股肱周室，以夾輔先王，賜汝土地，質之以犧牲，世世子孫，無相害也。」與《左傳》說略同，是其事也。

15.「夔子不祀祝融與鬻熊，楚人讓之。對曰，我先王熊摯有疾，鬼神弗赦，而自竄于夔，吾是以失楚，又何祀焉！」（僖公廿六年傳）

【證】：《史記．楚世家》云：「楚之先祖出自帝顓頊高陽。高陽生稱，稱生卷章，卷章生重黎，重黎為帝嚳高辛居火正，甚有功，帝嚳命曰祝融。共工氏作亂，帝嚳使重黎誅之而不盡，帝乃誅重黎，而以其弟吳回為重黎後，復居火正，為祝融。吳回生陸終，陸終生子六人，六曰季連，芈姓，楚其後也。季連生附沮，附沮生冗熊。其後中微，或在中國，或在蠻夷，弗能祀其世。周文王之時，季連之苗裔曰鬻熊，鬻熊子事文王。」據此則祝融與鬻熊，皆楚之祖。夔子以不祀祝融與鬻熊，為楚人所責，是二人亦夔之祖也。又夔子答楚人以其先熊摯有疾，因自竄于夔，是以失楚，明熊摯本當嗣位，以竄夔而未果，則熊摯楚君之子可知。

熊摯為何君之子，《史記》無明文。〈楚世家〉載楚君熊渠有子三人，長子康為句亶王，中子紅為鄂王，少子執疵為越章王。後並去王號，康又稱熊毋康（〈大戴禮帝繫作無康〉），紅稱熊摯紅。熊毋康早死，及熊渠卒，子熊摯紅立，其弟弒而代立曰熊延云云。疑熊摯即世家所稱熊摯紅也。宋均《樂緯注》以熊摯為熊渠嫡嗣，蓋是。惟〈楚世家〉謂熊摯紅為弟所弒，又無得疾竄夔之說，與傳有異。宋均《樂緯注》云：「熊渠嫡嗣曰熊摯，有惡疾，不得為後，別居於夔，為楚附庸，後王命曰夔子。」〈鄭語韋昭注〉亦云：「楚熊繹六世孫曰熊摯，有惡疾，楚人廢之，立其弟熊延，摯自棄於夔，其子孫有功，王命為夔子。」與《左傳》說合。

又司馬貞《史記索隱》引譙周《古史考》云：「熊渠卒，子熊翔立，卒，長子摯有疾，少子熊延立。」裴駰《集解》引服虔亦云：「夔，楚熊渠之孫熊摯之後。譙周、服虔皆以熊摯為熊渠之孫，世次與司馬遷說異，不知何據。

16.「**晉侯登有莘之虛。**」（**僖公廿六年傳**）

【證】：杜預曰：「有莘，故國名。」司馬貞《史記索隱》：「按系本，鯀取有莘氏女，謂之女志，是生高密。宋忠云，高密，禹所封國。」是禹之母為有莘氏之女，則有莘氏在夏之前已立國於世。《孟子》萬章篇：「伊尹耕於有莘之野。」《呂覽》：「伊摯，有莘之私臣。」《史記索隱》引《孫子兵書》云：「伊尹名摯。」《史記．殷本紀》：「伊尹為有莘氏私臣，湯舉任以國政。」是則有莘至夏末殷初，仍立國如故也。其後不知又享國幾時，至春秋時已亡。

有莘國故地，張守節《史記正義》引《括地志》：古莘國在汴州陳留縣東五里，故莘城。江永亦以有莘在陳留縣。惟顧棟高謂：「有莘之墟，衛地，在今山東曹縣北十八里。」《續山東考古錄》亦云：「莘國故城在曹縣北十八里，今莘仲集。《孟子》，伊尹耕於有莘之野。春秋城濮之戰，晉侯登有莘之虛，又晉師陳於莘北，均在此。」按二說不同，以《左傳》所述城濮之戰晉楚兩軍部署形勢觀之，當以顧氏及《考古錄》說為是。

17.「**曹叔振鐸，文之昭也。先君唐叔，武之穆也。**」（**僖公廿八年傳**）

【證】：《史記・管蔡世家》以曹叔振鐸為周武王之母弟。武王已克殷紂，乃封叔振鐸於曹。曹叔振鐸為文王之子，文王於周廟之次為穆，故其子為昭也。又〈晉世家〉云：「晉唐叔虞者，周武王子而成王弟。武王崩，成王立，唐有亂，周公誅滅唐，於是遂封叔虞於唐。唐叔子燮，是為晉侯。」是唐叔虞，武王子，成王弟，為晉之祖。武王廟次為昭，故其子唐叔為穆也。

18.「衛成公夢康叔曰，相奪予享，公命祀相。寧武子不可，曰：鬼神非其族類，不歆其祀，杞鄫何事，相之不享於此久矣，非衛之罪也，不可以間成王周公之命祀，請改祀命。」（僖公卅一年傳）

【證】：衛康叔名封，周武王同母少弟。周公既平武庚及管蔡之亂，以武庚殷餘民封康叔為衛君，居河淇間故殷墟，其事俱見《史記・衛世家》。夏后相者，夏禹之曾孫，亦見《史記・夏本紀》。

康叔所封地在河淇間故殷墟，亦即紂所都之朝歌，在今河南淇縣附近。夏后相所都，據近人呂氏所考（見所著《先秦史》第八章）以為在河洛之域，其地與故殷墟相去不遠，蓋亦在康叔封域之中，故傳云然。

杞、鄫二國皆夏之苗裔。〈周本紀〉云：「武王封大禹之後於杞。」又〈陳杞世家〉云：「杞東樓公者，夏后禹之苗裔，殷時或封或絕。周武王克殷紂，求禹之後，得東樓公，封之於杞，以奉夏后氏祀。」是杞為夏後也。鄫，魯僖公十四年始見於春秋。魯襄公六年為莒所滅。魯昭公四年，其地入於魯。顧棟高《春秋列國爵姓及存滅表》：「鄫，姒姓，禹後。今山東兗州府嶧縣東八十里有鄫城。」蓋周別封禹後於鄫也。杞、鄫二國皆夏之後，當奉祀相，故傳謂「杞鄫何事」也。

19.「**殽有二陵焉，其南陵，夏后皐之墓也；其北陵，文王之所辟風雨也。**」（僖公卅二年傳）

【證】：殽之位置，杜預以為在弘農澠池縣西。《大清一統志》：「殽山在河南陝縣東南七十里，洛寧縣北六十里，綿亙於河南省洛寧縣北，澠池縣西南，陝縣東南境。」《河南府志》：「殽有東西二山，東殽在洛寧北二十里，二陵在焉。西殽在陝縣東南七十里。兩殽相去三十五里，古道穿二殽之間，魏武帝西討巴漢，惡其險而更開北道，至今便之。」《水經注》河水篇：「河北東過砥柱，河之右側，崤水注之，水出河南盤崤山。……歷澗東北流，與石崤水相合，水出崤山，山有二陵，南陵夏后皐之墓也。北陵文王所避風雨矣。」《水經注疏》：「文王所避風雨，即東崤山，俗號為文王山，在夏后皐墓北可十里許。」是諸家之說略同。

《山海經．海外東經注》、《太平御覽》八十二及《通鑑外紀》並引《竹書紀年》云：「胤甲即位，居西河。」按夏后胤甲，一名厪。厪崩，傳位孔甲。孔甲崩，傳惠昊，昊即皐也。自帝孔甲至帝皐，載籍未見遷都之說，當亦居西河也。西河之地，諸說略有異同：《史記》仲尼弟子列傳云：「子夏居西河」。司馬貞《索隱》：「在河東郡之西界，蓋近龍門。」張守節《正義》：「西河郡，今汾州也。《禮記》云：自東河至於西河河東。故號龍門河為西河，漢因為西河郡汾州也。」是《索隱》及《正義》皆以西河在西河郡汾州，地近龍門。又《禮記．檀弓》云：「子夏退而老於西河之上。」鄭玄注：「西河，龍門至華陰之地。」是龍門至華陰之地，亦得謂之西河。然則西河一名，蓋有廣狹二義，不僅限於汾州一地也。《索隱》與鄭氏說雖小異，要皆不出汾州、龍門、華陰等地範圍。夏后所居之西河，蓋即其地。殽地近西河，故夏后皐死，得葬於殽之北陵也。

據《詩．周頌》及《史記．周本紀》所述，文王初居岐下周原，又徙都豐。周原與豐，皆位處渭水南北，在殽之西。文王蓋嘗東伐國，道經殽山險道，故得避風雨於殽之南陵也。

20. 「舜之罪也，殛鯀；其舉也，興禹。」（僖公卅三年傳）

【證】：《尚書》載，帝堯之時，洪水為患，民不得安居，上下憂之。於是堯命鯀治水，九載而績用弗成。舜繼立，乃殛鯀於羽山。並命禹平水土，使續鯀之業。禹乃敷土，隨山刊木，奠高山大川，凡十三載而功成。後受舜禪讓而有天下，為夏朝開國之祖。《史記．夏本紀》說略同。是舜殛鯀與禹之事也。

（本文刊載於《成功大學學報》第五卷，民國五十九年五月）

《左傳》古史疏證之二
——文公至襄公

21.「子雖齊聖，不先父食久矣。故禹不先鯀，湯不先契，文武不先不窋，宋祖帝乙，鄭祖厲王，猶上祖也。」（文公二年傳）

【證】：按此年八月，魯大事於太廟，躋僖公。君子以為失禮，因舉前代子不先父祀之事，以明魯逆祀之非也。鯀為禹之父，見於《尚書》，《史記．夏本紀》說同。又〈殷本紀〉謂，契十三傳至天乙，是為成湯。〈周本紀〉謂，后稷卒，子不窋立，又十三世而文王立，文王傳子武王。是禹為鯀之子，湯為契之後，文武為不窋之後。又《史記．宋世家》云：「微子啟，殷帝乙之元子也，周公既平武庚、管、蔡之亂，乃命微子啟代殷後，奉其先祀，國于宋。」〈鄭世家〉云：「鄭桓公友者，周厲王少子，而宣王庶弟也。宣王立二十二年，友初封於鄭。」是帝乙為宋之祖，厲王為鄭之祖，故傳云然。

22.「臧文仲聞六與蓼滅，曰：皐陶、庭堅不祀，忽諸。德之不建，民之無援，哀哉。」（文公五年傳）

【證】：皐陶事迹，《尚書》及《史記．五帝本紀》皆載之，蓋嘗為堯舜之臣，堯命之作士，典司五刑，頗著功績。〈夏本紀〉云：「帝禹立，而舉皐陶薦之，且授政焉，而皐陶卒。」是皐陶歷仕堯舜之後，尚及見禹之立也。張氏《史記正義》引《帝王世紀》云：「皐陶生於曲阜，曲阜偃地，故帝因之而賜姓曰偃。」蓋堯所賜也。

皐陶之與庭堅，自班孟堅以下，多以為庭堅即皐陶。鄭康成注《論語》，杜預注《左傳》，並從其說。惟崔氏述、黃氏義府，皆嘗致疑。崔氏《考信錄》謂，杜氏若但據臧文仲之言，即以庭堅為皐陶字，則未見其必然。且堯舜禹時，皆但稱名，未有字也；典謨及後世詩人，儒者之稱皐陶者多矣，而未嘗有稱為庭堅者，何所見而知庭堅之為皐陶乎？因疑六、蓼二國之祖，一為皐陶，一為庭堅也。黃氏亦以古人之語，無既舉其名，復舉其字之理，則皐陶、庭堅非一人也。故羅泌《路史》辨皐陶為少昊四世孫。六，皐陶後。庭堅則高陽氏之子，亦皐陶後。蓼，庭堅後。陸氏據《焦氏易林》亦以尨降、庭堅為陶叔後，謂二國皆皐陶後，而庭堅或以支子別封，自為其國之祖，故文仲並舉之

〈顧炎武《左傳杜解補正》引〉，說蓋可從。《史記．夏本紀》云：「皋陶之後，封於英、六，或在許。」〈楚世家〉云：「穆王四年，滅六、蓼。六、蓼，皋陶之後。」是六為皋陶之後，《史記》已明言之。六國所在，杜預謂，六國，今廬江六縣。」司馬貞《索隱》引《地理志》：「六安國六縣，咎繇（按即皋陶）後，偃姓所封國。」張守節《正義》云：「《括地志》，咎繇墓在壽州安豐縣南一百三十理故六城東。」諸說是也。

蓼國皋陶後，見於《史記．楚世家》，惟〈夏本紀〉載皋陶之後，受封於英、六，或在許，不言蓼。司馬貞《索隱》謂，英地闕不知所在。《史記．黥布列傳》云：「太史公曰，英布者，其先豈《春秋》所見楚滅英六，皋陶之後哉。」亦不言蓼。張守節《正義》因疑英即蓼也。其說蓋是。至蓼國所在，杜預注謂：「蓼國，今安豐蓼縣。」張守節《正義》云：「《括地志》云，光州固始縣，本春秋時蓼國，偃姓，皋陶之後也。《左傳》云，子燮滅蓼。《太康地志》云，蓼國先在南陽故縣，今豫州郾縣界故胡城是，後徙於此」是也。

23.「昔高陽氏有才子八人，蒼舒、隤敳、檮戭、大臨、尨降、庭堅、仲容、叔達，齊聖廣淵，明允篤誠，天下之民，謂之八愷。高辛氏有才子八人，伯奮、仲堪、叔獻、季仲、伯虎、仲熊、叔豹、季貍、忠肅共懿，宣慈惠和，天下之民，謂之八元。此十六族也，世濟其美，不隕其名，以至於堯，堯不能舉。舜臣堯，舉八愷，使主后土，以揆百事，莫不時序，地平天成。舉八元，使布五教於四方，父義母慈，兄友弟共子孝，內平外成。昔帝鴻氏有不才子，掩義隱賊，好行凶德，醜類惡物，頑嚚不友，是與比周，天下之民，謂之渾敦。少皞氏有不才子，毀信廢忠，崇飾惡言，靖譖庸回，服讒蒐慝，以誣盛德，天下之民謂之窮奇。顓頊氏有不才子，不可教訓，不知話言，告之則頑，舍之則嚚，傲很明德，以亂天常，天下之民，謂之檮杌。此三族也，世濟其凶，增其惡名，以至於堯，堯不能去。縉雲氏有不才子，貪于飲食，冒于貨賄，侵欲崇侈，不可盈厭，聚斂積實，不知紀極，不分孤寡，不恤窮匱，天下之民，以比三凶，謂之饕餮。舜臣堯，賓于四門，流四凶族，渾敦、窮奇、檮杌，饕餮，投諸四裔，以禦魑魅，是以堯崩而天下如一同心，戴舜以為天子，以其舉十六相，去四凶也。故〈虞書〉數舜之功曰，慎徽五典，五典克從，無違教也。曰，納于百揆，百揆時序，無廢事也。曰，賓于四門，四門穆穆，無凶人也。」（文公十八年傳）

【證】：此節歷敘舜舉八愷八元及去四凶族之功，說者以為八愷八元在《尚書．堯典》舜所命諸臣之中，而四凶族即堯典之驩兜、共工、鯀及三苗也。《史記．五帝本紀》載此文於舜歷試之時，明太史公以此為舜時事。惟堯典之文亦載於本紀中，與此文並列，似又不以八愷八元為即堯典所載諸臣者。蓋古史渺茫難徵，太史公之時已然，故太史公撰史記，兼取尚書及左傳之文，而不細別之也。

按《尚書》及《左傳》之文，所言諸臣之職司及功績，多有同者。《尚書·堯典》載舜命禹作司空，平水土，棄作后稷，播時百穀，契作司徒，敬敷五教。又命皐陶作士，垂作共工，伯益作虞，伯夷作秩宗，夔典樂，龍作納言。又有岳牧及殳斨、伯與、朱、虎、熊、羆等人，皆一時賢才，為舜之臣。與傳敘舜命八愷八元主后土，揆百事，布五教諸端同，然則八愷八元之族，蓋在〈堯典〉諸臣中也。

〈堯典〉又載舜流四凶於四裔。於共工之行則曰，靖言庸違，於驩兜則薦共工於堯，於鯀之行則曰方命圮族，而三苗亦在流放之列。與傳所言窮奇、渾敦、檮杌，饕餮之惡行同然，則傳之四凶族蓋即〈堯典〉之四罪也。由是言之，此傳當與〈堯典〉所言舜臣同為一事，而其名氏所以不同者，蓋年遠代易，傳述容或歧異也。

《大戴記·帝繫》云：「高陽是為帝顓頊。」《史記·五帝本紀》云：「帝顓頊高陽者，黃帝之孫而昌意之子。」《索隱》引宋衷云：「顓頊名，高陽有天下號也。」張晏云：「高陽，所興地名也。」是高陽乃帝顓頊所興之地，因以為有天下之號也。屈原作《離騷》自謂帝高陽之苗裔，屈原楚之同姓，而

《國語》以楚為祝融之後。昭公廿九年傳又以祝融為顓頊氏之子。亦可證高陽即顓頊也。此傳謂高陽氏有才子八人為舜臣，而《史記．五帝本紀》謂舜為帝顓頊六世孫，則此高陽氏蓋帝顓頊之後，而以高陽為氏者也。

《國語》嘗稱帝嚳，《大戴記．帝繫》云：「高辛是為帝嚳。」《史記．五帝本紀》云：「顓頊崩而玄囂之孫高辛立，是為帝嚳。帝嚳高辛者，黃帝之曾孫也。」是高辛即帝嚳。傳謂高辛氏之子，蓋意指其苗裔也。

帝鴻氏，賈逵以為即黃帝，杜預注《左傳》、司馬貞作《史記索隱》，並從其說，而《山海經．大荒東經》謂：「帝俊生帝鴻。」郭璞注以帝俊為帝舜，則以帝鴻為舜之子。清儒畢沅據《帝王世紀》又以為帝鴻即帝嚳。諸說不同，未詳孰是。

《大戴記．帝繫》云：「黃帝產玄囂，玄囂產蟜極，蟜極產高辛。黃帝產昌意，昌意產高陽。」又云：「黃帝取於西陵氏之子，謂之嫘祖，產青陽及昌意。青陽降居泜水，昌意降居若水。」《史記．五帝本紀》從之，而以青陽為玄囂。班固作《漢書．律歷志》又以青陽為少皞。後之學者遂多以少皞為黃帝之子。惟崔述《補上古考信錄》嘗辨之，以為青陽、玄囂俱非少皞，而次少皞氏於太皞氏之後，顓頊之前，其說蓋是。

賈逵云：「縉雲氏，姜姓，炎帝之苗裔，當黃帝時在縉雲之官。」昭公十七年傳：「黃帝氏以雲紀，故為雲師而雲名。」杜預注：「黃帝受命有雲瑞，故以雲紀事，百官師長，皆以雲為名號，縉雲氏蓋其一官也。」服虔亦謂黃帝之夏官為縉雲氏。據是縉雲氏蓋黃帝時在縉雲之官，因號曰縉雲氏。此傳之縉雲氏，蓋其苗裔也。

又傳載舜臣堯，賓于四門，流四凶族。堯崩，天下如一同心，戴舜以為天子，及引〈虞書〉曰云云，均見於《尚書．堯典》篇中，是亦可證此傳與〈堯典〉所述同屬一事也。

24.「昔夏之方有德也，遠方圖物，貢金九牧，鑄鼎象物。百物而為之備，使民知神姦，故民入川澤山林，不逢不若。魑魅罔兩，莫能逢之，用能協于上下，以承天休。桀有昏德，鼎遷于商，載祀六百。商紂暴虐，鼎遷于周。德之修明，雖小重也，其姦回昏亂，雖大輕也。天祚明德，有所底止。成王定鼎於郟鄏，卜世三十，卜年七百，天所命也。周德雖衰，天命未改，鼎之輕重，未可問也。」（宣公三年傳）

【證】：《史記．楚世家》載楚莊王問鼎事，與此傳略同。其夏商周三代傳鼎之事，參見桓公二年傳「武王遷鼎于雒邑」條。

商代享國年數，《漢書．律曆志》謂：「凡殷世繼嗣三十一王，六百二十九歲。」裴駰《史記集解》引譙周說略同。傳云載祀六百，蓋舉成數也。〈律曆志〉又謂：「周凡三十六王，八百六十七歲。」王先謙《補注》引錢大昕曰：「以《史記》次之實三十七王。」裴氏《集解》引皇甫謐說同。則周之享年，過於卜數。王孫滿答楚莊王問鼎事在周定王元年，時周之享國，年數尚淺，故王孫滿以天命未改為言也。

25.「**夫恃才與眾，亡之道也，商紂由之，故滅。**」（**宣公十五年傳**）

【證】：按此為伯宗諫晉侯之語。《史記．殷本紀》云：「帝紂資辨捷疾，文見甚敏，材力過人，手格猛獸，知足以距諫，言足以飾非，矜人臣以能，高天下以聲，以為皆出己之下。」昭公廿四年傳引〈太誓〉曰：「紂有億兆夷人。」〈周本紀〉載武王伐紂，紂發兵七十萬人拒之。是紂才甚高而又有眾也。惟其恃才與眾，暴戾恣睢，閉塞忠諫，故終至滅亡也。又見桓公十一年及莊公十一年傳條。

26.「**周書曰：明德慎罰，文王所以造周也。**」（**成公二年傳**）

【證】：杜注：「〈周書．康誥〉也。」按《尚書．康誥》篇，周公以王命誥康叔曰：「惟乃丕顯考文王，克明德慎罰，不敢侮鰥寡，庸庸祇祇，威威顯民。用肇造我區夏，越我一二邦，以修我西土。惟時怙，冒聞于上帝，帝休。天乃大命文王，殪戎殷，誕受厥命。」此蓋節引其文，文王明德慎罰以興周之事，詳《史紀．周本紀》。

27.「**詩曰『濟濟多士，文王以寧。』夫文王猶用眾，況吾儕乎。**」（成公二年傳）

【證】：按此所引為詩《大雅．文王》三章之文。朱熹《詩集傳》曰：「文王之國，能生此眾多之士，則足以為國之幹，而文王亦賴以為安矣。」是詩美文王多賢佐也。《尚書．君奭》篇列文王之賢臣有虢叔、閎夭、散宜生、泰顛、南宮括五人。又《史記．周本紀》謂文王遵后稷、公劉之業，則古公、公季之法，篤仁、敬老、慈少，禮下賢者，日中不暇食以待士，士以此多歸之。太顛、閎夭、散宜生、鬻子、辛甲大夫之徒，皆往歸之。又有子武王發、子周公旦暨太公望、召公奭、畢公、榮公、毛叔鄭諸人，皆賢者，是文王多賢佐而能用眾也。

28.「**太誓所謂，商兆民離，周十人同者，眾也。**」（成公二年傳）

【證】：杜注：「大誓，《周書》。萬億曰兆。民離則弱，合成則眾，言殷以散亡，周以眾興也。」按昭公廿四年傳引〈大誓〉曰：「紂有億兆夷人，亦有離德。余有亂臣十人，同心同德。」此節引其文，以證同心則眾之義。詳昭公廿四年傳引大誓條疏證。

29.「夫齊，甥舅之國也，而太師之後也。」（成公二年傳）

【證】：杜注：「齊世與周婚，故曰甥舅也。」按齊太公之女為武王后，號邑姜。又魯宣公六年召桓公逆王后于齊，是定王后亦為齊女。其他未見諸載籍者當仍有之，故齊於周為甥舅之國也。

太師即太公望呂尚。尚佐周文王、武王，成就王業，號曰師尚父，又號太師。封於齊，傳二十餘世，至戰國之初，為田氏所取代。其事俱詳《史記．周本紀》及〈齊世家〉。

30.「昔周克商，使諸侯撫封，蘇忿生以溫為司寇，與檀伯達封于河。」（成公十一年傳）

【證】：杜注：「蘇忿生，周武王司寇蘇公也，與檀伯達俱封于河內。」按《尚書．立政》篇載周公旦嘗語司寇蘇公，是西周之初有司寇蘇公也。故杜氏云然，蓋是。顧棟高《春秋大事表列國爵姓及存滅表》：「溫國，子爵。始封，司寇蘇公。今河南懷慶府溫縣西南三十里有古溫城。檀國，伯爵。其封地蓋在今河南懷慶府濟源縣境。」按溫及濟源二縣境皆臨河，且近成周，蓋皆畿內之國也。

31.「文王躬擐甲冑，……征東之諸侯，虞夏商周之胤，而朝諸秦，則亦既報舊德矣。（成公十三年傳）

【證】：此晉呂相絕秦之辭。東諸侯者，蓋指晉秦以東之諸侯也。晉文公於魯僖公廿四年返國。廿八年春，出師救宋，而伐曹衛。四月，會齊師、宋師、秦師敗楚、陳、蔡之師于城濮。五月盟魯、齊、宋、蔡、鄭、衛、莒、陳諸國于踐土。則文公所征或與征之東方諸侯蓋指曹、衛、楚、陳、蔡、鄭、宋、魯、齊諸國也。此諸國者，陳為虞後，宋為商後，楚為顓頊後，齊為太嶽後，曹、衛、蔡、鄭、魯為周後，其事俱見《史記》〈本紀〉及〈世家〉，故曰虞夏商周之胤也。

32.「若猶不棄，而惠徼周公之福，使寡君得事晉君，則夫二人者，魯國社稷之臣也。」（成公十六年傳）

【證】：按此子叔聲伯告於晉人之辭也。晉人欲罪魯臣仲孫蔑及季孫行父，魯成公因命子叔聲伯請於晉人使赦之。蔑與行父，魯國社稷之臣也，赦此二人即所以赦魯國。魯，周公旦之後，故曰惠徼周公之福。魯為周公之後，事詳《史記·魯世家》。

33.「昔有夏之方衰也，后羿自鉏，遷于窮石，因夏民以代夏政，恃其射也。不脩民事而淫于原獸，棄武羅、伯困、熊髠、尨圉，而用寒浞。伯明氏之讒子弟也。伯明后寒棄之。夷羿收之，信而使之，以為己相。浞行媚于內，而施賂于外。愚弄其民，而虞羿于田，樹之詐慝，以取其國家，內外咸服。羿猶不悛，將歸自田，家眾殺而烹之，以食其子。其子不忍食諸，死于窮門。靡奔有鬲氏。浞因羿室，生澆及豷。恃其讒慝詐偽而不德于民，使澆用師滅斟灌及斟尋氏。處澆于過，處豷于戈。靡自有鬲氏收二國之燼，以滅浞而立少康。少康滅澆于過，后杼滅豷于戈。有窮由是遂亡，失人故也。」（襄公四年傳）

【證】：此魏絳引夏訓以告晉侯之辭也。本節所載羿、浞之亂，及哀公元年傳，伍員諫吳王所舉少康復國一節，為先秦典籍所載有關夏初興衰之一段較明確而完整之史實，後之言夏史者，每多稱引。就其文辭觀之，簡潔明暢，與《左傳》他文不殊，蓋《左傳》作者就前代史記而潤飾之，以入於《左傳》者也。

《史記．夏本紀》於羿、浞之亂及少康中興之事，無一語及之，而〈吳世家〉載伍員諫吳王之語，則引述少康中興一事。所以或及或不及者，蓋所據史料不同故也。〈夏本紀〉之所據，蓋《帝繫》、《世本》之類，而〈吳世家〉之所據，則《國語》之屬。所據不同，故其文不相涉，亦不以之相訂補。此太史公之例然也。

《墨子．非樂》云：「於武觀曰：啟乃淫溢康樂，野於飲食。將將銘，莧磬以力。湛濁於酒，渝食於野。萬舞翼翼。章聞於天，天用弗式。」《離騷》

曰：「啟九辯與九歌兮，夏康娛以自縱。不顧難以圖後兮，五子用失乎家巷。」〈天問〉曰：「啟棘賓商，九辯九歌。」又曰：「何勤子屠母，而死分竟地？」據此諸說，知夏之失德，實自啟始。《潛夫論．五德志》曰：「啟子太康、仲康更立，兄弟五人，皆有昏德，不堪帝事，降在洛汭，是為五觀。」揚雄〈宗正箴〉云：「昔在夏時，太康不共。有仍二女，五子家降。」偽《古文尚書．五子之歌》曰：「太康尸位以逸豫，滅厥德，黎民咸貳。乃盤遊無度，畋於有洛之表，十旬弗反。有窮后羿，因民弗忍，距於河。」是知啟淫逸自縱於前，而太康即位之後，復逸豫失德如故，禍亂乃成，有窮后羿因得以代夏政也。

《論語．憲問》云：「羿善射。」《孟子》書亦以為言。襄公四年傳云：「〈虞箴〉曰，在帝夷羿，冒于原獸，忘其國恤，而思其麀牡，武不可重用，不恢于夏家。」〈離騷〉云：「羿淫遊以佚田兮，又好射乎封狐。固亂流其鮮終兮，浞又貪夫厥家。澆身被服強圉兮，縱欲而不忍。日康娛以自忘兮，厥首用夫顛隕。」〈天問〉亦云：「帝降夷羿，革孽夏民。胡射乎河伯，而妻彼雒嬪？馮珧利決，封豨是射。何獻蒸肉之膏，而后帝不若？浞娶純狐，眩妻爰謀，何羿之射革，而交揆吞之？惟澆在戶，何求於嫂？何少康逐犬而顛隕厥首？女岐縫裳而館同爰止。何顛易厥守而親以逢殆？」據此所引諸文觀之，是羿既代夏政，以其善射，荒於遊田，不恤民事；信諂佞而棄賢良，故終為寒浞所殺也。浞既代羿，因羿之室而生澆及豷。澆淫於其嫂女岐，少康終因田獵放犬逐獸，遂襲殺澆也。

杜預注此傳疑寒國在北海平壽縣東，有鬲國在平原鬲縣，斟灌在樂安壽光縣，斟尋在北海平壽縣南，或在東萊掖縣北，戈在宋鄭之間。後之言地理者多從之。如杜氏之說，是必羿、浞之亂，緜延青、兗，喋血千里矣。近人呂氏已詳辨其非，以為其地皆不出河洛之域（見《先秦史》第八章）。其說較杜氏為勝，當得其實。

至澆滅斟灌、斟尋及少康、后杼復國之經過，哀公元年傳載伍員之言，敘之較詳，《史記．吳世家》所述略同，可與此節相印證，詳見彼傳及〈吳世家〉。

34.「昔周辛甲之為太史也，命百官官箴王闕。於虞人之箴曰：芒芒禹迹，畫為九州，經啟九道，民有寢廟，獸有茂草，各有攸處，德用不擾。在帝夷羿，冒于原獸，忘其國恤，而思其麀牡。武不可重，用不恢於夏家。獸臣司原，敢告僕夫。」（襄公四年傳）

【證】：按此亦魏絳告晉侯之語。杜預曰：「辛甲，周武王太史。」《國語．晉語》：「文王訪于辛尹。」賈逵以辛尹為辛甲、史佚。《史記．周本紀》謂伯夷、叔齊、太顛、閎夭、散宜生、鬻子、辛甲大夫之徒，聞西伯昌善養老，皆往歸西伯。《集解》引劉向《別錄》曰：「辛甲，故殷之臣，事紂，蓋七十五諫而不聽，去至周。召公與語，賢之。告文王，文王親自迎之，以為公卿，封於長子。」《韓非．說林》上：「周公旦已勝殷，將攻商蓋。辛公甲曰，大難攻，小易服，不如服眾小以劫大。乃攻九夷，而商蓋服矣。」據此知辛甲嘗歷事文王、武王，而下及成王初，仍為周臣。辛甲為周太史，他書無明文，杜預以為周武王太史，蓋是。

《尚書．堯典》謂舜禹平水土。又〈禹貢〉敘禹敷土，隨山刊木，奠高山大川，有冀、兗、青、徐、揚、豫、梁、雍九州之目，《史記．夏本紀》亦以為言，是芒芒禹迹，畫為九州也。夷羿事見前條疏證。

35.「**文王帥殷之叛國以事紂，唯知時也。**」（**襄公四年傳**）

【證】：殷紂在位，暴虐無道，殷政益衰，故臣民離心，屬國多叛。周崛起西方，西伯昌生有聖德，與紂同時，能行仁政，積善累德，故諸侯多歸之。其事俱見《史記．殷本紀》及〈周本紀〉。《論語．泰伯》：「三分天下有其二，以服事殷，周之德其可謂至德也已矣。」諸侯多叛紂而歸文王，文王率諸侯以臣事紂，故曰文王帥殷之叛國以事紂也。

36.「古之火正，或食於心，或食於味，以出內火，是故味為鶉火，心為大火。陶唐氏之火正閼伯，居商丘，祀大火而火紀時焉。相土因之，故商主大火。」（襄公九年傳）

【證】：此士弱答晉侯之辭，《史記．五帝本紀》謂陶唐氏為帝堯有天下之號。《漢書．五行志》引此傳而釋之云：「古之火正，謂火官也。掌祭火星，行火政。季春昏，心星出東方，而咮七星鳥首正在南方則用火，季秋星入則止火，以順天時，救民疾。帝嚳則有祝融，堯時有閼伯，民賴其德，死則以為火祖，配祭火星，故曰或食於心，或食於咮也。相土商祖契之曾孫，代閼伯後主火星，宋其後也。」《史記．太史公自序》云：「昔在顓頊，命南正重以司天，北正（當作火正）黎以司地。唐虞之際，紹重黎之後，使復典之，至于夏商。」是堯時有火正之設也。昭公元年傳云：「昔高辛氏有二子，伯曰閼伯，季曰實沈，居于曠林，不相能也。日尋干戈，以相征討。后帝不臧，遷閼伯于商丘，主辰，商人是因。遷實沈于大夏，主參，唐人是因。」杜預注云：「帝后，堯也。」據此知閼伯為高辛氏之子，堯遷之於商丘，使祀大火為火正也。契孫相土因之，故商主大火。宋為商後，故宋亦主之。《史記．殷本紀》，相土為契之孫，蓋嘗佐夏有功，封於商丘。《詩．頌》曰，「相土烈烈，海外有截」是也。《漢書．五行志》以相土為棄之曾孫，與《史記》世次不合，當從《史記》。

37.「昔秦人負恃其眾，貪于土地，逐我諸戎。惠公蠲其大德，謂我諸戎，是四嶽之裔冑也，毋是翦棄，賜我南鄙之田。」（襄公十四年傳）

【證】：按此戎子駒支告晉人之辭。《傳》載晉人執戎子駒支，范宣子親數諸朝，而稱之為姜戎氏，則戎為姜姓可知。《國語．周語》云：「堯遭洪水，使禹治之，共之從孫四嶽佐之，胙四嶽國命為侯伯，賜姓曰姜。」是四嶽姜姓也。又莊公廿二年傳云：「姜，太嶽之後也。」杜注：「姜姓之先，為堯四嶽。」是太嶽即四嶽，亦為姜姓。此傳諸戎姜姓，故為四嶽之裔冑也。又見莊公廿二傳條。

38.「王使劉定公賜齊侯命曰，昔伯舅太公，右我先王，股肱周室，師保萬民，世胙大師，以表東海。王室之不壞，繄伯舅是賴。」（襄公十四年傳）

【證】：太公望呂尚歷佐周文王、武王，股肱周室，師保萬民，頗著勳績，號師尚父，以功封於齊，都營丘。國境東至海，西至河，南至穆陵，北至無棣，世為東方大國。其事俱見《史記．齊太公世家》。又見僖公四年及廿六年傳條。

39.「昔匄之祖，自虞以上為陶唐氏，在夏為御龍氏，在商為豕韋氏，在周為唐杜氏，晉主夏盟為范氏。」（襄公廿四年傳）

【證】：此晉范匄自述其先祖以告叔孫豹之辭也。張守節《史記正義》引徐廣云：「堯號陶唐。」蓋其後因以為氏，故有陶唐氏也。昭公廿九年傳云：「有陶唐氏既衰，其後有劉累，學擾龍于豢龍氏，以事孔甲，能飲食之。夏后嘉之，賜氏曰御龍以更豕韋之後，龍一雌死，潛醢以食夏后，夏后饗之，既而使求之，懼而遷于魯縣，范氏其後也。」據此知范氏之先為陶唐氏。陶唐氏既衰，其後劉累，學擾龍于豢龍氏，事夏后孔甲，夏后嘉之，因賜曰御龍氏，以代豕韋之後，國於豕韋，後乃避咎遷于魯縣。故范氏之先在夏為御龍氏也。

《詩・頌》：「韋顧既伐。」鄭氏箋：「韋，豕韋，彭姓。」《國語・晉語》云：「祝融之後八姓，大彭、豕韋為商伯矣。」又云：「彭姓：彭祖、豕韋則商滅之矣。」賈逵云：「大彭、豕韋為商伯，其後世失道，殷德復興而滅之。」按此彭姓之豕韋，為祝融之後，與御龍氏蓋無涉也。」其後商滅之，而御龍氏復居豕韋故地，號曰豕韋氏，故范匄之祖在商得為豕韋氏也。

昭公元年傳云：「堯遷實沈于大夏，唐人是因，以服事夏商，其季世曰唐叔虞。及成王滅唐而封大叔。」《國語》云：「周之衰也，杜伯射宣王於鎬。」是周有唐杜之國。〈晉語〉云：「訾祐對范宣子曰，昔隰叔子違周難，奔於晉，生子輿，為司空。世及武子，佐文襄為卿，以輔成景。後之人可則，是以受隨范。」賈逵注云：「宣王殺杜伯，其子逃而奔晉。子輿，士蔿字。武子，士會也。」杜預注《左傳》以為殷末豕韋氏國於唐，周成王滅唐，遷于杜，為杜伯。杜伯之子隰叔奔晉，四世而及士會，食邑於范，故為范氏。是范宣子之先，在殷末嘗國於唐，又遷於杜，故在周為唐杜氏。其後以違周難而奔晉，受邑隨范，因號范氏也。

40.「武王有亂（臣）十人。」（襄公廿八年傳）

【證】：阮元《校勘記》云：「宋本、宋殘本、淳熙本、岳本、足利本無臣字，與石經合。又昭公廿四年傳引〈大誓〉亦無臣字、後人皆據晉時所出古文〈大誓〉以益之，非也。」陸德明《論語釋文》云：「予有亂十人，本或作亂臣十人，非。」是古本亂字下無臣字，是也。有亂十人者，謂有治亂之臣十人也。昭公廿四年傳引〈大誓〉曰：「紂有億兆夷人，亦有離德，余有亂 （臣）十人，同心同德。」此傳言武王有亂十人，蓋用〈大誓〉之意。《論語・泰伯》：「武王曰，予有亂（臣）十人。」何晏《集解》引〈馬融說〉云：「十人謂周公旦、太公望、召公奭、畢公高、榮公、太顛、散宜生、南宮适，其一人謂文母。」孔氏《左傳正義》引鄭玄《論語注》說同。按《書・君奭》數文王之臣有閎夭、散宜生、泰顛、南宮适四人。《墨子》云：「文王舉閎夭、泰顛於罝網之中。」〈晉語〉云：「文王度於閎夭而謀於南宮。」又云：「重之以周、召、畢、榮。」《史記．周本紀》云：「武王即位，太公望為師，周公旦為輔，召公畢公之徒，左右王師。」又云：「散宜生、太顛、閎夭，皆執劍以衛武王。命南宮括散鹿臺之財，發鉅橋之粟。」《周書．克殷》篇云：「命畢公出百姓之囚。」蓋九人者皆文王得之以遺武王者也。《詩．雍》云：「亦右文母。」《毛傳》云：「文母，太姒也。」太姒，文王之后而武王之母也，有懿德，故並數之。劉敞疑子無臣母之義，故以為當改文母為邑姜。邑姜者，武王之妻，亦賢婦人，昭元年傳所謂武王邑姜是也。說亦可通。

41.「周書數文王之德曰：大國畏其力，小國懷其德。」……紂囚文王七年，諸侯皆從之囚，紂於是乎懼而歸之。文王伐崇，再駕而降為臣，蠻夷帥服。……文王之功，天下誦而歌舞之。……文王之行，至今為法。」（襄公三十一年傳）

【證】：按《周書》曰句，今尚書二十八篇中無此語，蓋逸書也。《史記．周本紀》謂，文王立，有聖德，遵后稷、公劉之業，則古公、公季之法，篤仁敬老慈少，禮下賢者，日中不暇食以待士，士以此多歸之。是為有德之君。諸侯亦以此而多歸屬焉。文王嘗伐犬戎，伐密須，敗耆國，伐邘，伐崇，有德而武，是以大國畏其力，小國懷其德也。

《尚書·無逸》：「文王受命唯中身，厥享國五十年。」《史記·周本紀》亦云：「西伯蓋即位五十年。是文王在位，歷年多矣。紂囚文王，《史記》嘗載其事。〈殷本紀〉云：「紂以西伯昌、九侯、鄂侯為三公。九侯有女，入之紂，不憙淫，紂怒殺之，而醢九侯。鄂侯爭之彊辨之疾，并脯鄂侯。西伯聞之竊嘆，崇侯虎知之以告紂，紂囚西伯羑里。」〈周本紀〉說略同。史遷之說蓋本之《戰國策》。惟文王囚在何年，《史記》、《國策》均無明文。考〈周本紀〉敘文王為紂所囚，既得脫，其下乃云：虞芮之人爭獄，俱讓而去。諸侯聞之曰，西伯受命之君也。然則文王之囚，蓋在虞芮質獄之前也。

至文王得脫之由，《史記》謂閎夭之徒求有莘氏美女，驪戎之文馬，有熊九駟，他奇怪物，因殷嬖臣費仲而獻之紂。紂大悅，乃赦西伯。」鄭玄注《尚書》亦謂紂得散宜生等獻寶而釋文王，與《傳》懼而歸之之說異。

《尚書偽孔傳》稱，文王一年質虞芮，二年伐邘，三年伐密須，四年伐犬夷，紂乃囚之，四友獻寶乃得免於虎口，出而伐耆。鄭玄《尚書注》亦云：「紂聞文王斷虞芮之訟後，又五伐皆勝，始畏而惡之，拘於羑里。紂得散宜生等獻寶而釋文王，文王釋而伐黎。」以為四年囚之，五年釋之。則文王被囚不滿一年，與傳囚七年之說不同。惟如彼說，文王既已受命改元，而又專伐諸國，是則反形已露，既為紂所囚，恐非寶貨所能釋也。史記蓋以囚文王在虞芮質獄之前，雖則未言年數，要與傳因七年之說不相違異，偽孔及鄭氏說恐非。

《史記》以文王伐崇及作豐邑在文王崩前一年，《詩・大雅》云：「既伐于崇，作邑于豐」是也。僖公十九年傳述文王伐崇云：「文王聞崇德亂而伐之，軍三旬而不降，退脩教而復伐之，因壘而降。」是文王伐崇之事也。伐崇事，又見僖公十九年傳條。

（本文刊載於《成功大學學報》第六卷，民國六十年六月）

《左傳》古史疏證之三

——昭公至哀公

42.「昔高辛氏有二子，伯曰閼伯，季曰實沈，居於曠林，不相能也。日尋干戈，以相征討。后帝不臧，遷閼伯於商丘，主辰，商人是因，故辰為商星。遷實沈於大夏，主參，唐人是因，以服事夏商，其季世曰唐叔虞。當武王，邑姜方震大叔，夢帝謂己，余命而子曰虞，將與之唐。屬諸參而蕃育其子孫。及生，有文在其手，曰虞，遂以命之。及成王滅唐，而封大叔焉，故參為晉星。由是觀之，則實沈參神也。昔金天氏有裔子曰昧，為玄冥師，生允格、臺駘。臺駘能業其官，宣汾洮，障大澤，以處大原，帝用嘉之，封諸汾川，沈、姒、蓐、黃，實守其祀。今晉主汾而滅之矣。由是觀之，則臺駘汾神也。」（昭公元年傳）

【證】：按此子產答叔向之辭也。襄公九年傳曰：「陶唐氏之火正閼伯，居商丘，祀大火而火紀時焉。相土因之，故商主大火。」〈晉語〉云：「大火，閼伯之星也，是謂大辰。」是閼伯嘗為陶唐氏火正，帝堯遷之于商丘，主辰，為商之祖。《史記．晉世家》云：「初，武王與叔虞母會時，夢天謂武王曰，余命女生子名虞，余與之唐。及生子，文在其手曰虞，故遂因命之曰虞。武王崩，成王立，唐有亂，周公誅滅唐，成王於是遂封叔虞於唐。」說唐叔虞事與傳合。

金天氏，《世本．帝繫》、《漢書．律歷志》及服虔、杜預注《左傳》，皆以為帝少皞有天下之號。崔述《考信錄》已辨其非。說詳文公十八年傳條。

傳言沈、姒、蓐、黃四國，實守臺駘之祀，則四國臺駘之後。臺駘封於汾川，則四國之居地，亦當在汾洮流域，漢之河東郡是也。

43.「夏啟有鈞臺之享，商湯有景亳之命，周武有孟津之誓，成有岐陽之蒐，康有酆宮之朝，穆有塗山之會。……夏桀為仍之會，有緡叛之；商紂為黎之蒐，東夷叛之；周幽為大室之盟，戎狄叛之。」（昭公四年傳）

【證】：按鈞臺之享，《史記．夏本紀》不載其事。杜預曰：「河南陽翟縣南有鈞臺陂，蓋啟享諸侯於此。」《通鑑．外紀》曰：「啟筮享神於大陵之上，是為鈞臺之享。」《路史》云：「啟命大廉祭鼎昆吾之谿，而筮享大陊之上，是為鈞臺之享。」注：「連山陽文，啟筮享神於大陵之上，即鈞臺也。鈞臺在陽翟。《地道記》云，下有鈞臺陂，俗謂之臺陂。《九域志》有鈞臺驛。」《外紀》及《路史》並以啟亨於大陵之上。大陵，杜預及《路史》注以為在陽翟，蓋是。

《史記．殷本紀》云：「夏桀為虐政淫荒，而諸侯昆吾氏為亂，湯乃興師，率諸侯，伊尹從湯，自把鉞以伐昆吾，遂伐桀。」景亳之命蓋在興師時為之者也。《通鑑外紀》云：「夏末昆吾氏伯而為亂，湯有景亳之命，帥兵自把鉞，伐韋顧及昆吾」是也。

《史記．周本紀》云：「武王即位，九年武王上祭於畢，東觀兵於盟津……，乃告司馬、司徒、司空諸節，齊栗信哉，予無知，以先祖有德，臣小子受先功，畢立賞罰，以定其功。遂興師，師尚父號曰，總爾眾庶，與爾舟楫，後至者斬。武王渡河，……是時諸侯不期而會盟津者，八百諸侯。諸侯皆曰紂可伐矣。武王曰，女未知天命，未可也。乃還師歸。居二年，聞紂昏亂，暴虐滋甚。……於是武王徧告諸侯曰：殷有重罪，不可以不畢伐。乃遵文王，遂率戎車三百乘，虎賁三千人，甲士四萬五千人，以東伐紂。十一年十二月戊午，師畢渡盟津，諸侯咸會曰：孳孳無怠。武王乃作〈太誓〉，告於眾庶，今殷王紂乃用其婦人之言，自絕於天，毀壞其三正，離逷其王父母弟，乃斷棄其先祖之樂，乃為淫聲，用變亂正聲，怡說婦人，故今予發維共行天罰。勉哉夫子，不可再，不可三。」據此則武王嘗兩度出盟津：其一為武王九年觀兵至於盟津，旋還師。居二年，武王復率師出盟津。武王作〈太誓〉，告於眾庶，傳言孟津之誓，蓋即指此。

成王伐奄，《史記．周本紀》載其事云：「周公反政成王，……召公為保，周公為師，東伐淮夷殘奄，成王自奄歸在宗周。」是成王即政後，嘗伐奄也。《國語》曰：「叔向謂趙文子曰：昔成王盟諸侯岐陽。」杜預曰：「周成王自奄，大蒐於岐山之陽。岐山在扶風美陽縣西北。」蓋因盟而蒐也。

〈周本紀〉又云：「康王即位，徧告諸侯，宣告以文武之業以申之，作〈康誥〉（按即〈康王之誥〉）《尚書．顧命．康王之誥》敘成王臨終，召公奭、芮伯、彤伯、畢公、衛侯、毛公皆在京師。康王即位，諸侯畢集，酆宮之朝，蓋在此時。杜預曰：「酆在始平鄠縣東有靈臺，康王於是朝諸侯」是也。

《通鑑外紀》云：「王起六師至於九江伐楚，會諸侯於塗山。」杜預曰：「周穆王會諸侯於塗山。塗山在壽春東北。」

《史記．吳太伯世家》云：「后緡方娠。」《集解》引賈逵曰：「緡，有仍之姓也。」是有緡即有仍也。《通鑑外紀》：「桀為仍之會，有緡叛而攻克之。」昭十一年傳：「桀克有緡，以喪其國。」蓋桀克緡，諸侯益叛，終為湯所放，而喪及國也。」

《韓非子．十過篇》：「紂為黎丘之蒐，而戎狄叛之。」是紂有黎之蒐也。昭十一年傳：「紂克東夷而隕其身。」蓋東夷既叛，紂攻克之，而紂虐益甚，武王伐而滅之，故曰：紂克東夷而隕其身也。

《國語．晉語》：「周幽王伐有褒，有褒人以褒姒女焉。」蓋幽王將伐褒，故為太室之盟。《史記．秦本紀》云：「戎圍犬丘世父，世父擊之，為戎人所虜，歲餘後歸世父。」崔述曰：「犬戎之圍即傳所稱戎狄叛之也。《史記》以為戎圍在秦襄公二年，即幽王六年也。」（《豐鎬考信錄》卷七）然則太室之盟當在幽王六年前也。

44.「夏有亂政，而作《禹刑》；商有亂政，而作《湯刑》；周有亂政，而作《九刑》。」（昭公六年傳）

【證】：按此叔向告子產之言也。《禹刑》《湯刑》之作，究在何時，史無明文。杜預曰：「夏商之亂，著禹湯之法，言不能議事以制。」（《春秋經傳集解》卷二十一）傳意夏有亂政，乃作《禹刑》；商有亂政，乃作《湯刑》，明《禹刑》、《湯刑》，非禹、湯所自作也。蓋夏商之有亂政，必非賢哲在位，察獄或失其實，斷罪不得其中，故乃遠取創業聖主當時所斷之獄，因其故事，制為定法，以為斷獄所本也。

《九刑》又見文公十八年傳。《周書．嘗麥》云：「令大正正《刑書》九篇。」蓋即所謂《九刑》也。

45.「昔武王數紂之罪，以告諸侯曰：紂為天下逋逃主，萃淵藪，故夫致死焉。」（昭公七年傳）

【證】：《史記．周本紀》云：「居二年，聞紂昏亂暴虐滋甚，殺王子比干，囚箕子，於是武王徧告諸侯曰，殷有重罪，不可以不畢伐。遂東伐紂。」是武王嘗數紂之罪，以告諸侯也。《尚書．牧誓》云：「今商王受，惟婦言是用，昏弃厥肆祀，弗荅。昏弃厥遺王父母弟，不迪。乃惟四方之多罪逋逃，是崇是長，是信是使，是以為大夫卿士，俾暴虐於百姓，以姦宄於商邑。」是紂為天下逋逃主，萃淵藪也。

46.「昔堯殛鯀於羽山，其神化為黃熊，以入於羽淵，實為夏郊，三代祀之。」（昭公七年傳）

【證】：堯命鯀治水，九載而功不成，舜攝堯位，乃殛鯀於羽山，事見《尚書．堯典》及《史記．夏本紀》。《禮記．祭法》云：「夏后氏禘黃帝而郊鯀。」又云：「夫聖王之制祀也，能禦大菑則祀之，能捍大患則祀之。鯀彰鴻水而殛死，禹能脩鯀之功，非此族也，不在祀典。」是夏后氏郊天而以鯀配也。殷周二代鯀禹有治水之功，故亦通在群神之數，並見祭祀。至謂鯀之神化為黃熊，入於羽淵，其說頗涉神怪，恐不足信也。

47. 我自夏以后稷，魏、駘、芮、岐、畢，吾西土也。及武王克商，蒲姑、商奄，吾東土也。巴、濮、楚、鄧，吾南土也。肅慎、燕亳，吾北土也。吾何邇封之有。文武成康之建母弟，以蕃屏周，亦其廢隊是為，豈如弁髦，而因以敝之。先王居檮杌於四裔，以禦螭魅，故允姓之姦，居於瓜州。」（昭公九年傳）

【證】：《史記．周本紀》云：「帝堯舉棄為農師，天下得其利，有功，封棄於邰，號曰后稷。」《集解》引張晏曰：「邰，今斄鄉，在扶風。」《正義》引《括地志》云：「故斄城，一名武功城，在雍州縣西南二十二里古邰國，后稷所封也。」〈本紀〉又云：「后稷之興，在陶唐虞夏之際，皆有令德。后稷卒，子不窋立。不窋末年，夏后氏政衰，去稷不務，不窋以失其官而犇戎狄之間。」《周語》亦云：「昔我先世后稷，以服事虞夏。及夏之衰也，棄稷弗務，我先王不窋用失其官。」、程旨雲先生曰：「魏在今山西芮城。駘即邰，后稷始封國。芮在今陝西朝邑南。岐在今陝西岐山，即周初之岐陽城。畢在今陝西咸陽。」（《春秋左氏傳地名圖考》）據此可知棄自帝堯時為后稷，以至於夏，子孫世守其官，以功封於邰。魏、芮、岐、畢，地皆近邰，蓋亦皆后稷支胤也。

武王克商，封尚父於齊，封周公於魯。昭公廿年傳云：「昔爽鳩氏始居於此地。……蒲姑氏因之，而後太公因之。」定公四年傳：「因商奄之民，命以伯禽。」服虔云：「蒲姑、商奄，濱東海者也。蒲姑，齊也。商奄，魯也」是也。是武王定天下，蒲姑、商奄，亦為周所有。

巴、濮、楚、鄧四國地在今四川、湖北一帶，亦皆周室所封，居周境之南也。

〈魯語〉云：「武王克商，肅慎氏貢楛矢。」韋注：「肅慎，東北夷之國，去扶餘千里。」程旨雲先生云：「肅慎蓋今遼寧省北鎮西二十里。」又云：「燕亳，蓋即燕京，以襄公十一年《左傳》同盟於亳城北。《公》、《穀》皆作同盟於京城北。則此處之燕亳，疑即燕京之誤。燕京之戎，初居山西管涔山，今靜樂縣北，正周之北土。」（《春秋左氏傳地名圖考》）是則肅慎、燕亳皆周北境之戎，而臣屬於周。故詹桓伯以為周之北土也。

文公十八年傳稱，舜臣堯，流四凶族，渾敦、窮奇、檮杌、饕餮，投諸四裔，以御魑魅。蓋即此傳所謂先王居檮杌於四裔，以禦魑魅之事也。

48.「**桀克有緡，以喪其國；紂克東夷而隕其身。**」（昭公十一年傳）

【證】：《史記．吳世家》：「后緡方娠。」《集解》引賈逵曰：「緡，有仍之姓也。」哀公元年傳：「后緡方娠，逃出自竇，歸於有仍。」杜注：「后緡，有仍氏女。」昭四年傳：「桀為有仍之會，有緡叛之。」蓋有緡叛，桀乃伐而克之也。〈周本紀〉云：「成王既伐東夷，息慎來賀。」是殷周之際有東夷也。昭四年傳云：「紂為黎之蒐，東夷叛之。」是東夷叛，故紂伐而克之也。桀克有緡，紂克東夷，史皆不載其詳，不知事在何年。惟據傳意，蓋謂桀既克有緡，因而喪國。紂既克東夷，因而隕身。然則二事當在桀、紂之季年也。

49.「楚子見右尹子革，與之語曰，昔我先王熊繹，與呂級、王孫牟、燮父、禽父，並事康王，四國皆有分，獨我無有。今吾使人於周，求鼎以為分，王其與我乎？對曰：與君王哉。昔我先王熊繹，辟在荊山，蓽路藍縷，以處草莽，跋涉山林，以事天子。唯是桃弧棘矢，以共禦王事。齊，王舅也；晉及魯、衛，王母弟也。楚是以無分，而彼皆有。今周與四國，服事君王，將唯命是從，豈其愛鼎。」（昭公十二年傳）

【證】：《史記．楚世家》云：「楚之先熊繹，當周成王之時，舉文武勤勞之後嗣，而封熊繹於楚蠻，封以子男之田，姓芊氏，居丹陽。楚子熊繹與魯公伯禽、衛康叔子牟、晉侯燮、齊太公子呂伋，俱事成王。」是則熊繹與呂伋、王孫牟、燮父、禽父四人，以及事成王，而下及康王也。

成王始封熊繹於丹陽，故子革以熊繹辟在荊山為言。又據《史記》，成王母，齊太公女也。故以齊為王舅。魯周公、衛康叔，皆武王母弟。晉叔虞，成王母弟，故曰晉及魯衛，王母弟也。

四國所分寶物土田，定公四年傳載之，此不具引。

50.「昔穆王欲肆其心，周行天下，將皆必有車轍馬跡焉，祭公謀父作祈招之詩，以止王心。王是以獲沒於祇宮。……其詩曰，祈招之愔愔，式昭德音。思我王度，式如玉，式如金，形民之力而無醉飽之心。」（昭公十二年傳）

【證】：《史記‧周本紀》敘周穆王事迹，但言穆王即位，王道衰微。又謂穆王將征犬戎，祭公謀父諫以為不可，而未及穆王欲周行天下，祭公謀父作〈祈招詩〉以止王心之事。惟〈秦本紀〉云：「造父以善御幸於周繆王，得驥、溫驪、驊騮、騄耳之駟，西巡狩，樂而忘歸。徐偃王作亂，造父為繆王御，長驅歸周，一日千里以救亂。」《後漢書》亦云：「偃王處潢池東，地方五百里，行仁義，陸地而朝者三十有六國。穆王孫得驥騄之乘，乃使造父御以告楚，令伐徐，一日而至。於是楚文王大舉而滅之。偃王仁而無權，不忍鬬其人，故致於敗。乃北走彭城武原縣東山下，百姓隨之者以萬數，因名其山為徐山。」皆以穆王好巡遊並及徐偃王作亂事。

按此謂穆王好巡遊則是，謂徐偃王作亂事則非也。張守節《正義》引《古史考》駁之云：「徐偃王與楚文王同時，去周穆王遠矣，且王者行有周衛，豈得救亂而獨行長驅日行千里乎？」崔氏亦駁其說云：「按前乎穆王者有魯公之

〈費誓〉，曰『徂茲淮夷徐夷並興』，後乎穆王者有宣王之〈常武〉曰『震驚徐方，徐方來庭』，則是徐本戎也。與淮夷相倚為邊患，叛服不常。其來久矣，非能行仁義以服諸侯，亦非因穆王遠遊而始為亂也。且楚文王立於周莊王之八年，上距共和之初，已一百五十餘年，自穆王至此不下三百年，而安能與之共伐徐乎？……蓋穆王本巡遊無度者，故傳稱『周行天下，將皆必有車轍馬跡焉。』後世稱造父者欲神其技，因取偃王之事附會之，以見其有救亂之功；稱偃王者欲表其美，因又取穆王之事附會之，以為能行仁義而諸侯歸之耳。」（《豐鎬考信錄》卷六）按譙周及崔述之說是也。

51.「密須之鼓與其大路，文所以大蒐也，闕鞏之甲，武所以克商也。唐叔受之，以處參虛，匡有戎狄。」（昭公十五年傳）

【證】：《史記．周本紀》謂文王嘗伐密須，克之。《集解》：「應劭曰，密須氏，姞姓之國。瓚曰，安定陰密縣是。」蓋文王伐密須，得其鼓與大路，用以大蒐也。闕鞏，《左通補釋》以為即今之鞏縣。蓋闕鞏以出鎧甲著稱，武王克商用之。《定四年傳》云：「分唐叔以大路、密須之鼓，闕鞏沽洗，懷姓九宗，職官五正，命以〈唐誥〉而封於夏虛。」杜預曰：「夏虛，大夏，今太原晉陽也。」（《春秋經傳集解》卷二十三）太原晉陽，晉地；參虛，晉之分野。是唐叔嘗受闕鞏之甲，密須之鼓及其大路於王也。

52.「昔者黃帝氏以雲紀，故為雲師而雲名。炎帝氏以火紀，故為火師而火名。共工氏以水紀，故為水師而水名。太皞氏以龍紀，故為龍師而龍名。我高祖少皞摯之立也，鳳鳥適至，故紀於鳥，為鳥師而鳥名。……自顓瑣以來，不能紀遠，乃紀於近，為民師而命以民事，則不能故也」（昭公十七年傳）

【證】：按此為郯子朝魯，叔孫昭子以少皞鳥名官何故也為問，而郯子答之之辭也。《史記．五帝本紀》云：「黃帝者，少典之子。姓公孫，名曰軒轅。時神農氏世衰，諸侯咸歸軒轅，軒轅乃修德振兵，以與炎帝戰於阪泉之野，三戰然後得志。蚩尤不用命，遂禽殺蚩尤，而諸侯咸尊軒轅為天子，代神農氏，是為黃帝。《集解》：「應劭曰，黃帝受命有雲瑞，故以雲紀事也，春官為青雲，夏官為縉雲，秋官為白雲，冬官為黑雲，中官為黃雲。張晏曰，黃帝有景雲之應，因以名師與官。」服虔說黃帝以雲名官與應劭同。（孔穎達《春秋左氏傳正義》引，下服虔說同。）是黃帝以雲紀也。服氏又云：「炎帝以火名官，春官為大火，夏官為鶉火，秋官為西火，冬官為北火，中官為中火。共工氏以水名官，春官為東水，夏官為南水，秋官為西水，冬官為北水，中官為中水。太皞氏以龍名官，春官為青龍氏，夏官為赤龍氏，秋官為白龍氏，冬官為黑龍氏，中官為黃龍氏。」此傳郯子說少皞氏以鳥名官：「鳳鳥氏，歷正也。玄鳥氏，司分者也。伯趙氏，司至者也。青鳥氏，司啟者也。丹鳥氏，司閉者也。祝鳩氏，司徒也。鴡鳩氏，司空也。爽鳩氏，司寇也。鶻鳩氏司事也。五鳩，鳩民者也。五雉，為五工正。九扈為九農正。」應劭及服虔說黃帝氏、炎帝氏、共工氏及太皞氏僅以五方名官，然以郯子說少皞氏官名例之，其官名當不止此，特不知其詳耳。

《漢書．律歷志》以炎帝為神農氏，太皞為庖犧氏，後之言古史者，皆據以為說。惟崔述辨之云：「《易傳》曰：『庖犧氏沒，神農氏作；神農氏沒，黃帝、堯、舜氏作。』是庖犧、神農在黃帝之前也。《春秋傳》曰：『黃帝以雲紀，故為雲師而雲名；炎帝氏以火紀，故為火師而火名；共工氏以水紀，故為水師而水名；太皞氏以龍紀，故為龍師而龍名。』是炎帝、太皞在黃帝後也。庖犧、神農在黃帝之前，炎帝、太皞在黃帝之後，然則庖犧氏之非太皞，神農氏之非炎帝也明矣。《史記．五帝本紀》曰：『軒轅氏之時，神農氏世衰，諸侯相侵伐，暴虐百姓，而神農氏弗能征』又曰：『炎帝欲侵陵諸侯，軒轅乃脩德振兵，以與炎帝戰於阪泉之野，三戰然後得其志。』夫神農氏既不能征諸侯矣，又安能侵陵諸侯；既云世衰矣，又何待三戰然後得志乎！且前文言衰弱，凡兩稱神農氏，皆不言炎帝，後文言征戰，凡兩稱炎帝，皆不言神農氏，然則與黃帝戰者自炎帝，與神農氏無涉也。其後又云：『諸侯咸尊軒轅為天子，代神農氏』，又不言炎帝，然則帝於黃帝之前者自神農氏，與炎帝無涉也。〈封禪書〉云：『古者封泰山，禪梁父者七十二家，而夷吾所記者十有二焉，神農封泰山，禪云云：炎帝封泰山，禪云云。』夫十有二家中既有神農，復有炎帝，其為二人明甚，烏得以炎帝為神農氏也哉！《戰國策》曰：『神農伐補遂，黃帝伐涿鹿而擒蚩尤。』亦列神農於黃帝前而不云炎帝。〈晉語〉曰：『黃帝以姬水成，炎帝以姜水成。』亦列炎帝後而不云神農。《春秋傳》云『炎帝為火師，姜姓其後也。』與《國語》『炎帝姜姓』之說合，皆云炎帝，不云神農。《孟子》書有許行者，為神農之言，並耕同賈之說，語雖不經，然亦因神農有作耒耜，為市廛之二事故託之，亦云神農，不云炎帝。蓋自《史記》以來，未有言庖羲風姓為龍師，神農姜姓為火師者；亦未有言太皞畫八卦，作網罟，炎帝制耒耜，為市廛者。然則庖羲氏之非太皞，神農氏之非炎帝明矣！自戰國以後，陰陽之術興，始以五行分配五帝，而《呂氏春秋》采之，〈月令〉又述之，遂以太皞為木、為春，炎帝為火、為夏，少皞為金、為秋，顓頊為水、為冬，黃帝為土、為中央；然亦但言其德各有所主，不謂太皞先於炎帝，炎帝先於黃帝也。宣、元以後，讖緯之說日盛，劉歆不考其詳，遂以五行相生之序為五帝先後之序，而太皞遂反前於炎帝，炎帝遂反前於黃帝矣！然考之《易傳》，前乎黃帝者庖羲、神農，其名不符；考之《春秋傳》，炎帝、太皞皆在黃帝之後，其世次又不合。於是不得已，謂太皞即庖犧氏，炎帝即神農氏，而《春秋傳》文為逆數，謂少皞受黃帝，黃帝受炎帝，炎帝受共工，共工受太皞，故先言黃帝，上及太皞也。嗚呼，有是文理也哉！傳云『火出，於夏為三月，於商為四月，於周為五月。』又云：『自虞以上為陶唐氏，在夏為御龍氏，在商為豕韋氏，在周為唐杜氏，晉主夏盟為范氏。』此皆由今溯昔，然且不用逆數，況於泛舉古帝王之沿革，乃反無故而逆數也！杜氏不察其謬，乃用歆說以釋《左傳》，固已誤矣。而小司馬《史記索隱》釋《封禪書》非惟不斥其誣，反欲曲全歆說，謂『神農後子孫亦稱炎帝，黃帝與炎帝戰於阪泉，豈黃帝與神農身戰乎！』夫神農果即炎帝，其子孫對黃帝而言，稱炎帝，猶可也，繼神農之後而別之曰炎帝，可乎！且封禪十二家皆易姓受命也，《史記》、《詩傳》之文甚明，若炎帝為神農子孫，則是十一家，非十二家矣。或云，譙周《古史考》即以神農、炎帝為二人，與《史記》同；惜余未得見其書也。由是言之，誤劉歆、班固者，《呂紀》、《月令》，而誤杜預、司馬貞者，歆與固也。自是以後，學者益以口耳相傳，而黃、炎帝之世次，歷二千年遂無復有正之者矣！曰，然則《史記》黃帝之後何以不列炎帝、太皞？曰，《史記》亦不列少皞，不但太皞、炎帝也，將亦謂少皞在黃帝之前乎？蓋遷之敘五帝本之

《大戴記》，而《記》本之〈魯語〉，然〈魯語〉但舉其有功者言之，實未嘗有五帝之名，亦不謂其間不得復有帝也。若〈月令〉之五帝，則本之《春秋傳》，然傳實亦未有五帝之說。大抵後人之說皆沿之古人而附會之，以致浸失其意。要之，自司馬遷以前，未有言炎帝、太皞之為庖羲、神農者，而自劉歆以後始有之。學者當取信於古傳記，不必斤斤焉執異端讖緯之說，後儒附會之言以自益其惑也。」（《補上古考信錄》卷下）崔氏以為炎帝氏非神農，太皞氏非庖羲，其說得之。《春秋傳》共工在黃炎後，其文甚明。劉歆泥於《呂紀》五德之說，誤以傳為逆數，遂以炎帝為神農，太皞為伏羲，致失共工之世次，故共工氏當次於炎帝氏之後，太皞氏之前，其說是也。《漢書．律曆志》用劉歆說，列共工於神農之前，恐非。

《大戴記．帝繫篇》云：「黃帝產玄囂，玄囂產蟜極，蟜極產高辛，黃帝產昌意，昌意產高陽。」又云：「黃帝取於西陵氏之女，謂之螺祖氏，產青陽及昌意。青陽降居泜水，昌意降居若水。」《史記》本之，以青陽為玄囂。而《漢書．律歷》更以青陽為少皞，其子孫名摯。後之言古史者遂皆以少皞為黃帝之子。崔述辨之曰：「《大戴記》云：『青陽降居泜水。』是明謂青陽不為天子。《史記》云，『自玄囂至蟜極皆不得在位，至高辛即帝位。』是亦謂玄囂不為天子矣。青陽、玄囂皆不為天子，惡得以為少皞氏也哉！且以摯為少皞子孫之名，則當鳳鳥未至之前，將以何者名其官乎？凡此皆緣劉歆誤以《春秋傳》郯子之言為逆數，而炎帝、共工、太皞皆在黃帝前，至少皞則不可復謂其在太皞前，而《大戴》、《史記》又皆無少皞之代，故妄意其即青陽也。故知青陽、玄囂，具非少皞；而少皞氏世次當在太皞氏之後，顓頊氏之前也。」（《補上古考信錄》卷下）其說得之。又見文公十八年傳條。

53.「昔爽鳩氏始居此地，季萴因之，有逢伯陵因之，蒲姑氏因之，而後太公因之。古者無死，爽鳩氏之樂，非君所願也。」（昭公二十年傳）

【證】：按定公四年傳云：「成王因商奄之民，命以伯禽，而封於少皞之墟。」是魯居地在古少皞之墟。又據昭十七年傳，爽鳩氏為少皞氏之司寇，則其居地亦當與少皞氏相去不遠。此傳謂爽鳩氏始居齊地，而少皞氏居魯地，齊魯壤地相接，與史實正相一致。

季萴，杜預以為虞夏諸侯代爽鳩氏者（集解卷二十四），蓋是。

有逢伯陵，杜預以為殷諸侯，姜姓。（同上）〈周語〉云：「伶州鳩對景王曰：我皇妣大姜之姪伯陵之後逢公之所憑神也。」韋注：「伯陵，大姜之祖有逢伯陵也。逢公伯陵之後，大姜之姪，殷之諸侯。」《姓纂．四江逢》下云：「夏、殷諸侯有逢公伯陵，封齊土。」《輿地廣記》京東東路青州下：「湯末有逢公伯陵。」諸說皆以有逢伯陵為殷時諸侯，居齊地者是也。

昭公九年傳：「及武王克商，蒲姑商奄，吾東土也。」上引定公四年傳，成王以商奄之民封伯禽於少皥之墟。是蒲姑商奄在殷周之際皆東土之國。其後蒲姑為齊，商奄為魯，故杜預謂蒲姑氏為殷商之間代逢公者。

54. 昔武王克殷，成王靖四方，康王息民，並建母弟，以蕃屏周，亦曰，吾無專享文武之功，且為後人之迷敗傾覆而溺入於難，則振救之。至於夷王，王愆於厥身。諸侯莫不並走其望，以祈王身，至於厲王，王心戾虐，萬民弗忍，居王於彘。諸侯釋位以間王政。宣王有志而後效官。至于幽王，天不弔周，王昏不若，用愆厥位，攜王奸命，諸侯替之，而建王嗣，用遷郟鄏，則是兄弟之能用力於王室也。」（昭公廿六年傳）

【證】：按武王克殷事，詳見桓公二年及十一年傳條。《史記．周本紀》云：「武王崩，成王少，周初定，天下未集，周公恐諸侯畔，乃攝行政當國。管、蔡與武庚作亂，周公奉成王命伐誅之，三年乃定。成王長，周公返政成王。召公為保，周公為師，東伐淮夷殘奄。又伐東夷。」《集解》引徐廣云：「〈封禪書〉曰，武王克殷二年，天下未寧而崩。」是武王克殷，天下未寧而卒，賴周公輔成王以靖之，故曰成王靖四方也。〈本紀〉又云：「成王崩，太子釗立，是為康王。成康之際，天下安寧，刑錯四十餘年不用。」是康王息民也。昭公廿八年傳云：「昔武王克商，光有天下，兄弟之國，十有五人，姬姓之國四十人。」僖公廿四年傳：「管、蔡、郕、霍、魯、衛、毛、聃、郜、雍、曹、滕、畢、原、酆、郇，文之昭也。邘、晉、應、韓，武之穆也。」據〈本紀〉文，昭十六國蓋多武王所封，武穆四國多成王所建，康王所建則無明文，是武王、成王、康王，並建母弟，以蕃屏周室也。

夷王愆於厥身之事，〈本紀〉未載。《大戴記・郊特牲》云：「下堂而見諸侯，天子之失禮也，由夷王以下。」是夷王非賢王也。〈本紀〉又云：「夷王崩，子厲王立，即位三十年，好利近榮夷公，王行暴虐侈傲，國人謗王，王怒得衛巫使監謗者，以告則殺之，諸侯不朝，道路以目。召公諫，不聽。三年，周人相與叛襲厲王，厲王出奔彘。」〈周語〉說略同。是厲王之事也。

《周語》云：「召公以其子代宣王，宣王長而立之。」〈周本紀〉亦云：「共和十四年，厲王死於彘，太子靜長於召公家，二相乃共立之為王，是為宣王。二相輔之，修政，法文武成康之遺風，諸侯復宗周。」是宣王有志而後效官之事也。

幽王失國之事，史多載之。〈周語〉云：「幽王伐有褒，褒人以褒姒女焉，褒姒有寵，生伯服，於是與虢石父比，逐太子宜臼，而立伯服。太子出奔申，申人繒人召西戎以伐周，周於是亡。」〈周本紀〉亦云：「幽王太子母，申侯女也，而為后。王廢后，並去太子，用褒姒為后，以其子伯服為太子。申侯怒，乃與繒西戎共殺幽王於驪山之下。於是諸侯乃即申侯共立故幽王太子宜臼，是為平王，東遷於洛邑，辟戎寇也。」是幽王失國，平王東遷郟鄏之事也。

55.「昔有仍氏生女黰黑，而甚美，光可以鑑，名曰玄妻。樂正后夔取之，生伯封，實有豕心，貪惏無饜，忿纇無期，謂之封豕。有窮后羿滅之，夔是以不祀，且三代之亡，共子之廢，皆是物也，女何以為哉？」（昭公廿八年傳）

【證】：按有仍氏，已見前。后羿滅伯封事，諸書不載其詳，《尚書・堯典》云：「帝曰，夔命汝典樂，教冑子。」是夔為舜典樂之官，稱后夔者，猶謂棄為后稷之例。

《詩・小雅》：「赫赫宗周，褒姒滅之。」《國語・晉語》云：「史蘇曰，昔夏桀伐有施氏，有施氏以妺嬉女焉。妺嬉有寵，於是與伊尹比而亡夏。殷辛伐有蘇氏，有蘇氏以妲己女焉。妲己有寵，於是膠鬲比而亡殷。周幽王伐有褒，有褒人以褒姒女焉。褒姒有寵，生伯服，於是與虢石父比，逐太子宜臼，而立伯服。太子奔申，申人繒人召西戎伐周，周於是乎亡。」是三代之亡，皆由女色也。

56.「昔武王克商，光有天下，其兄弟之國者十有五人，姬姓之國者四十人。」（昭公廿八年傳）

【證】：僖公廿四年傳：「管、蔡、郕、霍、魯、衛、毛、聃、郜、雍、曹、滕、畢、原、酆、郇，文之昭也。」是武王兄弟之國十六，此傳三十有五人者，蓋據其大略言之耳。此十六國或武王所封，或成王所封，非一時所建也。《尚書．康誥》謂：周公營雒之年，始封康叔於衛。〈洛誥〉謂，周公致政之歲，始封伯禽於魯。《史記．周本紀》說略同。是武王之兄弟，未盡為武王所親封也。

《荀子．儒效篇》：「周公兼制天下立七十一國，姬姓獨居五十三人。」此傳姬姓之國四十人，益以兄弟之國十五人，共為五十五人，與荀子說相近，考見僖公廿四年傳條。顧棟高《春秋大事表》載姬姓之國有魯、蔡、曹、衛等五十一國，詳見顧氏《春秋大事表列國爵姓及存滅表》，其餘不可詳考。

57.「古者畜龍，故國有豢龍氏，有御龍氏。……昔有飂叔安，有裔子曰董父，實甚好龍，能求其嗜欲以飲食之，龍多歸之。乃擾畜龍以服事帝舜，帝賜之姓曰董，氏曰豢龍，封諸鬷川，鬷夷氏是其後也。故帝舜氏，世有畜龍。及有夏孔甲，擾于有帝，帝賜之乘龍河漢各二，各有雌雄。孔甲不能食，而未獲豢龍氏。有陶唐氏既衰，其後有劉累，學擾龍于豢龍氏，以事孔甲，能飲食之。夏后嘉之，賜氏曰御龍，以更豕韋之後。龍

一雌死，潛醢以食夏后。夏后饗之，既而使求之。懼而遷于魯縣，范氏其後也。」（昭公廿九年傳）

【證】：此晉太史告魏獻子之辭也。《漢書．地理志》：「南陽郡湖陽縣故廖國也。」顏師古注：「廖，左傳作飂。」此即有飂是也。〈鄭語〉云：「黎為高辛氏火正，命曰祝融。其後八姓：董姓：鬷夷、豢龍，則夏滅之矣。據此則有飂叔安與祝融蓋同出一祖，有飂叔安或在祝融前，或在其後。鬷夷氏後為夏所滅也。

董父以能畜龍服事帝舜之事，史不載其詳。

有陶唐氏之裔劉累，以能擾龍服事夏后孔甲，《史記》亦載其事。其言曰：「帝孔甲立，好方鬼神事淫亂。夏后氏德衰，諸侯畔之。天降龍二，有雌雄。孔甲不能食，未得豢龍氏。陶唐既衰，其後有劉累，學擾龍於豢龍氏，以事孔甲，孔甲賜之姓曰御龍氏，受豕韋之後，龍一雌死，以食夏后，夏后使求，懼而遷去。」是其事也。

豕韋氏、范氏，詳襄公廿四年傳條。

58.「少皞氏有四叔，曰重，曰該，曰修，曰熙，實能金木及水。使重為句芒，該為蓐收，修及熙為玄冥。世不失職，遂濟窮桑，此其三祀也。顓頊氏有子曰犁，為祝融。共工

氏有子曰句龍，為后土，此其二祀也。后土為社。稷田正也。有烈山氏之子曰柱為稷，自夏以上祀之；周棄亦為稷，自商以來祀之。」（昭公廿九年傳）

【證】：按此魏獻子以社稷五祀，誰氏之五官為問，蔡墨答之之辭也。少皞四叔為官之事，諸書未言其詳。《帝王世紀》謂窮桑，少皞之號。杜預亦然。賈逵云：「處窮桑以登為帝，故天下號之曰窮桑帝（《孔穎達正義》引）。〈鄭語〉云：「黎為高辛氏火正，命之曰祝融。」是犂即黎也。〈魯語〉云：「共工氏之伯九有也，其子曰后土，能手九土，故祀以為社。」〈魯語〉又云：「昔烈山氏之有天下也，其子曰柱，能殖百穀百蔬。夏之興也，周棄繼之，故祀以為稷。」韋昭注云：「烈山氏，炎帝之號也。」說與傳合，是其事也。

59.**「薛之皇祖奚仲，居薛以為夏車正。奚仲遷於邳。仲虺居薛，以為湯左相」。（定公元年傳）**

【證】：按此薛宰自述其祖之言也。《文子．自然》篇：「奚仲為工師。」《呂氏春秋．君守》篇：「奚仲作車。」《荀子．解蔽》篇、《淮南子．脩務訓》，並有此文。是奚仲嘗為工師，始作車。故楊倞注《荀子》云：「奚仲，夏禹時車正。」杜預亦以奚仲為夏禹掌車服大夫也。

《史記．殷本紀》云：「湯歸至於泰卷陶，中𦏁作誥。」按中𦏁即仲虺。《集解》引孔安國曰：「仲虺，湯左相，奚仲之後。」是湯時有仲虺為左相，嘗作〈誥〉。

薛國，任姓，見於隱十一年《左傳》。《國語．晉語》載黃帝之子十二姓，任居其一，顧棟高《春秋大事表列國存滅表》亦謂，薛始封黃帝後奚仲。鄭樵《通志氏族略．二薛氏》云：「任姓，黃帝之孫，顓頊少子陽封於任，故以為姓。十二世孫奚仲，為夏車正，禹封為薛侯。奚仲遷於邳。十二世孫仲虺為湯左相，復居薛。……臣扈祖己，皆仲虺之冑也。祖己七世孫曰成，徙國於摯，更號摯國。女大任生周文王。至武王克商，復封為薛侯。」《唐書．宰相世系表》說略同。是薛國傳世之事也。

60.「昔武王克商，成王定之，選建明德，以藩屏周。故周公相王室以尹天下，於周為睦。分魯公以大路大旂，夏后氏之璜，封父之繁弱，殷民六族：條氏、徐氏、蕭氏、索氏、長勺氏、尾勺氏，使帥其宗氏，輯其分族，將其醜類，以法則周公。用即命于周，是使之職事于魯，以昭周公之明德。分之土田陪敦，祝宗卜史，備物典策，官司彝器。因商奄之民，命以伯禽，而封於少皞之虛。分康叔以大路、少帛、綪茷、旃旌、大呂，殷民七族：陶氏，施氏，繁氏，錡氏，樊氏，饑氏，終葵氏，封畛土略，自武父以南及圃田之北竟。取於有閻之土，以共王職，取於相土之東都，以會王之東蒐，聃季授土，陶叔授民，命以《康誥》而封於殷虛，皆啟以商政，疆以周索。分唐叔以大路密須之鼓，闕鞏、沽洗，懷姓九宗，職官五正。命以《唐誥》而封於夏虛，啟以夏政，疆以戎索，三者皆權也，而有令德，故昭之以分物。不然文武成康之伯猶多，而不獲是分也，唯不尚年也。管蔡啟商，惎間王室，王於是乎殺管叔，而蔡蔡叔，以車七乘徒七十人。其子蔡仲，政改帥德，周公舉之，以為己卿士，見諸王而命之以蔡，其《命書》云：王曰：胡，無若爾考之違王命也。若之何其使蔡先衛也。武王之母弟八人，周公為太宰，康叔為司寇，聃季為司空，五叔無官，豈尚年哉。」（定公四年傳）

【證】：按此衛祝佗告於萇弘之辭也。《魯語》云：「古者分同姓以珍玉，展親也。分異姓以遠方之職貢，使無忘服也。」是古之王者有分珍玉職貢之禮也。武王克殷嘗頒賜諸侯以宗彝器物，故《史記．周本紀》云：「武王封諸侯，班賜宗彝，作分殷之器物」是也。昭十二年傳謂齊侯呂伋、衛侯牟、晉侯燮、魯公伯禽，並事周康王，四國皆有分物。〈衛世家〉亦云：「成王長用事，舉康叔為司寇，賜衛寶祭器，以章有德。」是魯、衛、晉三國並有分器及職貢也。

封父，杜解以為古諸侯。《禮記．明堂位》：「崇鼎、貫鼎、大璜、封父龜，天子之器也。」鄭注：「崇、貫、封父，皆國名。」是鄭、杜二人皆以封父為古諸侯之國。

此傳謂夏后氏之璜，封父之繁弱，蓋皆周室相傳之寶器，以分魯公者也。

商奄，見昭公九年傳條。

密須、闕鞏，並見昭公十五年傳條。

成王既立，管蔡叛周，周公以成王命討平之，殺管叔，放蔡叔。蔡叔之子仲，改行率德，周公復封之於蔡。其事詳於《史記．周本紀》及〈管蔡世家〉。〈管蔡世家〉云：「冉季、唐叔，皆有馴行，於是周公舉康叔為周司寇，冉季為周司空，以佐成王治，皆有令名於天下。」是康叔為司寇，冉季為司空也。周公輔相成王，故曰周公為太宰也。

61.「昔有過澆殺斟灌以伐斟鄩，滅夏後相。後緡方娠，逃出自竇，歸於有仍，生少康焉，為仍牧正。惎澆能戒之。澆使椒求之，逃奔有虞，為之庖正，以除其害。虞思於是妻之以二姚而邑諸綸。有田一成，有眾一旅。能布其德而兆其謀，以收夏眾，撫其官職。使女艾諜澆，使季杼誘豷，遂滅過戈，復禹之績。祀夏配天，不失舊物。」（哀公元年傳）

【證】：有過，為夏時國名。《路史．國名紀過國》：「夏之國，即有過。」《廣韻下平戈韻》過字下注引《風俗通》云：「過國，夏諸侯。」說並同。

澆，或作奡。《論語．憲問》：「羿善射，奡盪舟。」《集解》：「孔曰：羿，有窮國之君，篡夏后相之位，其臣寒浞殺之，因其室而生奡。奡多力，能陸地行舟，為夏后少康所殺。」《正義》云：「浞因羿室，生澆及豷，……澆即奡也。聲轉字異，故彼此不同。」

斟灌、斟鄩，亦夏時國名。二國禹後，夏同姓國也。斟灌，《史記．夏本紀》作斟戈氏。澆滅斟灌、斟鄩之事，史不載其詳。惟《日知錄》卷七奡盪舟條云：「《竹書紀年》云：『帝相二十七，澆滅斟鄩，大戰於濰，覆其舟，滅亡。』《楚辭．天問》：『覆舟斟鄩，何道取之？』正謂此也，漢時《竹書》未出，故孔安國注為陸地行舟，而後人因之。」介庵《經說》奡盪舟條亦謂，盪舟二字，注皆誤解。《左傳》曰：『浞使澆用師，滅斟灌及斟尋氏。』《楚辭．天問》曰：『覆舟斟尋，何道取之？』《竹書紀年．夏紀》曰：『澆伐斟鄩，大戰于濰，覆其舟，滅之。』《淮南子》曰：『維出復舟。』以諸說證之，則《竹書》之說為得實。」夏后相蓋走依斟鄩，故澆伐斟鄩，遂滅夏后相也。

有仍，夏時國名。《史記．吳世家》：「后緡方娠，逃於有仍。」《索隱》：按《地理志》，東平有任縣，蓋古仍國。」有虞，亦夏時國名。《史記．吳世家》集解：「賈逵曰：有虞，帝舜之後。」〈陳世家〉：「舜已崩，傳禹天下，而舜子商均為封國。」《正義》：「譙周云：以虞封舜子。」是舜子商均受封為虞公也。相既為澆所滅，后緡方娠，逃歸有仍，而生少康。其後少康復歸有虞。商均支子虞思乃妻之二女，而邑諸綸。綸、虞邑也。有田一成，有眾一旅，能布其德而兆其謀，以收夏眾而撫其官職，終能滅澆豷，而復禹之蹟。是為少康復國。

少康復國史事，《史記・吳太伯世家》所載略同。又襄公四年《左傳》稱羿、浞、澆豷事，與此文可相印證。參見襄公四年傳條。

62.「**禹會諸侯於塗山，執玉帛者萬國，今其存者無數十焉。**」（**哀公七年傳**）

【**證**】：《尚書・堯典》稱：「舜攝堯位，輯五瑞，覲四岳群牧，班瑞於群后。」〈大傳〉以為諸侯執所受圭以朝天子，其無過行者，則復其圭以歸其國也。至諸侯所執之圭，亦有不同。《周禮・大宗伯》云：「以玉作六瑞，以等邦國，公執桓圭，侯執信圭，伯執躬圭，子執穀璧，男執蒲璧。」〈典命〉云：「諸侯之適子，未誓於天子，以皮帛繼子男。」是諸侯朝天子必執玉帛而依其爵，各有等差也。此雖周制，但殷因於夏，周因於殷，其禮或當大同。

按禹會諸侯於塗山之事，諸書不載其詳。〈魯語〉云：「昔禹致群神於會稽之山，防風氏後至，禹殺而戮之」云云。蓋禹會諸侯，因致群神，故防風氏得後至而受戮也。以彼例此，蓋無可疑。禹時之國，其存於春秋者，不可詳考矣。

63.「**炎帝為火師，姜姓其後也。**」（**哀公九年傳**）

【證】：炎帝為火師，見於昭公十七年傳，詳彼傳條。

《國語．晉語》云：「黃帝以姬水成，炎帝以姜水成。成而異德，故黃帝為姬，炎帝為姜。」是炎帝姜姓，《晉語》之說，與《左傳》此文合。莊公廿三年《左傳》又謂姜姓大嶽之後。考太嶽與炎帝之關係，史無明文，惟據崔述所考古史世次（見崔著《補上古可信錄》卷下），炎帝氏繼黃帝後居前，而太嶽與堯同時居後，其間歷世尚多，或當太嶽即出於炎帝也。

〈周語〉云：「堯命禹治水，共之從孫四嶽佐之，胙四嶽國，命為侯伯，賜姓曰姜。」崔述曰：「《國語》謂共工之從孫四嶽賜姓姜，蓋即傳之太嶽。但炎帝既姓姜，即非至四嶽而始賜姓：共工承炎帝之後而改制度，則非出於炎帝明甚，二篇必有一誤也。」（《補上古信考錄》卷下）崔氏之疑蓋是。但炎帝姜姓，左傳亦云然，當較可信，然則其可疑者，蓋〈周語〉之說也。

（本文刊載於《中國學術年刊》第一期，民國六十五年十二月）

賈逵與《春秋左傳》

兩漢經學，繼秦火之後，其初，官學所立，皆今文經學。古文經稍晚出，或藏於秘府，伏而未發，或私相授受，流傳未廣，故知者甚少。劉歆於古文經學，既得自私傳，又繼父向校理秘府舊文，乃起而大昌古文經學，《左傳》亦其中之一。劉氏欲立《左傳》於學官之議雖未成，然《左傳》在民間流傳漸廣，受學界之重視愈甚。迨賈逵出，《左傳》之地位，益趨穩固。故漢代《左傳》一書雖傳自張蒼、賈誼，而提倡昌大，使之成為顯學者，則自劉歆、賈逵始。劉、賈二家，亦大有功於左氏學也哉。

東漢之初，賈逵、鄭眾二家於春秋左傳號稱專門之學，行乎數百年中，為後儒所宗。其成就卓越，影響深遠，當世罕有其匹。而賈學之成就及影響，尤過於鄭氏。此稽諸東漢左氏學流布之情況而可明者也。惜賈氏有關春秋左傳之著述，今皆不傳，無由窺其全豹。茲僅就遺文佚篇，略為稽考如次。

一、賈逵之先世與生平

賈逵事迹，略具《後漢書．本傳》。逵字景伯。扶風平陵人。生於東漢光武帝建武六年（西元三〇年），卒於和帝永元十三年（西元一〇一年），年七十二歲。

逵九世祖賈誼，西漢文帝時為梁王太傅，家於洛陽。《史記》、《漢書》自有傳。曾祖父賈光，宣帝時為常山太守，以吏二千石自洛陽徙居扶風，遂為扶風平陵人。父賈徽，官至潁陰令。嘗受學於劉歆、塗惲、謝曼卿諸人，博通群經，專力於學，為世通儒。

景伯悉傳父業，自幼穎悟好學，弱冠能誦左氏及五經本文。自為兒童，常在太學，受學術環境之薰陶甚深。生性樂易，長於智思，俶儻有大節。而身長八尺二寸，故諸儒為之語曰：「問事不休賈長頭。」凡此種種，皆有助於賈氏成為一代名儒，而身軀高大，亦有異於常人也。

明帝永平元年，逵年二十九歲。至永平十八年四十六歲。此十餘年間，據《後漢書．本傳》所載，凡有二事：其一，逵撰成《左氏傳》及《國語解詁》五十一篇，上疏獻之。明帝重其書，寫藏密館。其二，嘗有神雀集宮殿官府，冠羽有五采色，帝異之，以問臨邑侯劉復，復不能對。薦逵博學多識，帝乃召逵問之。對曰：「昔武王終父之業，鸑鷟在岐，宣帝威懷戎狄，神雀乃集，此胡降之徵也。」帝敕蘭臺給筆札，使作神雀頌。

拜為郎，與班固並校祕書，應對左右。此賈逵四十六歲以前事也。

章帝即位，降意儒述，特好《古文尚書》及《左氏傳》。建初元年，逵年四十七，受詔入講北宮白虎觀及南宮雲臺。帝善逵說，使發出《左氏傳》大義長於二傳者。逵於是具條奏之。書奏，帝嘉之，有所賞賜。並令逵自選公羊嚴、顏諸生高才者二十人，教以左氏，與簡紙經傳各一通。此時逵已躋身師儒之林矣。又逵母親有疾，帝欲加賜，以校書例多，特以錢二十萬，使穎陽侯馬防與之。帝謂防曰：「賈逵母病，此子無人事於外，屢空則從孤竹之子於首陽山矣。」其專力於學，心無旁騖，於此可見。故能成就一代師儒，非偶然也。

逵又數為章帝言《古文尚書》與《經傳》、《爾雅》詁訓相應，帝乃詔令撰《歐陽、大小夏侯尚書古文同異》。逵集之為三卷，帝善之。復令撰《齊、魯、韓詩與毛氏異同》。並作《周官解故》。此三書約成於逵五十歲前後數年中。其職務亦於此時遷調為衛士令。章帝建初八年，逵年五十四，詔諸儒各選高才生受《左氏》、《穀梁春秋》、《古文尚書》、《毛詩》，由是四經遂行於世。逵蓋亦在受詔諸儒之中，而四經之行於世，逵提倡之功，亦與有力。逵所選弟子及門生，皆拜為千乘王國郎，朝夕受業黃門署，學者皆欣欣羨慕焉。逵此時已儼然儒林碩望矣。

和帝永元三年，逵年六十二，以逵為左中郎將。八年，復為侍中，領騎都尉。內備帷幄，兼領秘書近署，甚見信用，逵嘗薦東萊司馬均、陳國汝郁二人，帝即徵之，並蒙優禮。均位至侍中，郁累遷至魯相，皆有循行。

逵所著《經傳義詁》及《論難》凡百餘萬言，又作詩、頌、誄、書、連珠、酒令凡九篇。學者宗之，後世稱為通儒。永元十三年卒，朝廷愍惜，除二子為太子舍人。

綜觀賈氏一生，凡歷光武、明、章、和四帝，其一生經歷，約可分為四期：㈠三十歲稍後出任郎官以前，為第一期，此期為賈氏學問奠基時期。㈡出任郎官以後，至明帝末年，逵年四十六歲時，為第二期。此期受命與班固典校秘書，應對左右。並從事於專門著述，《左傳》《國語解詁》五十一卷，即成於此時期。此時賈氏學問已有成就，漸為朝野所推重。㈢章帝建初元年，至和帝永元二年，約十五年間，為第三期。此期賈受知於章帝，既受詔入講北宮白虎觀、南宮雲臺，復講學黃門署，並撰《周官解詁》等書，此期以講學之功為多，聲望崇隆。㈣和帝永元三年以後十年，為第四期。以左中郎將進位侍中，兼領秘書近署，內贊帷幄，甚見信用。此期不專於講學，而以參預機要之功居多。綜其一生，肆力於古文經學，卓然有成，號為通儒。且以親近之故，古文經學因以大顯，《左氏》、《穀梁》、《古文尚書》、《毛詩》諸古文經之得行於世，逵之力也。然以不修小節，當世以此頗譏之，故不至大官。又以頗引圖讖，故不能無附會文致之失，此則其美中不足者也。

▲附賈逵年譜▼

近人陳邦福氏有《賈景伯年譜》之作（刊《國粹學報》第七年第八十二期），取材以范史〈本紀〉〈列傳〉為主，旁及類書雜說，編次排比，尚稱允當，惟間有遺漏。今本其說，略為增補如次。

光武帝建武六年庚寅一歲

賈逵生。〈本傳〉云：九世祖誼，文帝時為梁王太傅。曾祖父光，為常山太守，宣帝時以吏二千石自洛陽徙焉。父徽，從劉歆受《左氏春秋》，兼習《國語》、《周官》，又受《古文尚書》於塗惲，學《毛詩》於謝曼卿，作《左氏條例》二十一篇。

建武十一年乙未六歲

《拾遺記》云：逵年六歲，其姊聞隣家讀書，日日抱逵就籬聽之。逵年十歲，迺暗誦六經。父曰：吾未嘗教爾，安得《三墳》、《五典》誦之。對曰：姊嘗抱於籬邊聽隣家讀書，因得而誦之。按《拾遺記》之說，未詳所本，姑存錄之。

建武十三年丁酉八歲

〈本傳〉云：自為兒童，常在太學，不通人間事。事當自此年前後始。

建武二十五年己酉二十歲

〈本傳〉云：逵悉傳父業。弱冠能誦《左氏傳》及《五經》本文。身長八尺二寸，諸儒為之語曰：「問事不休賈長頭。」性愷悌，多智思，俶儻有大節。景伯弱冠之時，蓋已嶄露頭角矣。

建武二十六年庚戌二十一歲

《後漢書·鄭興傳》云：「世言左氏者多祖興，而賈逵自傳其父業，故有鄭、賈之學。陳邦福氏云：「竊以興傳稽之，當在是年。」茲從之。

建武三十一年乙卯二十六歲

據〈光武帝紀〉是年郡國大水，扶風亦受其害。

建武中元元年丙辰二十七歲

《後漢書·儒林傳》敘云：中元元年，初建三雍。

建武中元二年丁巳二十八歲

明帝永平元年戊午二十九歲

是年明帝行辟雍禮。《後漢書·儒林傳》敘云：天子始冠通天，衣日月。袒割辟雍之上，尊養三老五更，饗射禮畢，帝正坐自講，諸儒執經問難於前。

永平四年辛酉三十二歲

〈明帝本紀〉云：是年京師及郡國七大水。

永平六年癸亥三十四歲

〈明帝紀〉云：是年二月，王雒山出寶鼎（雒或作雄），廬江太守獻之。逵聞此事，當上疏稱瑞。

永平九年丙寅三十七歲

〈明帝紀〉云：是歲大有年。為四姓小侯開立學校，置五經師。

〈本傳〉云：「以大夏侯尚書教授，雖為古學，兼通五家穀梁之說。事當在此年前後。

永平十年丁卯三十八歲

〈明帝紀〉云：是年閏月甲午，南巡狩，幸南陽，祠章陵。日北至，又祠舊宅。禮畢，召校官弟子作雅樂，奏鹿鳴，帝自御塤篪和之，以娛嘉賓。

永平十一年戊辰三十九歲

〈明帝紀〉云：是年麒麟、白雉、醴泉、嘉禾出。

永平十五年壬申四十三歲

《後漢書・東平憲王蒼傳》云：是年春，明帝行幸東平，帝以所作〈光武本紀〉示蒼，蒼因上〈光武受命中興頌〉，帝甚善之。以其文典雅，特令校書郎賈逵為之訓詁。

永平十六年癸酉四十四歲

左傳文公十三年《正義》云：明帝時，賈逵上疏云，《五經》皆無證圖讖明劉氏之為堯後者，而《左氏》獨有明文。案《困學紀聞》卷六，翁注亦載此語。陳氏云：「以本傳審之，疑在是年。」從之。

永平十七年甲戌四十五歲

《本傳》云：逵明《左氏傳》《國語》，為之解詁五十一篇，永平中，上疏獻上。顯宗重其書，寫藏秘館。時有神雀集宮殿官府，冠羽有五采色，帝異之，以問臨邑侯劉復。復不能對，薦逵博學多識，帝乃召見逵問之。對曰：昔武王終父之業，鸑鷟在岐，宣帝威懷戎狄，神雀乃集，此胡降之徵也。帝勅蘭臺給筆札，使作〈神雀頌〉。

拜為郎。與班固並校秘書，應對左右。陳氏云：「考明帝本紀，神雀見僅此一次，紀云是歲芝草生殿前，神雀五采翔集京師，與此事正合。故知獻《左氏》《國語解詁》與拜為郎及校秘書皆在一時事。」從之。

永平十八年乙亥四十六歲

章帝建初元年丙子四十七歲

《本傳》云：是年詔逵入講北宮白虎觀、南宮雲臺。帝善逵說，使出《左氏傳》大義長於二傳者，逵於是具條奏之。

《三輔決錄》云：是年受詔列《春秋》《公羊》《穀梁》不如《左氏》四十事。春秋名《左氏長義》。帝大善，賜布五百匹。又《隋書．經籍志》云：《春秋左氏長經》二十卷，漢侍中賈逵章句。

《困學紀聞》卷六引《左氏正義》云：章帝時，賈逵上《春秋大義四十條》。（說本許慎《五經異義》）

建初四年己卯五十歲

《後漢書．丁鴻傳》云：建初四年，徙封魯陽鄉侯。肅宗詔鴻與廣平王羨及諸儒樓望、成封、桓郁、賈逵等，論定五經同異於北宮白虎觀。

《後漢書・傅毅傳》云：建初中，肅宗博召文學士，以毅為蘭臺令史，與班固賈逵共典校書。案事見〈章紀〉建初四年。

《後漢書・李育傳》云：育字元春，東漢扶風漆人。少習《公羊春秋》。建初四年，詔與諸儒論五經於白虎觀。育以《公羊》義難賈逵，往反皆有理證，稱為通儒。

建初五年庚辰五十一歲

〈本傳〉云：逵母常有疾，帝欲加賜，以校書例多，特以錢二十萬，使潁陽侯馬防與之。謂防曰：「賈逵母病，此子無人事於外，屢空則從孤竹之子於首陽山矣。」陳氏謂：「〈馬傳〉云：防以建初四年封潁陽侯，而賜錢之事，當在五年可知。」從之。

建初七年壬午五十三歲

〈馬防傳〉云：是年防以病乞骸骨，詔賜中山王田廬。

建初八年癸未五十四歲

〈本傳〉云：乃詔諸儒各選高才生，受《左氏》、《穀梁春秋》、《古文尚書》、《毛詩》，由是四經遂行於世。皆拜逵所選弟子及門生為千乘王國郎，朝夕受業黃門署，學者皆欣欣羨慕焉。

元和元年甲申五十五歲

元和二年乙酉五十六歲

〈本傳〉云：令逵自選《公羊》嚴顏諸生高才者二十人，教以《左氏》。

〈本傳〉云：改元正歷，垂萬世則。顏注云：改元謂改建初九年為元和元年。正歷謂元和二年始用四分歷也。陳氏云：「《本書·律曆志》有賈逵〈論歷〉一篇，疑此時所作。」從之。

元和三年丙戌五十七歲

章和元年丁亥五十八歲

章和二年戊子五十九歲

和帝永元元年己丑六十歲

《後漢書·李尤傳》云：尤字伯仁，廣漢雒人。少以文章顯。和帝時，侍中賈逵薦尤有相如、揚雄之風，召詣東觀，受詔作賦。拜蘭臺令史。

永元三年辛卯六十二歲

〈本傳〉云：是年以逵為左中郎將。

永元八年丙申六十七歲

〈本傳〉云：是年復為侍中，領騎都尉。內備帷幄，兼領秘書近署。逵薦東萊司馬均、陳國汝郁，帝即徵用。

永元十一年己亥七十歲

《後漢書・魯丕傳》云：永元十一年，丕遷中散大夫，時侍中賈逵薦丕道藝深明，宜見任用。和帝因朝會召見諸儒，丕與賈逵、黃香等相難數事，帝善之。

永元十二年庚子七十一歲

袁山松《後漢書》曰：侍中賈逵薦楊終博達忠直，徵拜郎中。及病，賜錢二十萬。

案〈楊終傳〉云：是年徵拜郎中，以病卒。〈馬防傳〉云：是年防卒。

永元十三年辛丑七十二歲

〈本傳〉云：逵以是年卒，年七十二。朝廷愍惜，舉用兩子為太子舍人。又云：逵所著《經傳義詁》及《論難》凡百餘萬言。又作詩、頌、誄、書、連珠、酒令，凡九篇。學者宗之，後世稱為通儒。《御覽》卷五百九十引〈傅玄連珠敘〉云：連珠者，興於漢景帝之世，班固、賈逵、傅毅三才子受詔作之，而蔡邕、張華之徒又廣焉。班固喻美辭壯，文體弘麗，最得其體。蔡邕言質辭碎，然其旨篤矣。賈逵儒而不艷，傅毅文而不典。

二、賈逵之學術及其春秋左傳學之師承

賈逵以左氏學名家，然其學不僅限於《春秋左傳》。其於《國語》及《周官》，《古文尚書》，《毛詩》諸古文學，並皆擅長，且均有著述。為東漢初年一古文經學大家。就《五經》言之，賈氏兼通者，計有《詩》、《書》、《禮》、《周官》、《春秋左氏》、《穀梁》凡四經，惟於《易經》未見刻意鑽研，亦無關於《易經》之著作傳世，蓋僅略通其學而已。

賈氏雖專以古文學著稱於世，然於今文經學，亦兼習焉。〈本傳〉謂其以《大夏侯尚書》教授，又兼通五家《穀梁》之說（章懷太子注：五家謂尹更始、劉向、周慶、丁姓、王彥等，皆為《穀梁》，見前書也。）大夏侯《尚書》及五家《穀梁》說，皆今文學也。逵又撰《歐陽、大小夏侯、尚書古文同異》，及《齊、魯、韓詩與毛氏異同》。歐陽大小夏侯尚書及齊、魯、韓詩，亦今文學也。於書、詩、必今古文兼治，乃能較其

同異，知景伯於古文學之外，亦兼通詩、書、穀梁、諸今文學也。

至其師承則以得自父傳者為多。〈本傳〉謂：「父徽，從劉歆受《左氏春秋》，兼習《國語》、《周官》，又受《古文尚書》於塗惲，學《毛詩》於謝曼卿，作《左氏條例》二十一篇。逵悉傳父業。」賈逵所治諸學，與父徽所治者全同，皆其父所傳也。其成就則有出藍之雅，亦以家學淵源，兩代累積，始克臻此。

賈氏父子之春秋左傳學傳自劉歆，歆亦大昌左氏學之一名家也。《漢書．劉歆傳》云：「及歆校秘書，見古文《春秋左氏傳》，歆大好之。時丞相史尹咸以能治左氏，與歆共校經傳。歆略從咸及丞相翟方進受，質問大義。初，《左氏傳》多古字古言，學者傳訓故而已，及歆治左氏，引傳文以解經，轉相發明，由是章句義理備焉。」（漢書卷三十六）據此文知歆嘗受左氏學於尹咸及翟方進，而引傳解經，轉相發明，由是《左氏學》之章句、義理始備。則劉歆亦大有功於左氏學也。賈徽受學於劉歆，為劉氏高第弟子，能得其傳。孔穎達《春秋左傳正義》引漢儒說每劉、賈並稱，亦可證賈學本之於劉氏也。

《漢書．儒林傳》：「漢興，張蒼、賈誼、張敞、太中大夫劉公子皆修《春秋左氏傳》。誼為《左氏傳訓故》，授趙人貫公，為河間獻王博士。子長卿授張禹。禹言於蕭望之。望之薦禹于宣帝。徵禹待詔。未及問，會疾死。授尹更始。更始傳子咸及翟方進、胡常。常授賈護。護授陳欽。陳欽以授王莽，而劉歆從尹咸及翟方進受。由是言《左氏》者本之賈護、劉歆。」（《漢書》卷八十八）此西漢左氏學授受之大略也。據此賈氏左氏學之師承，又可上推至漢初之張蒼、賈誼矣。

三、賈逵《春秋左傳》著述考佚

景伯博洽多聞，兼擅諸經，而又歷在講筵，專力於學，故著述甚夥。其見於〈本傳〉所載著，有《左傳》、《國語解詁》五十一篇，《左氏傳大義長於二傳者三十事》，《集歐陽、大、小夏侯尚書古文同異》三卷，《齊、魯、韓詩與毛氏異同》及《周官解故》若干卷等多種。〈本傳〉謂其所撰《經傳義詁》及《論難》，凡百餘萬言，可謂宏富矣。其於春秋左氏，號稱專門之學，故其著述之中，尤以關於春秋左傳者為多。惟賈氏之著述，悉皆不傳。宋、元以來學者所輯佚文，恐尚不及原作五十之一，餘皆亡佚，良可惜也。今參稽史志目錄及有關文獻，就其春秋左傳方面之著述，略為考訂如次：

（一）《春秋左氏傳解詁》三十卷

《後漢書・本傳》：「逵尤明《左氏》、《國語》，為之《解詁》五十一篇。（章懷太子注：《左氏》三十篇，《國語》二十一篇）永平中，上疏獻之，顯宗重其書，寫藏秘館。」（卷三十六）

陸德明《經典釋文》敘錄云：「賈逵《左氏解詁》三十卷。」（卷一）《隋書．經籍志》：「《春秋左氏解詁》三十卷。賈逵撰。」（卷三十二）《舊唐書．經籍志》（卷四十六）、《新唐書．藝文志》（卷五十二）並同。

黃奭《逸書考》輯本：賈逵《春秋左氏解詁》一卷。

王謨《漢魏遺書鈔》輯本：《春秋左氏傳解詁》一卷。序錄曰：「案《文獻通考》此書已不著錄，故《經義考》並入佚書。今抄出《左氏》釋文二條，序錄《左傳》疏一百三十條，《尚書》疏一條，《毛詩》疏五條，《周禮》疏二條，《史記》注一百八十八條，都為一卷。」

馬國翰《玉函山房輯佚書》春秋類輯本：賈逵《春秋左氏傳解詁》二卷。序曰：「宋王應麟輯《古文春秋左傳》十二卷中載賈逵佚說，而疏漏者尚三分之一，茲更補綴合舊輯為二卷。正義病其雜取《公羊》、《穀梁》以釋左氏，謂之以冠雙屨，將絲綜麻。然《長經》固別標殊旨，茲取三傳之同者通釋之，亦何有鑿枘之不相入耶？」

嚴蔚《春秋內傳古注輯存》三卷。馮明貞《補輯》三卷。

案賈氏此書，錢大昭《補續漢書藝文志》，侯康《補後漢書藝文志》，顧櫰三《補後漢書藝文志》，姚振宗《漢書藝文志》，曾樸《補漢書藝文志》，姚振宗《隋書經籍志考證》等書均著錄。

（二）《春秋左氏長經章句》二十卷

《隋志》：「《春秋左氏長經》二十卷，漢侍中賈逵章句。」（卷三十二）

《舊唐志》：「《春秋左氏長經章句》二十卷，賈逵撰。」（卷四十六。按三十當為二十之誤。）

《新唐志》：「賈逵《春秋左氏長經章句》二十卷。」（卷五十七）

《太平御覽》引《三輔決錄》云：「賈逵建初元年，受詔列《春秋公羊》、《穀梁》不如《左氏》四十事，名《左氏長義》。」（卷六百五十）

《經典釋文》序錄：「逵受詔列《公羊》、《穀梁》不如《左氏》四十事奏之，名曰《左氏長義》。章帝善之。」（卷一）

徐彥《公羊疏》云：「賈逵作《長義》四十一條，云《公羊》理短，《左氏》理長。」侯康《補後漢書藝文志》：「《左傳》序疏云：章帝時賈逵上《春秋大義》四十條，以抵《公羊》、《穀梁》，帝賜布五百匹。又與《左氏》作《長義》。案〈本傳〉稱擿出《左氏三十事》。諸書或言四十事，或言四十一條，皆一書也。據陸德明、徐彥則《四十事》即《長義》，而《左傳序疏》岐為二，似誤。」（二十五史補編第二冊）

又姚振宗《隋書經籍志考證》：「按賈侍中於章帝建初元年，奉詔擿出《左氏大義三十事》，以抵《公羊》、《穀梁》。又建初四年，博士李育以《公羊義四十一事》難賈逵。逵於是又作《左氏長義四十一事》云，《公羊》理短，《左氏》理長。此截然兩書，而《三輔決錄》、《釋文》敘錄、《左傳》序疏、《公羊》序疏類皆以大義為長義，以三十條為四十條。侯氏《補志》亦誤以大義長義為一書。往輯《後漢藝文志》、已分別著錄，證明其事，而其書本志不載，唯有此《長經章句》，侯氏以為即是《長義》，未有碻證。馬氏取本傳大義奏、及本傳注文、《公羊疏》所引大義佚文共九條，題為《長經章句》，亦似是而非。長經二字之義，與夫此書源委，竟不得而詳。」（二十五史補篇第二冊）

案此《長經章句》當係賈氏春秋經注，非大義長義之比，姚氏所論甚諦，當從之。錢大昭、侯康、顧櫰三、姚振宗、曾樸諸家之書均著錄。馬國翰有輯本一卷，惟所輯恐非此書佚文。黃奭、王謨兩家，則無此書輯本。

（三）《春秋三家經本訓詁》十二卷

《隋志》：「《春秋三家經本訓詁》十二卷，賈逵撰。」（卷三十二）

《舊唐志》：「《春秋三家經訓詁》十二卷，賈逵撰。」（卷四十六。按三十當為二十之誤。）

《新唐志》：「《春秋三家經訓詁》十二卷，賈逵撰。」（卷五十七）

侯康《補後漢書藝文志》：案《公羊》莊十二年，宋萬弒其君接。疏引賈氏云：

《公羊》、《穀梁》曰接。昭四年大雨雹。疏引賈氏云：《穀梁》作大雨雪。五年疏引賈氏云：秦伯罃，《穀梁傳》云秦伯偃。定十年宋樂心出奔曹。疏云：世字亦有作泄字者，故賈氏言焉。哀四年亳社災，疏引賈氏云：《公羊》曰薄社。皆此書中語也。又定十年叔孫州仇、仲孫何忌帥師圍費，疏云：《左氏》、《穀梁》此費字皆為郈，賈氏不云《公羊》曰費者，蓋文不備，或所見異也。齊侯、衛侯、鄭游遬會于鞌。疏云：《左氏》、《穀梁》作安甫，賈氏不云《公羊》曰鞌者，亦是文不備。十五年齊侯、衛侯次于籧篨。疏云：《左氏》作籧挐字。賈氏無說，文不備也。據此數條知此書體例於《左氏》經文之異公、穀者，必釋之曰公、穀作某，故偶有未言，徐彥即以為不備也。」（二十五史補編第二冊）

曾樸《補漢書藝文志》：「案《公羊》莊十二年，宋萬弒其君接。疏引《公羊》、《穀梁》作接。昭四年大雨雹。疏引《穀梁》作大雨雪。五年秦伯罃，疏引《穀梁傳》曰：秦伯偃。定十年宋樂心出奔曹。疏引世字亦作泄字。哀四年亳社災，疏引《公羊》曰薄社。皆標賈氏云，當是此書中語。蓋此書專釋三家經本之異同，故徐彥疏於其未言者，輒以為未備，如定十年叔孫州仇、仲孫何忌帥師圍費，疏云：《左氏》、《穀梁》此費字皆為郈，賈氏不云《公羊》曰費者，蓋文不備。齊侯、衛侯、鄭游遬會于鞍。疏云：《左氏》作安甫，賈氏不云公羊曰鞍者，亦是文不備，十五年齊侯、衛侯次于籧篨，疏云：《左氏》籧挐，賈氏無說，文不備。此類皆是，想彥時猶完好也。」（二十五史

補編第二冊）

按侯康、曾樸說是也。侯曾兩家而外，錢大昭、顧櫰三、姚振宗諸家亦皆著錄。馬國翰、黃奭、王謨三家均無此書輯本。

（四）《春秋釋訓》一卷。《春秋左氏經傳朱墨別》（別或作列）一卷。

《隋志》：「《春秋釋訓》一卷，賈逵撰。《春秋左氏經傳朱墨列》一卷，賈逵撰。」（卷三十二）

姚振宗《後漢藝文志》：「按《隋志》列此二書於諸家釋例之首，則皆是春秋例之類。（又按《魏志王肅傳》注引〈魏略〉云，弘農董遇善《左氏傳》，為作《朱墨別異》，蓋本之賈氏。此列字疑別字之譌。）（二十五史補編第二冊）

按錢大昭、顧櫰三、姚振宗、曾樸諸家均著錄。馬國翰、黃奭、王謨三家均無此二書輯本。

（五）《春秋左氏大義三十事》。

逵〈本傳〉略謂：「肅宗立，降意儒術，時好《左氏傳》。建初元年，詔逵入講白虎觀、雲臺。帝善逵說，使出《左氏傳》大義長於二傳者，逵於是具條奏之曰：臣謹擿出〈左氏三十事〉尤著明者，斯皆君臣之正義，父子之紀綱。其餘同《公羊》者，什有七八，或文簡小異，無害大體。書奏，帝嘉之。令逵自選《公羊》、嚴、顏諸生高才者二十人，教以《左氏》，與簡紙經傳各一通。八年，乃詔諸儒各選高才生受《左氏》、《穀梁春秋》、《古文尚書》、《毛詩》，由是四經遂行於世。」（《後漢書》卷三十六）

《東觀記》曰：「建初元年，詔逵入講北宮白虎觀、南宮雲臺，使出《左氏大義》。書奏，上嘉之，賜布五百匹，衣一襲。」（卷三）

袁宏《後漢紀》曰：「建武初，議立左氏學，博士范升議譏毀左氏，以為不宜立。愍帝（按乃章帝之譌）即位，左氏學廢，乃使郎中賈逵敘明左氏大義。」（卷十二）

《太平御覽》引《三輔決錄》曰：「賈逵建初元年，受詔列春秋《公羊》、《穀梁》不如《左氏》四十事，名《左氏長義》。」（卷六百五十）

姚振宗《後漢藝文志》：「按是書上於建初元年，其曰大義者，乃承詔命以名書，時章帝欲立《左氏學》，恐諸儒蔽固者又廷爭不已，故命逵有是作。據袁《紀》言蓋即《左氏》之敘論，於《左氏》之廢興，極有關繫，若《長義》但與李育相往復，與此實別為一書。《東觀記》、《袁紀》、《范書》所言悉合，《決錄》、《敘錄》皆不免於傳譌。」（二十五史補編第二冊）

按姚說是也。《御覽》引《三輔決錄》誤以《左氏大義三十事》為《左氏長義四十事》。釋文敘錄，其誤亦同。孔氏《左傳》序疏言春秋大義不誤，言四十事亦誤。此文錢大昭、侯康、顧櫰三、曾樸諸家均未著錄。馬國翰、黃奭、王謨三家均無輯本。

（六）《春秋左氏長義四十一事》。

孔穎達《左傳》序疏曰：「章帝時，賈逵上《春秋大義》，以抵《公羊》、《穀梁》，又與左氏作《長義》。」（《左傳》注疏卷一）

徐彥《公羊》序疏曰：「賈逵作《長義四十一條》，云《公羊》理短，《左氏》理長。」（《公羊》注疏卷首）

姚振宗《後漢藝文志》：「按《左氏》序疏言，又與《左氏》作《長義》，是亦以為《大義》在前，《長義》在後，捷然兩書也。賴有此一語，使後人得以尋求，而侯氏志反以為誤。又徐疏數語最確。其下云云，又以大義誤為長義矣。」又云：「范書《儒林李育傳》云：育作《難左氏義四十一事》，建初四年詔育與諸儒論五經於白虎觀。育以公羊義難賈逵，往返皆有理證。據此則賈氏有《申左氏義四十一事》，即疏所云又與左氏作長義，徐疏所云《長義四十一條》，言《公羊》理短，《左氏》理長者是也。蓋大義抵公、穀二家，此為李育難義而作，不及《穀梁》，作於建初四年。〈本傳〉云，所著《經傳義詁》及《論難》百餘萬言。此即論難之一，當時或亦編入白虎議奏中。」（二十五史補編第二冊）

按姚氏所論甚諦。此文錢大昭、侯康、顧櫰三、曾樸諸家均未著錄，或與《春秋左氏長經章句》誤合。馬國翰、黃奭、王謨三家均無輯本。

四、賈逵《春秋左傳》遺說之內容與輯佚

景伯淹貫諸經，而於《春秋左傳》用力最深，著述亦最夥。如前所述，其關於《春秋左傳》之著述，計達七種，卷數當近七十。就其內容性質言之，《左氏解詁》三十卷，乃傳注也。《長經章句》二十卷，則經注也。《三家經本訓詁》十二卷，乃專釋《左氏》、《公》、《穀》三家經本文字之異同者。《春秋釋訓》及《經傳朱墨別》各一卷，則是闡釋春秋義例之類也。《大義三十事》及《長義四十一事》三種，則較論《左氏》與《公》、《穀》長短及論難之類也。其中尤以《長經章句》及《左傳解詁》二書，最稱重要。此七種著述之內容，所賅頗廣。賈氏用力之勤，及其《春秋左傳學》之博，亦於此略可窺見焉。惜賈氏著述皆不傳，無由窺其全貌，今欲考知其《春秋左傳學》之梗概，不得不求之於輯佚之一途矣。

宋、元以來，蒐輯賈氏左氏說佚文者，當以宋之王應麟為最早。王氏所輯古文《春秋左傳》十二卷，載有賈逵佚說。惟尚非完備。清儒馬國翰謂其疏陋者尚三分之一，可知其所缺者，為數尚夥。降及清代，蒐輯賈氏《春秋左傳》遺說者多家，黃奭《佚書考》、王謨《漢魏遺書鈔》、馬國翰《玉函山房輯佚書》均有解詁輯本，所輯概皆《解

詁》及《長經》二書之佚文。而嚴蔚《春秋內傳古注輯存》三卷，不別標書名，所輯雖並存漢儒遺說，實以賈逵、服虔兩家為多。馮明貞又有《補輯》三卷，以補嚴氏之缺漏，亦時見賈氏佚文焉。王氏所輯，計《左傳疏》一百三十條，《史記注》一百八十八條，《毛詩疏》五條，《左氏釋文》二條，《尚書疏》一條，《周禮疏》二條，《禮記疏》一條，合共三百廿九條。黃氏所輯與王氏略同。而馬氏、嚴氏所輯及馮氏所補，較之王、黃二家為多，計各達四百六十餘條，可謂詳備矣。

清儒李貽德作《春秋左傳賈服注輯述》二十卷，劉文淇作《春秋左傳舊注疏證》若干卷（刊行本至襄公五年而止）蒐采賈氏遺說頗稱完備，然亦不出馬、嚴二家及馮補之外。今據黃、王、嚴、馮諸家及李、劉二書所輯賈氏遺說，為之排比，依其內容，約可區分為七大類：曰關於《春秋》義例之闡釋者，凡九十三條；曰關於《左傳》義例及文旨之闡釋者，凡七十一條；曰關於《左傳》名物及古史之解說者，凡四十七條；曰關於《左傳》禮制之解說者，凡六十七條；曰關於《經傳》國名、地名之解說者，凡五十四條；曰關於《左傳》人名之解說者，凡七十二條；曰關於《經傳》字義之訓詁者，凡四十九條，合共四百五十三條。（尚有若干條說例相同，省略不計入。）賈逵遺說略具於斯。吾人得以藉此考知景伯《春秋左氏》學說之概略，誠宜珍惜者矣。（拙作《賈逵春秋左傳遺說探究》一文，約三十餘萬言，已詳為辨證。）

《後漢書．本傳》云：「建初（章帝）元年，詔逵入講北宮白虎觀、南宮雲臺。帝善逵說，使發出《左氏傳》大義長於二傳者。逵於是具條奏之曰：臣謹擿出左氏三十事尤著明者，斯皆君臣之正義，父子之紀綱。其餘同《公羊》者什有七八，或文簡小異，無害大體。至如祭仲、紀季、伍子胥、叔術之屬，《左氏》義深於君父，《公羊》多任於權變，其相殊絕，固以甚遠，而寃抑積久，莫肯分明。臣以永平中上言左氏與圖讖合者，先帝不遺蒭蕘，省納臣言，寫其傳詁，藏之祕書。建平中，侍中劉歆欲立左氏，不先暴論大義，而輕移太常，恃其義長，詆挫諸儒，諸儒內懷不服，相與排之。孝哀皇帝重逆衆心，故出歆為河內太守。從是攻擊左氏，遂為重讎。至光武皇帝，奮獨見之明，興立《左氏》、《穀梁》，會二家先師不曉圖讖，故令中道而廢。凡所以存先王之道者，要在安上理民也。今《左氏》崇君父，卑臣子，彊幹弱枝，勸善戒惡，至明至切，至直至順。且三代異物，損益隨時，故先帝博觀衆家，各有所採。易有施、孟，復立梁丘，《尚書》歐陽，復有大小夏侯，今三傳之異亦猶是也。又《五經》家皆無以證圖讖明劉氏為堯後者，而《左氏》獨有明文。《五經》家皆言顓頊代黃帝，而堯不得為火德。《左氏》以為少昊代黃帝，即圖讖所謂帝宣也。如令堯不得為火，則漢不得為赤。其所發明，補益實多。陛下通天然之明，建大聖之本，改元正歷，垂萬世則，是以麟鳳百數，嘉瑞雜遝。猶朝夕恪勤，遊情六蓺，研機綜微，靡不審覈。若復留意廢學，以廣聖見，庶幾無所遺失矣。」（卷三十六）此文蓋賈氏有關《論難》文字之僅存者，讀之可見賈氏與《公羊》學家論難之一斑也。賈氏於此文特申《左傳》之長，而抑《公羊》之短，以為

《左傳》所載史事多君臣之正義，父子之紀綱。而《左氏》崇君父，卑臣子，彊幹弱枝，勸善戒惡，至明至切，至直至順。皆先王安上治民之道也。其持義特深於君父，較之公羊義之多任於權變者，為優實多。且三代異物，損益隨時，故先帝博觀眾家，各有所採。《易》、《書》各復分立，三傳之異亦猶是也。陳義堪稱允洽。至語及圖讖與五行終始之言，則其小疵也夫。

據《漢書．劉歆傳》所載，西漢儒者研治《春秋左傳》，每經傳分行。及劉歆治《左傳》，始引傳解經，乃使經傳之關係，趨於密切。賈氏師承劉氏之學，亦兼治經傳，故於經傳並有注解，《解詁》及《長經》章句二書是也。《南齊書．陸徵傳》云：「澄與王儉書曰：《左氏》泰元（晉武帝年號）取服虔而兼取賈逵經，服傳無經，雖在注中而傳又有無經者故也。今留服而去賈，而經有所闕。」（卷三十九）據此可知服虔但注《傳》不注《經》，賈逵則兼注經傳。此可明賈氏《春秋左傳》內容之廣博，亦賈學之一特色也。

五、賈逵《春秋左傳》遺說之成就與得失

東漢之初，鄭、賈號稱《左氏》專門之學，擅名當代。良以景伯既師承父業，復能潛心研索，成就乃著。重以兼通群經，學殖博厚，觸類旁通，多所創獲，遂能卓然有成，

為世名家。《後漢書・鄭興傳》云：「世言左氏者多祖於興，而賈逵自傳其父業，故有鄭、賈之學」。（卷三十六）杜預《春秋經傳集解》序亦謂：「賈景伯父子，先儒之美者也。」（卷首）賈氏成就之超卓及見重於後世，於此可見。

賈學成就可觀，堂廡甚大，然其長短得失，亦可得而說。賈氏學識淵博，功力深厚，其於經傳史實、名物、典制、訓詁之解說，多能確當中肯，往往為他家所不及。如文十一年傳云：「宋武公之世，鄋瞞伐宋。司徒皇父帥師御之，耏班御皇父充石，公子穀甥為右、司寇牛父駟乘，以敗狄於長丘。皇父之二子死焉。」（卷十九下）賈逵云：「皇父與穀甥、牛父三子皆死。」鄭眾以為穀甥、牛父二人死耳，皇父不死。馬融以為皇父之二子從父在軍，為敵所殺。杜預從賈逵說。按「之」猶「與」也。「皇父之二子死焉」，二子穀甥、牛父也。謂皇父與二子皆死也。賈說得之，鄭、馬說非也。又如昭廿二年傳云：「賓孟適郊。遽歸告王。王弗應。」（卷五十）賈逵云：「太子壽卒，景王不立適子。」鄭眾以為壽卒，王命猛代之，後欲廢猛立子耳。服虔以賈為然，杜預則從鄭說。按賈、服說為當。（以上二例辨證詳見拙著《賈逵春秋左傳遺說探究》第三章第五節及第四節）賈氏釋經傳史實類此者比比皆是，實古注之佳構也。

定三年傳云：「有兩肅爽馬。」（卷五十四）賈逵云：「色如霜紈。」又如昭廿五年傳云：「執冰而踞。」（卷五十四）賈逵云：「冰，櫝丸蓋也。」賈氏釋義皆稱允當。又如定八年傳云：「魯於是始尚羔。」又昭十三年傳云：「鄭伯，男也，而使從公侯之貢。」（卷四十六）賈逵云：「鄭伯爵在男畿。」此賈氏釋名物、典制之文，而義皆精當也。

僖十年傳云：「獘於韓。」（卷十三）賈逵云：「獘，敗也。」又僖廿四年傳云：「且旌善人。」（卷十五）賈逵云：「旌，表也。」又文元年傳云：「楚國之舉，桓在少者。」（卷十八）賈逵云：「舉，立也。」訓義皆頗切當。諸如此類，率多訓釋允洽，精義疊見，不勝枚舉。此賈氏之所長也。

至其短處，則在於釋經傳義例，間或隨文立義，未能統攝全書，會通上下，致有杆格不通，穿鑿附會之失。杜預〈集解序〉所謂進不成為錯綜經文以盡其變者，謂此類也。如文十八年經云：「莒弒其君庶其。」（卷二十）賈逵云：「君惡及國朝，則稱國以弒；君惡及國人，則稱人以弒。」又閔二年經云：「夫人姜氏孫子邾。」（卷十一）賈逵云：「文姜殺夫罪重，故去姜氏；哀姜殺子罪輕，故不去姜氏。」又隱元年傳云：「不書即位，攝也。」（卷一）賈氏云：「恩深不忍，則傳言不稱。恩淺可忍，則傳言不書。」又昭八年經云：「秋，蒐于紅。」（卷四十四）賈逵云：「蒐于紅，不言大者，言公大失，權在三家也。」又昭十一年經云：「大蒐于比蒲。」（卷四十五）賈氏云：「書大者，言大眾盡在三家。」此賈氏說經傳義例失之穿鑿者也。又或據陰陽、五行、讖緯之說以釋經傳，亦不免穿鑿之弊。如以陽中、陰中釋春秋二字之義。又僖十六年經云：「隕石于宋五。是月，六鷁退飛過宋都。」（卷十四）賈氏云：「石，山岳之物。

齊，太岳之胤。而五石隕宋，象齊桓卒而五公子作亂，宋將得諸侯，而治五公子。鶂退，不成之象。後六年，霸業退也。鶂，水鳥，陽中之陰，象君臣之訟鬩也。」又昭元年傳云：「六氣曰陰陽風雨晦明也。」（卷四十一）賈氏云：「風，東方；雨，西方；陰，中央；晦，北方；明，南方；唯天陽不變，唯晦明所屬。」此皆深受陰陽五行說之影響顯然可見者。又賈氏條奏肅宗云：「又五經家皆無以證圖讖明劉氏為堯後者，而左氏獨有明文。五經家皆言顓頊代黃帝，而堯不得為火德，左氏以為少昊代黃帝，即圖讖所謂帝宣也。如令堯不得為火，則漢不得為赤。……」（《後漢書》卷三十六賈逵傳）凡此皆賈氏據陰陽、五行、讖緯說而不免於穿鑿者也。此則賈氏之失也。賈氏所以有此二失者，一以《春秋左氏》義例之學創自劉歆，而自歆至逵，才再傳耳，草創難週，故有前者之失。一則陰陽、五行、讖緯說盛行於兩漢，賈氏治《春秋左氏》之學，亦不免受其影響，故有後者之失也。

綜上所述，賈氏學之長短得失，略可概見。馬融校論賈、鄭長短云：「賈君精而不博，鄭君博而不精。」（《後漢書》卷六十上〈馬融傳〉）云賈學精者，蓋如前所述賈氏訓釋經傳、史實、名物、典制、訓詁等項能精要切當也。不博云者，概謂引證不如鄭學之博也。馬氏重在較論賈、鄭兩家長短，而謂賈學以精見長，鄭學以博見長，蓋可信也。

六、賈逵《春秋左傳》學之影響

《後漢書．鄭賈傳》論云：「鄭、賈之學，行乎數百年中，遂為諸儒宗。」（卷三十六）據此可知鄭、賈之學，影響於後世者，至為深遠。鄭、賈之後，迄於魏、晉，言《春秋左氏》學者，當以服虔、潁容、許淑、杜預諸家為最。而許慎、馬融二家亦嘗究心《左氏》之學而有成就。此數家者，皆深受賈學之影響。其影響之痕迹，尚可考見焉。

服虔，字子慎，初名重，又名祇，後改為虔，河南滎陽人，少以清苦見志，入太學受業。有雅才，善著文論，作《春秋左氏傳解誼》，行之至今。又以《左傳》駁何休之所駁《漢書》六十條。事迹見《後漢書．儒林傳》（卷七十九下）。劉義慶《世說新語》云：「鄭玄欲注《春秋傳》，尚未成。時行與服子慎遇宿客舍，先未相識。服在外車上與人說己注傳意。玄聽之良久，多與己同。玄就車與之語曰：「吾久欲注，尚未了，聽君向言，多與我同。今當盡以所注與君。遂為服氏注。」（卷四）據此則服氏解誼中有鄭氏說，服、鄭乃一家之學也。《隋書．經籍志》云：「賈逵。服虔並為《訓解》。至魏遂行於世。晉時杜預又為《經傳集解》。服虔、杜預《注》俱立國學。而後學唯傳《服義》。至隋杜氏盛行，《服義》浸微，今殆無師說。」（卷三十二）服虔《春秋左氏傳解誼》，隋志載三十一卷。兩唐志及陸氏釋文並三十卷。今佚。馬國翰《玉函山房輯佚書》輯為四卷。孔穎達《春秋左傳正義》及他經正義引證漢儒說每賈、服並引，今可考見者尚四十餘條，知服說頗多本之賈逵也。

穎容，字子嚴，陳國長平人。博學多通，善《春秋左氏》，師事太尉楊賜。初平中，聚徒千餘人。著《春秋左氏條例》五萬餘言，建安中卒。事迹見《後漢書‧儒林傳》。杜預《集解序》云：「末有潁子嚴者，雖淺近亦復名家。」即其人也。潁氏所著書，隋志載：「《春秋釋例》十卷。」（隋書卷三十二）《舊唐書．經籍志》載：「《春秋左氏例》七卷。」（卷四十六）不注撰人。疑為潁氏之書。《唐書藝文志》載：「潁容《釋例》七卷。」（卷五十七）其書已佚。馬氏《玉函山房輯佚書》輯得二十七節。其中八節與賈逵說同，足見潁氏說亦多有本之賈逵者也。

許淑，字惠卿，魏郡人。（見孔穎達正義）官至太中大夫。杜預《集解序》云：「賈景伯父子、許惠卿，皆先儒之美者也。」是許氏於左氏學亦為名家。陸德明《經典釋文序錄》謂許氏嘗注解《左氏傳》。（卷一）唯隋、唐志皆不著錄。卷數亦不詳。清儒馬氏從正義中輯得六節。其中五節與賈逵同引。知其說亦多本之賈逵也。

許慎，字叔重，汝南召陵人。少博學經籍，馬融常推敬之，時人為之語曰：「五經無雙許叔重。」著有《五經異義》及《說文解字》十四篇。事迹見《後漢書儒林傳》。叔重嘗師事賈景伯，故其《五經異義》春秋說多有本之師說者，吾同門友黃君永武撰

《許慎之經學》一書，已詳加論述。

馬融，字季長，扶風茂陵人。早歲從京兆摯恂遊學，博通經籍。桓帝時為南郡太守。融才高博洽，為世通儒，教養諸生，常有千數。涿郡盧植、北海鄭玄，皆出其門。《後漢書》有傳。融著述頗多，於《易》、《書》、《詩》、《禮》、《論語》等書皆有注。嘗欲訓《左氏春秋》，及見賈逵、鄭眾注，乃曰：「賈君精而不博，鄭君博而不精。既精既博，吾何加焉！」但注《三傳異同說》。卒年八十八。所著《三傳異同說》，隋、唐志皆不著錄，蓋佚已久。清儒馬氏輯得二十一節，其中說雉長三丈之制及引逸禮皆升合於其祖，說與賈氏同，其受賈景伯之影響，亦顯然可見也。

杜預，字元凱，京兆杜陵人。晉武帝時，官至征南大將軍，《晉書》有傳。所作《春秋經傳集解》三十卷，為《春秋左傳》古注之僅存者。其書名曰《集解》，當謂集眾解而作也。自序云：「劉子駿創通大義，賈景伯父子、許惠卿，皆先儒之美者也。末有潁子嚴者，雖淺近亦復名家，故特舉劉、賈、許、潁之違，以見同異。」明其有取於漢儒說也。馬氏宗霍《說文解字引春秋傳考》敘例云：「杜預注《左傳》，名曰《集解》者，當謂匯諸解而集之，與何晏《論語集解》同。乃其注中更不指系一人，而序文《經傳集解》之目，又在分經與傳數語下，於是孔氏正義遂謂聚集經傳為之作解，與何晏言同而意異。夫取傳附經，何名曰集？此實曲護杜失，顯亂命名之指，故錢大昕曰：元凱名其書曰《集解》，蓋取何平叔《論語》之例，顧平叔於孔、包、馬、鄭諸解，各標其姓名，而元凱於前賢義訓，隱而不言，則又近於伯尊之攘善矣。」（《說文引經考》第五）按馬說是也。賈氏遺說之中，與杜說同者，尚多可驗，足證賈氏亦為杜預《集解》所本者之一人，杜氏取於賈說甚多，特未標明出於賈氏耳。（清儒丁晏《左傳杜解集正》總論亦列舉數十條，證杜解取服說之實。並云：即今可考而知者，杜氏剿取服說，比比皆是。是杜取於服虔說者亦甚多也。）然則賈氏《春秋左傳》學之影響於杜預者，又豈淺鮮也哉。

綜上所述，賈學之影響於後世者，可謂深遠。大體言之，許、服、潁、馬諸家於賈學長短兩方面均承其影響，杜預一家則取賈之長者為多，而能避免其短。所以然者，一以杜氏已下及晉代，時代較晚，故能擺脫陰陽、五行、讖緯說之影響。說經傳義例，亦能後出轉精，故能免於承繼前人之失。二則杜氏以顯赫事功，兼及儒業，其識見固自不同，於前人迂曲之見，自較能為廓清之功故也。（惟杜氏訓詁之學未深，故於漢儒說之精者，往往未能採擇，而喜自出新義，每致訛誤，此則杜氏之失也。）賈氏一代師儒，歷在講筵，著述又富，其學之影響，當不僅限於上述諸家，其餘或因著述不傳，或成就不著，無由考見，故略之也。

（本文刊載於《成功大學學報》第十四卷，民國六十八年五月）

《左傳》「旝動而鼓」解

《左傳》桓公五年文：「命二拒曰，旝動而鼓」（注疏本卷六）《左傳》所言旝，究為何物？說《左傳》者，賈逵以旝為「發石」，杜預則以「旃」解之，說各不同。後之學者，或是賈而非杜，或袒杜而排賈，似未有定論，今試為辨之如次。

孔穎達《春秋左傳注疏》引賈逵說云：「旝，發石。一曰飛石。《范蠡兵法》曰：飛石重十二斤，為機發行二百步。」（注疏卷六）是賈逵解旝為發石，或曰飛石也。杜預注《左傳》云：「旝，旃也。通帛為之，蓋今大將之麾也，執以為號令。」（注疏卷六）是杜注以旃解之，與賈說異。二說各有理據，故後儒或從賈說，或從杜注，靡有定準。孔穎達《春秋左傳正義》引申杜預注：「旝之為旃，事無所出，說者相傳以為然。成二年傳：張侯曰，師之耳目，在吾旗鼓，進退從之。是在軍之士，視將旗以進退也。今命二拒，令旝動而鼓，望旗之動，鼓以進兵，明旝是可觀之物。又旝字從㫃，旌旗之類，故知旝為旃也。《周禮・司常》「通帛為旝」。故云通帛為之。謂通用一絳帛，無畫飾也。鄭玄云：凡旌旗，有軍眾者畫異物，無者帛而已。鄉遂大夫或載旝，或載物，眾屬軍吏無所將。如鄭之意，則將不得建旃，而此軍得有旃者，僖二十八年傳曰：城濮之戰，晉中軍風於澤，亡大旆之左旃。是知戰必有旃，故以旝為旃也。鄭氏之言，自謂治兵之時，出軍所建，不廢戰陳之上，猶自用旃指麾。今時為軍，猶以旌麾號令，故云蓋今大將之麾，執以為號令也。」（注疏卷六）又《正義》駁賈逵說云：「案范蠡兵法雖有飛石之事，不言名為旝也。發石非旌旗之比，說文載之㫃部，而以飛石解之，為不類矣。且三軍之眾，人多路遠，發石之動，何以可見，而使二拒準之，為擊鼓候也？」（同上）《正義》之言甚辨，然尚未足以摵賈逵之說。

說文㫃部：「旝，建大木，置石其上，發以機以槌敵。從㫃會聲。《春秋》傳曰：旝動而鼓。詩曰：其旝如林。」（第七篇上。此引說文係依大小徐本，與段玉裁注本異。按正義引說文云：「建大木，置石其上，發其（一作以）機以追（一作槌）敵。」陸德明《經典釋文》亦引作：「建大木，置石其上，發機以槌敵。」均不言「旌旗之屬」。是唐人所見說文與大小徐本同，段注據韻會本改，恐非許書之舊。）許釋旝字與賈逵同，李貽德謂，許慎本賈侍中說是也。（《賈服注輯述》卷三）《太平御覽》引《春秋》舊說云：「旝，發石車也。」（卷三百三十七）蓋亦據賈說。《三國志．袁紹傳》：「太祖乃為發石車，擊紹樓皆破，紹眾號曰霹靂車。」（卷六）注引《魏氏春秋》：「以古有矢石，又傳言旝動而鼓。說曰：旝，發石也。於是造發石車。」（同上）此「說曰」云者，惠棟云：「即賈侍中說也。」（《左傳補注》卷一）惠氏又云：「杜以旝為旃，蓋本馬融。」（同上）劉文淇曰：「按說文旝字下又引詩曰：其旝如林。當係三家傳詩。馬融〈廣成頌〉云：旃旝摻其如林。惠氏謂杜本馬融以此。」（《舊注疏證》桓公五年）劉說是也。《晉書・卞壺傳》載：壺奉朝命討蘇峻之叛，死之。朝議賜壺左光祿大夫尚書郎。郭宏納議曰：「賊峻造逆，（壺）戮力致討，身當矢旝，再對賊峰。」（卷七十）矢旝連文，明《晉書》以為發石也。嚴蔚曰：「《唐書・李密傳》：造雲旝三百具，以機發石，為攻城械，號將軍礮。是則賈氏旝為發石之說，亦可云信而有徵矣。杜預每好為臆說，旝為旃何據，而吠聲之？孔氏一意扶杜，乃云發石不可見，猶瞽者之道黑白，無足怪者。」（《古注輯存》卷一）沈欽韓曰：「尋賈逵、許慎之義，並以旝為發石。《後漢書・袁紹傳》：曹操乃發石車。章懷注：今之拋車也。《晉書・卞壺傳》：賊峻造逆，戮力致討，身當矢旝。則知古訓相承，以旝為石明矣。《唐書・李密傳》：命護軍將軍田茂廣造雲旝三百具，以機發石，為攻城械，號將軍礮。獨杜預以旝為旃，漸染私說，穿鑿不經，而宋儒遂廢雅故。」（《左傳補注》卷一）是發石車亦名拋車，歷代相沿為攻戰之具，而名為旝。嚴氏、沈氏皆據以證賈逵說駁杜氏義，當得其實。

按馬融〈廣成頌〉云：「旃旝摻其如林。」（見前引）旃旝連文，明馬氏以旝為旃之屬，此蓋為杜注所本。且旝字從㫃，凡從㫃之手，多為旌旗之屬，旌旗又師旅必用之物，故杜預從之。此杜解最有力之證。然《說文》引《詩》曰：「其旝如林。」今《毛詩・大雅・大明篇》「旝」作「會」。〈毛傳〉釋「如林」為「眾」，不釋「會」字。

鄭〈箋〉云：「盛合其兵眾。」似以「合」釋「會」。毛〈傳〉蓋亦以會合意淺近，故不釋。然則毛、鄭蓋不以「會」為「旝」矣。說文引作旝，蓋據三家詩。又陸德明《經典釋文》云：「旝，古外反，又古活反。本亦作檜。」（注疏卷六引）是傳文旝字及詩「其旝如林」字，或作檜作會，不必皆從㫃作旝，則杜解所據以為最有力之證者，將為之滅色矣。

再就《左傳》文義觀之，「命二拒曰，旝動而鼓。」則是以旝為號令也。旌旗之用於行陣，蓋重在表誌而已，鮮有用之於號令者，以其但能憑目視，而目視有時而窮也。故號令進退必以金鼓行之，金鼓以聲用，不必為視野所限也。成二年傳：「師之耳目，在吾旗鼓，進退從之。」即此意。故以旌旗為號令之具，究非所宜。又飛石可將十二斤重物發行二百步，其響聲必甚大。後《漢書・袁紹傳》：「操乃發石車擊紹樓皆破，軍中呼曰霹靂車。」章懷太子注：「以其發石聲震烈，呼為霹靂。」（卷七十四上）可證發石用為號令，二拒準之擊鼓進軍，較之旌旗為優甚多。《正義》駁云：「三軍之眾，人多路遠，發石之動。何以可見而為二拒之準？」按發石之動，以聲不以形，且其聲震烈，遠近可聞，人多路遠，當不足以限制之也。若如《正義》說，則以旌旗為號令之準，尤不足憑。《正義》之駁，非也。凡此皆可證杜說之非勝義明矣。

且發石之用，來源當甚早。《漢書・甘延壽傳》〈張晏注〉所引《范蠡兵法》載之。（卷七十）《漢書・藝文志》兵書類載有〈范蠡〉二篇。注云：「越王勾踐臣也。」

（卷三十）則此書為春秋越將范蠡所傳，當即張晏所據兵法也。范蠡助越王勾踐滅吳在周元王四年（西元前四七二年），其《兵法》之作，當距此年不遠，上距魯桓公五年（西元前七〇七年），相隔僅二百三十五年。而據張晏引《范蠡兵法》所載，其性能已甚優越，必非初創之物，則桓公五年王師伐鄭時，已有發石之械，當甚可能。此亦可為賈說有利之證也。

至《左傳》旝字何以從㫃，賈逵、許慎已不得其解，故賈逵於釋傳不言從㫃之故，許造《說文》，不能明旝字之本原而置於㫃部，皆有缺失，正義駁之，非無由矣。然陸氏《釋文》既見作檜字之本，則檜其本字，旝其假借字歟？綜上所論，可知賈逵說於義為長，杜預說為不足據矣。

（本文刊載於《成功大學學報》第十五卷，民國六十九年五月）

說《春秋》「猶三望」

《春秋》僖公卅一年：「夏四月，四卜郊不從，乃免牲，猶三望。」杜預釋之云：「三望，分野之星，國中山川。皆因郊祀望而祭之。魯廢郊天，而修其小祀，故曰猶。猶者，可止之辭。」（《孔穎達春秋左傳正義》卷十七）孔穎達《正義》引賈逵、服虔說三望，與杜預說同。是杜預釋三望，用賈逵、服虔之說。孔氏《正義》申賈、服、杜說云：「襄九年傳曰：陶唐氏之火正閼伯居商丘，祀大火，相土因之，故商主大火。昭元年傳云：辰為商星，參為晉星。〈楚語〉云：天子徧祀群神品物，諸侯二王後祀天地三辰及其土地之山川。注《國語》者皆云：諸侯二王後祀天地三辰日月星也，非二王後祀分野星辰山川也。以此知三望分野之星、國內山川，其義是也。」（注疏卷十七）《正義》據《左傳》及《國語》之文，以證諸侯有祀分野星及國中山川之義，是注《國語》諸家亦以此說為然也。《周禮春官大宗伯疏》引許慎《五經異義》謹案論六宗而兼及三望云：「《春秋》魯郊祭三望，言郊天日星河海山凡六宗。魯下天子，不祭日月星，但祭其分野星，其中山川，故言三望六宗，與《古尚書》說同。」（《周禮注疏》卷十八）許慎之意春秋魯之三望，即祭其分野星及國中山川。許氏蓋本賈逵師說也。

鄭玄駁許慎《五經異義》之文，〈大宗伯疏〉但引其駁六宗說而不及三望。《詩·魯頌·閟宮》疏則引其駁三望之說。《閟宮》疏云：「《禮祭法》：諸侯之祭山川，在其地則祭之，亡其地則不祭。春秋僖三十一年，不郊猶三望者，《公羊傳》曰：三望者何？泰山、河、海。鄭駁《異義》云：昔者楚昭王曰：不穀雖不德，河非所獲罪也。言境內所不及，則不祭也。魯則徐州地。〈禹貢〉：海岱及淮惟徐州。以昭王之言，魯之境界，亦不及河，則所望者海也、岱也、淮也。是之謂三望。又〈王制〉云：諸侯祭名山大川之在其地者。注云：魯人祭泰山，晉人祭河是也。是由魯境至於泰山，故得望而祭之。」（《詩經注疏》卷二十之二）又《穀梁傳》僖三十一年范寧《集解》引鄭君云：「望者，祭山川之名也。謂海也、岱也、淮也。非其疆界則不祭。〈禹貢〉曰：海岱及淮惟徐州。徐、魯也。」（《穀梁傳注疏》卷九）本年傳《正義》引鄭玄以為云云，意同駁《異義》之說。是鄭君以海、岱、淮為三望，與賈、許、服、杜異也。

按二說不同，而實皆未當。望者，於境內山川，不至其地，遙擬其方，望而祭之也。良以境內土地，廣袤四方，名山大川，散居各處，不可一時徧及，故為壇於郊，設表象位，遙望而祀之耳。惟望有常祀、特祀之別：常祀者，有常秩，諸侯不得行之。又有常期、常地、常事，此天子之禮也。特祀者：於受禪、巡狩、出師、禱疾、禳災等禮，皆行服祀，無常秩，亦無常期、常地、常事，此則諸侯亦得行之。天子之常祀、特祀，皆為四望。《周禮司服及大司樂》云：祀四望。〈大宗伯典瑞及玉人〉云：旅四望，皆是也。四望者，望祀四方之名山大川也。故鄭君注〈舞師〉云：「四方之祭祀，謂四望也。」（《周禮注疏》卷十二）〈大宗伯〉賈疏亦云：「言四望者，不可一往就祭，當四向望，而為壇遙祭之，故云四望也。」（同上卷十八）黃以周《禮書通故》云：「天子方望，無所不通，故四望。四望者，四方之望也，非限定四事，故許以日月星河海岱言之，鄭以五嶽四鎮四瀆言之，當以鄭說為正。」（卷十四群祀禮）黃以周主鄭君說，所以不從許君者，許君以日月星河海山為六宗，秦蕙田《五禮通考》謂，許說六宗即天子所祀之四望。（卷四十六引）而《周禮典瑞》：祀天旅上帝與祭地旅四望對文，故黃以周謂望祀地祇，不得有日月星辰天神之屬也。黃氏主鄭君三望說，雖亦未妥，然謂望祀不得有日月星辰天神之屬則是。又〈典瑞〉於旅四望之外，別云：「圭璧以祀日月星辰。」（《周禮注疏》卷二十）明與祀四望有別。而《考工記．玉人》云：「圭璧五寸，以祀日月星辰，兩圭五寸有邸，以旅四望。」（同上卷四十一）亦日月星辰與四望別稱，是四望之中，不當兼有日月星辰也。天子四望不兼日月星辰，魯國之望即天子郊後之常望，所祀不應異於天子，則魯之三望，不當有分野之星矣。魯以周公有勳勞於王室，得天子特賜，亦得行郊望之禮，禮隆於諸侯。惟天子四望，魯禮降殺，故但有三望之稱，知三望為魯之專禮也。賈、許、服、杜諸家以分野之星、國中山川釋之，及鄭康成以海、岱、淮為說，義皆未妥。故陳壽祺曰：「賈、許、服等亦知河非魯境，故不從公羊說，然不察三望之名為魯所專，而欲通於諸侯之制，故以分星強配其數。《左傳正義》因云：天子四望，諸侯三望，失之矣。」（《五經異義疏證》卷一）陳氏謂賈、服、許不察三望之禮為魯所專，而通於諸侯之制，所以致誤，其說良是。鄭君據〈禹貢〉及〈閟宮〉之文，執魯之疆城所及，以定三望之名，是亦通魯望於諸侯之制，其失與賈、許、服、杜略同，故知二說皆未當也。

然則魯之三望，究何所指乎？《公羊傳》僖公三十一年云：「三望者何：望祭也。然則曷祭？祭泰山、河、海。」（卷十二）孔廣森《公羊通義》云：「北望泰山，西望河，東望海，南不及淮者，闕其一方，以下天子。」（卷五）孔說當得公羊之旨，其說近是。周氏何云：「天子四望，祀五嶽、四鎮、四瀆及海，四方之內名山大川，皆得祀之。魯三望本即天子之禮，天子四望，達於四方，魯禮降殺，故闕其一方，而曰三望。泰山在五嶽，河在四瀆，海亦在四望之中，故《公羊》之說為可信也。《左》、《穀》二傳於魯望所祀皆無說，獨《公羊》舉此三事，或有所本。《五禮通考》秦蕙田案：《公羊》此傳論天子諸侯望祭之事，極有精理，可為經傳望祭的解。」（《春秋吉禮考辨》第三章）又云：「然而天子四望，達於四方名山大川，無不可祀，不必確指何山何川。魯之三望，當亦如是，惟闕一方為降殺而已。則三望所祀蓋不止泰山、河、海三事，

《公羊》舉其各方之尤大著而言也。」（同上）按周氏說可從。魯境所及，以泰山、河、海為近，魯之望祭，當必及此三者。惟魯既得行郊後之望，則所望當不僅限於岱、河、海三事而已也。

（本文刊載於成功大學中文系《文心》第一期，民國七十年五月）

釋《春秋》義例二則

壹

《春秋》莊公元年：「三月，夫人孫于齊。」《左氏》先儒賈逵等曰：「桓公之薨，至是年三月，期而小祥，公憂思少殺，念及于母，以其惡重，不可以返之，故書孫于齊耳。」晉儒杜預《集解》則曰：「魯人責之，故出奔。內諱奔，謂之孫。」又曰：「文姜與桓俱行，而桓為齊所殺，故不敢還。莊公父弒母出，故不忍行即位之禮，據文姜未還，故傳稱文姜出也。姜於是感公意而還。不書不告廟。」二說不同，茲為辨之如次。

《春秋》莊公元年：「三月，夫人孫于齊。」賈逵曰：「桓公之薨，至是年三月，期而小祥，公憂思少殺，念及于母，以其惡重，不可以返之，故書孫于齊耳。」（《詩·

齊風·南山篇正義》引何休、賈逵、服虔說）杜預《春秋經傳集解》釋此經云：「魯人責之，故出奔。內諱奔，謂之孫。」《左傳》云：「元年春，不稱即位，文姜出故也。」杜氏《集解》：「文姜與桓俱行，而桓為齊所殺，故不敢還。莊公父弒母出，故不忍行即位之禮，據文姜未還，故傳稱文姜出也。姜於是感公意而還。不書不告廟。」（《春秋左傳》注疏卷八）何休、賈逵、服虔諸家以為文姜罪重，不敢歸魯。至元年三月，莊公念及于母而不得請歸，乃書孫于齊。杜氏之意則以為文姜前已返魯，以不告廟故不書其返，至此乃復去魯，故書孫于齊。二說不同，其關鍵在於文姜是否曾經返魯一事。

孔穎達《春秋左傳正義》釋杜說云：「經書三月夫人孫于齊。則是夫人來而復去，故知文姜於是感公意而還也。三月以來，經傳皆無夫人還事，故解之還不書不告廟。」又孔式《正義》引杜預《春秋釋例》云：「文姜之身，終始七如齊，再如莒，皆以淫行，書行而不書返，則元年之還，亦不告廟，推此可知也。」《正義》又引《公羊傳》《穀梁傳》云云，及《左氏》先儒說而駁之曰：：「杜不然者，史之所書，據實而錄，未有虛書其事者也。夫人若遂不還，則孫已久矣，何故至是三月，始言孫于齊乎？公若念及於母，自可迎使來歸，何以反書其孫？豈莊公召命史官，書其母孫乎？又禮：三年之喪，期月而練。桓公以往年四月薨，至今年三月，未得一期，何故已得為練，而云接練錄變，存君念母也？若以經無還文，即言留齊不返，則自是以後，亦無還文，二年夫人會齊侯于禚，豈復自齊會之哉？以此知三月始從魯去也。」《正義》所駁，即前引何、賈、服諸家之說也。

毛氏奇齡曰：「夫人，莊公母也。前一年桓喪歸時，夫人已隨喪歸魯矣，是時不書歸者，以喪歸告廟，夫人歸不告廟也。至是復奔齊，諱之曰孫，孫者避也。言慚而避之云爾。若公穀謂，接練時錄母之變。詳其說則誤以姜未歸魯，當小祥練祭。而莊公念母尚在齊，故記曰孫齊，一若此時新去齊者，是以未歸之夫人，而駕言去齊，世無是理。況小祥練祭，必期又一月，〈喪服四制〉所云十三月而練者，今自前年夏四月，至此裁十二月耳，何接練之有？」（《春秋傳》卷九）毛氏亦同《正義》說，特謂姜氏之歸乃隨桓喪歸魯，與杜說異耳。

《正義》與毛氏之言甚辨，然恐未得其實。李氏貽德申賈逵說云：「桓公以往年四月薨，至此年三月為一期也。《說文》云：稘，復其時也；期，會也。二字義略同。會有合訓，復其時合於此月也。《禮記．問傳》云：期而小祥。祥者吉也。言小小從吉也。公於斯時，優思其父，其心少殺。殺者，減損也。〈問喪〉云：思慕之心，孝子之志也。《荀子．禮論》：喪禮之凡久而平。注，久則哀殺如平常也。念及于母者，謂思念母也。雖思念母而母罪太重，不可請于齊而返之，故書遜于齊。《公羊傳》：夫人固在齊矣，其言遜于齊何？念母也。蓋前此深痛父仇，無暇計母之出，至是哀思少殺，始念母出未返，簡策宜書，即繫之此月，以為首事，其實卒未歸也。魯桓之喪以前年四月至，夫人宜與同返，經不書夫人之返，見文姜與聞殺公之謀，內歉於心，故不敢還。隱痛深諱者，《魏書．竇瑗傳》：瑗曰，尋注義隱痛深諱者，以父為齊所殺，而母與之，隱痛父死，深諱母出。《禮記．喪服四制》：期而練。〈曾子問〉：主人練祭而不旅。疏：練，小祥祭也。《周禮．大祝》疏：練謂十三月，小祥練祭，蓋桓公之薨，至此將練祭矣。」（《春秋左傳賈服注輯述》卷四）李氏之釋，頗有合於賈義，可為賈義之一注腳。

案夫人姜氏以桓十八年與公如齊，經云公之喪至自齊。傳不言文姜來歸。莊元年傳云：「不書即位，文姜出故也。」明莊公即位之時，姜氏仍滯留在齊，未嘗返魯也。《公羊傳》云：「夫人固在齊矣，其言孫于齊何？念母也。正月以存君，念母以首事。」（《公羊》注疏卷六）《穀梁傳》云：「接練時，錄母之變，始人之也。」范寧注云：「夫人初與桓俱如齊，今又書者，於練時感夫人不與祭，故始以人道錄之。」（《穀梁注疏》卷五）公穀二傳亦以姜氏往年如齊，至此年三月猶尚不返，三月練祭，念及其母。乃書其出奔，非三月始從魯去也。《詩．南山序疏》云：「何休及賈逵服虔皆以為桓公之薨，至是年三月，期而小祥，公憂思少殺，念及于母，以其罪重，不可以返之，故書孫于齊耳，其實先在於齊，本未歸也。」（《毛詩注疏》卷五）莊公感念其母之義，《左傳》所無，賈、服蓋以《公》《穀》二傳之說，義可通於左氏，故取以為說。經云二年夫人會齊侯于禚，當是從魯往會，則於會之前已返魯矣。〈南山序疏〉又云：「服虔云：蓋魯桓公之喪從齊來，以文姜為二年始來。鄭於〈喪服小記〉之注引《公羊》正月存親之事，則亦同於賈、服至二年乃歸也。」（同上）據〈南山序疏〉知賈逵、服虔、鄭玄皆以夫人姜氏至二年始返魯也。《史記．魯世家》云：「莊公母夫人因留齊不敢歸魯。」（《史記》卷三十三）說亦與三傳及何、賈、服、鄭、范諸先儒同。良以魯桓如齊，為齊人所殺，而事由文姜之淫行而發，此莫大之罪，魯國上下怨之必甚，文姜此時豈敢歸魯？故文姜避罪留齊，至於期年，實事理之常。《公》《穀》二傳立說於前。漢儒解經，並同此說，非偶然也。杜氏以其理不可違，故亦云文姜與桓俱行，而桓為齊所殺，故不敢還。然又創為莊公不忍行即位之禮，姜氏於是感公意而還，魯人責之，三月乃復奔齊之說。杜氏之為此說，但憑臆測，實無明證，而故違諸儒，故〈南山序疏〉謂：「杜預創為其說，前儒盡不然也。」（同前）杜以臆測之言，而故違先儒一致之論，宜其不可從。而毛氏奇齡乃謂，前一年桓喪歸時，夫人已隨喪歸魯矣。則並與三傳之說違異，其謬較杜氏為尤甚。此其一。

《正義》駁賈說云：「史之所書，據實而錄，未有虛書其事者。」按《公羊傳》云：「夫人孫于齊，孫者何？孫猶遜也。內諱奔，謂之遜。」（卷六）《穀梁傳》云：「夫人孫于齊，孫之為言猶遜也。諱奔也。」（卷五）《公》《穀》二傳但釋書孫之義，特謂文姜畏罪留齊，如奔齊然耳。如文姜此時自魯奔齊，《公》《穀》二傳必不容不釋其奔齊之故，以其事關重大，異乎尋常也。《左傳》云：「夫人孫于齊，不稱姜氏，絕不為親禮也。」《左氏》但釋不稱姜氏之故，不言其此時出奔也。若如杜說文姜於此時受責乃出奔，則《左傳》亦不容不述其事矣。《爾雅．釋言》及許氏《說文》均釋孫為遜，賈氏之意，蓋謂夫人姜氏留齊，不敢歸魯，猶遜遯在齊耳，非意謂姜氏此時始奔齊也。毛氏不明此意，故有「一若此時新去齊者」之疑。然則依賈氏之說，書夫人孫遯在齊乃實錄，不得謂之虛書也。《正義》執以駁賈氏，非也。此其二。

《正義》又謂，夫人若未返魯，則孫已久，何故至是三月，始言孫于齊？公若念母，自可迎歸，何反書其孫？豈莊公召命史官使書之乎？按至是三月始言孫于齊者，《公羊傳》釋之云：「念母也，正月以存君，念母以首事。」（同前）《穀梁傳》謂：「接練時，錄母之變，始人之也。」（同前）二傳之說甚是，賈氏亦據以為言，當足以釋《正義》之疑矣。至《正義》「自可迎歸」之駁，則又以其母罪重，不可以返之，《左傳》所謂絕不為親禮是也，故不得而迎。既宜絕之，則書其孫，乃史官所職，又何疑乎？此其三。

《正義》又謂，禮三年之喪，期月而練。桓公之薨，至今年三月，未得一期，何故已得為練？毛氏亦謂，小祥練祭，必期又一月，至此年才十二月耳，何接練之有？按三年之喪，期月而練，禮固如是。桓公以往年四月薨，至此年三月才十二月，未得行練祭，說皆不誤。然賈氏及《公》《穀》二傳蓋謂，至是年三月，公喪已屆期年，次月將行練祭，乃思及母而書孫，非謂已行練祭乃書也。故《公羊徐氏疏》云：「言夫人當首祭事者，謂夫人當為首而營其祭事也。言時莊公練祭者，謂桓公去年四月薨，今年三月方為練祭，而欲迎母，非謂此時已為練矣。」（卷六）徐氏之言，既可以駁《正義》及毛氏不得為練祭之說，亦可以為三月書夫人孫齊作解，其言良是。故賈說於禮並無不合，《正義》及毛氏之駁，非也。此其四。

《正義》又謂，若以經無還文，即言留齊不返，則自是以後，亦無還文，二年夫人會齊侯于禚，豈復自齊會之哉？按夫人會齊侯于禚，事在莊公二年冬十二月，此時去魯桓之薨，已兩年又八閱月矣。魯人於文姜縱有怨怒，此時亦當時過境遷，不復追究，況莊公母子之情，必不容長久睽絕，故文姜於前此可以安然而返魯也。不宜執此以與新喪期年之內一概而論。且前引賈、服並以二年夫人會齊于禚以前已歸魯。而經無還文，明賈氏不以經書還文為據，不得據以駁賈。此其五。

綜上所論，賈逵、杜預二家之說，於《左傳》雖皆無明文可證，然賈逵與《左氏》先儒之說，既有《公》《穀》二傳可據，復就事理及禮制言，皆能確當近理，杜預有意立異，別為之解，《正義》力為辨護，實乏理據，仍當從賈逵、何休、服虔諸儒之說也。

貳

《春秋》於隱、莊、閔、僖四公不書即位。賈逵謂，四公皆實即位，孔子修經，乃有不書。又謂，不書隱即位所以惡桓之簒。杜預謂，假攝君政，不修即位之禮，故史不書於策。按賈、杜說皆未圓滿。茲辨之如次。

《春秋》於隱公元年不書即位，《左傳》云：「不書即位，攝也。」賈逵釋云：「四公皆實即位，孔子修經，乃有不書。」（《春秋左傳注疏》卷一引賈逵、服虔說）賈氏又云：「不書隱即位，所以惡桓之篡。」（杜預《春秋釋例》即位例引）賈氏所云四公者，謂隱、莊、閔、僖四君也。杜預《集解》釋此傳云：「假攝君政，不修即位之禮，故史不書於策。傳所以見異於常。」（賈意公實即位，史亦書之，孔子修經乃削而不書，以示貶桓篡弒之意。杜則以為隱公假攝君政，不修即位之禮，故史不書於策，孔子修經因而不書。是其異也。孔穎達《正義》申杜說曰：「攝訓持也。隱以桓公幼少，且攝持國政，待其年長，所以不行即位之禮，史官不書即位，仲尼因而不改，故發傳以解之。公實不即位，史本無可書。莊、閔、僖不書即位，義亦然也。舊說賈、服之徒以為四公皆實即位，孔子修經，乃有不書，故杜詳辨之。」（《春秋左傳注疏》卷一，下同）又《正義》引杜氏《春秋釋例》曰：「遭喪繼位者，每新年正月，必改元，正位百官，以序故國。史書即位於策以表之。隱既繼室之子，於第應立，而尋父娶仲子之意，委位以讓桓。天子既已定之，諸侯既已正之，而隱終有讓國授桓之心，所以不行即位之禮也。隱、莊、閔、僖雖居君位，皆有故而不修即位之禮。或讓而不為，或痛而不忍，或亂而不得，禮廢事異，國史固無所書，非行其禮而不書於文也。顏氏說，以為魯十二公，國史盡書即位，仲尼修之，乃有所不書。若實即位，則為隱公無讓；若實有讓，則史無緣虛書。」《正義》及《釋例》發明杜解之義，頗為詳明，義亦宏通。而賈逵蓋從《公羊》、《穀梁》二傳之說。《公羊傳》云：「公何以不言即位？成公意也。何成乎公之意？公將平國而反之桓，故凡隱之立為桓立也。」（注疏卷一）《穀梁傳》云：「公何以不言即位，成公志也。焉成之？言君之不取為公也。君之不取為公何也？將以讓桓也。」又云：「將以惡桓也。其惡桓何也？隱將讓而桓弒之，則桓惡矣。」（注疏卷一）公、穀二傳皆以「成公意」（志即意也）為言，與《左傳》「禎祥」之說不相違，《穀梁》又有「惡桓」之言，故賈氏本之為說。

案賈、杜二說，固有可取處，然皆未圓滿。賈謂隱公實即位，其意可取，然謂孔子《春秋》乃削而不書即位，以示貶桓篡弒之義，則未當。杜謂孔子據史而書，無筆削之實則是，謂隱公未修即位之禮則非也。何以言之？

賈氏以隱公不書即位，乃孔子筆削之故。此說宋元以來諸儒頗有受其影響者，惟學者說頗紛紜：有謂《春秋》假周以正王法，隱不書即位，明大法於始也。諸侯之立，必由王命，隱公自立，故不書即位，不與其為君也。（呂祖謙《春秋集解》卷一引程伊川說）有謂《春秋》首黜隱公，以明大法，為其上無所承，內不稟命也。（孫復《春秋尊王發微說）要皆以己意說《春秋》，實乏理實。後儒嘗駁其說。康熙《欽定春秋傳說彙纂》云：「不書即位者，《左氏》以為攝，《公》《穀》以為讓，而杜氏預釋之，以為不行即位之禮，故不書即位，此定解也。胡傳謂仲尼首黜隱公以明大法，故削之，義恐未安。夫君行即位之禮則書即位，不行則不書，孔子得而筆削之乎？」（《五經彙解》卷一百六十九引）毛奇齡云：「國君改元，則必告廟朝正，行即位之禮。其或朝正告朔，而不行此禮，則史官不書，故《春秋》不書即位者四，皆不另行即位禮者，此不書以攝位也。莊、閔、僖三君亦不書，以三君皆各遭弒逆之變，倉卒即位，不忍另行也。此皆就實事而史記之，行則書，不行即不書，並無有取捨筆削于其間。必謂史有筆削焉，謬矣。（《春秋傳》卷二）方苞《春秋直解》云：「即位者告廟踐作臨群臣也。行此禮而書於冊者，不可削也。未行此禮而不書於冊者，不能增也。隱將讓國，莊閔僖繼，故未行即位之禮，故舊史無其文也。謂上不請命於天子，即十二公之所同，謂內不承國於先君，則桓宣定之書即位，不可通矣。」（《五經彙解》卷一百六十九引）顧棟高云：「隱公元年，不書即位。胡文定謂春秋首黜隱公，以明大法，為其上無所承，內不禀命也。先師高紫超氏曰：春秋諸侯不禀命而無承者徧天下，而孔子以本國臣子，首削隱公之即位，以明王法，非尊君父不敢斥言之義。又謂文成襄昭哀五君，皆書即位，既誅首惡，此後可從末減。隱何獨不幸，以《春秋》之首君而當大罰也。孔穎達據《杜氏》之說曰，隱莊閔僖四君，皆實不行即位之禮，或讓而不為，或痛而不忍，或亂而不得，國史固無所書，非行其禮而不書于文也。謂孔子修經削之者，本于賈服之徒，宗之者始于程子，而其說暢于東萊，文定據以作傳，過矣。」（《春秋大事表》第十九五禮源流口號注）按上引諸家說評宋儒程氏、胡氏等說之非，及謂孔子無筆削之實是也，然謂隱公不行即位之禮，則恐尚未的。

也。隱元年不書即位，《左傳》云攝也。杜預以「假攝君政」釋之，此攝字之常解云：宋元以來學者，亦多以攝理政事解之，故頗有以《左傳》言攝為非者。如歐陽修云：「經於魯隱始事，書公盟蔑，其卒書曰公薨，孔子始終謂之公，而傳曰攝也。夫攝者，心不欲為君，而身假行君事，其實非君也。今書曰公，則是不欲為者，而孔子加之，隱實為攝，則決不書曰公，書為公則決非攝。」（歐陽修文集《居士集》卷第十八）徐庭垣《春秋管窺》云：「不書即位，左以為攝，夫攝者，行其事而不居其位之謂，若伊之相太甲，周之輔成王是也。今隱公自稱曰寡人，臣民君之，天子聘之，大國會之，小國朝之，孰曰非君也者，而豈得謂之攝。蓋隱志在讓桓，特殺其禮，如後世之元旦免朝賀者，故不書也。」（《五經彙解》卷二百六十九引）崔述云：「古人之攝有三：舜，君老而攝者也；伊尹、周公，君諒陰而攝者也；共和，君在外攝者也。皆不為君，故謂之攝。隱既君魯矣，即授國乎弟，亦不過如宋宣公、元武宗耳，即自老菟裘，亦不過如趙武靈、魏獻文、宋高宗耳，豈得遂謂之攝，豈得遂不謂即位。故歐陽之論，不可易也。」（《無聞集》卷二）

華學泉《春秋疑義》云：「隱不書即位，傳曰攝也，開章第一義，便與聖經相戾。傳稱惠公薨，有宋師，太子少，葬故有闕，是以改葬。或遂疑惠公之時，桓公已正太子之位，隱承父命，攝以奉桓，審若此則桓為君，隱為臣，隱攝以奉太子，太子立而謂之篡可乎？故隱為攝則桓不當為篡。桓之立為篡，則隱不當為攝，二者不待辨而明也。且亦知攝之道乎？周公之于成王，攝也。書稱位冢宰，正百工，不聞身踐天子之位也。其告於天下也，必曰周公曰王若曰，謂周公承王命云爾，不聞發號施令之自己出也。隱公當日不嘗身踐魯君之位乎？發號施令，有不自己出乎？國人不儼然稱君公，不儼然自稱算人乎？不儼然列于諸侯之會盟，而受滕薛之旅見乎？若是而謂之攝可乎？設惠公時，桓公果正太子之位，則隱為篡，羽父為忠，桓之立為反正，則春秋誅亂賊，隱公其首也。然而春秋深惡桓，何也？曰正其為篡也。以春秋之正桓公為篡，而知桓非太子也。桓非太子，其為太子何也？曰隱公立之也。桓之太子立於隱，則桓不宜有國，桓不宜有國，則隱之欲與桓也為讓，而桓之奪之為篡，正桓之為篡，而隱之非攝，不待辨而明矣。」（《五經彙解》卷二百六十九）

案上舉歐陽氏、徐氏、崔氏、華氏諸家，皆謂魯隱公有即位為君之實，可正杜預不行即位之禮說之非；而謂傳不當言攝，則尚未明傳攝之意。傳云攝者，蓋謂攝位，非攝政也。故劉氏文淇駁杜孔說云：「按《明堂位疏》引〈鄭發墨守〉云，隱公攝位，周公攝政，雖俱相幼君，攝政與攝位異也。是隱公攝位非攝政。況傳明云公攝位而欲修好于邾。攝位則行即位之禮。杜預之說非也。正義既知隱公之攝為攝位，而又謂攝位不行即位之禮，曲護杜氏，謬矣。」（《春秋左傳舊注疏證》隱公元年）劉氏以為傳云攝者謂攝位非攝政，既攝位則行即位之禮，說皆確當。

日人島增固曰：「《公羊傳》曰：隱為桓立。《史記・魯世家》曰：魯人共立息姑。

其立而即位也何容疑？然則宜書即位而不書，故曰不書即位攝也。攝者假也，非真之謂也。隱公雖立，有終讓國授桓之意，故其心猶為假攝也。考之攝政之典，攝有三等：一則先君無子，大臣假聽政也。若〈曾子問〉君薨而世子生，卿大夫士從攝主北面于西階南是也。一則亮陰三年，冢卿代次君聽政也。若《論語》君薨，百官總已以聽于冢宰是也。一則親臣代幼主聽政，若周公以叔父之親代攝治天下之政是也。隱之攝也，異于此三典。天子命之，國人君之，儼然在位之正君也。特其心自以為攝耳。今觀傳所記，其自稱寡人者三，稱寡君者一。寡人寡君，諸侯之稱，攝主而如是乎？及羽父請殺桓，曰為其少故也，吾將授之。授者果何？非授位耶？況春秋首隱，稱公而起年，其死也曰公薨，其立而即位亦何疑。在春秋時，不惟隱耳；宋穆公亦然。《公羊》記穆公言曰：吾立乎此，攝也，終致國于與夷。隱之於桓，猶穆公之於與夷耳。」（《左傳會箋》第一引）

案島增氏亦以隱公有即位為君之實，特其心自以為攝耳。其說良是。然則隱公既有即位為君之實，則不當謂其不修即位之禮。而傳又以攝位為言（公攝位而欲修好於邾），又與正位為君者有異，其必以隱公有讓桓之心，故行即位之禮而有所殺減。禮既未備，史因不書即位，故傳謂之攝耳。賈逵云，四公皆實即位，孔子修經乃有不書，非其實也。而杜預云不修即位之禮，亦未得。惟云史不書於策，經亦因而不書，義則確當矣。賈氏又謂，不書隱即位，所以惡桓之篡。按此說迂曲，且與傳不書即位攝也之義不合，不足採信。杜氏《釋例》駁之曰：「賈氏云云，然則僖不簒閔，閔不簒莊，而此三君皆不書即位，復以何惡？隱公傳則以攝為文。莊公傳則以姜出為文。閔公則以亂為文。僖公傳則以公出為文。此皆是實，不假文托義也，丘明于四公發傳，以不書不稱起文，其義一也。」（《春秋釋例》卷一）杜駁是也。故隱公元年不書即位，當以隱公有讓桓之心，即位之禮有所未備，故不書即位也。

參考書目

《春秋左傳注疏》　杜預注　孔穎達等疏

《春秋公羊傳注疏》　何休注　徐彥疏

《春秋穀梁傳注疏》　范寧注　楊士勛疏

《毛詩注疏》　毛亨傳　鄭玄箋　孔穎達等疏

《春秋釋例》　杜預撰

《春秋左傳賈服注輯述》　李貽德撰

《春秋左傳舊注疏證》　劉文淇撰

清儒《五經彙解》　抉經心室主人編

《周禮注疏》　鄭玄注　賈公彥疏

《禮記注疏》 鄭玄注 孔穎達等疏
《儀禮注疏》 鄭玄注 賈公彥疏
《春秋傳》 毛奇齡撰
《無聞集》 崔述撰
《左傳會箋》 日人竹添光鴻撰
《居士集》 歐陽修撰
《春秋左傳補注》 沈欽韓撰
《玉函山房輯佚書》 馬國翰輯
《春秋尊王發微》 孫復撰
《春秋集解》 呂祖謙撰
《春秋傳》 胡安國撰
《春秋傳說彙纂》 康熙欽定
《春秋大事表》 顧棟高撰
《左傳杜解補正》 顧炎武撰

（本文刊載於《成大學報》第十七卷，民國七十一年三月）

《春秋》昭公七年「暨齊平」解

《春秋》昭公七年：「正月，暨齊平。」《穀梁傳》以為「魯與齊平」，《公羊傳》無說，而何休注《公羊》亦以為魯與齊平。《左傳》則云：「正月，暨齊平，齊求之也。」下文接云：「癸巳，齊侯次于虢，燕人行成曰：『敝邑知罪，敢不聽命。先君之敝器，請以謝罪』。公孫皙曰：『受服而退曰，俟釁而動可也。』二月戊午，盟于濡上。燕人歸燕姬」，賂以瑤罋玉櫝斝耳，不克而還。」說《左傳》者，許惠卿、服虔、杜預等人皆據《左傳》之文，釋為「燕與齊平」。而賈逵則主「魯與齊平」之說。按主「魯與齊平」之說者，乃據《春秋》書法以魯為內，省文不書魯字之通例為說，以為若燕與齊平，則《春秋》當直書「燕與齊平」，不當省燕字。此說既據《春秋》書法通例，自有其充分之理由。然主「燕與齊平」之說者，則據《左傳》之文為說，亦似有其堅強之理由。後之學者，依違於二說之間，莫能一致，今為辨之如次。

杜預《集解》釋此經云：「暨，與也。燕與齊平。前年冬，齊伐燕，間無異事，故不重言燕，從可知。」孔穎達《正義》云：「此直言暨齊平，不知誰與齊平。《穀梁傳》

云：『以外及內曰暨』，謂此為魯與齊平。賈逵、何休亦以為魯與齊平。許惠卿以為燕與齊平。服虔云：襄二十四年，仲孫羯侵齊。二十五年，崔杼伐我。自爾以來，齊魯不相侵伐，且齊是大國，無為求與魯平。此六年多，齊侯伐北燕，將納簡公，齊侯貪賄而與之平，故傳言齊求之也。齊次于虢，燕人行成，其文相比，許君近之。」（注疏卷四十四）此孔氏《正義》所引者，皆前乎杜預諸家之說也。杜預從許惠卿、服虔說，與賈逵、何休說異。孔氏《正義》又申杜預說云：「其所疑云，前年冬齊伐燕，文接此春，間無異事，故不云燕，省文也。又此年稱『齊暨燕平之月』，傳所舉經文，知此是燕與齊平也。《釋例》曰：昭六年冬，齊侯伐北燕。七年春而平。冬春相接，間無異事，省文故不重言燕，猶桓五年冬，州公如曹。六年春，因書寔來也。傳以其不分明，故起見齊燕平之月，以正之也。」（同上）按上引許、服、杜、孔諸家，綜其所言，主要依據有四：一為以經文蒙前年冬齊伐燕一事，與此年春暨齊平，間無異事，故省文不重言燕。二為此年《左傳》記鄭公孫段卒，有「齊燕平之月」之文，以為即指此燕齊平一事，故據以為說。三為自襄公二十四年，魯仲孫羯侵齊。二十五年，齊崔杼伐魯以後，齊魯不相侵伐。兩國既無相侵伐之事，自無需求平。且其齊是大國，無為求與魯和也。四謂此六年冬，齊侯伐北燕，將納燕簡公，齊侯貪賄而與之平，故傳言齊求之。又傳文齊次于虢，燕人行成，其文相比，當為燕與齊平無疑。

清儒毛氏奇齡亦主燕齊平之說，其言與杜、孔說相表裏，其說云：「及至燕而不能納，燕人乃行成，盟于濡上，經不書燕與齊平，蒙上伐燕文也。然不書齊與燕平，而反曰與齊平，以求盟自燕也。胡氏見經文無燕字，不曉間時而不間事，可蒙上為文，如桓五年州公如曹，六年春書寔來，不更書州公一例，遂誤謂本國與外盟可不書本國名，又誤疑下文叔孫舍（當作婼，此從《公羊傳》），如齊涖盟，則必正月與齊盟而三月又尋盟者，因云昭公欲結強吳，附荊楚，而故與齊平，蓋魯齊平，非燕齊平也。殊不知平雖是盟，然必先有怨隙而後借盟以平之，所謂行成，非齊盟也。魯自襄二十五年齊崔杼報伐後，已一十四年。未有一十四年之怨，而今始平者，且涖盟非尋盟也。陽穀之會，魯未與盟，故公子友涖盟之，並非尋盟。若文七年公孫敖如莒涖盟，未嘗先有莒盟而後尋之也。況此齊平在正月，涖盟在三月，且記其文在公如楚之後，不惟間時，抑且間事，與定十一年及鄭平，叔還如鄭涖盟，又不相合。又況燕齊之平，明見他傳，鄭公孫段卒在燕齊平之月，罕朔殺罕魋在齊師還自燕之月，此如襄公之生在會于沙隨之歲，衛靈公之生在晉韓宣子聘于諸侯之歲，傳例並同。則是燕與齊平，在他傳引經又有旁證。胡氏不讀經，乃欲憑臆測而武斷之，豈非妄歟？」（《春秋傳》卷二十九）按毛氏所駁胡氏之言，乃宋儒胡安國《春秋傳》之說也。胡氏主魯齊平說，故毛氏駁之。此外，陳氏傳良《春秋後傳》及趙氏汸《春秋集傳》亦主燕齊平之說。張氏應昌《春秋屬辭辨例編》謂：「永嘉陳氏（政欣按即陳氏傳良），以齊與燕平，黨亂臣賊子，為闢天下之大故，而書平是因杜而誤矣。」又謂：「空山牛氏，主燕齊平之說。據齊平在正月，涖盟在三月，中有間事，謂平與盟兩事，辨以涖盟證魯齊平之非。又據別傳有燕齊平之月一語，為燕齊平之證。」（並清儒《五經彙解》卷二百十三引）張氏所引永嘉陳氏及空山牛氏之言，皆主杜說，惟張氏不以陳牛二家之說為然，故謂陳氏乃因杜而誤，而謂牛氏之言雖辨而不若主齊魯平說諸家辨證之精確也。上引陳氏、趙氏、牛氏諸家立論大抵不出杜預、孔穎達、毛奇齡說所持理由之外。諸家所論雖似有據，而實非確解。

其主魯暨齊平之說者，自漢儒賈逵、何休而外，宋元以來學者亦有多家。如劉敞《春秋權衡》云：「左氏云，齊求之也。杜云齊伐燕，燕人賂之，反從求平也。予謂杜氏之說，與傳意錯。傳所云齊求之者，似指齊求與魯為平也。其下乃云癸巳齊侯次于虢，燕人行成。若謂齊已暨燕平，則齊侯無緣更進次虢，而燕乃行成也。且齊侯伐燕，燕人賂之，則傳當云燕求之，經當書暨燕平，不當反云齊求之、暨齊平也。杜又注經曰：前年冬齊伐燕，間無異事，故不重言燕，從可知。此杜注欲引州公寔來為比，彼州公寔來之文，卓詭非常乃可爾，非此之類也。試覆以事推之，自昭公即位以來，未嘗與齊通好，此年三月叔孫婼如齊涖盟，此則魯與齊平之驗矣。亦猶定十一年冬及齊平，叔還如鄭涖盟也。」（卷六）趙鵬飛《春秋經筌》亦云：「齊自靈公、莊公再世讎於魯。北鄙之民，無日安靖，魯亦倚晉以圖之，比衛以伐之。景公繼故而立，改先君之轍，以修好於四鄰，故即位之初，嘗以慶封來聘，齊雖聘魯而無以報之，則怨未除也。故明年慶封來奔，齊以魯納己之叛臣，蓋有言焉。其後仲孫羯嘗同高止為城杞之役，叔孫再同國弱為虢之會，然盟主之令而已，非齊魯交鄰之義也。今魯內睦於晉，南連於楚，東婚于吳，齊實懼焉。故欲平雖非齊之欲，勢有所不得已也。左氏以為燕暨齊平，比州公如曹，次年春寔來之文，若然則下安得有叔孫婼如齊涖盟之事乎？案定十一年及鄭平，繼書叔還如鄭涖盟，與此事同文一用，是知《左氏》之說迂矣。」（卷十三）按劉氏敞、趙氏鵬飛之說，主於駁杜預，所論良是。顧棟高《春秋大事表》四十六〈杜注正譌表〉亦用劉敞說。此外，張洽《春秋集注》、家鉉翁《春秋集傳詳說》、程端學《春秋或問》、陸昌《春秋微旨》、高閌《春秋集註》、戴溪《春秋講義》、《御纂春秋直解》、葉酉《春秋究遺》、孫覺《春秋經解》、萬斯大《學春秋隨筆》、孔廣森《公羊通義》、劉逢祿《左氏春秋考證》、崔應榴《吾亦盧稿》及洪亮吉《春秋左傳詁》等書，皆主魯與齊平之說，文繁不具引。

按魯暨齊平說，實為確論。理由述之如下：杜注省文之說，實不然。蓋經文暨齊平一事，與上年冬齊侯伐北燕各別。傳文「齊求之也」亦專釋經「暨齊平」一事，不與上下傳相連。若如服、杜說，齊已與燕平，則齊侯無緣更進次虢，而燕人乃行成也。且齊侯伐燕，燕人賂之，則傳當云燕求之，不當反云齊求之也。故暨齊平乃魯齊平，與前年冬齊伐北燕無涉，不當以省文說之。此其一。依春秋書法通例，魯與諸侯平，書「暨」或「及」而省「魯」字。今經既書「暨齊平」，則是內與外平之辭，而定十年「及齊平」，十一年「及鄭平」同例，皆魯與平也。故孔穎達《正義》不得不謂：「案經例，即燕與齊平當書燕，魯與諸侯平皆言暨。據經言之，賈君為得。」（注疏卷四十四）若如服、杜說，外國自相平，經當書「燕人與齊人平」，如宣十五年「宋人及楚人平」之例。且即如燕齊平，經亦當書「北燕伯及齊侯盟」，如僖三十年「衛人侵狄，秋衛人及狄盟」之例。彼不隔年猶復出衛人書盟以別內與外平之辭，則此之為內暨齊平，豈容置疑乎？此其二。杜氏又以傳文有「齊燕平之月」，因指為傳所舉經文，實則傳文此語非指此事而言，而係指齊伐燕，燕人謝罪求平之事，與魯暨齊平乃別一事，且與傳所載「鑄刑書之歲二月」，及「齊師還自燕之月」等，皆經所不備之事，而傳舉而載之，何獨此「齊燕平」之必即經所書者乎？此其三。至謂魯自襄公廿四年仲孫羯侵齊。廿五年齊崔杼伐魯以後，齊魯凡十四年不相侵伐。不當十四年之怨，今始為平之說，亦不然。按上引趙氏謂齊自靈、莊再世與魯為仇，魯之北境，時遭侵擾。魯亦倚晉以圖之，比衛以伐之。至景公立，乃改行修好於四鄰，故即位之初，嘗使慶封來聘，而魯無以報之，則怨未除也。明年，魯納慶封來奔，傳載齊侯來責於魯。其後仲孫羯嘗同高止為城杞之役，叔孫再同國弱為虢之會，亦盟主之令而已，非齊魯交鄰之義也。自昭公即位以來，魯勤勤於晉楚，而與齊不聞一介往來，則二國不平久矣。至是魯內睦於晉，南連於楚，東婚於吳，齊有所懼，故欲求平於魯，勢有不得已也。魯既與平，三月叔孫婼乃如齊涖盟，此正魯與齊平之據，與定十一年及鄭平，叔還如鄭涖盟之事無異也。而毛氏以涖盟非尋盟為說，亦強為之辭而已。豈得謂一十四年之怨，今始為平乎？此其四。正義又謂，齊侯伐北燕，將納簡公，齊侯貪賄而與之平，故傳言齊求之。按此說與傳意不合。傳謂齊侯次于虢，燕人行成曰：敝邑知罪，敢不聽命，先君之敝器，請以謝罪。是燕人以重器卑辭，求成於齊，乃燕求於齊，非齊求於燕也。然則「七年春正月，暨齊平，齊求之也」，當別一事，不與上下文相連屬甚明。此其五。

綜上五義，可知齊魯平說實較燕齊平說為得當。而兩說之所以相異，實由於《左傳》之編排不當所造成，持燕齊平之說者，因未能察覺傳文編排上之缺失，致將不相關涉之二事誤合為一。此義劉敞、顧棟高已言之。經載六年冬，齊侯伐燕，與七年春，暨齊平，為不相關涉之兩事。而六年傳載，冬齊伐北燕一事，僅「將納簡公」及晏子曰云云等數語，其餘則載入七年傳。自「癸巳，齊侯次于虢」以下，至「燕人歸燕姬，賂以瑤罋罍耳，不克而還」句，皆是也。所以然者，蓋以齊伐北燕一事，始於六年冬，至次年二月戊午，始盟而告終。傳因亦分載於兩年中。而前後兩文中間又為「七年春正月，暨齊平，齊求之也」一事所隔斷，致易造成誤解。且文頗簡略，語焉不詳，文亦恐有脫誤，如「癸巳」，究為七年正月癸巳乎？抑六年十二月癸巳乎？疑不能定。先儒許惠卿、服虔、杜預等，因將此兩事誤作一事看，乃有釋經「暨齊平」為「燕暨齊平」之誤。此一癥結既明，則許、服、杜諸家之誤自見。故春秋「暨齊平」一事，仍當以「魯與齊平」之解為正。

（本文刊載於《成大學報》第十八卷，民國七十二年三月）

《漢儒賈逵之春秋左氏學》序言

《春秋》之學，西漢初期得立於學官者僅《公羊》、《穀梁》二家。《左傳》較晚出，《漢書．儒林傳》略謂：「漢興、北平侯張蒼、梁太傅賈誼、京兆尹張敞、大中大夫劉公子，皆修《春秋左氏傳》。誼為《左氏傳訓故》，授趙人貫公，為河間獻王博士。子長卿授張禹。禹言於蕭望之。望之薦禹於宣帝。徵禹待詔。未及問，會疾死。授尹更始。更始授子咸及翟方進、胡常。常授賈護。護授陳欽。陳欽以授王莽。而劉歆從尹咸及翟方進受。由是言《左氏》者本之賈護、劉歆。」許慎《說文解字．序》亦云：「北平侯張蒼，獻《春秋左氏傳》。」據此則漢初《左氏學》傳自張蒼、賈誼，而傳授之迹，亦略可考見。蓋張蒼既傳授斯學，復上獻其書。初藏之秘府，未得立學官，緊私相傳授，學終未顯。及至劉歆，乃昌大其學。哀帝之時，歆親近貴顯，更求立《左傳》於學官，以今文經諸博士之反對而不果，然《左氏學》之發展已漸臻於昌盛矣。

降及東漢，賈徽受《左氏學》於劉歆，而傳其子逵。賈氏兩代精研，號稱《左傳》專門之學，與鄭氏齊名，為儒林所重，《後漢書・鄭興傳》云：「世言《左氏》者多祖於興，而賈逵自傳其父業，故有鄭、賈之學。」又〈賈逵傳〉論曰：「鄭、賈之學，行乎數百年中。」是賈、鄭二家，成就卓越，當世蓋罕有其匹，而賈學之成就及影響，殆尤過於鄭氏。其後，許慎、穎容、許淑、服虔、鄭玄諸家，皆深受其影響。賈學實上繼劉歆，下開諸家，具承先啟後之功，有足多者。

顧賈逵之著述，蓋至宋而不傳，其學亦煙沒而不彰。先儒鴻業，淪亡幾盡，良可憫惜。宋儒王應麟。始有事於蒐輯，所得賈氏左傳佚說，已有可觀。清儒復興漢代學術，於賈逵遺說更為裒輯，黃奭、王謨、馬國翰三家，皆有賈氏遺作輯本，而余蕭客《古經解鉤沈》、嚴蔚《春秋內傳古注輯存》及馮明貞《補輯》，亦收賈氏佚說。馬氏輯本及嚴氏、馮氏所輯尤夥。雖十不存一，又復得失參半，然賈氏遺說賴此略存梗概，亦彌足珍貴矣。

自隋、唐以來，迄於清初，學者未嘗聞有專就賈學而予以探討者，有之當自清儒李貽德始（李氏字天彝，號次白。清浙江嘉興人，一七八三—一八三二），李氏著《春秋左傳賈服注輯述》二十卷，取賈逵、服虔兩家之說而為之疏證。其於賈注蒐採頗備，而援引經傳古籍以證成賈義，時多精洽之論，惟僅就賈說申證，未能博採眾家，辨析得失。且遇賈說失當處，或略而不言，或曲為之說，未能諟正，此其缺失也。其後劉文淇

（劉氏字孟瞻，清江蘇儀徵人。一七八九—一八五四）撰《春秋左氏傳舊注疏證》若干卷，取漢儒舊注而疏證之，於賈氏之說蒐採亦備。其書疏證賈說處不及李書之詳，而精核過之。其釋禮制引證詳贍，且間引諸家說而辨析得失，論斷多切要中肯，是其長處。然於賈說之失當處，亦但有引申而無駁詰，其失與李書略同。引證諸家說亦未能賅備，且其書至襄公五年而止，非為全璧，皆其所短。今探究賈氏遺說，於李氏、劉氏二家之書，並有取焉。

本文取賈氏《春秋左傳遺說》，為之爬梳整理，並依內容性質區分為《春秋》義例、《左傳》義例、《左傳》文旨、名物、古史、禮制、國名、地名、人名及訓詁等項，逐事辨證，並析論諸家得失。計分為八章三十節。綜括全文綱要，凡有五端，茲分別說明如次：

一曰輯賈注之佚文：賈注佚文，清儒為之蒐輯者，以馬國翰、黃奭、王謨、嚴蔚、馮明貞諸家為詳，而李貽德、劉文淇二家之書所收賈注亦備。本文參稽諸家所輯之文，其所輯誤者正之，贅者刪之，闕漏字句者補之，務求其確當。其有諸家所未及輯者，亦為補入，以求其詳備焉。

二曰申賈注之義蘊：經傳古注，措辭簡要，其義蘊固有淺顯易解者，亦有隱晦難明者，需為之申解，其義乃明。此義疏之學所由興。賈注措辭，亦頗簡要，故為之引據經傳及子史、義詁，以疏通證明之，或明義理，或徵故實，或詳史事，或通訓詁，以證成賈說而明其義蘊。義蘊明則其義例、學說亦從可考見矣。

三曰辨賈、杜之得失：賈、杜二家皆專門之學。賈說多精當之見，然亦偶有疏陋處。其說之得者，固當遵從；失者亦當辨明其疏誤所在，不必曲為之說。杜預《集解》乃先儒《春秋左傳》古注之僅存者，故取以與賈說對勘。其相同者可明二家淵源關係，其相異者亦可藉以較其得失。孔穎達《正義》疏證杜說，遇杜說與賈氏異者，每引賈說而駁之。然賈、杜二家義有相違，往往得失互見，而孔氏正義以體例之故，概從杜說，是其駁賈之說，尚有未妥當者，亟宜重予探討，以正其謬誤，庶不致貽誤後人。至賈、杜以外各家說之可考者，自亦在徵引探討之列也。

四曰論諸家之是非：魏晉以來，南北朝時期學者盛行義疏之學，至唐初孔穎達編撰《正義》而集其大成。自茲以降，究心《春秋左傳》之學者，於唐則啖助、趙匡、陸淳三家為著，於宋則有孫復、劉敞、蘇轍、胡安國、趙鵬飛、葉夢得、呂祖謙、陳傅良、黃仲炎、張洽，呂大圭、家鉉翁等，於元明則程端學、黃澤、趙汸、李廉、俞皐、陳深、張以寧等，於清則顧炎武、王夫之、毛奇齡、惠士奇、顧棟高、萬斯大、惠棟、焦循、馬宗璉、洪亮吉、梁履繩、李富孫、沈欽韓、李貽德、劉文淇等，其尤著也。本文於疏證賈說或辨析賈、杜得失之時，每稱引諸家之說，以資證明，而諸家之是非得失，亦兼為論定。又有清一代，古學昌明，經學者著述甚夥，其有單篇之論說、劄記之屬及他經之著述，與《春秋經傳》相關者，亦廣為蒐討，而定其從違焉。

五曰析賈注之條例：賈氏專門名家，其《春秋左傳》說卓然一家之學，其書自必體例整贍，條理緜密，惜卷帙不全，其詳不可得見，然就此殘存之文以析論之，其條例尚可考見一二。本文於辨證之中，間亦揭示其條例，或於概說中明之，雖未能完密，要亦可藉此窺見賈學之一斑矣。

以上五項其犖犖大者，其餘如徵典制之故實，明經傳之義例，說《左傳》人名、地名之梗概等等，篇中亦偶及之，此其大略也。

予前撰「《賈逵春秋左傳遺說探究》」一稿，以草創未周，漏略不免。嗣經前輩學者，多所匡正，乃增益資料，重加刪正，而成斯編。較之前稿，差為完密。然春秋左傳之學，上下二千餘年浩博難究，豈易言哉。予雖經多年探究，仍感所獲有限，難以一登堂奧。今茲此編亦聊志其探索之過程而已。尚祈博雅君子，進而教之，則幸甚矣。

中華民國七十二年元月五日，葉政欣謹識於國立成功大學

《杜預及其春秋左氏學》自序

《春秋左傳》之學，興於西漢，而盛於東漢及魏晉之世。其先張蒼、賈誼並治《左氏》。誼為《左氏傳訓故》，始開《左氏》章句之學，歷世相傳，其著者如貫卿父子、張禹、尹更始、尹咸、翟方進、胡常、賈護、陳欽諸家，歷傳其學，終西漢之世，學雖未顯，然其書固已為識者所重，而其學亦漸次流傳矣。

先是成帝綏和間，劉歆繼父向領校中秘舊典，見《左氏書》而好之，又從尹咸及翟方進受學，質問大義。故歆亦得傳其學。《漢書・劉歆傳》云：「初《左氏傳》多古字古言，學者傳訓詁而已，及至劉歆治《左氏》，乃引傳文以解經，轉相發明，由是章句義理始備。」《左氏》義理之學至歆而備，然則歆亦西漢傳左氏學者之一巨擘也。劉歆而外，若陳元、王莽、李封亦明左氏學。及歆貴顯，而求立《左氏》於學官，議雖不成，固無礙於其學之日趨

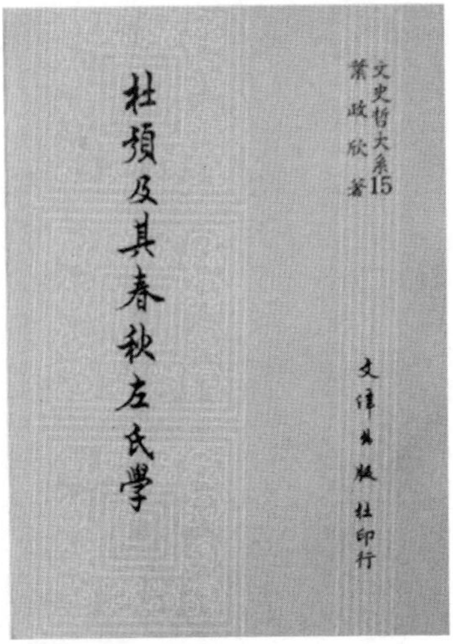

於盛也。

東漢之初，鄭興、賈徽並受學於劉歆，而各傳其子鄭眾、賈逵，故《左氏》有鄭、賈之學。為儒林所宗，而賈氏之學，其成就及影響，尤遠過於鄭氏。而許慎、馬融、潁容、許叔、服虔諸家，並以善《左氏》見稱於世。服虔一家尤有名於時，終東漢之世，言《左氏》之學者，咸推賈、服矣。

魏晉以降，國勢凌夷，儒學就衰，漢儒堅守章句家法之遺風，已漸次消失。而語及思想則陰陽、五行、讖緯、災異之說，亦漸次沈寂。就其前者而言，實為衰退，然語其後者，則亦不無進步之實。在此期間，一二健者，亦能卓然有以自立，其於《春秋左氏學》，則杜預其人也。杜氏元凱，稟其卓異之資，既恢宏於事功，復耽樂於《左氏》。事功餘暇，潛心古學，用力既勤，成就獨多。又以漢儒之治《左氏》，多未能錯綜經文，以盡其變，而於丘明之《傳》，亦未能篤守，致瑕瑜互見，未能宏深，未為善也。故發憤深思，欲專修丘明之傳以釋經，以為《經》之條貫，必出於《傳》，乃探源竟委，捨短取長，推尋經傳，備成一家之學，亦可謂難能矣。唐宋以降，賈、服舊注，散佚不傳，惟杜學巍然獨存。《四庫總目》云：考預書雖有曲從左氏，而用心周密，後人無以復加。其例亦皆參考經文，得其體要，非《公》《穀》二家穿鑿日月者比。又云：《春秋》以《左傳》為根本，《左傳》以《杜解》為門徑，《集解》又以《釋例》為羽翼，緣是以求筆削之旨，亦可云考古之津梁，窮經之淵藪矣。然則杜氏之學，豈可忽哉。

余治《春秋左氏之學》有年，前此嘗就漢儒賈逵之學，詳加探討，成《賈逵春秋左傳遺說探究》一稿，今繼為杜氏學之研析，究明其學之原委，亦欲藉此辨兩家學術之得失，明漢、晉春秋左氏學之真象，俾有助於初學者研治斯學之參考，而為之借鏡。蓋漢、晉為春秋左氏學興盛之世，而賈、杜家又為之重鎮。賈、杜之學明，而《春秋左氏學》之要義，亦可以隨之而明，則此文或亦可以為昌明斯學略盡其棉薄也。

春秋左氏之學，博大宏深，而杜氏一家之學，亦堂廡廣闊。欲深入探索，良非易易。乃不揣固陋，利用教學餘暇，冥心搜討，草成此篇。誠恐無當於大雅。又以匆促成篇，謬誤之處，所不能免，尚祈博雅君子，進而教之則幸甚矣。

中華民國七十三年二月，葉政欣謹識於國立成功大學

《春秋左傳》學世家，杜氏三世年譜

——杜畿，子恕、寬，孫預

前言

《魏志》云：杜畿之治河東也，務崇寬惠，與民無為。百姓勸農，家家豐實。民既富矣，進而教之，冬月修戎講武，又開學宮，親自執經教授。在任十六年，郡中化之。《魏略》曰：「博士樂詳，由畿而升，至今河東特多儒者，則畿之由矣。」畿以循吏而雅好經術，在任期間，講求倡導，河東學業，因而大興，儒者輩出，於經學衰落之世，實為難能。畿導引之功，不可沒也。

畿長子恕，好學深思，明於治道。其在朝期間，每政有得失，輒引綱維以正言，深為朝士所重。歷官弘農太守、御史中丞、幽州刺史等職，所至務崇大體，明於職分，頗著政聲。晚年潛心著述，有《體論》、《興性論》及《奏議論駮》諸作。三子寬，清虛玄靜，敏而好古，而篤志博學，絕於世務，欲探賾索隱，由學以顯名，於經傳之義，多所論駁。草創未就，僅成《禮記》及《春秋左氏傳解》等書，不幸中道殂沒，未臻大成。

畿，恕父子二人，雖不專以學術名家，然以卓犖之才，有志用世，是以皆喜好並深通《春秋左氏傳》。歷官餘暇，時加諷誦，故能以前人之智慧、經驗，用之於吏治，而使其事功，卓然有成，並以教導其子弟。恕弟寬在當時曾有《春秋左氏傳解》傳世，則已儼然成為一左氏之專家，其於元凱啟發之功，當亦不尠矣。

恕子預，於事功、學術二者之成就，皆邁越父、祖二代。預之學，六朝以來，號稱大家。唐宋以後，亦春秋左傳學家之碩果僅存者。其為後世所重，自不待言。而元凱所以有此卓越之成就者固由於元凱之深好左傳，覃思積久所致，實亦祖畿父恕叔寬家學淵源有以啟之也。因作杜氏三世年譜，以明預之學術、事功，及其淵源所自也。

自畿之生，迄於預之沒，百二十年間，為王業衰替，更迭頻繁之世，故附以同時大事，藉以覘世變及其所以影響於杜氏者焉。

杜氏三世年譜

漢桓帝延熹六年癸卯（西元一六三年）杜畿一歲

杜畿生。畿字伯侯，京兆杜陵人。漢御史大夫杜延年之後。延年父周，自南陽徙茂陵，延年徙杜陵，子孫世居之（註一）。

桓帝延熹八年乙巳（西元一六五年）畿三歲

詔學賢良方正。

桓帝延熹九年丙午（西元一六六年）畿四歲

詔舉至孝。

馬融卒，年八十八。

七月，殺南陽太守成瑨、太原太守劉瓆，捕司隸教尉李膺、太僕杜密部黨二百餘人下獄。

桓帝永康元年丁未（西元一六七年）畿五歲

六月，赦黨人歸田里，禁錮終身。

十月，桓帝崩，年三十六。

靈帝建寧二年己酉（西元一六九年）畿七歲

十月，復治鉤黨，殺前司隸校尉李膺等百餘人。

郭林宗卒，年四十二。

靈帝建寧三年庚戌（西元一七〇年）畿八歲

畿少孤，繼母苦之，以孝聞。（註二）

靈帝嘉平四年乙卯（西元一七五年）畿十三歲

春三月，議郎蔡邕以經籍去聖久遠，文字多謬，乃與五官中郎將堂谿典、光祿大夫楊賜、諫議大夫馬日磾、議郎張訓、韓說、太史令單颺等，奏求正定六經文字，自書丹，使工鐫刻，立於太學門外。

靈帝嘉平五年丙辰（西元一七六年）畿十四歲

殺永昌太守曹鸞，更考黨人，禁錮五屬。

靈帝嘉平六年丁巳（西元一七七年）畿十五歲

蔡邕諫引名能文賦尺牘書篆者於鴻都門，待以不次之位。

靈帝光和元年戊午（西元一七八年）畿十六歲

二月，始置鴻都門學生。

靈帝光和五年壬戌（西元一八二年）畿二十歲

畿年二十，為郡功曹（註三）。

何休卒，年五十四。

靈帝中平三年丙寅（西元一八六年）畿廿四歲

畿守鄭縣令。縣囚繫數百人，畿親臨獄，裁其輕重，盡決遣之。雖未悉當，郡中奇其年少而有大意也。（註四）

靈帝中平四年丁卯（西元一八七年）畿廿五歲

陳寔卒，年八十四。傅燮卒。

靈帝中平六年己巳（西元一八九年）畿廿七歲

四月，靈帝崩，年三十四。皇子辯即位，太后臨朝。八月何進卒。九月董卓廢帝為宏農王，奉陳留王協為帝，弒太后何氏。董卓自為太尉，領前將軍事。十一月董卓自為相國。

獻帝初平元年庚午（西元一九〇年）畿廿八歲

三月董卓挾帝遷都長安。燒洛陽宮廟，車駕西遷。初，光武遷還洛陽，其經牒秘書載之二千餘車。自此以後，三倍於前。及董卓移都長安，吏民擾亂，自辟雍東觀蘭台石室鴻都諸藏，競共割散。及王允所收而西者，才七十餘乘。道路艱遠，又棄其半。經籍蕩然。

獻帝初平三年壬申（西元一九二年）畿三十歲

誅董卓。蔡邕卒，年六十。

獻帝初平四年癸酉（西元一九三年）畿三十一歲

畿舉孝廉，除漢中府丞。（註五）

獻帝興平二年乙亥（西元一九五年）畿三十三歲

畿棄官，往客荊州。（註六）

獻帝建安元年丙子（西元一九六年）畿三十四歲

帝還洛陽。曹操遷帝於許，自為大將軍。

荊州牧劉表立學校，作雅樂。

獻帝建安三年戊寅（西元一九八年）畿三十六歲，杜恕一歲

畿長子杜恕生。恕字務伯，為人推誠以質，不治飾，故少無名譽。（註七）

獻帝建安五年庚辰（西元二〇〇年）畿三十八歲，恕三歲

鄭康成卒，年七十四。孫權為討虜將軍。

獻帝建安六年辛巳（西元二〇一年）畿三十九歲，恕四歲

畿自荊州還至許，侍中耿紀，尚書令荀彧薦之於朝。曹操以畿為司空司直。（註八）

畿次子杜理，約生於此年。（註九）

趙岐卒。

獻帝建安七年壬午（西元二〇二年）畿四十歲，恕五歲

畿在司空司直任。

獻帝建安八年癸未（西元二〇三年）畿四十一歲，恕六歲

畿遷護羌校尉，持節領西平太守。（註一〇）

畿三子杜寬，約生於此年。（註一一）

獻帝建安九年甲申（西元二〇四年）畿四十二歲，恕七歲

畿仍任職西平太守。

獻帝建安十年乙酉（西元二〇五年）畿四十三歲，恕八歲

十月，以畿為河東太守。時曹操既定河北，而高幹舉并州反，河東太守王邑被徵。河東人衛固、范先外比請邑為名，而內實與幹通謀。張晟亦寇殽澠間，南通劉表，

固等因之。操乃以杜畿為河東太守。固等欲阻畿到任，使兵絕陝津，畿至不得渡。畿詭道從郖津渡。既至，為固等所制，幾遇害，以智得免。遂以計縻固、先等。會白騎攻東垣，高幹入濩澤，上黨諸縣殺長吏，弘農執郡守，固等密調兵未至。畿知諸縣附己，因出單將數十騎赴張辟拒守。吏民多舉城助畿者，比數十日，得四千餘人。固等與幹、晟共攻畿不下，略諸縣無所得。會大兵至，幹、晟敗，固等伏誅，其餘黨與皆赦之，使復其居業。（註一二）

獻帝建安十一年丙戌（西元二〇六年）畿四十四歲，恕九歲

畿在河東太守任。是時天下郡縣皆殘破，河東最先定，少耗減。畿治之，崇寬惠，與民無為。（註一三）

獻帝建安十二年丁亥（西元二〇七年）畿四十五歲，恕十歲

畿在河東太守任。畿之治河東，民嘗辭訟，有相告者，畿親見為陳大義，遣令歸諦思之。若意有所不盡，更來詣府。鄉邑父老自相責怒曰：「有君如此，奈何不從其教！」自是少有辭訟。（註一四）

劉備見諸葛亮於隆中。

獻帝建安十三年戊子（西元二〇八年）畿四十六歲，恕十一歲

畿在河東太守。

六月，曹操自為丞相。八月，曹操殺孔融。冬，曹操率師南下荊州，孫權遣周瑜、魯肅等與劉備迎擊之於赤壁，大破之，操引還。

荊州牧劉表卒。

獻帝建安十四年己丑（西元二〇九年）畿四十七歲，恕十二歲

畿在河東太守任。

劉備領荊州牧。荀悅卒，年六十二。

獻帝建安十五年庚寅（西元二一〇年）畿四十八歲，恕十三歲

畿在河東太守任。畿之治河東，班下屬縣，舉孝子、貞婦、順孫，復其繇役，隨時慰勉之。漸課民畜牸草馬，下逮雞豚犬豕，皆有章程。百姓勸農，家家豐實。畿乃曰：「民富矣，不可不教也。」於是冬月，修戎講武。又開學宮，親自執經教授，郡中化之。（註一五）

獻帝建安十六年辛卯（西元二一一年）畿四十九歲，恕十四歲

畿仍在河東太守任。

三月，韓遂、馬超等以關中叛，弘農、馮翊多舉縣邑以應之。河東雖與賊接，民無異心。七月，操親征至蒲阪，與超等夾渭為軍，軍食一仰河東。及超等破，餘蓄尚二十餘萬斛。於是操下令增河東太守杜畿秩中二千石。（註一六）

獻帝建安十七年壬辰（西元二一二年）畿五十歲，恕十五歲

畿在河東太守任。

荀彧卒，年五十。

獻帝建安十八年癸巳（西元二一三年）畿五十一歲，恕十六歲

畿在河東太守任。

五月，曹操自立為魏公，加九錫。

獻帝建安十九年甲午（西元二一四年）畿五十二歲，恕十七歲

畿在河東太守任。

劉備入成都，自領益州牧，以諸葛亮為軍師將軍。

獻帝建安二十年乙未（西元二一五年）畿五十三歲，恕十八歲

畿在河東太守任。

劉備、孫權分荊州。劉使關羽守江陵，權使魯肅屯陸口。七月，曹操取漢中。

獻帝建安二十一年丙申（西元二一六年）畿五十四歲，恕十九歲

畿在河東太守任。

四月，魏公操進爵為魏王。

獻帝建安二十二年丁酉（西元二一七年）畿五十五歲，恕二十歲

以畿為尚書，事下更有令曰：「昔蕭何定關中，寇恂平河內，卿有其功，間將授卿以納言之職，顧念河東吾股肱郡，充實之足以制天下，故且煩卿臥鎮之。」是以畿仍守河東如故。（註一七）正月，魏王操擊孫權軍，權降。四月，魏王操用天子車服，出入警蹕。十月，魏立世子丕為王太子。

獻帝建安二十三年戊戌（西元二一八年）畿五十六歲，恕廿一歲

畿仍在河東太守任。

恕少與馮翊李豐，俱為父任，總角相善。及各成人，豐砥礪名行，以要世譽，而恕誕節直意，與豐殊趣。豐竟馳名一時，京師之士多為之游說，而當路者或以為豐名過其實，而恕被褐懷玉也。由此為豐所不善，恕亦任其自然，不力行以合時。豐已顯仕朝廷，恕猶居家自若。（註一八）

獻帝建安二十四年己亥（西元二一九年）畿五十七歲，恕廿二歲

畿仍在河東太守任。

三月，曹操征漢中，遣河東五千人運。運者自率勉曰：「人生有一死，不可負我府君。」終無一人逃亡。畿之得人心如此。（註一九）

七月，劉備自立為漢中王。

以孫權為驃騎將軍，領荊州牧。十月，吳將呂蒙襲定荊州。仲長統卒，年四十。

獻帝建安二十五年，魏文帝黃初元年庚子（西元二二〇年）畿五十八歲，恕廿三歲

賜畿爵關內侯，徵為尚書。畿自建安十年出任河東太守，至此在任凡十六年，政績常為天下最。及魏文帝踐阼，進封豐樂亭侯，邑百戶。（註二〇）

正月，魏王曹操卒，年六十六。太子丕嗣位為丞相、魏王。魏立九品法，置州郡中正。十月，魏王曹丕稱帝，國號魏。廢漢獻帝為山陽公。東漢亡。

魏文帝黃初二年辛丑（西元二二一年）畿五十九歲，恕廿四歲

畿任尚書職。

畿次子杜理，約卒於此年。理字務仲，少而機察精要。畿奇之，故名之曰理。年二十一而卒。（註二一）

四月，漢中主劉備即皇帝位，年號章武。以諸葛亮為丞相。八月，孫權遣使降魏，魏封孫權為吳王。

文帝黃初三年壬寅（西元二二二年）畿六十歲，恕廿五歲，杜預一歲

七月，冀州大蝗，民饑，使尚書杜畿持節開倉廩以賑之。（註二二）畿守司隸校尉。文帝征吳，以畿為尚書僕射，統留事。（註二三）

杜預生，預字元凱，恕之長子。

九月，吳王權拒魏，改元黃武。

文帝黃初四年癸卯（西元二二三年）畿六十一歲，恕廿六歲，預二歲

九月，魏文帝行幸許昌，畿復留守洛陽。又受詔作御樓船於陶河。（註二四）

蜀漢昭烈帝劉備卒於永安，丞相亮受遺詔輔政。太子禪即位。

畿仍在尚書僕射職。畿造御樓船成，試船，不幸遇風翻覆，沒水而死，年六十二。文帝為之流涕。詔曰：「昔冥勤其官而水死，稷勤百穀而山死。故尚書僕射杜畿於孟津試船，遂至覆沒，忠之至也。朕甚愍焉。」追贈太僕，謚曰戴侯，子恕嗣爵。（註二五）

文帝黃初五年甲辰（西元二二四年）畿六十二歲，恕廿七歲，預三歲

四月，魏立太學，制五經課試之法，置《春秋穀梁》博士。

徵拜河東人樂詳為博士。樂詳字文載，少好學。建安初，詳聞公車司馬令南郡謝該善《左氏傳》，乃從南陽步詣該，問疑難諸要。今《左氏樂氏問七十二事》，詳所撰也。所問既了，而歸鄉里。時杜畿為太守，亦甚好學，署詳文學祭酒，使教後進，於是河東學業大興。至黃初中，徵拜博士。于時太學初立，有博士十餘人，學多褊狹，備員而已。惟詳五業並授，以是獨擅名於遠近。（註二六）《魏略》云：「博士樂詳，由畿而升，至今河東特多儒者，則畿之由矣。」（註二七）此可知杜畿於當時學術，實多倡導之功。

文帝黃初六年乙巳（西元二二五年）恕廿八歲，預四歲

恕襲父爵為豐樂侯，尚居家自若。

六月，吳以顧雍為丞相。唐固卒。

文帝黃初七年丙午（西元二二六年）恕廿九歲，預五歲

五月，文帝丕卒，太子叡立。

明帝太和元年丁未（西元二二七年）恕三十歲，預六歲

明帝以恕為大臣之子，乃擢拜為散騎侍郎。數月，轉黃門侍郎。（註二八）

三月，蜀漢丞相亮率諸軍出屯漢中，以圖中原。

明帝太和二年戊申（西元二二八年）恕三十一歲，預七歲

恕任黃門侍郎，每值省閤，威儀矜嚴。（註二九）

明帝太和三年己酉（西元二二九年）恕三十二歲，預八歲

恕在黃門侍郎任。

預自少即好學不倦。（註三〇）

四月，吳王孫權稱帝，改元黃龍。九月，遷都建業。

明帝太和四年庚戌（西元二三〇年）恕三十三歲，預九歲

恕在黃門侍郎任。時朝中公卿以下大議朝政損益，恕疏奏以為：古之刺史。奉宣六條，以清靜為名，威風著稱。今當勿令領兵，以專民事。（註三一）

明帝太和五年辛亥（西元二三一年）恕三十四歲，預十歲

恕在黃門侍郎任。及鎮北將軍呂昭，又領冀州，恕乃上疏諫之，以為袞豫司冀諸州，乃國家所恃內充府庫外制四夷者，宜置專任刺史，以司民政。若以州郡典兵，則專務軍功，不克兼勤民事。安民豐財之務，將不可得也。語頗明達直切。（註三二）

明帝太和六年壬子（西元二三二年）恕三十五歲，預十一歲

恕在黃門侍郎任。時尚書郎廉昭，以才能得幸，好抉擿群臣細過，以求媚於上，恕

上疏論其失。議論亢直，聞者動容。（註三三）

明帝青龍元年癸丑（西元二三三年）恕三十六歲，預十二歲

恕在黃門侍郎任。恕在朝不結交援，專心向公，每政有得失，常引綱維以正言，侍中辛毗等器重之。（註三四）

明帝青龍二年甲寅（西元二三四年）恕三十七歲，預十三歲

恕在黃門侍郎任。時李豐為常侍，黃門郎袁侃見轉為吏部郎，荀俁出為東郡太守，三人與恕友善。（註三五）

諸葛亮卒於軍，年五十四。

明帝青龍三年乙卯（西元二三五年）恕三十八歲，預十四歲

恕為黃門侍郎。時朝中大議考課之制，以考內外眾官，恕乃上疏議考課之制及其得失，以為用不盡其人，雖才且無益，所存非所務，所務非世要，皆失之。又謂欲使州郡考士，必由四科，皆有事效，然後察舉。試辟公府為親民長吏，轉以功次補郡守者，或就增秩賜爵，最為考課之急務也。後考課竟不行。（註三六）恕自太和元年出為散騎侍郎，至此在朝凡八年。出為弘農太守。

蜀漢以蔣琬為大將軍，錄尚書事。費禕為尚書令。

明帝青龍四年丙辰（西元二三六年）恕三十九歲，預十五歲

恕在弘農太守任。

明帝景初元年丁巳（西元二三七年）恕四十歲，預十六歲

恕在弘農，為政寬和，有惠愛。（註三七）

魏以陳矯為司徒。高堂隆卒。

明帝景初二年戊午（西元二三八年）恕四十一歲，預十七歲

恕在弘農太守約三年餘，至是轉任趙相，旋以疾去官。（註三八）

二月，魏以韓暨為司徒。十二月，魏主有疾，召司馬懿入朝。以曹爽為大將軍。

明帝景初三年己未（西元二三九年）恕四十二歲，預十八歲

恕去京師，營宜陽一泉塢，因其壘塹之固，小大居之。（註三九）

正月，魏司馬懿至洛陽，與曹爽受遺詔輔政。魏明帝卒，太子芳立。

齊王芳正始元年庚申（西元二四〇年）恕四十三歲，預十九歲

恕退居宜陽養病，明帝既崩，時人多為恕言者。（註四〇）

齊王芳正始二年辛酉（西元二四一年）恕四十四歲，預二十歲

恕復起家為河東太守。（註四一）

管寧卒，年八十四。

齊王芳正始三年壬戌（西元二四二年）恕四十五歲，預廿一歲

恕在河東太守僅年餘。（註四二）恕在河東，坐臥恆避父住處。（註四三）旋遷淮北都督護軍。

齊王芳正始四年癸亥（西元二四三年）恕四十六歲，預廿二歲

恕任淮北都督護軍。恕所在，務存大體而已。其樹惠愛，益得百姓歡心，不及父畿。（註四四）

齊王芳正始五年甲子（西元二四四年）恕四十七歲，預廿三歲

恕任淮北都督護軍，以疾去官。（註四五）

正月，吳以陸遜為丞相。

齊王芳正始六年乙丑（西元二四五年）恕四十八歲，預廿四歲

恕拜御史中丞。（註四六）

畿三子杜寬，約卒於此年。寬字務叔，為人清虛玄靜，敏而好古。以名臣門戶，少長京師，而篤志博學，絕於世務。其意欲探賾索隱，由此顯名。當塗之士多教焉。

舉孝廉，除郎中，年四十二而卒。經傳之義，多所論駁，草創未就，惟刪集《禮記》及《春秋左氏傳解》，惜今已不傳。（註四七）

齊王芳正始七年丙寅（西元二四六年）恕四十九歲，預廿五歲

恕在御史中丞任。

九月，吳以步騭為丞相。

齊王芳正始八年丁卯（西元二四七年）恕五十歲，預廿六歲

恕仍在御史中丞任。

預約在此年出仕。

齊王芳正始九年戊辰（西元二四八年）恕五十一歲，預廿七歲

恕出為幽州刺史，加建威將軍，使持節護烏丸校尉。

恕在朝廷，以不得當世之和，故屢在外任。（註四八）

齊王芳嘉平元年己巳（西元二四九年）恕五十二歲，預廿八歲

正月，魏司馬懿殺曹爽及何晏。司馬氏始專朝政。

恕在幽州刺史任未期年，有鮮卑大人兒，不由關塞，徑將數十騎詣州。州斬所從來小子一人，恕無表言上。時征北將軍程喜，亦共屯薊。喜於是劾奏恕，下廷尉當死，

以父幾勤事水死，免為庶人，徙章武郡。恕倜儻任意，而思不防患，終致此敗。（註四九）

王弼卒，年二十四。

齊王芳嘉平二年庚午（西元二五〇年）恕五十三歲，預廿九歲

恕此後三年，退職家居，從事著述。

齊王芳嘉平三年辛未（西元二五一年）恕五十四歲，預三十歲

預博學多通，明於興廢之道。常言德不可以企及，立功立言可庶幾也。（註五〇）

四月，魏太傅司馬懿卒，以其子師為撫軍大將軍，錄尚書事。

十一月，吳以諸葛恪為太子太傅，總統國事。

齊王芳嘉平四年壬申（西元二五二年）恕五十五歲，預三十一歲

杜恕卒，年五十五。著有《體論》八篇，《興性論》及家戒各一篇。其奏議論駁皆可觀。（註五一）恕生平任公職垂二十年，所至務崇大體，明於職分，而才識卓犖，議論警切，有大臣度。惜體素不健，未能副其才。又以專心向公，直道而行，致為權臣所阨，鬱抑以死，有其才而未能全其用，實堪惋惜也。

正月，魏以司馬師為大將軍。四月，吳主孫權卒，太子亮立，以諸葛恪為太傅。

齊王芳嘉平五年癸酉（西元二五三年）預三十二歲

十月，吳以孫峻為丞相。

齊王芳嘉平六年高貴鄉公正元元年甲戌（西元二五四年）預三十三歲

九月，魏司馬師廢其主芳為齊王，遷之河內。十月，迎高貴鄉公曹髦，立之，改元。

初，預父恕與司馬懿不相能，遂以幽死，故預久不得還調。（註五二）

高貴鄉公正元二年乙亥（西元二五五年）預三十四歲

魏大將軍司馬師卒。弟昭自為大將軍，錄尚書事。

預尚昭妹高陸公主，乃起家拜尚書郎。（註五三）

高貴鄉公甘露元年丙子（西元二五六年）預三十五歲

正月，蜀以姜維為大將軍。魏主髦視學，與諸儒論《書》，《易》及《禮》，諸儒莫能及。吳孫峻卒，以其從弟綝為侍中輔政。

高貴鄉公甘露二年丁丑（西元二五七年）預三十六歲

預任職尚書郎。

河東人樂詳年九十餘，上書訟預祖畿之遺績，朝廷感焉。詔封預為豐樂亭侯，邑百戶，以續祖爵。（註五四）

四月，吳主亮始親政。蜀姜維率師伐魏。

高貴鄉公甘露三年戊寅（西元二五八年）預三十七歲

預在尚書郎之職已四年，至是轉參相府軍事。（註五五）五月，魏司馬昭自為相國，封晉公。九月，吳孫綝廢其主亮為會稽王，迎立瑯琊王休，休以綝為丞相。十二月，孫綝伏誅。

高貴鄉公甘露五年，陳留王景元元年庚辰（西元二六〇年）預三十九歲

預續參相府軍事。

五月，魏司馬昭弒其主髦，尚書王經死之。六月，魏主曹奐立，改景元。

陳留王景元二年壬午（西元二六一年）預四十歲

預續參相府軍事。

吳以濮陽興為丞相。

陳留王景元四年癸未（西元二六三年）預四十二歲

五月，魏命鍾會，鄧艾伐蜀，以預為鎮西長史。（註五六）十月，蜀後主禪降魏，蜀漢亡。

春，蜀立故丞相亮廟於沔陽。冬，魏司馬昭始稱相國晉公，受九錫。

陳留王咸熙元年甲申（西元二六四年）預四十三歲

預為鎮西長史。同僚衛瓘遣護軍田續等將兵襲鄧艾。預言於眾曰：「伯玉其不免乎！身為名士，位望已高，既無德音，又不御下以正，將何以堪其責乎！」瓘聞之，不候駕而謝預。（註五七）

鍾會反于蜀，僚佐並遇害，惟預以智獲免。以功增邑一千一百五十戶。（註五八）

三月，司馬昭進爵晉王，增封十郡。八月，晉王昭命其子中撫軍炎副貳相國事。九月，為撫軍大將軍。十月立為晉世子。吳主休卒，烏程侯皓立。

陳留王咸熙二年，晉武帝泰始元年乙酉（西元二六五年）預四十四歲

八月，晉王司馬昭卒。太子炎嗣為相國、晉王。

十二月，晉王司馬炎稱帝，廢魏主為陳留王。魏亡。

晉武帝泰始三年丁亥（西元二六七年）預四十六歲

預與車騎將軍賈充等定律令。既成，預為之注解，乃奏之。詔班于天下。

武帝泰始四年戊子（西元二六八年）預四十七歲

正月，預守河南尹。預以京師王化之始，自近及遠，凡所施論，務崇大體。又受詔

為黜陟之課。（註五九）

武帝泰始五年己丑（西元二六九年）預四十八歲

預守河南尹。

晉以羊祜都督荊州軍事。

武帝泰始六年庚寅（西元二七〇年）預四十九歲

六月，鮮卑禿髮樹機能寇隴右，以預為安西軍司，給兵三百人，騎百匹。到長安，更除秦州刺史，領東羌校尉，輕車將軍假節屬。虜兵強盛。石鑒時為安西將軍，使預出兵擊之。預以虜乘勝馬肥，而官軍懸乏，宜并力大運，須春進討，陳五不可四不須。鑒大怒，劾奏預，遣御史檻車，徵詣廷尉。以侯贖論。其後隴右之事，卒如預策。朝廷以預明於籌略。（註六〇）

譙周卒，年七十。

武帝泰始七年辛卯（西元二七一年）預五十歲

匈奴右賢王劉猛舉兵反自并州，西及河東、平陽。詔預以散侯定計省闥。（註六一）

武帝泰始八年壬辰（西元二七二年）預五十一歲

預受任為度支尚書。乃奏立藉田，建安邊論處軍國之要。又作人排新器，興常平倉，定穀價，較鹽運，制課調。內以利國，外以救邊者五十餘條，皆為朝廷所採納。時豫州刺史石鑒自軍還。以論功不實，為預所糾。遂相仇恨，言論喧嘩。二人並坐免官。預以侯兼本職。（註六二）

武帝泰始九年癸巳（西元二七三年）預五十二歲

吳主殺其侍中韋昭。

武帝泰始十年甲午（西元二七四年）預五十三歲

預復拜度支尚書。時元皇后梓宮將還於峻陽陵。舊制：既葬，帝及群臣即吉。尚書奏，皇太子亦宜釋服。預議：皇太子宜復古典，以諒闇終制，從之。預又以時曆差舛，不應晷度，奏上二元乾度曆，行於世。（註六三）

吳大司馬陸抗卒，年四十九。

武帝咸寧元年乙未（西元二七五年）預五十四歲

預在度支尚書任。預以孟津渡險，有覆舟之患，請建河橋於富平津。帝許之。及橋成，帝從百僚臨會，舉觴屬預曰：「非君此橋不立也。」又周廟欹器，至漢東京猶在御坐。漢末喪亂不復存，形制遂絕。預創意造成，奏上之，帝甚嘉歎焉。（註六四）

武帝咸寧二年丙申（西元二七六年）預五十五歲

預在度支尚書任。

十月，晉加羊祜征南大將軍。祜上疏密請伐吳，議者多違，惟預與中書令張華以為然。帝意未決。（註六五）

武帝咸寧四年戊戌（西元二七八年）預五十七歲

秋七月，司、冀、兗、豫、荊、揚、諸州大水，螟傷稼。詔問主者何以佐百姓？預上疏言農事，多所改作，民賴其利。（註六六）

預在度支尚書任七年，損益庶政，不可勝數。朝野稱美，號曰杜武庫，言其無所不有也。

十一月，羊祜疾篤，薦預自代，因以本官假節，行平東將軍，領征南軍司，祜卒，以預為鎮南大將軍，都督荊州諸軍事。

預既至鎮，繕甲兵，耀威武。乃簡精銳，襲吳西陵督張政，大破之。政恥以無備取敗，不以實告吳主。預欲間之，乃表還其所獲之眾於吳，吳主果召政還，遣武昌監劉憲代之。（註六七）

武帝咸寧五年己亥（西元二七九年）預五十八歲

預在荊州，處分既定，乃啟請伐吳之期。帝報待明年方欲大舉。預表陳至計，促

請即刻發兵。預旬月之中，又上表謂，此舉之利十有八九，而其害一二止於無功耳。中書令張華亦勸帝從之，帝乃許之。（註六八）

冬十一月，晉大舉伐吳：遣鎮東將軍瑯琊王司馬伷出涂中，安東將軍王渾出江西，建威將軍王戎出武昌，平南將軍胡奮出夏口，鎮南大將軍杜預出江陵，龍驤將軍王濬，巴東監軍唐彬下巴蜀，東西凡二十餘萬眾。（註六九）

武帝太康元年庚子（西元二八〇年）預五十九歲

正月，晉諸軍並進。預向江陵，攻吳鎮戍，所向皆克。虜吳都督孫歆。甲戌，克江陵。於是沅湘以南，接于交廣州郡，皆望風送印綬。預仗節稱詔而綏撫之。凡預所斬獲，吳都督監軍十四，牙門郡守百二十餘人。

二月乙亥，詔杜預鎮靜零桂，懷輯衡陽。預等又分兵以益王濬、唐彬、與胡奮、王戎等合攻武昌，順流東下。

此時吳尚保有長江下游各地，而晉眾軍會議，或以為百年之敵，未可盡克，宜俟來冬，更為大舉。預以為兵威已振，譬如破竹，數節之後，皆迎刃而解。遂相授群帥方略，徑造建業。

初，詔書使王濬下建平，受杜預節度。至建業，受王渾節制。預至江陵，謂諸將曰：「若濬得建平，則順流長驅，威名已著，不宜令受制於我；若不能克，則無緣得施節度。」及濬至西陵，預與之書曰：「足下既摧其西藩，便當徑取建業，討累世之逋寇，釋吳人於塗炭，亦曠世一事也。」濬大悅，表陳預書。預之識見與胸襟，於此可見。

吳尚為下，大臣賈充、荀勖、馮紞等皆以為不可輕進，獨張華堅持以為必克。賈充復上表勸帝召諸軍還，以為後圖。預聞之，馳表固爭，使至轘轅而吳已降。

三月，吳平。以預為當陽縣侯，增邑并前九千六百戶。預還襄陽，累陳家世吏職，武非其功。請退，不許。預以為天下雖安，忘戰必危。乃勤於講武，申嚴戍守，修立泮宮，江漢懷德，化被萬里。又引滍、淯水以浸田萬餘頃。開揚口通零桂之漕，公私賴之。（註七〇）四月乙酉，改元太康。

武帝太康二年辛丑（西元二八一年）預六十歲

此下四年，預仍鎮守襄陽。預好《春秋左傳》，平日研治功力甚深。既立功，往後數年，從容無事，益耽思經籍，為《春秋左氏經傳集解》，又參考眾家《譜第》，謂之《釋例》。又作《盟會圖》，《春秋長曆》，備成一家之學。又撰《女記讚》。其《集解》及《釋例》等書，今尚傳世不絕。預書文義質直，世人未之重，唯秘書監摯虞賞之。（註七一）

武帝太康三年壬寅（西元二八二年）預六十一歲

預於公家之事，知無不為。凡所興造，必考度始終，鮮有敗事。或譏其意碎者，預曰：「禹稷之功，期於濟世，所庶幾也。」其處事態度之忠誠勤敏，方之禹稷二人，亦不多讓焉。預身不跨馬，射不穿札，而每任大事，輒居將率之列。結交接物，恭而有禮。問無所隱，誨人不倦。敏於事而慎於言。其才識之卓越，待人接物之懇誠，實有足多者。（註七二）

武帝太康四年癸卯（西元二八三年）預六十二歲

預好為後世名。常言高岸為谷，深谷為陵。晚年刻石為二碑，紀其勳績，一沈萬山之下，一立峴山之上，曰：「焉知此後不為陵谷乎！」

預初攻江陵時，吳人知預病癭，憚其智計，以瓠繫狗頸示之。每大樹似癭，輒斫使白，題曰杜預頸。及城平，盡捕殺之。血流沾足，論者以此薄之。此其行事之美中不足者也。（註七三）

武帝太康五年甲辰（西元二八四年）預六十三歲

預鎮守襄陽已六年有餘，至是徵為司隸校尉，加位特進。閏十二月，行次鄧縣而卒。帝甚嗟悼。追贈征南大將軍，開府儀同三司，諡曰成。長子錫嗣爵。

預生前自表營洛陽城東首陽山之南，為將來兆域。

蓋取其位處高顯，且東奉二陵，西瞻宮闕，南觀伊洛，北望夷叔，曠然遠覽，情之所安也。又遺令儀制取法於邢山鄭大夫冢，欲以儉約自完云。（註七四）綜觀元凱一生，任公職近四十年，所至有聲，表現卓越。尤以五十以後，出將入相，功業彪炳，而又耽思經籍，著作傳世，貢獻尤鉅，誠文武之全才，國家之能臣也。其於立功、立言，確能有以自樹立，亦足以不朽矣。

（本文刊載於《慶祝施之勉教授九五華誕文集》，民國七十五年三月）

附註

註一　見《漢書》卷六十杜周傳及三國志魏志卷十六杜畿傳裴注引傅子。

註二　本傳不載年月，姑置此年。

註三　見《三國志》魏志卷十六〈杜畿傳〉。

註四　見《魏志》卷十六〈杜畿傳〉。本傳不載年月，以文義推之，約當在此年。

註五　見〈杜畿傳〉。本傳不載年月，事約當在此年。

註六　《三國志》卷一〈魏武紀〉載：興平二年，長安亂，天子東遷。畿之棄官，當在此年。

註七　見《魏志》卷十六〈杜恕傳〉。

註八　《魏志‧杜畿傳》注引傅子云：「畿自至荊州還至許，見侍中耿紀，語終夜。尚書令荀彧與紀比屋，夜聞畿言，異之。遣人謂紀曰：『有國士而不進，何以居位！』既見畿，知之如舊相識者，遂進畿於朝。」又裴注引〈魏略〉云：「畿少有大志。在荊州數載，繼母亡後，以三輔開通，負母喪北歸，道為賊所劫略，幾遇害，幸脫險。畿到鄉里，京兆尹張時，河東人也，與畿有舊，署為功曹。時嫌畿闊達，不助留意於諸事，疏誕不中功曹。畿竊云：不中功曹，中河東太守也。」〈魏略〉所云，與傳子略異，茲從傳子說。

註九　見《魏志．杜恕傳》注引《杜氏新書》。

註一〇　見《魏志．杜畿傳》。本傳不載年月，事約當在此年。

註一一　見《魏志．杜恕傳》注引《杜氏新書》。

註一二　見《魏志．杜畿傳》。又見《資治通鑑》卷六十四獻帝建安十年。

註一三　見《魏志．杜畿傳》。

註一四　見《魏志．杜畿傳》。

註一五　見《魏志．杜畿傳》。

註一六　見《魏志．杜畿傳》及《資治通鑑》卷六十六獻帝建安十六年。

註一七　見《魏志．杜畿傳》。

註一八　見《魏志．杜恕傳》注引《杜氏新書》。

註一九　見《魏志．杜畿傳》。

註二〇　見《魏志．杜畿傳》。

註二一　見《魏志．杜恕傳》注引《杜氏新書》。

註二二　見《魏志》卷二〈魏文帝紀〉。

註二三　見《魏志．杜畿傳》。

註二四　見《魏志．杜畿傳》。

註二五　見《魏志．杜畿傳》。

註二六　見《魏志．杜恕傳》注引〈魏略〉。

註二七　見《魏志．杜恕傳》注引〈魏略〉。

註二八　見《魏志．杜恕傳》。

註二九　見《太平御覽》二百二十一引〈三輔決錄〉。

註三〇　見《晉書斠注》卷三十四〈杜預傳〉注引〈書鈔〉九十七杜預自述云：「少而好事，在官勤於吏治，在家則滋味典籍。」。

註三一　見《魏志．杜恕傳》。

註三二　見《魏志．杜恕傳》。

註三三　見《魏志．杜恕傳》。

註三四　見《魏志．杜恕傳》。

註三五　見《魏志．杜恕傳》注引〈杜氏新書〉。

註三六　見《魏志・杜恕傳》。

註三七　見《魏志・杜恕傳》注引〈魏略〉。

註三八　見《魏志・杜恕傳》。恕任趙相之職，當不滿一年。

註三九　見《魏志・杜恕傳》注引《杜氏新書》。

註四〇　恕退居宜陽養病約兩年有餘，乃復出為河東太守。

註四一　見《魏志・杜恕傳》。

註四二　見《魏志・杜恕傳》謂出為河東太守，歲餘，遷淮北都督護軍。

註四三　見《魏志・杜恕傳》集解引《意林》。

註四四　見《魏志・杜恕傳》。

註四五　恕任淮北都督護軍約兩年餘。

註四六　恕傳謂：頃之，拜御史中丞。則就任前去職養病期間為時當僅數月。

註四七　見《魏志・杜恕傳》注引《杜氏新書》。

註四八　蓋以恕在朝廷，議論切直，故為大臣之有私心者所不喜也。

註四九　見《魏志・杜恕傳》。按此事縱於恕有過失，而罪不至死。此必因司馬氏此時已專朝政，司馬氏既視恕為異己，乃藉程喜之劾，而排斥之也。《晉書預傳》謂，恕與司馬宣王不相能，遂以幽死，即指此而言。

註五〇　見《晉書斠注》卷三十四〈杜預傳〉。

註五一 見《魏志．杜恕傳》。
註五二 見《晉書．杜預傳》。預自廿六歲前後出仕至此約八年，未得升遷，故云久而不得調也。
註五三 見《晉書．杜預傳》。
註五四 見《魏志．杜恕傳》。
註五五 見《晉書．杜預傳》。
註五六 見《晉書．杜預傳》。
註五七 見《資治通鑑》卷七十八，元帝咸熙元年。
註五八 見《晉書．杜預傳》。
註五九 並見《晉書．杜預傳》及《資治通鑑》卷七十九，武帝泰始四年。
註六〇 見《晉書．杜預傳》及《資治通鑑》卷七十九，武帝泰始六年。
註六一 見《晉書．杜預傳》。
註六二 見《魏志．杜恕傳》。
註六三 見《晉書．杜預傳》。
註六四 見《晉書．杜預傳》。
註六五 見《晉書》卷三十四〈羊祜杜預傳〉及《資治通鑑》卷八十咸寧二年。
註六六 見《晉書．杜預傳》、同書卷二十六〈食貨志〉及《資治通鑑》卷八十。本傳言四年，食貨志言三年。〈五行志〉：三年大水、無蟲災、四年螟。故從本傳。

註六七 見《晉書・杜預傳》及《資治通鑑》卷八十咸寧四年。

註六八 見《晉書・杜預傳》及《資治通鑑》卷八十咸寧五年。

註六九 見《資治通鑑》卷八十咸寧五年及《晉書》卷三〈武帝紀〉。

註七〇 並見《晉書・杜預傳》、〈武帝紀〉及《資治通鑑》卷八十一太康元年。伐吳之役，不出半載而大告成功，可謂神速。計此役發之者羊祜，而助成之者則杜預與張華也。以戰功言，則以杜預與王濬兩人為最，故杜預實此役最具關鍵之一人也。

註七一 見《晉書・杜預傳》。

註七二 見《晉書・杜預傳》。

註七三 見《晉書・杜預傳》。

註七四 見《晉書・杜預傳》。

杜預《春秋左傳》學之成就及其得失

杜預之《春秋左傳》學為中國魏晉時期一大家，其注釋為《春秋左傳》古注之碩果僅存者，其學為後世研治《春秋左傳》學者所宗，影響至為深遠。此文概述其學之成就，並論其得失。

杜預字元凱，生於魏文帝黃初三年（西元二二二年），卒於晉武帝太康五年（西元二八四年），年六十三歲。杜氏一生事迹，具見《晉書．本傳》。（註一）預祖杜畿字伯侯，歷官河東太守、司隸校尉、尚書僕射，封豐樂亭侯。父杜恕字務伯，官弘農太守、幽州刺史。襲父爵，後以事廢為庶人。著有〈體論〉八篇。〈興性論〉及〈家戒〉各一篇，其奏義論駁皆可觀。畿、恕父子，《三國志魏志》並有傳。（註二）

杜預才識卓越，文武兼資，一生歷任要職，功業甚盛，而其志趣所在，尤在於學術。預自平吳之後，還鎮襄陽，乃累陳家世吏職，武非其功，有請退之志。其在朝之日，晉武帝嘗詢以平生有何癖好？預答以獨好《左傳》。（註三）是皆可明其志趣之所在也。

預祖畿父恕，並皆好學，雖非專門名家，然學術根柢至厚。由於家庭環境之薰陶，預自幼亦好學不倦，仕宦餘暇，不斷鑽研經籍，有志名山之業，終能著述傳世，成就一代鴻儒。其在學術上之成就，遠超過父祖兩代。此固由於元凱個人辛勤鑽研之成效，實亦家學淵源，累積深厚有以致也。

一、杜預《春秋左傳》學之師承

杜氏之《春秋左傳》學，無顯著之師承關係，蓋自創之學居多，然亦多有本之前人者，杜氏當魏晉之世，其時漢儒之書具在，其訓解《春秋左傳》，自必多有取自漢儒之說者，尤以賈逵、服虔二家為然，觀杜氏所作《春秋經傳集解》序可知。此外，祖畿父恕，皆善《左傳》，早年於預必多指點之功，家學淵源，實不可忽。另有河東樂詳及叔父杜寬二人，於預之學，當亦有傳授及影響之功也。

《魏略》曰：「樂詳字文載，少好學。建安初，詳聞公車司馬令南郡謝該，善《左氏學》，乃從南陽步詣該，問疑難諸要。今《左氏樂氏問七十二事》，詳所撰也。所問既了而歸鄉里，時杜畿為太守，亦甚好學，署詳文學祭酒，使教後進，於是河東學業大興。至黃初中，徵拜博士。太和中，轉拜騎都尉，正始中，以年老罷歸於舍，本國宗族歸之，門徒數千人。」（註四）〈恕本傳〉云：「甘露二年，河東樂詳年九十餘，上書訟畿之遺績，朝廷感焉，詔封恕子預為豐樂亭侯，邑百戶。」（註五）詳為畿所拔引，與畿共事甚相得，晚年猶為上書訟遺績，見其與杜家之關係至深，預之《左傳》學或與有淵源關係。故姚振宗云：「樂詳至魏末尚存，猶上書為故君訟，而元凱受封。元凱左氏學或亦嘗存問焉。」（註六）姚氏之推測，頗當於理。

《杜氏新書》云：「恕弟寬，字務叔。清虛玄靜，敏而好古。以名臣門戶，少長京師，而篤志博學絕於世務。舉孝廉，除部中，年四十二而卒。經傳之義，多所論駁，草創未就，惟刪《集禮記》及《春秋左氏傳解》今存于世。」（註七）預叔父杜寬，精於《左氏學》，必當受樂詳及杜寬兩家之影響，可無疑也。

二、杜預關於《春秋左傳》學之著述

杜預關於《春秋左傳》學之著述，今傳世者，有《春秋經傳集解》及《春秋釋例》二書。前者為《春秋》及《左傳》之注釋，後者則是《春秋義例》分門別類之解說。《釋例》一書所釋除諸例之外，尚包括地名、譜第、曆數等內容。《晉書．本傳》云：「（預）既立功之後，從容無事，乃耽思經籍，為《春秋左氏經傳集解》，又參考眾家〈譜第〉，謂之〈釋例〉。又作《盟會圖》、《春秋長曆》，備成一家之學，比老乃成。」（註八）本傳所載，似杜氏於《集解》及《釋例》二書之外，尚有《盟會圖》及《春秋長曆》之作。惟杜氏《春秋經傳集解》序云：「分經之年與傳之年相附，比其義類，各隨而解之，名曰《經傳集解》。又別集諸例及地名、譜第、曆數，相與為部，凡四十部，十五卷，皆顯其異同，從而釋之，名曰釋例。」（註九）又《春秋釋例．土地名》篇釋例曰：「據今天下郡國縣邑之名，山川道途之實，爰及四表，自人迹所逮，舟車所通，皆圖而備之，然後以春秋諸國邑，盟會地名各所在附列之，名曰《古今書春秋盟會圖》，別集疏一卷，附之釋例，博而備矣。」（註一〇）據此則《盟會圖》亦名《古今書春秋盟會圖》，與《長曆》皆當在《釋例》一書中，非別為一書也。蓋《長曆》及《盟會圖》內容較為特殊，引用者或徑舉其名，而不別其為《釋例》之一部，後人不察，乃將二者別出於〈釋例〉之外，故本傳云然。

清儒孫星衍，莊述祖重刊《永樂大典春秋釋例》，分為十五卷。卷一至卷四，釋《春秋》諸例。卷五至卷七為〈土地名〉，卷八至卷九為〈世族譜〉，卷十至卷十五為《長曆》。其卷次仍依《永樂大典》原本，足見〈長曆〉在《釋例》書中，《盟會圖》不見於孫氏所刊《釋例》，當前已亡佚故也。

《隋書．經籍志》春秋類所載杜氏之著作，除《春秋左氏經傳集解》三十卷，《春秋釋例》十五卷二書而外，另有《春秋左氏傳評》二卷、《春秋左氏傳音》三卷兩種。《舊唐書．經籍志》（註一一）及《唐書．藝文志》（註一二）所載，均與《隋志》同。又據《北史．儒林傳》（註一三）及《隋志》（註一四）所載，杜學盛行於南北朝之江左及隋代，其著作至唐初當仍流傳於世，設若《長曆》及《盟會圖》別行，當見載於《隋志》，今《隋志》

既不載，亦可明此二者非別行也。

茲將杜氏關於《春秋左傳》之著述四種，分別說明如次：

（一）《春秋經傳集解》三十卷

按《晉書・本傳》謂：「預為《春秋經傳集解》。」（註一五）此書與《釋例》同為杜氏諸作中最重要之書。杜氏《集解》序云：「預專修丘明之傳以釋經，經之條貫，必出於傳，傳之《義例》，總歸諸凡。推變例以正褒貶，簡二傳而去異端。其有疑錯，則備論而闕之，以侍後賢。」又云：「分經之年與傳之年相附，比其義類，各隨而解之，名曰《經傳集解》。」（註一六）孔穎達《正義》序曰：「晉世杜元凱又為《左氏集解》，專取丘明之傳，以釋孔氏之經。」（註一七）據此數語，可明杜氏著此書之體例及要旨矣。

《隋志》著錄此書，卷數作三十卷，（註一八）兩唐志同。（註一九）唐初，孔穎達奉敕編撰《五經正義》，《春秋左傳》一經即用杜氏《集解》而疏證之。《集解》遂隨《正義》而大行於世。今傳經傳古注本仍作三十卷，注疏本作六十卷。

（二）《春秋釋例》十五卷

按杜氏有《春秋釋例》之作，見於《晉書・本傳》。《隋志》及《兩唐志》亦均著錄此書，皆作十五卷。杜氏《集解》序云：「又別集諸例及地名、譜第、曆數，相與為部，凡四十部，十五卷，皆顯其異同，從而釋之，名曰《釋例》。是此書原本即為十五卷。惟元吳萊作《後序》云《釋例》四十卷，則吳氏所見又有四十卷之本。《四庫總目》云：「自明以來，是書久佚，惟《永樂大典》中尚存三十篇，竝有唐劉蕡原序。其六篇有釋例而無經傳，餘亦多有脫文。謹隨篇掇拾，取孔穎達《正義》及諸書所引釋例之文補之。校其訛謬，釐爲四十六篇。仍分十五卷，以還其舊。」（註二〇）此書經四庫館臣就《永樂大典》中所存者加以增補，採入《四庫全書》中。又經孫星衍、莊述祖等補刊行世。雖非杜氏原作之全，然經清儒補綴，已得原作泰半，其內容及長短得失，亦可以考見矣。

(三)《春秋左氏傳音》三卷

按《隋志》春秋類著錄杜預《春秋左氏傳音》三卷，此書預本傳則未提及。兩唐志均著錄。卷數同為三卷。為《春秋左傳音》者，杜預而外，《隋志》所錄尚有服虔、嵇康、高貴鄉公曹髦及曹耽、荀訥、李軌、徐邈等多家，屬音注之類。唐陸德明撰《經典釋文》，其音注蓋本之前儒者也。意釋文音注當有本之杜音者。《隋志》於嵇康《左傳音》下注云：「梁有《服虔、杜預音》三卷，魏高貴鄉公音三卷，《曹耽音》、《荀訥等音》四卷，亡。」據此則《杜氏音》蓋與諸家之書並亡於梁時也。杜音他書未見徵引，其詳不可考見矣。

（四）《春秋左氏傳評》二卷

按此書預本傳未見提及。《隋志》及《兩唐志》均著錄，同為二卷。《宋史・藝文志》已不錄，蓋亡佚已久，此書內容未見他書徵引，不知所評者何事，書僅兩卷，或就前代諸家得失而評之者歟？

三、杜預《春秋左傳》學之流傳

杜氏《春秋經傳集解》及《釋例》之作，本傳謂其「備成一家之學，比老乃成。」知其書至晚年乃始寫定。杜氏晚年，滅吳成功，勳業彪炳，為國家重臣，而其博學通識，勤於著述，又為朝野所熟知。故杜氏之書，雖尚未行世，而在當時固已名傳遐邇。加以晉武帝為獎勵其著述之勞績，特賜蜜香紙萬番，為寫《春秋釋例》及《經傳集解》。（註二一）武帝賜紙之殊遇，必使其書聲價益增，尤有助於其書之流傳也。

杜學之流傳，大抵不外官學之講習及民間之私相傳授。杜書之立學官，當始於晉武帝在位之晚年。《隋書・經籍志》云：「晉時，左氏服虔、杜預注，俱立國學。」（註二二）《晉書・荀崧傳》云：「崧上疏（註二三）曰：世祖武皇帝應運登禪，崇儒興學，太學有石經古文，先儒典訓，賈、馬、鄭、杜、服、孔、王、何、顏、尹之徒，章句傳注，眾家之學，置博士十九人。九州之中（註二四），師徒相傳，學士如林。」（註二五）據崧此疏知杜預《左傳注》在武帝時已與《服虔注》並立於學官矣。〈武帝紀〉不載預書立學之事，惟以預書成於晚年之事實推之，則其年月當在太康之季年，杜預卒（註二六）後也。〈崧傳〉又載：晉室東渡後，元帝太興初，方修學校，置諸經傳博士九人。《春秋左傳》杜氏、服氏兩家皆在其中。（註二七）此時博士員額較武帝時已見減少，然杜、服兩家仍並立不衰。此晉代杜預之學得立學官之大要也。

杜預書既為官所重，學子傳習，自必甚為普遍。其在民間，亦復廣受重視，傳授不絕。《晉書．儒林傳》載：續成，字孝宗，上黨人。貞素好學，博覽群言，嘗師事京兆杜預，專春秋之學，教授常數十人。（註二八）又《魏書．儒林傳》序云：「晉世杜預注《左氏》，預玄孫坦，坦弟驥，於劉義隆世，並為青州刺史，傳其家業，故齊地多習之。自梁越以下，傳受講說者甚眾。」（註二九）據此則民間傳授之盛，當不亞於官學也。

先是春秋左氏之學，行於東漢之世，始而鄭、賈並稱，繼則鄭學衰，而賈學仍盛，至於漢末，服虔亦精研左傳，號為大家。自服虔出，乃與賈學並舉，號稱賈服，為世所宗。及至晉代，杜預之學出，亦卓然大家，乃起而與賈、服之學分庭抗禮矣。

自魏、晉，至南北朝之世，其初，賈、服二家之學為盛，繼則賈學先衰，成為服、杜二家爭勝之局面。其遞變之迹，尚可得而言，賈逵經傳皆注，服虔則但注《左傳》，不注《春秋》，故服本有不如賈者。然服注晚出，較賈注為詳盡，所謂後出轉精，故賈逵之傳注乃逐漸為服注所取代。惟以服氏僅注傳不注經，於經義之解說，有所缺漏，故傳服氏學者乃取賈氏經以自彌補，賈、服二家之學，乃趨於合一。《南齊書・陸澄傳》云：「澄與王儉書曰：左氏泰元（註三〇）取服虔而兼取賈逵經，服傳無經，今留服而去賈，則經有所闕。」（註三一）澄傳之言，可證賈、服二家由分而合之故。賈、服之稱，後則省賈而稱服，乃漸為服氏所專。及杜學出而與服氏抗，其後史書所載，學官所立，皆服、杜並舉矣。

服、杜兩家並盛之局面，約當在南北朝對峙之兩百餘年間。其始也，服氏之學盛行於河北，杜氏則行於江南，而服盛於杜。《隋志》稱：「晉時，杜預又為《經傳集解》。左氏服虔。杜預注，俱立國學。……後學三傳通講，而左氏唯傳服義。」（註三二）北史儒林傳云：「河北諸儒，能通春秋者，並服子慎所注。張買奴、馬敬德、邢峙、張思伯、張雕、劉晝、鮑長暄、王元則，並得服氏之精微。又有姚文安、秦道靜，初亦學服氏，後更兼講杜元凱所注。其河外儒生，俱伏膺杜氏。」（註三三）又云：「江左《左傳》則杜元凱，河洛《左傳》則服子慎。」（註三四）其後服、杜二家各自發展，而杜學已漸得優勢。又其後則如《隋志》所云：「至隋，杜氏盛行，服義浸微，今殆無師說。」遂成杜學大盛，服學沒落之局矣。

服、杜兩派爭競期間，學者每有相互駁難之情事。《南史・儒林王元規傳》云：「自梁代諸儒，相傳為《左氏》學者，皆以賈逵。服虔之義難駁杜預，凡一百八十條，元規引證通析，無復疑滯。」（註三五）又崔靈恩傳云：「靈恩先習《左傳》服解，不爲江東所行，乃改說杜義，每文句常申服以難杜，遂著《左氏條義》以明之。時助教虞僧誕又精杜學，因作《申杜難服》，以報靈恩，世並行焉。」（註三六）又《北史．樂遜傳》云：「遜著《春秋序義》，通賈、服說，發杜氏違，辭理並可觀。」（註三七）《魏書》載：齊郡益都人賈思伯、思同兄弟，皆為杜氏春秋，及思同之侍講也。國子博士遼西衛冀隆為服氏之學，上書難《杜氏春秋》六十三事。思同復駁冀隆，乖錯者十一條，互相是非，積成十卷。詔下國學集諸儒考之，事未竟而思同卒。卒後魏郡姚文安、樂陵秦道靜，復述思同意，冀隆亦尋物故，浮陽劉休和又持冀隆說，迄未能裁正。（註三八）雙方互相辯駁，皆有理實，故往往並存其說，而無以定其曲直高下。此在兩派同時流傳之中，實為必有之現象也。

至唐貞觀十二年，詔國子祭酒孔穎達等編定五經正義一百七十卷，以為天下課經之定本。高宗永徽四年，正式頒行。（註三九）《春秋左傳》取杜預集解，而不用賈逵、服虔注，至此杜學定於一尊，賈、服及其他漢、魏各家之說，遂告掩熄。杜注乃成為《春秋左傳》碩果僅存之古注。

杜氏《春秋左傳》之作，自行世以後，以其自成一家，說例謹嚴，確有長於漢儒之處。故能見重於後世，終至定於一尊。自南北朝至隋、唐、五代，六百年間，傳其學者，不可勝數，尤以唐初以後之三百年，乃其學之影響力達於最高峰時期。北宋以後，學者捨傳求經，杜學之影響力，始告減退。然後之言春秋左傳者，終不能捨杜書而不覩，其影響實不可磨滅矣。

四、杜預《春秋左傳》學之長處

《春秋左傳》，自漢初北平侯張蒼獻之秘府，初未得立學官，僅私相授受，學終未顯。後劉歆乃起而大昌其學，傳授漸廣，終東漢之世，成為顯學。其間治左傳者，當以劉歆、鄭眾、賈逵、許惠卿、服虔諸師為最。杜預承諸儒之後，崛起晉初，既稟其殊異之資，獨鍾愛於《左傳》。用力既勤，成就卓越，號為左氏功臣。自其書問世以來，三百年間，流傳漸廣，影響日深，終能脫穎而出，取代眾家。定於一尊，良非偶然。杜氏《春秋左傳》之貢獻，可得而言者，約有五端，茲分述於下：

（一）杜氏釋《春秋》，一以《左傳》為依據，能排除先儒雜引《公羊》、《穀梁》說經之缺失

漢儒治左氏者，其先傳訓詁而已。及劉歆治之，乃引傳文以解經，轉相發明，也是章句義理始備。（註四〇）其後鄭興、賈逵、許淑、穎容諸儒皆祖歆說，雖引左傳解經，然未能周密，且多有取《公羊》、《穀梁》二傳之說以解經者，致方鑿圓枘，時多齟齬，

猶未能盡善也。杜氏說經，一以《左傳》為依據，其《集解》序云：「古今言左氏春秋者多矣，今其遺文可見者十數家，大體轉相祖述，進不成為錯綜經文，以盡其變，退不守丘明之傳。於丘明之傳，有所不通，皆沒而不說，而更膚引公羊、穀梁，適足自亂。預今所以為異，專修丘明之傳以釋經，經之條貫，必出於傳。」孔穎達《正義》序亦云：「前漢傳《左氏》者有張蒼、賈誼、尹咸、劉歆，後漢有鄭衆、賈逵、服虔、許惠卿之等，各為詁訓。然雜取《公羊》、《穀梁》以釋《左氏》，此乃以冠雙履，將絲綜麻，方鑿圓枘，其可入乎，晉世杜元凱又為《左氏集解》，專取丘明之傳以釋經，所謂子應乎母，以膠投漆，雖欲勿合，其可離乎？今校先儒優劣，杜為甲矣。」（註四一）此可明漢儒說經之缺失，及杜氏依左傳解經之作法，實有較漢儒說經周密完善之處。元儒黃澤，亦加推許。（註四二）此皆出於杜氏之創發（註四一）乃杜氏在《春秋左傳》學上之貢獻也。杜氏依《左傳》釋《經》，在《集解》及《釋例》中，隨處可見，其排除先儒以《公羊》、《穀梁》說經之例，則舉二例如下：

僖公三年經：「春王正月，不雨，夏四月，不雨。」（註四三）文公二年經云：「自十有二月不雨，至于秋七月。」（註四四）又十三年經：「自正月不雨，至於秋七月。」（註四五）文公二年及十三年經皆總書不雨，又不書得雨之月，與僖三年經於春、夏首月書不雨文不同者，文十三年《穀梁傳》云：「一時言不雨者，閔雨也。閔雨者，有志乎民者也。六月雨，雨云者，喜雨也。喜雨者，有志乎民者也。」（註四六）又文二年《穀梁傳》曰：

「曆時而言不雨，歷時而言不雨，文不憂雨也。不憂雨者，無志乎民也。」（註四七）僖三年經孔氏《正義》因云：「賈逵取《穀梁》說，言僖有憂民之志，故每時一書，文無憂民之志，是以歷時總書。」（註四八）此乃賈逵取《穀梁》以釋經也。按《穀梁傳》之說未妥，賈氏據以為說，自不足取。毛奇齡曰：「史之書此，但以記異，而《穀梁》謂君有志于民則書之，夫史記災祥，豈以君意為詳略乎？」（註四九）毛氏駁《穀梁傳》說是也。故杜預不用漢儒說，而於僖公三年經但云：「一時不雨，則書首月。」蓋以史官記事異辭言之也。此杜預解經不用先儒所取《穀梁》說之一例也。

成公十七年經：「九月辛丑，用郊。」《公羊傳》云：「用者何？用者，不宜用也。九月非所用郊也。」（註五〇）《穀梁傳》云：「夏之始可以承春，以秋之末，承春之始，蓋不可矣。九月用郊，用者不宜用也。」（註五一）《左傳正義》曰：「賈逵以二傳為說，諸書用者，不宜用也。」（註五二）按漢儒賈逵釋此經取《公羊》、《穀梁》之說，以為諸書用者，不宜用也。此說未妥。杜預《春秋釋例》駁劉歆、賈逵說云：「辛丑用郊，文異而丘明不發傳。因時史之辭，非聖賢意也。劉、賈以為諸言用，皆不宜用，反於禮者也。施之用郊。似若有義，至於用幣，用鄫子，諸若此，此皆當書用，以別所用者也。若不言用，則事敘不明，所謂辭窮，非聖人故造此用以示義也。且諸過祀三望之類，奚獨皆不書用邪，案左氏傳用幣於社。稱曰得禮。冉有用矛於齊師。孔子以為義，無不宜用之例。」（註五三）《釋例》所駁甚當。《集解》釋此經亦以「書用郊，從史文」為說，是也。此杜氏不從先儒取《公羊》、《穀梁》說之又一例也。

（二）杜氏釋《春秋義例》，以客觀歸納為準不取先儒穿鑿迂曲之見，說較先儒平實宏通

漢儒之釋《春秋義例》，往往失之迂曲，且各家轉相祖述，頗多雷同。此種缺失為杜預所不取。杜氏釋經之義例，皆出以客觀之歸納，其《左傳》有說者，則一依左傳所說，較漢儒說多宏通可取之見，如：

文公十八年經：「莒弒其君庶其。」《正義》引劉、賈、許、穎諸家說云：「君惡及國朝，則稱國以弒，君惡及國人，則稱人以弒。」（註五四）杜預注但以傳例「弒君稱君，君無道」為言，不用漢儒之說。《正義》引杜氏釋例駁漢儒說云：「案傳鄭靈、宋昭，經文異而例同，故重發以同之。子弒其父，又嫌異於他臣，皆重明其不異，既不碎辯國之與人，而傳云莒紀公多行無禮於國，太子僕因國人以弒之，經但稱國不稱人，知國之於人，雖言別而事同。」（註五五）按漢儒劉、賈、許、穎說於《左傳》並無確據，其說自不足取，杜氏釋例駁之，說較允當。

又莊公三年經：「冬，公次于滑。」漢儒賈逵以為善次。又云：書次者，皆美之辭。杜注：「傳例曰：凡師過信為次，兵未有所加，所次則書之。」（註五六）又杜氏《釋例》云：「兵未有所加，所次則書之，以示遲速。公次于滑、師次于郎是也。既書兵所

加，則不書其所次。以事為宜，非虛次，諸久兵而不書次是也。既書兵所加，而又書次者，義有取於次，遂伐楚，次于涇；盟于牡丘，遂次于匡是也。所記或次在事前，次以成事也；或次在事後，事成而次也。皆隨事實，無義例也。」（註五七）《釋例》又云：「叔孫救晉，次于雍榆。傳曰：禮者，善其宗助盟主，非以次為禮也。齊桓次於聶北救邢，亦以存邢，具其器用，師人無私見善，不在次也。而賈氏皆即以為善次。次之與否，自是臨時用兵之宜，非禮之所素制也。」

按漢儒說次，義嫌迂曲，杜氏釋例駁之是也。杜氏釋例所釋，義較宏通可正漢儒說之失。此亦杜氏出於客觀歸納所得之良說也。後之學者於杜氏說例，每多稱許。黃澤云：「杜元凱說《春秋》，雖曲從左氏》，然穿鑿處卻少。」（註五八）又云：「杜元凱於義理雖隨《左氏》而錯，然推校經傳亦最精詳。」章太炎云：「杜君釋例，視劉、賈、許、穎為審諦。」（註五九）吳承仕云：「餘抗章君以漢儒猶依違二家，橫為穿鑿，而魏晉諸師，則有刊剟異言之績。」（註六〇）又云：「自漢迄於魏晉，則以劉、賈、許、穎為最為名家。至杜預撰《集解》，簡二傳，去異端，舉四家之失違，明姬孔之條貫，於是漢師怪迂之談，亦庶幾少息矣。」（註六一）諸家於杜說之長，可謂能為持平之論斷者矣。

（三）杜氏取先儒之長而用之，能會聚衆長，故其成就亦特大

杜氏釋《經傳》，於先儒之說，或以其穿鑿迂曲而不用，或以所見不同而別為之

解，故其說多有與先儒相異者，然於先儒說之確當不可移易處，亦多採擇，杜氏生當魏末晉初，時漢儒之書俱在，其所採擇，當徧及各家，故頗能會聚眾長，杜氏《集解》云：「劉子駿創通大義，賈景伯父子、許惠卿，皆先儒之美者也。末有潁子嚴者，雖淺近，亦復名家，故特舉劉、賈、許、潁之違，以見同異。」（註六二）杜氏雖諱言其有取於先儒，而但以舉先儒違失，以見同異為言，實則其說之本於賈逵、鄭眾、服虔諸家者甚多，以其能會聚眾長，益以一己之探索所得，融會貫通，故能後來居上，成就特大也。

（四）杜氏研索甚勤，用心周密，故其書謹嚴詳密，往往為他家所不及

《春秋左傳》之學，至杜預而壁壘愈堅，號為左氏功臣。《晉書・本傳》稱其癖好《左傳》，耽思經籍，研索甚勤，是以功力特深，四庫總目亦謂其「用心周密，後人無以復加。」（註六三）故所著《集解》及《釋例》，謹嚴詳密，包羅至廣，往往為他家所不及。終能脫穎而出，流傳後世，實非偶然也。

（五）以傳附經，創新體式，便於對照觀覽，為後世所遵循

《漢書・藝文志》著錄《春秋古經》十二篇，又著錄《左氏傳》三十卷。（註六四）蓋漢時《經傳》皆別行，而今，古文經文字分卷篇數多寡，亦皆互異。如《左傳古經》十二篇而公、穀二家經則皆十一卷。（註六五）但公、穀二傳與其經同為十一卷，而左氏傳則為

三十卷，與古經十二篇異，此皆經傳分行之驗也。

漢初治《左傳》者，大抵專治傳之訓詁，至劉歆之後，始有兼釋《左傳》經傳者，觀《南齊書．陸澄傳》所云：「左氏泰元取服虔而兼取賈逵經。」(註六六)知服虔之書，但釋傳而不釋經，賈逵則兼釋《左傳》經傳也。惟賈逵雖兼釋《經傳》，然仍經傳各自為卷。《隋書．經籍志》著錄賈逵《春秋左氏長經》二十卷，又其《左氏傳解詁》三十卷，可為明證。故賈逵之書，仍屬經傳分行之體。至杜預集解，仍以傳附經，合經傳為一(註六七)，始大異往時之體式，今《春秋左傳》本類皆經傳分年相附，當祖於杜氏也。經傳分年相附，對照觀覽，頗為便利，後世往往依用之矣。

五、杜預《春秋左傳》學之缺失

杜氏書雖精義迭見，體例整贍，然或以思慮欠周，或仁智互見，故缺失之處，亦所在多有。自杜氏書行世以來，指陳訛誤，糾舉弊病者，代不乏人。如梁代諸儒以賈、服義駁難杜氏凡一百八十條，(註六八)崔靈恩著《左氏條義》，以申服而難杜，劉炫規杜過失凡一百五十餘條，(註六九)樂遜著《春秋序義》，通賈、服說，發杜氏違。(註七〇)至於清代，箴規杜氏者尤多，如顧炎武之《左傳杜解補正》，惠士奇之《春秋說》，惠棟之《左傳補注》。江永之《春秋地理考實》，顧棟高之《春秋大事表杜注正譌表》，沈彤之

《春秋左傳小疏》，洪亮吉之《春秋左傳詁》，梁履繩之《左傳補釋》，焦循之《春秋左傳補疏》，沈欽韓之《左傳補注》，丁晏之《左傳杜解集正》，馬宗璉之《左傳補注》及劉師培之《春秋左氏傳古例詮微》等，其尤著者也。六朝人之說，多已亡佚，不可復見。今綜合各家之說，參以己見，略加論述。杜書之失，舉其要者，凡有四端：

（一）篤信《左傳》太過，每有強經以就傳之失

杜氏注《經傳》，主專修丘明之傳以釋經，以為經之條貫，必出於傳，傳之義例，總歸諸凡。故其釋經，一以《左傳》為依據，此固有其怡然順理之處，然遇經傳說之齟齬扞格者，預每強經以就傳，以致時見偏失。如成公十三年傳載，五月丁亥，晉師以諸侯之師及秦師戰于麻隧，秦師敗績。而經云：夏五月，公自京師遂會晉侯、齊侯、宋公、衛侯、鄭伯、曹伯、邾人、滕人伐秦。《經傳》所載不同，杜預《集解》云：「戰，敗績不書，以為晉直秦曲，則韓役書戰：時公在師，復不須告；克獲有功，亦無所諱。蓋經文闕漏，傳文獨存。」杜以經文闕漏，故不書戰及敗績，即強經就傳之一例也。

僖公十五年經：「十有一月壬戌，晉侯及秦伯戰於韓，獲晉侯。」《左傳》云：「九月壬戌，戰于韓原，秦獲晉侯以歸。」（註七一）經書十一月，傳在九月，日則同為壬戌。杜預注因於傳壬戌戰于韓原下云：「九月十三日。」又於秦獲晉侯以歸下云：「經書十一月壬戌，十四日，經從赴。」按經傳所載月數不同，杜注以傳從實，經從赴為

說，顧氏棟高云：「傳之王戌即經之壬戌：『九月、十一月乃夏、周正之異名耳。』杜謂從赴：『且以傳之王戌為九月十三日，經之壬戌為十一月十四日，恐相亂，故顯言之，尤非也。豈有九月戰而以十一月敗者乎？』」（註七二）顧說是也。從赴云者，杜欲強經以就傳，故強為之說耳。

僖公十六年經：「秋八月丁亥，葬齊桓公。」（註七三）《左傳》云：「秋八月，葬齊桓公」杜於經下注云：「八月無丁亥，日誤。」杜氏釋經傳，以《長曆》推日月，與經所載月日不符者，輒云經誤，此亦強經以就傳之失也。

杜氏強經就傳之失，前代學者亦曾論及。《四庫總目》云：「杜注多強經以就傳，孔疏亦多左杜而右劉，是皆篤信專門之過，不能不謂之一失（註七四）丁晏云：「朱子曰：杜預《左傳》解不看經文，自成一書。晏按朱子謂杜氏不看經文，其說最確。杜氏阿附傳文，於春秋本經之旨，實全不理會也。」（註七五）黃澤云：「杜元凱說《春秋》，曲從左氏，多有背違經旨處。」又云：「杜元凱專修丘明之傳以釋經，此於春秋最為有功。但左氏有錯誤處，必須力加辯明，庶不悖違經旨，此所謂愛而知其惡，而杜氏乃一切曲從，此其蔽也。」（註七六）陳則通云：「杜之釋傳，阿媚取容，有不可曉，動曰經誤。預聖門之罪人，左氏之面友也。」（註七七）諸家所論，皆就杜氏強經就傳之失而言也。

（二）釋經傳義例、訓詁、名物、制度，頗有疏略

杜氏釋《經傳》之義例、訓詁、名物、制度，頗多舛誤，自六朝以來，學者每有指正。元代趙汸有《左傳補注》之作，清儒加以批評及訂正者尤多。此種疏略，亦杜學之一失也。

趙汸云：「杜氏序所著書，自知不能錯綜經文，以盡其變，則其專修《左氏傳》以釋經，乃姑以盡一家之言。」（註七八）趙氏乃就杜氏釋經之義例言也。惠棟云：「自杜元凱為《春秋集解》，其持論間與諸儒相違，於是樂遜《序義》，劉炫《規過》之書出焉。棟少習是書，長聞庭訓，每謂杜氏解經，頗多違誤。因制取經傳，附以先世遺聞，廣為補注六卷。」（註七九）

洪亮吉云：「余少從師受《春秋左氏傳》，即覺杜元凱於訓詁，地理之學疏。及長，博覽漢儒說經諸書，而益覺元凱之注，其望文生義，不臻古訓者十居五六。……然又竊怪元凱雖無師承，然其時精輿地之學者，裴秀、京相璠、司馬彪之儔，尚布列中外，即以訓詁論，《左氏》之經，陳元、鄭眾、賈逵、馬融、延篤、服虔諸人之說俱在，倘精心搜採，參酌得中，何至師心自用若此。」（註八〇）

梁履繩云：「余綜覽諸家，旁采眾籍，以廣杜之所未備，作《補釋》三十二卷。」，顧棟高云：「其釋經傳，不無齟齬。」（註八二）顧氏《春秋大事表》中有〈杜注正訛表〉一篇，即所以正杜注之誤者。

沈欽韓云：「余不揣淺陋，為《補注》十二卷，凡杜注之叛經誣傳，糾摘紕謬，皆

劉炫、衛冀隆所未及，其典章、名物、訓故，皆補其敗闕，蓋用心十餘年而今始有成書。」（註八三）

丁晏云：「劉、賈、許、穎、服五家之注皆佚，漢經師之學蕩然。杜氏學疏識陋，《集解》之成，在太康平吳之後，心志既侈，論說多乖，左氏之學日晦，由杜氏失之也。」（註八四）

劉師培云：「杜說之誤，屬於訓詁、典制者其失小，屬於義例者其失巨、爰稽其失，闕有廿端，……說經之舛，百世莫能解也。」（註八五）

上引諸家之論，或就義例，或就訓詁、名物、制度等項，指出杜注之疏略訛誤，確能深中杜說之失。然諸家或正其謬誤，或補其缺略，亦是以補杜說之不足，為杜氏之諍友矣。

(三) 襲用前人之說而不明指，不無掠美之嫌

杜氏之春秋學，雖無明顯師承，然其時漢人之書俱在。意其必有所參稽，其集解序，歷舉劉、賈、許、穎諸家之得失，可為明證。且其書名為集解，當寓有會集眾家而為之解之意。則其書中必多有取於前儒之說者，然集解中，概從省略，異乎鄭康成之釋《論語》，韋宏嗣之解《國語》，掠美之譏，豈不然哉！

清儒於杜氏此一缺失，亦每有所指陳。如惠棟云：「自杜元凱為春秋及集解，雖根

本前修而不著其說。」（註八六）沈欽韓云：「賈、服之注，今已不傳，其精者偏為杜預所攘取。孔疏惟摘其細碎以為嗤笑，然他經如《周禮》、《儀禮》疏中所引服氏。猶可想見向來經師之講習，左氏之面目，未至顛倒變易。」（註八七）

丁晏云：「杜預撰《經傳集解》序，備舉劉子駿，賈景伯父子、許惠卿、潁子嚴，皆漢之先儒名家也。獨遺服氏之名而不言。孔氏謂服劣於諸家，棄而不論，此阿杜之曲說也。服氏之學，當時盛行，東晉已置博士，不容遺棄其名。竊嘗反覆考之而確知杜氏之竊取服說，撰為己注，故有意沒其名氏，其居心之詭秘，深可鄙也。今服注之僅存者，其說多與杜同，謹據正義所引服注，試一一臚舉之。」

按前引諸家之說，確有依據。丁氏《集正》臚舉杜氏襲用服說之可考者，尚達百數十條，度其隱沒不可考者，為數當尤夥。其襲用他家如賈逵、鄭眾等之說者，亦尚多可考見。然則杜氏之隱沒前賢義訓，終不得不謂為一失。

（四）依附權勢，曲解經傳之義，有為司馬氏飾說之嫌

清儒不滿杜氏之學，除於杜氏關於義例、訓詁、名物、制度等之解說，多所詬病之外，部分學者且扶隱探微，指斥杜氏為司馬氏之不忠飾說。此種議論，確能道出杜氏之偏失。杜氏生當魏、晉更迭之代，親見司馬氏之篡弒，以親近司馬氏之故，不免為之飾說。故其釋經傳，每有偏失之見，如桓公二年，宋督弒其君與夷及大夫孔父，《公羊》、

《穀梁》二傳及左氏先儒皆以春秋善孔父而書字。杜則云：孔父稱名者，內不能制其閨門，外取怨於民，身死而禍及其君。（註八八）莊公十二年，宋萬弒其君捷及大夫仇牧。杜則云：「不警而遇賊，無善事可褒。（註九〇）皆鍛鍊深文以貶抑之。桓公五年。王師伐鄭，為鄭所敗。杜則云：鄭志在苟免王討之非。（註九一）而於傳例：「稱君，君無道；稱臣，臣之罪」之說，則揚其辭其而暢衍之。以為篡弒不君之行為作解。諸如此類，不無曲解經傳之義，為司馬氏飾說之嫌。今舉數家之說於下，以見一斑。

焦循云：「余幼年讀《春秋》，好《左氏傳》，久而疑焉。及閱杜預《集解》，暨所為《釋例》，疑滋甚焉。孔子因邪說暴行而懼，因懼而作《春秋》。《春秋》成而亂臣賊子懼。春秋者，所以誅亂賊也。而左氏則云：稱君，君無道；稱臣，臣之罪，杜預者，且揚其辭而暢衍之，與孟子之說大悖，春秋之義遂不明。已而閱三國魏志杜畿傳注，乃知預為司馬懿女婿。《晉書本傳》云：祖畿，魏尚書僕射，父恕，幽州刺史。其父與宣帝不相能，遂以幽死，故預久不得調。文帝嗣立，預尚帝妹高陸公主，起家拜尚書郎。四年，轉參相府軍事，預以父得罪於懿，廢棄不用，蓋熱中久矣。昭有篡弒之心，收羅才士，遂以妹妻預而使參府事。預出意外，於是忘父怨而竭忠於司馬氏。既目見成濟之事，將有以為昭飾，且有以為懿。師飾，既用以為己飾。此《左氏春秋集解》所以作也。夫懿、師、昭、亂臣賊子也。賈充、成濟，鄭莊之祝聃，祭足，而趙盾之趙穿也。王凌、毋邱儉、李豊、王經，則仇牧、孔父嘉之倫也。昭弒高貴鄉公而歸罪於成濟，已儼然托於大義，而思免於反不討賊之譏。師逐君，昭弒君，均假太后之詔，以稱君罪，則師曠所謂其君實甚，史墨所謂君臣無常位者，本有以啟之。預假其說而暢衍之，所以報司馬氏之恩，而解懿、師、昭之惡，夫又何疑？顧射王中肩，即抽戈犯蹕也。而預以為鄭志苟免，王討之非，顯謂高貴討昭之非，而昭禦之，為志在苟免。孔父嘉之義形於色，仇牧之不畏強禦，而預皆鍛鍊深文，以為無善可褒，此李豊之忠而可斥為奸，王經之節而可指為貳，居然相例矣。師、昭而後，若裕，若道成，若衍，若霸先，若歡、洋，若泰，若堅、廣，他如石虎，冉閔，苻堅，相習成風，而《左氏傳》杜氏《集解》適為之便，故其說大行於晉、宋、齊、梁、陳之世。唐高祖之於隋，亦踵魏晉餘習，故用預說作正義，而賈、服諸家由是而廢。吾於《左氏》之說，信其為六國時人，為田齊、三晉等飾也。左氏為田齊、三晉等飾，與杜預為司馬氏飾，前後一轍，而孔子作《春秋》之義乖矣。四明萬氏充宗作《學春秋隨筆》，斥左氏之頗。吳中惠氏半農作《春秋說》，正杜氏之失。無錫顧氏棟高作《春秋大事表》，特糾杜注之誤，而預撰《集解》之隱衷，則未有摘其奸而發其伏者。賈、服舊注，惜不能全見，而近世儒者補《左氏》注，亦徒詳核乎訓故名物而已。余深怪乎預之忘父怨而事仇，悖聖經以欺世，摘其說之大紕繆者，稍疏出之，質諸深於《春秋》者，俾天下後世，共知預為司馬氏之私人，杜恕之不肖子，而我孔子作《春秋》之蟊賊也。」（註九二）

沈欽韓云：「杜預以罔利之徒，懵不知禮文者，蹶然為之解，儼然行於世。害人心，滅天理，為《左氏》之巨蠹。後生曾不之察，騰杜預之義而播左氏之疵，《左氏》受焉亦見其麤中薄植一魏晉之妄人，莫覺莫悟，何有於古學哉！」（註九三）

丁晏云：「夫經學者，聖學之宗；心術頃邪，而謂能發明經義者，必不然矣。自唐孔氏作疏，阿附杜說，千有餘年，莫之是正。大義晦盲，如入闇室。愚為《杜解集正》，匪好為非毀前儒，蓋欲扶翼正學，昌明世教，必如是而後《左氏》之傳可讀，《春秋》之經可明也。嗚呼，經學之不明，遂為政教彝倫之害，而儒術因之日歧，其患匪淺。愚正杜氏之失，所冀後之學者，正世道以正人心，慎毋歧經學，理學而二之，以流為偽學。」（註九四）

按焦、沈、丁諸家抉隱探微，指斥杜氏乃司馬氏之私人，故其釋《左傳》隱約為司馬昭之篡弒不忠飾說，貶抑死節之忠臣，張大篡弒者之氣燄，使是非不明，實為世道人心之害。其說可謂義正辭嚴，雖不免稍涉意氣，然確能指出杜說之偏失，不為無見。平心而論，杜氏忘父怨而揭忠於不正之司馬氏，其出處之間，誠有可議。既與司馬氏聯姻，效忠於司馬氏，則以親私之情，不得不為之飾說，此杜氏之苦衷，亦其

筆者在全南大學總辦公大樓前，旁為冬柏樹

所以造成偏失之故。惟其居官任職，尚存福國利民之心，頗著勞績，非奸惡可比。其釋經傳，雖有疵謬，尚多精到可取之見。吾人取其正說，去其偏失，庶幾可以無過與不及之弊。

（本文刊載於韓國《中國人文科學》第六期，民國七十六年十二月）

附註

註一 見《晉書斠注》卷三十四本傳。

註二 見《三國志》卷十六。

註三 見《晉書》卷三十四本傳。

註四 見《三國志集解》卷十六杜恕注引。

註五 見《三國志》卷十六。

註六 見《三國志．藝文志》卷一春秋類。「樂詳左氏問七十二事」條下，文載《二十五史補編》第三冊，頁三二〇五

註七 《三國志集解》卷十六杜恕注引。

註八 《晉書斠注》卷三十四。

註九 《春秋左傳注疏》卷一。

註一〇 《春秋釋例》卷五。

註一一 《舊唐書》卷四十六。

註一二 《舊唐書》卷五十七。

註一三 《北史》卷八十一。

註一四 《隋書》卷三十二〈經籍志〉云：「晉時，左氏服虔，杜預俱立國學，至隋杜氏盛行。」

註一五 《晉書斠注》卷三十四。

註一六 《春秋左傳注疏》卷一。

註一七 《春秋左傳注疏》卷首。

註一八 見《隋書》卷三十二〈經籍志〉一。

註一九 《舊唐書》卷四十六〈經籍志〉上，及《唐書》卷五十七〈藝文志〉一。

註二〇 見《四庫全書總目》卷二十六春秋類一。

註二一 賜紙事見《四庫總目》卷二十六經部春秋類一，頁十一引嵇含〈南方草本狀〉說。

註二二 見《隋書》卷三十二〈經籍志〉一春秋類序。

註二三 時在東晉元帝太興初年。

註二四 杜佑《通典》卷五十三引作，二十州之中。

註二五 見《晉書斠注》卷七十五。

註二六 晉武帝太康凡十年，杜預卒在太康五年。

註二七　見《晉書斠注》卷七十五，《通典》卷五十三亦載。

註二八　《晉書斠注》卷九十一。

註二九　見《魏書》卷八十四。又《北史》卷八十一〈儒林傳〉同。

註三〇　泰元為晉孝武帝年號。

註三一　《南齊書》卷三十九。

註三二　《隋書》卷三十二〈經籍志〉一春秋類序。

註三三　《北史》卷八十一。

註三四　《隋書・經籍志》序說同。

註三五　《南史》卷七十一〈儒林傳〉。

註三六　同《南史》卷七十一。

註三七　《北史》卷八十二〈儒林傳〉下。

註三八　見《魏書》卷七十二〈賈思伯・思同傳〉。

註三九　見《唐會要》卷七十七「論經義」節。

註四〇　漢書卷三十六〈劉歆傳〉。

註四一　《集解》序及《正義》序，並見《春秋左傳注疏》卷首。

註四二　見趙汸《春秋師說》卷下。

註四三　《春秋左傳注疏》卷十二。

註四四 《春秋左傳注疏》卷十八。
註四五 《春秋左傳注疏》卷十九下。
註四六 《春秋穀梁注疏》卷七。
註四七 《春秋穀梁注疏》卷十。
註四八 《春秋左傳注疏》卷十二。
註四九 見毛著《春秋傳》卷十四。
註五〇 《春秋公羊傳注疏》卷十八。
註五一 《春秋穀梁傳注疏》卷十四。
註五二 《春秋左傳注疏》卷二十八。
註五三 見《春秋釋例》卷三郊雩烝嘗例。
註五四 《春秋左傳注疏》卷二十。
註五五 同右。
註五六 《春秋左傳注疏》卷八。
註五七 《春秋左傳注疏》卷八引，下引釋例同。
註五八 見趙汸《春秋師說》卷上，下引同。
註五九 見《春秋左氏疑義答問》卷一，在《章氏叢書》中。
註六〇 見吳著《經典釋文敍錄疏證》頁九八，章氏所指魏晉諸師，當以杜氏為最著。

註六一　見《經典釋文敍錄疏證》頁九五。
註六二　《春秋左傳注疏》卷一。
註六三　卷二十六經部春秋類一。
註六四　《漢書》卷三十六藝文志春秋類。
註六五　見《漢書》卷〈藝文志〉，十一卷者，合閔公．莊公為一卷也。
註六六　見《南齊書》卷三十九。
註六七　集解序云：分經之年與傳之年相附，比其義類，各隨而解之。
註六八　見《南史》卷七十一〈儒林傳〉，崔靈恩事同。
註六九　《春秋正義》序引，見《春秋左傳注疏》卷一。
註七〇　見《北史》卷八十一〈儒林樂遜傳〉。
註七一　見《春秋左傳注疏》卷四十四，下文引正義說同。
註七二　《春秋大事表》卷四十八〈杜注正譌表〉。
註七三　《春秋左傳注疏》卷十四。
註七四　《四庫全書總目》卷二十六經部春秋類一《春秋左傳正義》條下。
註七五　見《左傳杜解集正》卷一。
註七六　見趙汸《春秋師說》卷上及卷下。
註七七　見《春秋提綱》卷十。

註七八　見趙汸《左氏傳補注》。
註七九　見惠棟《春秋左傳補注》序。
註八〇　見《春秋左傳詁》自序。
註八一　見《梁氏左通補釋》序言。
註八二　見《春秋大事表》〈杜注正譌表〉。
註八三　見沈氏〈答董琴南書〉，丁晏《左傳杜解集正》卷一引。
註八四　見《左傳杜解集正》卷一引。
註八五　見《春秋左傳注例略》頁四。
註八六　《春秋左傳補注》序。
註八七　沈氏〈與周保緒書〉，丁晏《左傳杜解集正》卷一引。
註八八　《左傳杜解集正》卷一。
註八九　《春秋左傳注疏》卷五。
註九〇　《春秋左傳注疏》卷九。
註九一　《春秋左傳注疏》卷六。
註九二　焦著《春秋左傳補疏》序。
註九三　沈著《春秋左氏傳補注》序。
註九四　丁著《左傳杜解集正》自序。

讀《左傳》散記

一

《左傳》莊公九年云：

「公及齊大夫盟于蔇，齊無君也。夏，公伐齊，納子糾，桓公自莒先入。」

案：此年春秋載：「春，公及齊大夫盟于蔇，夏，公伐齊，納子糾。齊小白入于齊。」杜預注：「二公子各有黨，故雖盟而迎子糾，當須伐乃得入。又出在小白之後，小白稱入，從國逆之文，本無位。」孔穎達《春秋左傳正義》引賈逵、服虔說云：「賈、服以為齊大夫來迎子糾，公不亟遣而盟以要之，齊人歸迎小白。」杜注不用賈、服說，故正義申杜而駁賈、服云：「傳稱，鮑叔牙以小白奔莒，管夷吾、召忽奉子糾來奔，則二子在國，寵均勢敵，故國內各有其黨，今齊大夫來盟于蔇，直是子糾之黨，來迎子糾耳，小白之黨猶自向莒迎小白也。若是舉國同心，共推子糾，來迎即宜付之，不須以盟要之。今既與之盟，而興師送糾，是二公子各自有黨，須伐乃得入，故公伐齊也。昭十三年傳稱，桓公有國、高以爲內主，則國子、高子是小白之黨也。」

《管子．小匡》篇：「齊僖公生公子諸兒、公子糾、公子小白。僖公卒，以諸兒長，得為君，是為襄公。」（卷八）《史記．齊世家》：「襄公弟子糾，其母魯女也。次弟小白，其母衛女也。」（卷三十二）是公子糾與桓公異母兄弟也。先師趙阿南（子莪）先生曰：「周秦漢人言糾兄桓弟，自《管子》、《史記》外，若《莊子》、《荀子》、《韓非子》、《越絕書》、《說苑》皆如此說。即《公羊》以桓公爲篡，《穀梁》以桓公爲不讓，亦以糾是桓兄，序當立也。惟漢薄昭上淮南王書，言齊桓殺其弟以返國，則以漢文是兄，淮南王是弟，不敢斥言殺兄，故改兄作弟。程子之說，蓋本諸此。」（《春秋左傳講義》）故知糾兄桓弟，當無疑義。

洪氏亮吉曰：「按賈、服蓋尋釋經文得之，使齊大夫樂從于盟，并有成約，則公納子糾，不須言伐：且下言齊小白入于齊，從國逆之文，明齊大夫不樂魯君要盟，因變計逆小白也。若如杜云，二公子各有黨，迎小白者，又非盟蔇之人，則小白之入，與者半，不與者半，又何得泛引『國逆而立之曰入』之例乎？入自矛盾矣。」（《春秋左傳詁》卷一）洪氏說是也。賈、服之意，此時齊執政之卿，若國氏、高氏之等，當必議立新君，擇其宜立者立之。公子糾年長，於序當立，又有魯爲之後盾，故欲立之，乃遣使往迎子糾。《經書》：春公及齊大夫盟于蔇。傳謂，齊無君也。明與於盟之齊大夫，乃代表齊君行此盟，是必朝議欲立公子糾，乃遣使與盟以迎子糾也。齊大夫既來迎子糾，魯莊公不亟遣而盟以要之，齊大夫惡莊公要盟，乃變計歸迎公子小白也。魯莊公見齊人渝盟歸迎小白，始欲伐齊納子糾，然爲時已晚，小白自莒先入矣。

至《正義》駁賈、服之疑，亦有可駁。正義謂，二子在國，寵均勢敵，故國內各有其黨。按齊國此時卿大夫多賢達之士，二公子及其輔佐鮑叔、管、召諸人，亦皆賢者，故能成公議而去黨私，觀公子小白之能用其仇管仲，鮑叔、高傒皆有才而能讓賢，皆足證其時齊之有公議。公議既顯，黨私自消，其後桓公得以開一代盛世，良有以也。《正義》又謂，若是舉國同心，共推子糾，來迎即宜付之，不須以盟要之。按魯人要盟，意在得利，正以齊舉國同心，共推子糾，魯乃欲藉機要盟求利。《正義》云不須以盟要之，非其義也。至魯人興師納糾一節，乃見齊人盟歸迎小白之故，前已言之。若如正義所言，二公子各有黨，須伐乃得入，則魯興師納糾，豈有不成之理？正以齊舉國同心，於變計迎小白之後，魯乃欲伐齊納糾，故不成也。且小白入齊，未聞須伐乃得入，則正義之說非也。正義又舉昭十三年傳稱，桓公有國、高爲內主爲言，按此但就桓公返國承位爲君言之，不涉公子糾之事。彼於渝盟變計，改迎桓公之後，自亦得謂爲桓公之內主矣。此與賈、服說不相違，不得執以難賈、服明矣。

《國語．齊語》：「桓公自莒返於齊。」韋昭注：「齊人殺無知，逆子糾于魯。莊公不即遣，而盟以要之。齊大夫歸，逆小白于莒。莊公伐齊，納子糾，桓公自莒先入。」（卷六）韋昭注與賈、服說同。云齊大夫歸，即盟蔇之大夫也。綜前所論，知賈、服之說，以經文既盟稱伐、小白從國逆稱入及傳稱「齊無君也」諸文衡之，皆無不當。杜說則乏有力之依據，不足取也。

二

《左傳》僖公三十云：

「子犯請擊之，公曰：『不可。微夫人之力不及此。因人之力而敝之，不仁；失其所與，不知；以亂易整，不武。吾其還也。』亦去之。」

案：此年《左傳》敍晉、秦兩國聯合出兵圍鄭，鄭伯使大夫燭之武見秦伯，說以利害，達到離間秦、晉兩國關係之目的。於是秦師背晉而單獨與鄭言和，且退師而去。晉師察覺，其憤怒可知，故子犯請擊秦師。然晉文公不允，其所持之理由有三：秦穆嘗有恩惠於晉文公本人，文公不敢忘，故文公以爲若擊秦軍，是藉人之助力而反以敝之，忘恩負義，不仁孰甚，一也。晉與秦軍聯兵圍鄭，本與國，若擊秦軍，是變與國爲仇敵，易團結爲分裂，是爲不智，二也。成師以出，軍容、行陣甚爲雄整，若擊秦軍，必有損傷，乃變雄整爲零亂，是爲不武，三也。一舉而有三失，故不可行。晉師終亦退去。

傳文「以亂易整不武」一句，乃就軍容言。「整」謂軍容完整，「亂」謂軍容零亂不整。成軍未戰，軍容完整，故能雄壯威武。既戰則戰具損壞，人員傷亡，軍容將零亂不整。軍容零亂不整，必不能威武，故曰「以亂易整不武」。文公之意：擊秦軍既屬不仁、不智之舉，則與其戰而造成損傷，何如保持壯盛之軍容以返國之爲愈乎？

杜預《春秋經傳集解》於「以亂易整不武」句下，注云：「秦、晉和整而還相攻，更爲亂也。」杜氏釋「整」爲「秦、晉和整」，「亂」爲「秦、晉相攻爲亂」。其意蓋謂：秦、晉兩國本團結一致，現反分裂而相攻爲亂，故不武。杜氏此一解釋顯然與上文「失其所與（不知）」之意相混淆，其誤至爲明顯。後之解左傳者，率多沿襲杜注之誤而不察，故特表而出之。

三

《左傳》昭公十九年云：

「楚子之在蔡也，郹陽封人之女奔之，生太子建。及即位。使伍奢爲之師，費無極爲少師，無寵焉。欲僭諸王，曰：『建可室矣。』王爲之聘於秦，無極與逆，勸王取之。」

案：賈逵注云：「楚子在蔡，爲蔡公時也。」（孔穎達《春秋左傳正義》引）杜預注云：「蓋爲大夫時往聘蔡。」杜預不從賈逵說。孔穎達《正義》引申杜預說：「賈逵云云。杜以楚子十一年爲蔡公，十三年而即位，若在蔡生子，唯一、二歲耳，未堪立師傅也。至今七年，未得云建可室矣。故疑爲大夫時聘蔡也。」昭公十一年《左傳》載：「楚子使棄疾爲蔡公。王問於申無宇曰：棄疾在蔡何如？」是彼傳以棄疾爲蔡公與在蔡同義，文與此年傳在蔡同。以文例衡之，賈逵說爲正。然杜疑太子建年太幼，故別爲之解。若如杜解，則傳當云聘蔡，不當云在蔡也。

竹添光鴻云：「此《左傳》覆前事之文例也。楚子十一年爲蔡公，十三年即位，此時生子不過七年，何得云建可室？故杜疑爲大夫時聘蔡也。然從杜則於文例不合，本文或有寫誤，若作在陳，則與秦穆室子圉年相若。子圉十歲左右而有室，平王以八年十月滅陳，若以九年生建，則十八年是十歲也。國君十五而生子，則夫人年當長於君耳。建之妻爲父之夫人，是非弱女。」（《左傳會箋》昭公十九年傳）按《會箋》信正義疑賈之言，又以杜說與傳文例不合而不用，因謂本文或有寫誤，文當作在陳。此說就時間言，較之在蔡，凡提早三年，以之說太子建宜娶之年，固較適宜，然傳文明作在蔡，既無確證，豈得輕改，則會箋以爲文當作在陳之說，實不足取。

愚謂賈說實無可疑。傳云，楚子爲蔡公時在昭公十一年。如賈逵之說，此時鄖陽封人之女奔之，則太子建之生，當在十二年。傳又云：「及（楚子）即位，使伍奢爲之師，費無極爲少師，無寵焉。」此傳乃追敘往年事，雖楚子以十三年即位，然爲太子建立師傅，乃即位後之事，不必在十三年也。何得云才一、二歲，未堪立師傅乎？且傳云：費無極無寵於太子，亦太子建時非僅一、二歲之證。然則未堪立師傅之疑，可以釋矣。

至爲太子建授室一節，建如以十二年生，此時年當八歲。《會箋》舉晉公子圉事，證公子十歲可以有室，語尚不誤。太子建此時年僅八歲而授室，誠太稚，然傳謂：「費無極欲譖諸王，曰建可室矣。」正利其年稚，以便假太子之名以娶婦，而肆其離間楚王父子之詭謀也。曰建可室矣，正見其尚未宜有室，勉曰可而已。及無極逆秦女至，勸王取之。無極欲加害太子之詭謀，豈不昭然若揭？《會箋》云：欲譖於王而勸爲建授室，其發矢甚遠，其立意甚深，幾不解其何以譖。及勸王取之，而父子之恩遂離。《會箋》此言得之。然則何疑於太子建之以八歲而欲授室乎？故仍當以賈逵之說爲是。

四

《左傳》昭公二十二年云：

「王子朝、賓起有寵於景王，王與賓孟說之，欲立之。劉獻公之庶子伯蚠事單穆公，惡賓孟之為人也，願殺之。又惡王子朝之言，以爲亂，願去之。賓孟適郊，見雄雞自斷其尾。問之，侍者曰：『自憚其犧也。』遽歸告王，且曰：『雞其憚爲人用乎！人異於是。犧者實用人，人犧實難，己犧何害？王弗應。夏四月，王田北山，使公卿皆從，將殺單子、劉子。王有心疾，乙丑，崩于榮錡氏。戊辰，劉子摯卒，無子。單子立劉蚠。五月庚辰见王，遂攻賓起，殺之，盟群王子于單氏。」

案：杜注：「十五年，太子壽卒，王立子猛。後復欲立子朝而未定，賓孟感雞，盛稱子朝，王心許之，故不應。」孔穎達《正義》曰：「賈逵以爲太子壽卒，景王不立適子。鄭衆以爲壽卒，王命猛代之，後欲廢猛立朝耳。服虔以賈爲然。」又曰：「杜今從鄭説者，二十六年傳：閔子馬云，子朝干景之命，則景有命矣。若不命猛，更命誰乎？若子朝子猛，並未有命，俱是庶子，朝年又長，於次當立，自求為嗣宜矣。劉蚠何以惡其爲亂而欲去之？若俱未被立，王意不偏，群臣無黨，王命爲嗣，則莫敢不從，何須將殺單、劉以立朝也？杜以此知太子壽卒，王立子猛爲適，其後復欲立子朝，而王意未定，賓孟感雞自毀，因此盛稱子朝之美，王心許賓孟，故不應，慮其洩言也。」據正義所引賈逵説以爲，太子壽卒後，景王未立適子。鄭眾説則以爲，太子壽卒後，王立子猛代之，後乃欲廢猛立朝。杜預從鄭眾説。服虔以賈説為然。《正義》則駁賈説以申杜。

《國語．周語》云：「景王田于鞏，使公卿皆從，將殺單子，未克而崩。」韋昭曰：「王欲廢子猛，更立子朝，恐其不從，故欲殺之。遇心疾而崩，故未能。」（卷三）韋氏與鄭說同。洪氏亮吉曰：「案服氏遵賈，杜注則從鄭衆說，然究以賈義爲長。」（《春秋左傳詁》卷十七）李氏貽德曰：「知時尚未立太子者，以王欲立子朝知之。王既屬意子朝，不遽立者，王子猛年次於朝，分貴於朝。又單、劉之族佐之，王勿能決，故距太子壽卒後，已越六年，尚未定儲位也。韋昭、杜預以爲王立子猛，後復欲立子朝，傳無其文，未足據也。」（《賈服注輯述》卷十七）洪氏、李氏則從賈、服說。姜氏炳璋《讀左補義》云：「此篇爲王室亂之發端，大書子朝賓起有寵於景王，正亂本也。定亂者劉子、單子，特筆提起，預著兩惡字、兩願字，以見劉文未立之先，已具公忠之志，又見劉獻爲矢心王室，其子奉其明訓，後日不避艱險，扶顛持危，單之功似多於劉，而深明邪正之分，則劉實先發之，傳先將二子本領託出，是忠臣義士立脚處。王崩，劉、單知子朝必亂，故先誅心腹之賓起，見王後始攻起，則已奉新王之命，非無名之舉動矣。劉、單始事，已見正正堂堂。」（《左傳會箋》昭公廿二年引）

按此年傳敍王子猛、王子朝爭立事，猛直而朝曲，姜氏所言，深得傳意。論王室之亂，當以此意爲大本也。太子壽卒在昭十五年。就上引諸家所論及傳意衡之，當以賈逵說較爲確當。傳詳敍致亂緣由及其經過，若景王有立子猛情事，傳不容不說，左傳敍事多有其例。此其一。廿六年傳載：子朝致書求助於諸侯，若景王已立子猛爲適，子朝安敢明目張膽與爭？雖致書求助，豈能取信於諸侯？且其致書諸侯之辭云：先王之命曰：王后無適，則擇立長。又曰：穆后及太子壽，早夭即世，單、劉贊私立少。若王子猛已立爲適，子朝說辭豈當如此？明子猛實未立也。此其二。若王已立猛，雖欲殺單、劉而立子朝，然事終未成，猛為適子如故，則景王既崩，子猛繼位，名正言順，雖子朝亦不得覬覦於其間，臣民亦必擁戴之矣。然傳載子朝因舊官百工之喪職秩者，與靈、景之族以作亂，又得王子還、召莊公及尹氏、毛伯等重臣爲之助，與王子猛可謂勢均力敵。其所以得此助力者，豈非以景王未立適子，故朝得以據理而爭，臣民亦被迫捲入此一爭鬥之中，形成兩大壁壘，終使亂事持續數年而不決。向使景王已立適子，則亂事當不致於發生，即有亂事，亦不致如此難以收拾也。此其三。舉此三端，當可證賈逵說之較爲確當也。

而《正義》所陳三疑，實皆有可駁。《正義》謂：廿六年傳云，子朝干景之命，則景有命矣。按此所謂命者，乃泛稱王命，意指王室之典制言，以在景王之朝，故謂之景命耳，非爲命適子也。《正義》又謂，若子朝子猛，並未有命，俱是庶子，朝年又長，於次當立，自求爲嗣宜矣，劉蚠何以惡其爲亂而欲去之？按此由子猛分貴於子朝故也。朝雖年長於猛，然猛則分貴於朝。分貴者次正當立，子朝恃寵欲與爭，宜劉蚠之惡而欲去之也。《正義》又謂：若俱未被立，王意不偏，群臣無黨，王命爲嗣，則莫敢不從，何須將殺單、劉以立朝也？按立儲事關大體，王室宗法典制俱在，子猛既以分貴當立，又有忠耿之重臣單氏、劉氏爲之佐，此景王之所畏憚也。徒以景王心寵子朝，意欲立之。其亦逆知不去單、劉，則子朝不得立，故有田于北山，將殺單、劉之謀也。豈必已立子猛，乃必殺單、劉乎？然則景王不立適子之說爲當矣。

五

《左傳》昭公二十三年云：

「（魯）遂取邾師，獲鉏、弱、地。邾人愬于晉，晉人來討。叔孫婼如晉，晉人執之。書曰『晉人執我行人叔孫婼』，言使人也。晉人使與邾大夫坐，叔孫曰：『列國之卿當小國之君，固周制也。邾又夷也。寡君之命介子服回在，請使當之，不敢廢周制故也。』乃不果坐。

韓宣子使邾人聚其衆，將以叔孫與之。叔孫聞之。去衆與兵而朝。士彌牟謂韓宣子曰：『子弗良圖，而以叔孫與其讎，叔孫必死之。魯亡叔孫，必亡邾。邾君亡國，將焉歸？子雖悔之，何及？所謂盟主，討違命也。若皆相執，焉用盟主？』乃弗與。使各居一館。士伯聽其辭，而愬諸宣子，乃皆執之。士伯御叔孫，從者四人，過邾館以如吏。先歸邾子。士伯曰：「以芻蕘之難，從者之病，將館子於都。』叔孫旦而立，期焉。乃館諸箕。舍子服昭伯於他邑。」

案：傳文「使各居一館。」杜預注：「分別叔孫、子服回。」《正義》曰：「賈逵云，使郱、魯大夫各居一館。鄭衆云，使叔孫、子服回各居一館。郱、魯大夫本不同館，無爲復言使各居一館也。欲分別叔孫、子服回，不得相見，各聽其辭耳。服虔並載兩說，仍云賈氏近之。」是賈、鄭說各異，杜則從鄭氏說也。《正義》又申鄭、杜說云：「案傳文各居一館之下，即云，士伯聽其辭而愬諸宣子，乃皆執之。則皆執各居一館者也。若是郱、魯別館，豈執郱大夫乎？且下云，館叔孫於箕，舍子服回於他邑，明此各居一館，是分別子服與叔孫，恐其相教示。」

洪氏亮吉曰：「今考上下文法，則賈義爲長。下云，舍子服昭伯於他邑，方與叔孫別處耳。」（《春秋左傳詁》卷十七）李氏貽德曰：「賈云使郱、魯大夫各居一館者，非司儀致館，聘禮及館之館，蓋以叔孫不肯與郱大夫坐訟，故使各就坐訟旁舍，以便於聽辭耳。若是客舍，則郱、魯大夫至晉之時，已各居館，不必至此始云使各居一館矣。鄭不達賈義，謂使叔孫、子服各居，使不得相見，而各聽其辭。按〈呂刑〉云，兩造具備，師聽五辭。此古今治獄之定法也。今叔孫、子服雖爲兩人，祇一造也。兩人別館，士伯就而各聽其辭。名曰各聽，祇聽一造之辭也。聽一造之辭，遂即執之，恐聽獄者無此理也。即坐訟者亦不受也。下文云，士伯御叔孫，從者四人，過郱館以如吏，明郱、魯各居一館。云過館如吏，明與訟獄之處相近也。故服云賈氏近之。」（《賈服注輯述》卷十七）

按洪氏、李氏主賈逵說，其所舉各證，義甚妥洽。且就上下文義觀之，「使各居一館」句，乃承上文「韓宣子使邾人云云。叔孫聞之，去眾與兵而朝」句之意而來，中隔士彌牟諫韓宣子之語，意仍銜接。則使各居一館云者，當指邾、魯兩方而言。下「士伯聽其辭而愬諸宣子，乃皆執之。」謂士伯聽邾、疊兩造之訟辭，得其曲直，以邾、魯皆有罪，（邾人過魯境而不假道，曲先在邾。魯取邾師，其罪亦重。）乃愬諸宣子而並執邾、魯兩方之人。（叔孫、子服與會邾子、邾大夫，當皆在執。所以愬者，蓋前此韓宣子以邾人無罪，罪在魯人，至是並罪二國，故必愬諸宣子，使明眞象也。）杜謂執之乃執叔孫與子服二人，非也。又下文云，「士伯御叔孫，從者四人，過邾館以如吏，先歸邾子。」御叔孫，從者四人，皆兩方被執之人也。以叔孫、邾子並見執，而邾罪較輕，又位尊，故過邾館時使邾子先歸。知邾子不在四人中也。下士伯曰云云，亦見晉人不甚禮邾子，以邾人亦有罪也。邾人有罪，則魯罪自可減輕，故魯人不必以貨賂求免，晉人終禮而歸之也。綜觀文義，鄭、杜及正義由於誤解「士伯聽其辭而愬諸宣子，乃皆執之」一句之意，乃使其後文意，亦連遭誤解，致正義有「豈執邾大夫乎」之疑。且云「分別叔孫與子服，恐其相教示。」傳謂晉人既允以子服當邾大夫坐訟，則叔孫已不在坐訟之中，何需隔離二人以防其相教示乎？權衡諸說，仍當以賈義爲長。

（本文刊載於《尉素秋教授八十榮慶論文集》，民國七十七年十月）

關於《左傳》「以亂易整，不武」的解釋

《左傳》僖公三十年，〈燭之武退秦師〉一文，舊的高中國文課本選為範文之一。最近課本進行改編，此文也往往在被選之列。文中「以亂易整，不武」一句的解釋，各家說法頗有出入，乃不揣淺陋，提出個人的看法，以就教於學界。

《左傳》僖公三十年：

子犯請擊之，公曰：「不可！微夫人之力不及此。因人之力而敝之，不仁；失其所與，不知；以亂易整，不武。吾其還也。」亦去之。

這段話的原委是，這年晉文公為了報復鄭國先前對他的無禮和對晉國有貳心，聯合秦穆公出兵圍攻鄭國。鄭國在情勢危急之下，派大夫燭之武會見秦伯，說以利害，達到離間秦、晉兩國關係的目的。於是，秦穆公背離晉國，單獨與鄭國媾和，並留下一部分軍隊，協助鄭國戍守，便退師而去。

晉國在察覺秦國的舉動之後，自然極為憤怒，大夫子犯便建議攻擊秦師，但晉文公

沒有同意。晉文公所持的理由有三項：秦穆公曾幫助他回國得位，有恩於他，如果攻擊秦師，是藉人的助力反過來害他，將成忘恩負義，這是不仁；晉、秦聯兵圍鄭，本是團結的友國，如攻擊秦軍，將是變友為敵，形成分裂，這是不智；成軍出征，軍容是整齊雄壯的，如擊秦軍，軍容將變為零亂不整，就不威武了。於是晉軍決定放棄圍鄭，也退師回國。

傳文「以亂易整，不武」這句話，是指軍容而言。「整」是指軍容整齊，「亂」是指軍容零亂不整。因為成軍出征，軍容是整齊的，等到軍隊投入戰場作戰之後，將造成人員的傷亡、戰具的損壞，軍容將呈現零亂不整。軍容零亂不整，自然就不威武了。所以說：「以亂易整，不武」。意即：用零亂的軍容替代齊整，不威武。

晉文公在考慮這個問題時，「不仁」、「不智」兩項，應該是較被看重的因素，至於「不武」一項則屬陪襯，所佔的比重是比較小的。

杜預注解《左傳》，在「以亂易整，不武」句下，注說：

> 秦、晉和整而還相攻，更為亂也。

杜氏以秦、晉和釋「整」，兩國相攻釋「亂」。後世讀《左傳》的人，似乎都接受了杜注的解釋，沒有察覺到杜注有什麼破綻。近人楊柏峻氏所作《春秋左傳注》一書，是注解《左傳》的佳構，可惜他也只沿用杜注的說法。楊注說：

晉攻秦為亂，秦、晉和為整。

楊氏的解釋，雖較杜注說得明確一點，但還是為杜注所拘限。

清儒林雲銘的《古文析義》一書，也選錄了此文。林氏在「以亂易整不武」句下說：

先與整師而來，後乃自相擊，是亂也。

林氏或許已看出杜注有未洽於理的地方，故用詞已不完全根據杜注，但仍依違在己意與杜注之間，沒有真正指出杜注的缺失所在。

其實，杜預的解釋是錯的，楊氏、林氏都沿襲了杜注的錯誤。杜注的錯誤，在於他把「不武」和「不智」兩者混同解釋，亦即把該解釋「不智」的話，拿來解釋「不武」，因而造成錯誤。按理說，杜預是位知兵的大將軍，有關用兵的事，對他來說應該是輕而易舉，不應有錯誤的解釋才對。但問題可能出在晉文公所持的三項理由當中，「不武」一項所佔的比重是很小的。杜氏可能忽略了這一點，他把「不武」的比重高估了，以致迷失了方向，因此做了含糊的解釋。問題可能就出在這裡了。

另外舊課本則解釋為：

猶云以分裂代替團結。晉攻秦為亂，秦、晉和為整。

還是沿用了杜、楊兩家的說法，只不過增加了「分裂」、「團結」二詞，對「亂」、「整」再做引申而已。同樣是沿襲杜注的錯誤。筆者的看法如此，尚請學界先進指正。

（本文刊載於《國文天地》第一九三期，民國九十年六月）

敬答李鍌教授，再論《左傳》「以亂易整，不武」的解釋

《國文天地》第十七卷第五期刊載李鍌教授〈《左傳》「以亂易整，不武」葉解之商榷〉一文。該文乃針對拙作「解釋」一文（十七卷一期）而有所商榷。李教授是筆者素所景仰的前輩學者，拙文能得他的商榷指教，深感榮幸，因事關高中國文教科書課文的正確解釋，筆者不得不有所辯白，如有欠周之處，尚祈寬諒。

李教授文（以下簡稱李文）分四大項論述，但重點在第三大項，其餘僅屬枝節，故先就李文第三大項所駁作討論，再次及其餘各大項。

一

拙文指出：「杜注的錯誤，在於他把『不武』和『不知』兩者混同解釋，亦即把該解釋『不知』的話，拿來解釋『不武』，因而造成錯誤。」此意筆者在拙文說明晉文公不同意擊秦軍的三項理由時，已從側面加以顯示，應已具有論證效果，其實可以不必再

多做說明。現在李文既有疑惑，並且另提出林雲銘、林堯叟兩家對「失其所與不知」一語的不同解釋，筆者有必要針對上述說法做一正面的論證。

首先須確定「失其所與」四字的解釋。李文說：

傳文「失其所與」，杜預未注，一般解釋多作「失去所親善之國」。蓋「與」者，親善也。而林雲銘《古文析義》則釋為「誤與同事」，以「誤」釋「失」，意謂「與秦共事伐鄭，實為失誤。」即《春秋左傳杜林合註》林堯叟所云「秦不同心而與之共事，是失也。」姑無論「失」字之義為「失去」，抑或是「誤失」，皆為此句重點之所在。惟其有「失」，乃可謂之「不知」，杜注「以亂易整」，僅短短十二字，無一字涉及「失其所與」之字義，今謂……不知其論證何在？

按，楊伯峻《春秋左傳注》說：「所與，謂秦，本為晉之與國。」楊氏的解釋很確當。則傳文「失其所與」，應釋為「失去（其）友國」（與國，友國也），或「失去（其）親善之國（李文解為「失去所親善之國」，「所」字的解釋有一點小錯誤，當以楊注為正確。）這一點，筆者的解釋和李文大體相同。林雲銘則釋為「誤與同事」。林氏乃解「與」為「與同事」。此一解釋，字義把握不正確、也不合訓詁法則；且傳文此句乃晉文公解釋不擊秦軍的理由，而非檢討秦、晉兩國聯兵圍鄭一役的得失。林氏之解，顯然不妥。林堯叟所釋為「秦不同心而與共事，是失也。」用語雖有差異，但意思完全一致。其誤與林雲銘相同。因此，兩位林氏解釋，明顯錯誤，應予排除。這一點，李文未看出二位林氏的錯誤，且據以立說，是嚴重誤失。

「失其所與」的正確解釋，既為「失去友國」，則進一步說：既是友國，又聯兵圍鄭，那麼兩國是不是「團結的」呢？原本秦、晉是友國，如攻擊秦軍，是不是「變友為敵」呢？變友為敵是不是從「團結」變成「分裂」呢？然而拙文解釋「失其所與不知」說：「晉、秦聯兵圍鄭，本是團結的友國，如攻擊秦軍，將是變友為敵，形成分裂，這是不智。」這難道不是正確的說法嗎？

再來分析一下杜注。杜預解釋傳文「以亂易整不武」句說：「秦、晉和整而還相攻，更為亂也。」杜注所謂「秦、晉和整」，不就是「秦、晉兩國友好團結」嗎？「而還相攻」，不就是「互相攻打，變友為敵嗎」？「更為亂也」，杜指的應是「兩國分裂」之意。杜注所解釋的是「以亂易整不武」，但所說的話卻與筆者上文所釋「失其所與不知」的意思相同。然則拙文說：「杜注把『不知』、『不武』兩者混同解釋，亦即把該解釋『不知』的話，拿來解釋『不武』」，豈不也是正確的說法嗎？

再就李文對杜注的解釋做分析。李文一開頭就引傳文「以亂易整不武」的杜注，並加以引申解釋說：「意謂秦、晉之師原是和合齊一而來，最後卻互相攻擊，變成混亂，即是以混亂取代和整。」試問李文所謂的「和合齊一」，不就是「友好團結」之意嗎？「互相攻擊」，不就是「兩國分裂」嗎？「以混亂取代和整」，不就是「以分裂取代團結」嗎？原來李文所了解的「以亂易整」杜注之意，還不是等於在解釋「失其所與」嗎？而李文卻說：「杜注『以亂易整』，僅短短十二字，無一字涉及『失其所與』之字義」。這不是自相矛盾、難以自圓其說？

李文第三大項第二點說：

> 葉文釋「失其所與不知」句，……以「變友為敵，形成分裂」解釋「失其所與」，乃其引申義，而非文字之注釋義，故仍有所隔。「失其所與」重在「失」字，「形成分裂」，則只說明一現象耳，不足以表達「失其所與」之深層意義。

按，這可分兩方面來回答：首先，李文這樣說未免太拘泥了！拙文重在說明晉文公所持的理由，而不是純粹為《左傳》的字句作注解，當然可以引申說明，只要引申的意思合於傳文的原意，即無不可；亦即「引申義」說對了，「注釋義」自然涵蓋其中，那裡還拘泥什麼注釋義、引申義呢？而且閱讀拙文的人對傳文應有相當素養，《左傳》原文之義，不難索解，何需一一先去注釋呢？

又，「失其所與」一句，據李文的解釋和引用，分明有兩種解釋（「一般解釋」及二林氏說），這兩種解釋有明顯差異，而李文卻未做明確判別，已屬不妥，他看法傾向於採二林氏之說，故強調重在「失」字，也才有所謂「深層意義」之見，其實，二林氏之說，如前文所論，只是一種不恰當的解釋，而非「深層意義」。

其次，李文說：拙文用「團結」、「分裂」等字眼，是受了舊高中國文課本解釋「以亂易整」句用詞的影響，又誤認了杜注之意。其實這是誤解。拙文曾指出舊課本解釋的錯誤，故刻意用了「團結」、「分裂」的字眼，即意在從側面顯示舊課本的錯誤所在。現在李文卻說拙文是受舊課本的影響，這不合事實。況且，拙文是意在指正，並非依用其說，而且他用以解「不武」，拙文則用以解「不知」，也不相同，並未受其影響。

李文第三大項第三點說：

> ……林氏之說與杜注應無二致。……林氏所云「整師而來」，實指「秦、晉兩軍和整而來」，非指「晉軍軍容之整齊」，葉文是否因此誤判。……果真如此，則杜氏實蒙無妄之冤。

按，李文這些話說得實在很勉強。杜注之誤，不用再說。李文已承認林氏的解釋和杜注「應無二致」。故拙文認為林雲銘氏的解釋是沿襲杜注之誤，應屬合於事實。而他的解釋雖然根據杜注，但用詞則不完全相同，豈非「依違在己意與杜注之間」？不知何來如李文所說的「葉文是否因此誤判」呢？而批評林氏是沿襲杜注之誤，既為事實，又如何會讓杜氏蒙冤呢？

二

再就李文的第一大項作回應，李文第一點說：

> 以常情而論，……凡諸戰役，晉文公出征時，似從未考慮上戰場軍容會零亂不整而不威武，何以獨於子犯請擊秦時而計慮及於軍容之零亂而不威武耶？成軍出征，即欲作戰，作戰必有死傷；今既出征，又恐軍容零亂而不欲戰，寧非矛盾？用兵作戰，志在得勝，得勝之後，振旅愷歸，獻俘受馘，舉國歡騰，萬民同慶，復何軍容零亂而不威武之忌耶？

按，李文的質疑，都不成問題。李文所說的情況是屬於有重要目的的戰役，才會不計犧牲代價，但擊秦軍之舉，是沒有重要目的，兩者情況不同，不能一概而論。此役晉文公確信那樣做，會造成「不仁、不知」的後果，是不該打的仗。還要去做無謂的犧牲嗎？既不應做無謂的犧牲，自然就會考慮到軍容的問題了。這也是情理之常，不應視為矛盾。

而且，一場仗打下來，勝利了固有喜悅的一面、但難保不付出極大的犧牲代價，若無重要目的，值得做此犧牲嗎？領導者不該考慮對不必要的戰爭，採取審慎的態度處理嗎？更何況還有可能戰敗的風險呢！戰敗了又是何種情景呢？這樣說來，晉文公考慮軍容問題，就不足為奇了。

李文的第二點說：

> 以語法而論，……是則不仁、不知、不武三者之主詞，皆當指晉文公。今謂「不武」指軍容而言者，前後主詞不一，斯非語法之所能理解。又不仁、不知，皆用作名詞，而獨「不武」轉為形容詞。此詞性之轉換，又作如何解釋？

按，李文的質疑，亦屬誤解。拙文認為「不武」指軍容而言。並未改變它的主詞，也未讓「不武」的詞性有所轉換。以主詞而言，此處主詞指晉文公，或晉國及全軍，均無不可。於不仁、不知兩項，可說「我（們）將不仁」、「我（們）將不知」，而於不武一項，自然可以說「我（們）的軍隊將不武」。此處主詞的認定可有彈性空間，不應視為主詞不一。以詞性是否改換而言，可以說「不仁厚的（忘恩）」、「不智慧的（愚蠢）」、「不威武的」。三者的詞性仍是一致的，並未改變，所謂「轉換」，不知何指？

三

再論李文的第二大項。李文第一點說：

> 以修辭而論……此三句是屬於排比句，用以說明擊秦之不可。所謂「排比」，即是用結構相似之句法，接二連三表達出同範圍、同性質之意象。其功能在於使語勢增強、感情深化、意象明晰、層次清楚，並不聞有輕重主從之別。不知從何而見「不仁」、「不知」二項較被看重，「不武」則屬陪襯，所佔比重很小？

按，晉文公這三句話，表面上是對等的、是排比句沒錯，但要旨在說明不可擊秦軍的理由。這三種理由，是出自晉文公的口中：不仁句，顯示過去數十年的「秦晉之好」；不知句，切說當前聯軍的態勢；不武句，推想將來「擊之」的後果。這和李文所謂的「用結構相似之句法，接二連三表達出同範圍、同性質之意象」，已有點不類；更看不出有「語勢增強、感情深化、意象明晰、層次清楚」的功能存在。這是首先要弄清楚的。

拙文認為這三句話雖是對等的句子，但就其意旨而言，是可以有輕重主從之分的。我們平常在列舉理由時，不是可以把最重要的理由列前，次要的居後嗎？事實上晉文公這三項理由，就是依照輕重程度排列的。忘恩負義的不仁，最嚴重；變友為敵、失去友國的不明智，次之；軍容的是整是亂，又其次了。當然，這是筆者依據常理所做的推斷，並沒有絕對的準據，但這樣的推斷難道不合理嗎？

而拙文所以要強調不仁、不知較重，不武較輕，除了這項理由以外，還因為：說軍容整不整也在考慮之列，會招來反駁說：「出動軍隊就是要打仗的，那裡會考慮軍容的整不整呢？」因此，拙文區別輕重主從，即意在免除反駁者之疑；而李文第一大項的第一點，不就是以這樣的理由來反駁拙文嗎？然則把三者分輕重主從，並無害其為晉文公的三項理由，又有何不可呢？

次就李文的第二點說。李文稱：

……杜預就傳文而注釋，不寓一絲私臆，不出傳文之外，謂其高估不武一項之比重，迷失方向，做了含糊的解釋，誠不知從何說起。

按，杜預的注釋是否適當，筆者前文已有論列，此處不必再談。拙文說，杜氏做了含糊的解釋。讀者只要稍加留意，不難看出此一情況。而拙文所以要說杜氏高估「不武」的比重，迷失方向，是由於以杜氏對軍事的了解，不應有此錯誤，才會揣測杜氏可能致誤的原因。但即使揣測不確，也無關緊要，不會影響筆者對傳文的解釋。

其實，杜注所以含糊其詞，可能另有他的用意。杜元凱是一位智謀深沉的人物。他生平任官擔任文職居多，中年也曾統兵作戰，而且有過一次「以智免」的紀錄，晚年更是官拜征南大將軍。實際參與伐吳的戰役。又值魏、晉政權更迭頻繁、官場處境險惡的時代。一位帶兵官是不會喜歡像《左傳》「以亂易整不武」的話的。（軍隊打過仗總難免有損傷，《左傳》的話不利此情況）因為載在經傳上的話，是會常被引用來做文章的，在古代尤其如此。如果一位御史或官員在某種特定情況下，引用《左傳》的話，去「參」某位帶兵官，對這為帶兵官無疑是可能會造成禍害的。杜元凱是為帶兵官，可能因為不喜歡這句話，就在做「注」時，巧妙的把這層意思掩蓋起來，才會造成杜注用詞的「含糊」。

大家只要看到後世注解《左傳》的人，遇到這裡，雖沿襲杜注的意思，但在措辭上總要略加修改，像楊伯峻氏那樣，就可以知道杜氏的用詞，的確含糊得有點彆扭，所以後人不願照用了。另外，清儒焦循等人也曾指出杜氏有過為了某種目的而曲解經文、傳文的做法，再加上杜氏善於權謀的個性，筆者有理由做此揣測。但同樣的道理，即使此一揣測不確，也不會影響筆者對傳文的解釋。

四

續論李文的第四大項。李文說：

> 「仁、知、武」三者應皆屬於道德之層面，蓋即孔子所強調之「智、仁、勇」三達德。……再考諸《左傳》一書，「不武」之句，頗不乏見。……凡此之「武」皆是「武勇」之義。……春秋之世。……對於三達德頗為重視，……晉文公為一代霸主，焉有不重視此三達德之理？……適足以見其深謀遠慮，展現霸主之胸懷。若將「不武」釋為「軍容不威武」，則未免狗尾續貂，非僅與「仁」、「知」全不相稱，且有誤導世人以為晉文公識見短淺，不重「武德」，只重「軍容威武」之嫌，是豈雄才大略如晉文公者之本意歟？

按，李文這些話表面上看起來，似乎言之成理，但細加分析，即可看出實際上多屬誤解，拿來解釋傳文，並不適合。李文認為「仁、知、武」三者，具有道德涵義，是不錯的。但強調晉文公的話，是在宏揚「三達德」，以為這樣才足以顯現霸主的深謀遠慮和胸懷，則是誤解。晉文公只在補充說明「不可」的理由而已，和孔子所謂三達德是不相干的。且三達德之說，當始於孔子，而此時早於孔子出生約八十年，應尚無三達德之說。「武」固有「武勇」之義，但「威武」亦「武勇」之引申義，軍容是否壯盛威武，亦是武勇程度的一種表現，怎麼會與「仁、知」全不相稱呢？又何以見得說軍容就是不重「武德」呢？

又傳文的「仁、知、武」和三達德的「智、仁、勇」，義雖相近，但這只能證明晉文公和孔子的時代，都重視「仁、知、武（勇）」三種道德規範，而不能證明晉文公意在宏揚三達德，或以三達德自況，而且晉文公也只用其反面意義，更不宜與三達德聯上關係。晉文公固然是雄才大略的一代霸主，但不能用傳文這三句話來加以證明和凸顯，這些道理豈不是很清楚明白的嗎？

以上李教授「商榷」一文，針對拙作提出質疑，經筆者一一答辯，證明「商榷」所言，多有誤解，實不足以撼動拙文之所立。考「杜解」留傳千餘年，為《春秋》《左傳》碩果僅存之古注，自有其卓越地位；然疏漏之處，亦復不少。後世學者每有糾謬之作。清儒指正尤多，是杜注不能無失。拙文指出杜注之誤，並詳加論證，認為「以亂易整不武」句，當釋為：「以零亂的軍容替代齊整（的軍容），將不威武」，用以解釋傳文，可謂文義切合、怡然理順。讀者試就雙方論辯中，加以比較，當不難了解其是非曲直，而做出正確的判別了。

（本文刊載於《國文天地》第一九九期，民國九十年十二月）

談《史記》「鴻門宴」——並澄清幾項誤解

秦帝國的崩潰與項羽、劉邦的崛起

秦始皇統一六國後，分天下為三十六郡，廢除封建，實行中央集權的郡縣制度，自以為天下已在其掌握之中，乃變本加厲施行嚴刑峻法，以極嚴苛的法令箝制百姓。他又好大喜功，大興土木，營建宮室，預築陵寢，建長城，闢馳道，因而大舉抽調天下丁壯，負擔沉重勞役。天下百姓苦於暴政，心中已普遍燃起反抗的怒火。統一之後的第十一年，秦始皇死於出巡途中，李斯、趙高矯詔擁立二世皇帝即位，不到一年，陳勝、吳廣即首先揭竿而起，天下英雄豪傑紛紛起而抗秦，天下已成鼎沸之勢。

項梁頗具才識，為楚將項燕之子。秦末，項梁與其侄項羽避居會稽郡，早有起義的準備。項梁叔侄乘勢集合江東子弟兵八千人。渡過長江北上，投入抗秦行列，由於項氏世為楚將，家世頗負名望，於是各路豪傑紛紛投入項梁麾下，沛公劉邦也在此時歸屬項梁。項梁一面收納各方勢力，一面與秦軍作戰，屢有進展。又得長於智謀的范增相助，立了楚國後裔楚懷王之孫名「心」的為楚懷王，號召遠近，勢力更見壯大。項梁麾下儼然已成反秦義軍最強大的一支。

當天下豪傑紛起之際，秦帝國任命大將章邯率軍平亂，與各路反秦軍作戰，屢為義軍所敗。項梁因輕敵為秦軍擊敗而死。楚軍頓失重心，懷王出而收掌領導權，此時楚軍主力集中在項羽、劉邦、呂臣三人領導的三支部隊。秦軍轉移主力攻打趙國。楚懷王任命宋義為主將，項羽為次將，范增為末將，率領楚軍主力北上救趙。進軍途中，宋義、項羽兩人意見不合，發生嚴重衝突。宋義為項羽所殺。楚懷王任命項羽取代宋義為楚軍上將軍。項羽立即進兵救趙。期望於擊敗秦兵之後，西向入關滅秦。

楚懷王在任命宋義、項羽救趙的同時，諸老將軍建議懷王另選任一位寬厚長者，「扶義而西，告喻秦父兄，……毋侵暴，宜可下。」又謂「獨沛公素寬大長者，可遣。」（均見〈高祖本紀〉）於是懷王任命沛公劉邦另率一軍，西走河南，經陝西東南武關入秦。

此時，章邯所率秦軍約三十萬在河北。留守秦都關中的兵力亦近十萬，抵擋劉邦。秦帝國此時趙高居中弄權，朝政日非。趙高加害李斯後，二世皇帝也被趙高所弒，改立二世之侄子嬰為秦王，不久，秦王子嬰殺了趙高。秦帝國的根基已搖搖欲墜。

章邯因得不到朝廷的信任與支援，士氣低落終被勇猛的項羽所率領的諸侯軍所敗，降了項羽。秦帝國的大勢已去。劉邦則在稍早經過一路艱苦作戰，從武關首先進入關中，擊敗在關中的秦軍，秦帝國宣告崩潰。項羽和劉邦也成了反秦勢力中兩位最顯赫的人物。

鴻門宴的由來

沛公劉邦首先入關，接受秦王子嬰的投降，「籍吏民，封府庫」，廢除秦的苛法，與民約法三章，「殺人者死，傷人及盜，抵罪。」關中百姓大喜。

劉邦看到咸陽宮室富麗堂皇，珍寶美女充斥，不免萌生私心，此時項羽與章邯大軍在河北地區作戰，何時才能進到關中不可預知，便派兵守住關中門戶函谷關，有意阻止諸侯軍隊進入關中。不過，項羽所率大軍卻在不久便浩浩蕩蕩開抵函谷關，發現劉邦派兵守關，擋住去路，大為震怒，便強行攻入，進抵新豐鴻門。劉邦手下左司馬曹無傷派人向項羽告密，說劉邦有意獨佔關中，「以子嬰為相，珍寶盡有之。」項羽益加震怒。決定第二天便要進軍「擊破沛公軍」。

稍早，劉邦不敢私戀秦宮，已把軍隊移駐霸上，等待諸侯軍的到來。霸上與新豐鴻門相距僅四十里。項羽兵號稱四十萬，沛公兵十萬，兩軍實力相差懸殊，劉邦陷入嚴重危機。項羽叔父項伯連夜趕去霸上，欲救張良，沛公此時才知大禍臨頭，便設法取得項伯的信任，項伯連夜回營，為劉邦向項羽說明原委，才使項羽態度軟化，並打消了第二天進兵攻擊劉邦的計畫。

第二天一早，劉邦帶了少數隨從來到項營，親向項羽解釋：所以派兵守關，是為防備盜賊和非常情況。不敢阻擋項羽，而且對秦宮的珍寶也絲毫不敢有所取，自己日夜「望將軍至，豈敢反乎？」經過劉邦一番懇切的解釋，並證實劉邦停軍霸上，對秦宮的珍寶的確未有所取。項羽在進一步了解真相之後。先前對劉邦的誤會與不滿，可謂完全冰釋了。

此時項羽、劉邦以及所有將士，代之而起的做法必然是對勝利的歡呼，和享受勝利的果實。想到兩年多以來，大家櫛風沐雨，出生入死，為的是要消滅暴政。可是要撼動強大的秦帝國，是多麼艱鉅的一項工作，現在竟然已經成功了，心中喜悅，豈可不大大慶賀一番！同時。項羽和劉邦各領一軍一路艱苦作戰，彼此義屬同僚，兩人已有多時不得見面，今日有此機遇，在此同嘗勝利果實。作為主人的項羽，豈可不設宴款待來客？有名的鴻門宴應該是在這樣的情境下進行的。在這樣的情境下進行的一場宴會，能說不是慶功宴嗎？

鴻門宴原本是慶功宴。宴會前，項羽並未計劃殺害劉邦

鴻門宴既是一場慶功宴，那麼宴會的氣氛應該是歡樂的，與會者杯觥交錯，美酒佳餚，談笑歡樂，應是必有的場景，可是這些表現歡樂的場景，太史公為了凸顯另一種肅殺的氣氛，而被省略了。而且既是慶功宴，自然不宜在宴會中殺人，否則未免太殺風景了。因此，我們可以判斷在宴會前，項羽並沒有計劃利用宴會來殺害劉邦，因為如果項羽毫無顧忌決心要殺害劉邦，大可利用別的場合，這時劉邦的生命可說完全掌握在項羽手中，要殺劉邦隨處可以下手，何必利用宴會呢？而且既決心要害劉邦，又何必有此宴會呢？還有，宴會中雖經范增示意，項王還是「默然不應」，豈不證明了項王事先並無此計劃嗎？

其實，項羽不殺害劉邦，最主要的原因是欠缺充分的理由，而且不信劉邦會威脅到他的領袖地位。這可以分幾點來說明：

1.兩人長期都是併肩作戰的戰友、同僚，同在一個主子之下共事，彼此豈能沒有感情？既具備了戰友之情及同僚之義，豈可輕易言殺？

2.懷王當初約定「先入關者王之」，劉邦先行入關亡秦，建立了大功，理當封王，對於一個有大功的人，難道可以輕易加害？而且，即使劉邦有罪當誅，也該由懷王出

面，而不是項羽可以專斷的，更何況對一個無罪而有功的人！

3.劉邦派人守函谷關，阻擋了項羽去路，造成項羽的憤怒，經劉邦解釋，已得項羽諒解。曹無傷告密，雖有部分事實，但只能說劉邦有此想法。並未見諸施行。劉邦確已做到「毫毛不敢有所近，封閉宮室，還軍霸上」的自我約制，曹無傷的告密，也就不會造成對劉邦的傷害。這些也都不構成可以輕言殺害的理由。

4.項羽應該會考慮到殺了劉邦可能產生的後果。試想如果殺了一位像劉邦這樣有功的同僚，這是一件極端不義的事，當時是一個重「義」的時代，天下人會怎麼反應，楚懷王和楚軍會怎麼反應，關中的百姓會怎麼反應（關中百姓對劉邦感恩戴德。已認定是他們真誠擁戴的未來主人），如果想到這些情況，項羽恐怕就不敢冒天下之大不韙，去做這件事了。

5.更重要的是項羽年輕氣盛，武功蓋世，他對於自己「武力天下無敵」充滿自信。他了解劉邦，知道劉邦不會披掛上陣，帶兵打仗的本領，更不能跟他比，而且手下兵力有限，根本不是他的對手，絕對威脅不了他。試想項羽對這樣一位看不上眼的人，何必用不光明的手段去對付他，而損了自己的一世英名呢？

由上述五點可以看出項羽的確欠缺殺害劉邦的充分理由，而且沒有必要用「不義」的手段去做這件事，這就是項羽在鴻門宴中所以不殺劉邦的主要原因。

鴻門宴中的關鍵人物是范增

主導鴻門宴中的關鍵人物是范增，把鴻門宴從慶功宴轉變為預謀殺人的宴會的人也是范增。在太史公筆下，省略了慶功宴應有的歡樂場景，而代之以驚心動魄的緊張氣氛。「范增數目項羽，舉所佩玉玦以示之者三」，頓時讓劉邦陷入危機四伏之中。幸好，「項王默然不應」。范增還不死心，召來項莊舞劍，名為助興，實欲乘機擊殺沛公，項伯看出端倪，也起而舞劍，「常以身翼蔽沛公」，使項莊沒有攻擊的機會。沛公身陷危境，機警的張良設法解圍，找來在帳外等候的樊噲。樊噲帶劍擁盾，怒目逼視項王，項羽先是一驚，繼知是沛公手下的參乘，也就惺惺相惜起來而善加對待。樊噲乘機為沛公辯白，並說：「勞苦而功高如此，未有封侯之賞，而聽細說，欲誅有功之人，此亡秦之續耳，竊為大王不取也。」說得大義凜然，讓項羽啞口無言。這時沛公的危機總算初步解除。接著，沛公起身如廁，在樊噲等人的護衛下，脫身離去，擺脫了這場驚險的宴會。

至於宴會的座次，太史公所敘，應是依照尊卑的順序而列，項王坐西朝東最尊，范增坐北朝南次之，劉邦坐南朝北又次之，張良坐東朝西最下。軍帳門戶在東，最尊位面向門口是合理的，且當時有以西方為尊的作法。〈淮陰侯列傳〉載：韓信禮敬廣武君李左車，讓他「東向坐」，自己「西向對，師事之」，可證。本來范增與劉邦到底誰該坐較尊的位子，可以見仁見智，但劉邦此時有求於人，落居下風，范增在楚軍中地位僅次於項羽，年事又長，坐於較尊的位子。也是應有的安排。有人說劉邦所坐的位子是最卑位，則是不正確的。

范增是項羽軍中的第二號人物，其人長於智謀奇計，年已七十，先佐項梁，梁死又佐項羽，項羽尊為「亞父」。他在別人尚無警覺之時，早看出劉邦的不凡和危險，認為劉邦「今入關，財物無所取，婦女無所幸，此其志不在小。」勸項羽要「急擊勿失」。等到劉邦這次來到項營。范增更不會放過機會，必然極力主張乘機除去劉邦。

無奈項羽識見不足，沒把劉邦看在眼裡，以致沒有接納范增殺劉的建議。范增護主心切，且果決自信，在宴會之前，必然一再勸告項羽，項羽未為所動，等到宴會進行中，又以玉玦示意項羽下決心，項羽還是婉拒，不得已找來項莊蠻幹。照理主帥沒有下令，范增何得專輒？但范增自恃一片忠心，和項羽對他的尊重，故敢於這樣做。因此，鴻門宴之所以成為「鴻門宴」，完全是范增一個人造成的。

其實，范增建議殺害劉邦這件事是不足取的。因為此時兩人是同僚而非敵人，這樣做將冒天下之大不韙，召來天下人之怨毒和報復，既不義也危險。而且他可以殺掉一個劉邦，而天下人基於義憤，反可能出現許多個劉邦來跟他作對。撇開危險、報復不說，這件事何止是不義而已，簡直是陰險小人之舉，欲達目的，不擇手段了。他勸項羽做這樣不光明的事，也難怪項羽要遲疑，要婉拒了。

項羽不殺劉邦是光明磊落表現而非「婦人之仁」

一般人不察，往往以為鴻門宴是項羽和范增事先安排好要除掉劉邦的一次宴會，並認為項羽在宴中「默然不應」是猶豫不決，是婦人之仁的表現。其實這都是誤解。

項羽是一位叱吒風雲的英雄人物。他披掛上馬衝鋒陷陣，如入無人之境，這是他的看家本領。他領楚軍破釜沉舟，以一當十，衝殺秦軍，把秦軍打得落花流水。他從齊地回師彭城，率領三萬精銳騎兵，經過一番衝殺，可以把劉邦的數十萬大軍打得陣腳大亂。他表現的是氣吞山河的磅礴氣勢，那裡肯幹那勝之不武的陰險小人勾當。

項羽的性格表現有暴燥兇殘的一面，也有仁慈愛人的一面，當他和敵人交戰或攻略城池，久攻不下，他會表現出暴燥兇殘的作風，可以將成千上萬的俘虜無情的坑殺活埋。像入關後，因誤會而要「擊破沛公軍」，會有這樣的決定，足證他暴燥而莽撞的個性。當他平時與部屬相處，卻也會表現「恭敬慈愛，言語呴呴（溫和貌）。人有疾病，涕泣分食飲」的所謂「婦人之仁」，這是曾在他手下待過的淮陰侯韓信對他的描述。他還有一項缺點，就是不夠大方，捨不得封賞有功的部下。雖然如此，他的行事總還是光明磊落的。

他雖有表現「婦人之仁」的時候，但當他決定要作一件事時，行動則是非常果決的。像前述決定第二天就要「擊破沛公軍」一事，決定時何等果決。如果不是項伯幫助了解真相，從旁勸阻，恐怕不免肇禍。鴻門宴前，如他決心要殺劉邦，必然果決行事，那裡會有半點猶豫！只因他不能殺、不想殺，才會在范增的催促下，顯得猶豫不決。這絕對不是「婦人之仁」，而是另有緣故。

而且，項羽除了戰功以外，在他的所有行事當中，值得稱道的其實並不多，鴻門宴中不殺劉邦，正是他表現光明磊落，最值得稱道的一件事。因此，這段過程太史公在〈本紀〉中。詳加描述，正是有意凸顯項羽這光明的一面，而後人不察，卻以「婦人之仁」貶抑他，豈不是大大的誤解嗎？

劉邦得以逃過危機的因素

在鴻門宴中，劉邦是一個受到委屈的人，但也很幸運。他首先打進關中，消滅了秦帝國，獲得首功。解除了關中百姓的桎梏，關中百姓感戴莫名。他眼見秦宮的富麗奢華，一度留戀，迫於形勢，不得不忍痛離開，還軍霸上。項羽大軍一到，卻莫名的生出許多波瀾，差一點遭到攻擊，又不得不親往項營謝罪，採取低姿勢為自己辯白，以求得項羽的諒解。等到慶功宴展開，卻又發現危機並未過去。此時劉邦在座位上，一定如坐針氈，提心吊膽，張良設法解救，樊噲適時支援，才算化解了暫時的危機，這一天劉邦可說是受盡委屈了。

由於范增有意加害。使劉邦這次的項營之行，危機四伏，幾乎喪命。不過，劉邦向來福星高照，最後總算化險為夷，得以全身而退。

劉邦得以逃過危機，約有幾項重要因素：

1.劉邦適時親赴項營，為自己入關後的行事做詳細的解釋，尤其是派兵守關和私有秦宮珍寶二事，前者說得合情合理，後者有事實為證。態度謙卑，理由充分，得以自保。

2.項伯從中緩和及維護，對劉邦幫助不小。項伯先為救張良而讓劉邦知道將遭攻擊，才緊急設法挽救，項伯從中緩頰，才化解了第一次危機。項伯這樣做固然是救了劉邦，卻避免了一次可能造成兩敗俱傷的悲劇，對項羽也不是沒有好處的。宴會中他加入舞劍，阻擋了項莊的一擊，再度幫了大忙。後來在楚漢相爭中，項伯曾勸項羽勿殺劉邦之父太公，免於後來的冤冤相報，保全項家多少人的性命。也算無負於項家了。如果再看久遠一點，幫了劉邦，也算幫了劉邦建立的大漢兩百年基業，也算有功於整個民族了。有人以「吃裡扒外」責項伯，對於這種批評，筆者寧持保留態度。

3.張良陪同劉邦來到項營，透過項伯的協助，緩和緊張形勢，宴中適時引入樊噲，化解危機，居功至偉。劉邦離去，張良留下善後，應付可能的變化，重要性也不容小看。

4.樊噲在宴中所扮演的角色，也很重要。以一個糾糾武夫，闖入帷帳，一番義正辭嚴的表白，不但安住了項羽，也鎮懾了范增，讓范增不得不知難而退，劉邦的危機才算真正化解。

5.劉邦藉如廁機會，早早離去，免去後續的可能危險。從間道迅速回營，成功脫身。最後張良代劉邦獻上禮物，范增憤怒的說：「奪項王天下者必沛公也！」說得如此篤定，他的先見之明，實在令人佩服。

結語

綜上所述，可知鴻門宴原本是一場歡慶推翻暴秦的慶功宴，因為范增的介入，才使整個宴會變了質。人們又根據變了質的宴會，去推斷各種情節，以致產生了種種誤判。明明是項羽的一次光明磊落的表現，卻誤以為是猶豫不決，下不了手的所謂「婦人之仁」，而給予負面的評價。卻把范增的陰險不義，視為當然，毫無批評指責。這些誤解長期以來，對世道人心不免產生了負面的影響。

至於項羽和劉邦兩人後來成了爭奪天下的對手，對抗期間長達四年之久，雙方成敗各有許多因素在，不必與鴻門宴作太多的牽連。

本文所談是筆者一得之愚，特提供給國文教師教學及學生研習的參考，並就教於讀史的同好。

（本文刊載於《國文天地》第二四九期，民國九十五年二月）

論漢高祖劉邦

——附論呂后並澄清若干誤解

一、前言

漢高祖劉邦這位漢朝的開國國君，是一位劃時代的人物。他的生平功業事跡，有史家司馬遷為他做了簡要的記載。司馬遷敘事翔實，文筆生動，劉邦的生平便成了後人膾炙人口的故事，他也成了知名度最高的歷史人物之一。

劉邦功業鼎盛，在歷史上自然是一位成功的人物。他的功、過後人有許多的論列，也給了他不同的評價。除了史學的評論以外，一般人在著作中也常拿他做為評論的對象。由於他是家喻戶曉的人物，他的行事當中，無論正面的也好。或負面的也好，都極易受到評論。也因為如此，就難免造成以訛傳訛的誤解，而有偏離史實的遺憾。如果說劉邦是受後人誤解最多的一位歷史人物，似不為過。

本文擬根據史家的實錄，客觀論述劉邦的功過，澄清後人的誤解，以還其本來面目。

二、劉邦的家世及性格

劉邦是距今二千二百餘年前，江蘇北部沛縣豐邑中陽里人。家庭是尋常百姓人家，父母也沒有什麼過人的表現。有兄弟數人，他排行最小。生來相貌堂堂，《史記．高祖本紀》說他，「隆準而龍顏，美鬚髯。左股有七十二黑子」。個性豁達大度，待人仁厚、慷慨大方，喜歡施捨財物。又「好酒及色」，具有英雄人物的本色。眼界很高。志量很大，看不上一般百姓所從事的謀生職業。因此早年常沒有收入，要賒欠酒錢。他不安分於工作謀生，常受父親嘀咕。父親常拿他和二哥劉仲相比，二哥劉仲安分，勤於家人生產作業。（註一）

劉邦為人絕頂聰明，在他眼中，一般人比他笨多了。他喜歡跟人開玩笑、捉弄人。到了三十歲，「試為吏，為泗水亭長。」成了基層的公務員，常有機會到上級單位從公。他雖然職位低，但和縣政府的官員都混得很熟。這些上級官員個個都成了他開玩笑的對象而不以為忤。當時蕭何也是縣政府官員之一，了解劉邦，他說過：「劉季喜歡說大話，但常做不到。」蕭何的話顯示了一個大人物在發跡以前，充滿尷尬的一面。

有一次，沛縣縣令來了一位重客呂公，縣令要為呂公辦酒宴洗塵。主辦人蕭何宣布，送禮金不滿一千錢的客人，席位在堂下。劉邦剛好來到縣府，也參加了宴會。他身上沒錢，但口中卻說：「我賀錢一萬。」直趨堂上，毫無所屈，這就是劉邦大氣度的作風。主客呂公看到劉邦相貌不凡，趕忙起身相迎，並延之入座。席間劉邦談笑風生，「狎侮諸客」。酒宴完畢，呂公竟把非常珍惜的寶貝女兒呂雉許配給劉邦，就是後來的呂后。劉邦看到秦都咸陽宮觀宏偉壯盛，不勝其羨慕之情，曾喟然太息說：「大丈夫理當如此！」這些都可看出他志向的遠大。

他豁達的個性也表現在他臨終前的一刻。劉邦率軍擊英布時，為流矢所中，抱病回到長安。呂后迎良醫欲加診治，病情很沉重，良醫雖說可治，但劉邦意識到該是他生命終結的時候，便嫚罵說：「吾以布衣提三尺劍取天下，此非天命乎？命乃在天。雖扁鵲何益？」遂不使良醫治病。像這樣視死如歸、安於天命的作風。也算符合他豁達爽朗的個性。

三、劉邦發跡的經過

秦始皇的暴政。激起人民的反抗。始皇死後。二世元年九月。陳勝、吳廣首先揭竿起義，天下陷入鼎沸狀態。這時沛縣子弟殺沛令，相聚數千人，擁立劉邦為沛公，開始參與中原逐鹿。後來項梁渡淮擊秦軍，數敗秦軍。擁軍數萬人，軍益盛。沛公收碭郡兵，得五、六千人，乃以兵屬項梁。等到項梁為秦軍所破，敗死。楚懷王徙都彭城，收掌楚軍權。秦兵北移攻趙，趙請救於楚，楚懷王乃命宋義、項羽、范增領楚兵主力救趙。宋義於中途停次不進，為副將項羽所殺。懷王乃命項羽代之為楚上將軍，繼續率眾北救趙。同時懷王諸老將都說：「秦父兄苦其主久矣，不如更遣長者扶義而西，告諭秦父兄。誠得長者往，毋侵暴，宜可下。獨沛公素寬大長者。可遣。」於是懷王遣沛公另舉一軍，西略地，直指秦都關中。此時秦兵尚強，「諸將莫利先入關」。故沛公此行，任務堪稱艱鉅。註二

從下面〈高祖本紀〉節略的這段記載，可以看出：

於是沛公引兵西，遇彭越昌邑，與俱攻秦軍，戰不利。遇剛武侯，奪其軍。與魏將皇欣、申徒武蒲之軍并攻昌邑，昌邑未拔。西過高陽，得酈食其。食其說沛公襲陳留，得秦積粟。拜酈商為將，將陳留兵，與偕攻開封，未拔。西與秦將楊熊戰白馬，又戰曲遇東，大破之。又南攻潁陽，因張良遂略韓地轘轅。時趙別將司馬卬方欲渡河入關，沛公乃北攻平陰，絕河津。南戰雒陽東，軍不利，還至城陽。與南陽守齮戰犨東，破之。略南陽郡，南陽郡守齮走保城守宛。沛公引兵過而西。張良諫。沛公乃引兵還，圍宛三匝。用陳恢策，封南陽守，約降餘城，餘城皆下。至丹水，高武侯鰓、襄侯王陵降西陵。還攻胡陽，遇番君將梅鋗，與偕，降析、酈。遣魏人甯昌使秦。趙高已殺二世，使人來，欲約分王關中。沛公以為詐，用張良計，使酈生、陸賈說秦將，啗以利，因襲攻

武關，破之。又與秦軍戰於藍田南，秦軍解，因大破之。又戰其北，大破之。乘勝，遂破之。漢元年十月，沛公兵遂先諸侯至霸上，秦王子嬰降軹道旁。（註三）

劉邦奉懷王命，率軍從山東境內的昌邑，向西進攻，橫貫整個河南境。沿途郡縣，秦軍據地堅守。劉邦攻城略地，戰況時陷不利。賴張良運籌獻策，及酈食其、陳恢等人獻計，克服困境，艱苦奮戰，始克化險為夷，終能進抵關中，接受秦王子嬰的投降，獲得大功。接著項羽大軍入關滅秦，燒秦宮室，殺秦王子嬰，分封諸侯。劉邦受封為漢王，擁有一方土地，聲名地位大為提升。從此步入成功之途。

四、劉邦於滅秦一役當與項羽並列首功

秦始皇施行暴政，激起了全民的反抗，不數年而暴政被推翻。許多英雄豪傑起義，參與逐鹿中原，都或多或少貢獻了一己的力量，許多人也在爭戰中失去生命，包括一度勢力強大的楚人項梁。楚懷王是被立起的六國後裔中，最具影響力的一位。還有，後來分屬項羽和劉邦兩人手下的許多戰將，都是功勞最顯著的一群。在項羽率眾人關，分封諸侯當中，他們都受封為王侯，成了一時的掌權者。

當起義軍四起之際，秦遣將軍章邯率軍平亂，起初頗有斬獲，陳涉、周章、景駒等初起的勢力都被消滅，等到項梁渡江北上。起義軍勢力轉盛，秦軍乃漸感不支，屢為項

梁及其他起義軍所敗。不料在秦軍的一次大規模攻擊中，項梁卻以輕敵而敗死。秦軍轉而北攻趙。接著項羽受楚懷王之命率楚軍主力救趙，鉅鹿一戰大展神威，成了諸侯的上將軍。統領所有的起義軍與章邯對抗。

當初章邯所率秦軍約三十萬人。約為秦正規軍的四分之三，餘四分之一約十萬人在關中一帶。經過年餘爭戰。章邯所率秦軍約減損十萬人。又未得朝廷支持，士氣低落，遂為項羽所敗。於秦二世三年七月，章邯率眾投降項羽，此時章邯手下尚擁有二十萬眾，項羽所部兵力當不止此數。項羽於受降後，便統率大軍向關中進發。中途降軍與起義軍發生摩擦，項羽乘夜坑殺秦降卒二十萬人於新安城南。

章邯既降，則秦帝國大勢已去。但一時尚未能進抵關中。秦二世三年十月，劉邦遂先諸侯入關，接受秦王子嬰投降。秦帝國正式覆亡。

秦將章邯在河北為項羽所敗，投降項羽，及劉邦入武關，接受子嬰的投降。這兩件事是秦帝國滅亡的兩大關鍵。而分別由項羽和劉邦兩人完成。如果沒有項羽牽制住章邯的大軍，章邯可以回師救援關中，則劉邦入關勢必增加阻力，不易成功。（註四）因此，項羽在亡秦一役中，消除秦軍主力，已決定秦帝國滅亡的命運，完成了最艱鉅的部分，論功當得首功。同時，劉邦受命統領一軍，掃除障礙，艱苦作戰，遂搶先進入關中，迫使秦王子嬰投降，則是秦帝國的正式覆亡，論功也應居於首功。

項、劉二人於亡秦之役，均居功至偉。論戰功，項高於劉，但劉先人關受秦王子嬰

之降，則是獲得最重要的一項戰果。可與項羽的戰功平分秋色。故亡秦一役，項羽、劉邦二人當並列首功。（註五）

五、劉邦成功的因素

劉邦生當秦末天下鼎沸之際。以一微細之亭長起事，參與逐鹿中原，經歷九死一生的征戰，與各方起義軍共同戮力，終能成為一方領袖，又得楚懷王的信任及諸將眾望所歸的推重。賦予長驅進入關中的重任。不過一年有餘，即能排除萬難，掃平秦軍殘餘，率先入關，獲得推翻暴秦的首功。功烈之盛，可謂前無古人，實為「時勢造英雄」之一大典範。

稍後項羽入關滅秦。項羽不聽楚懷王號令，自立為西楚霸王，宰制天下。劉邦屈居項王之下，受封於巴、蜀、漢中，號為漢王。受封諸侯各就國，兵戈本可暫歸平息。然諸侯以為不平，不數月而田榮、陳餘首先發難，劉邦亦起漢中，收服三秦，天下戰事復起，而漸成楚、漢兩雄相爭局面。

項羽在東，都彭城；劉邦在西，都關中。楚、漢雙方爭戰，相持於京、索、滎陽之間，期間長達四年，中原百姓苦於戰亂，流離失所，肝腦塗地。楚、漢相持久不決，最終有鴻溝約和，但劉邦背約追擊。更邀集韓、彭諸侯共擊楚。垓下一戰，項王大敗，退至烏江，自刎而死，天下歸於漢。（註六）劉邦成了最後的勝利者，建立漢朝，得享兩百年國祚。究其成功的因素。約有數端：

（一）劉邦智慧高、氣度大、善於領導、反應靈敏，具備當領袖的能力和魅力

劉邦能知人善任，了解人才、善用人才，故手下人才濟濟，樂為之用。最著名的是號稱三傑的張良、蕭何、韓信三人，劉邦說：「夫運籌策帷帳之中，決勝千里之外，吾不如子房；鎮國家，撫百姓，給餽饟，不絕糧道，吾不如蕭何；連百萬之軍，戰必勝，攻必取，吾不如韓信。此三人者，皆人傑也。吾能用之，此吾所以取天下也。」（註七）這是劉邦能知人善任的最佳例證。此外，像陳平、酈食其、陸賈、彭越、英布等人，或文或武，也都具有傑出的才幹，在劉邦手下效力，都能發揮其所長。匯聚了眾多人才，成為一股巨大的力量，這是他成功的最重要因素。

劉邦氣度恢宏，待人寬厚，捨得封賞，故能吸納人才，留住人才。前述的許多傑出人物，來自各方，紛紛為劉邦所吸納，最主要原因即是劉邦既能讓人發揮所長，又捨得封賞，故人人拼死力以建功。高起、王陵說：「陛下使人攻城略地。所降下者因以予之，與天下同利也。」（註八）有功得賞，這是對真正有才幹的人最好的鼓勵。韓信求為假王，劉邦封他真齊王，讓韓信感戴莫名。垓下戰前，劉邦許韓信、彭越以大塊封地，韓、彭立刻出兵助戰，才徹底擊敗項羽。

鼓勵有功，可以獲得優厚的封賞，這是劉邦吸納人才、留住人才，使人才發揮效力的重要因素。

劉邦又深諳領導藝術，手下的文臣武將。個個對他心悅誠服，忠誠度極高，能得人之死力。劉邦在滎陽落敗被圍，情勢危急，手下將領紀信自願犧牲自己，詐降，以鬆懈楚軍，讓劉邦連夜出西門逃逸；御史大夫周苛奉劉邦之命守滎陽，城破被俘。項羽重視周苛，許以上將軍職銜並封三萬戶侯，勸其投降。但周苛拒絕，並大罵而死；酈食其奉劉邦之命，已勸降齊國，齊王田廣解除對漢守備。韓信用蒯通計，突襲齊國，田廣大怒認為酈生欺騙他，要酈生勸退韓信，否則殺他，但為酈生拒絕。寧可受烹而死；又齊王韓信統有河北地區，勢力足以左右項、劉之爭的勝敗，蒯通極力勸韓信脫離劉邦自立，但韓信始終不肯。他認為劉邦對他恩深義重，「豈可向利而背義乎！」（註九）這些例子說明劉邦手下對他的向心力強，忠誠度高，願意為他出死力，這也是劉邦成功領導的明證。

遇事能隨機應變，也是劉邦的一大長處。在征戰過程中，隨時都有困難問題待決，劉邦能隨機應變，處理好每件事情，使錯誤減少，自然是最有利。有時劉邦判斷錯誤，經幕僚提醒，他能立刻改進，不露痕跡。像韓信遣使求封為假王，劉邦看了大怒，意欲否決，張良、陳平趕忙躡足附耳語提醒。劉邦立刻轉變，順著語氣說：「大丈夫定諸侯，即為真王耳，何以假為！」即派遣張良立韓信為齊王。（註一〇）此事如若處理不當，後果可能十分嚴重。劉邦能隨機應變，減少決策錯誤，自然有助於成功。

（二）劉邦眼光宏遠，能長遠規劃，制敵機先

劉邦在與項羽對抗期間，除了眼前的戰局以外，劉邦往往能深謀遠慮，做長遠的規劃，這當然有些是來自手下人才的建議。但劉邦能了解其重要性，方能下令進行，見諸實施。像派遣韓信、張耳經略河北地區，就是一著極高明的策略。韓信、張耳於數年間，將整個河北地區，包括魏、代、趙、燕、齊等諸侯國全部平定，形成對劉邦極為有利的態勢，制敵機先，最終擊敗項羽。

又如劉邦於收復三秦後，即「遣諸將略定隴西、北地、上郡」等地，「置隴西、北地、上郡、渭南、河上、中地郡，關外置河南郡」。又「繕治河上塞」。「諸故秦苑囿園池，皆令民得田之。」漢王「出關至陝，撫關外父老」。（註一一）這些措施都有助於安定後方及北方邊防，收攬民心，是他能深謀遠慮的表現。

又於敗軍之際，能著手「立太子，大赦罪人。令太子守櫟陽，諸侯子在關中者皆集櫟陽為衛。」又「令祠官祀天地、四方、上帝、山川，以時祀之。」「興關內卒乘塞」。「立宗廟社稷」。（註一二）這些作為均有助於立國根本的建立，是進可戰，退可守的長遠規劃。無怪乎劉邦能成為最後的勝利者。

（三）劉邦韌性特強，雖敗不餒，終於反敗為勝

楚漢相爭，論軍事實力，項羽強而劉邦弱。初期項羽在爭戰中，佔盡優勢，劉邦時常兵敗連連，東奔西跑。賴京、索、滎陽、成皋一帶，丘陵起伏，阻礙楚軍西進。漢三年，項王數侵奪漢甬道，漢軍乏食，請和，割滎陽以西為漢。項王欲聽。因范增反對而作罷。情況危急。漢王利用紀信誑楚。乃得乘隙逃出滎陽。南走宛、葉。行收兵，復入保成皋。漢之四年。項王進圍成皋。漢王逃，渡河走修武。楚進佔成皋，欲西。漢軍距之鞏。漢王引兵渡河，復取成皋，軍廣武。此時，彭越數返梁地，絕楚糧食。項王患之。引兵擊彭越，減緩對漢軍壓力。此後彭越數侵擾楚後方，斷其糧道。方使楚勢漸弱。韓信又已取得河北諸國，漢軍復振，接著鴻溝議和。漢軍背約追擊。終至垓下決戰。漢軍獲得全勝。（註一三）劉邦靠其強韌耐力，雖敗不餒，得以成功。

（四）劉邦機運特佳。處處佔得優勢，又能逢凶化吉

劉邦機運特佳。許多非人力所能掌控之事，卻往往給他帶來有利的情勢。所謂「天時、地利、人和」，無一不對他有利。

先論天時：秦政苛暴，而劉邦卻生性寬容，成為暴政剋星；最大對手項羽，亦以殘暴著稱，不得人望，但劉邦也以能寬容號稱長者。深得民心，這些因素都非人力所可掌控，可以歸之天時。故論天時，對劉邦最為有利。

次論地利：劉邦生於豐、沛地區。近於中原的中心點。一旦亂起，便很自然的投入

中原逐鹿；奉懷王之命西征，避開秦正規軍的對抗，阻力較小，進展神速，又逢關中秦卒士氣低落，使劉邦扣關亡秦，提早完成；懷王之約，先入關者王之，取得當關中主人先機。入關後秋毫無犯，得關中百姓擁戴，後來關中成了他的根據地；（註一四）關中地理位置最佳，以此為根據地，又深得民心支持，效益更大。劉邦即以擁有關中，成為擊敗項羽的重要因素；後來又成為最理想的建都所在，亦有利於大漢立國。凡此地利，均對劉邦大有助益。

三論人和：天時與人和，有相通之處。劉邦以能寬容，深得遠近民心，尤其在入關中的表現，不殺秦王子嬰，去除秦政苛法，皆深受百姓歡迎，關中百姓為恐劉邦不當秦王。故人和一項，尤為對劉邦最大的助力。

至於劉邦時運之佳，更是有如神助。試舉三例說明：

劉邦東伐楚，入彭城，為項羽所敗，楚軍圍漢王三匝，情勢危急。「於是大風從西北而起，折木發屋。揚沙石，窈冥晝晦，逢迎楚軍。楚軍大亂，壞散，而漢王乃得與數十騎遁去。」（註一五）這次遇險得脫，真有如神助。

又項羽在河北擊降章邯後，統率大軍來到函谷關，有兵守關不得人，又聞劉邦有意獨享秦都珍寶美女，乃大怒，於是攻破函谷關，進至新豐鴻門，決定翌日進兵「擊破沛公軍」。時雙方兵力懸殊，項羽一旦攻擊，劉邦後果不堪設想。賴項伯欲救張良，連夜前往劉營，因而化解危機，這又使劉邦逃過一險。（註一六）

又楚、漢雙方臨廣武而軍，項王伏弩射中漢王，傷胸。（註一七）伏弩，弓箭之強力者：傷胸，要害之處也。而不危及性命，亦屬天幸。

舉此三例，可見劉邦時運特佳，雖遇險，輒能逢凶化吉，真可謂吉人天相。上述劉邦的機遇，極為特殊，亦極為幸運，雖非人力所致，但不能否認對其成功確有幫助。

六、後世對劉邦的評價

歷史人物的功與過，必受後人的討論和批評，劉邦自不能例外。兩千年來評論劉邦的學者，無慮千百家。其持正面肯定評價的，試舉數家如下：《史記》、《漢書》並列炎漢一代的正史。兩書對劉邦的評價，應最足以代表史家的見解，而可以作為評價的準據。

《史記．高祖本紀贊》說：「周秦之間，可謂文敝矣。秦政不改，反酷刑法，豈不繆乎？故漢興，承敝易變，使人不倦，得天統矣。」（註一八）

司馬遷歷敘夏、商、周三代遞嬗的軌跡，認為三代的更迭承繼，均能把握承敝易變的正道，故能創造光輝文化，享國數百年。周末文敝，秦之代周，當以質樸為宜，但秦卻出之以嚴刑峻法，故遭致速亡的命運。漢興，以寬仁立國，與民休息，得承敝易變之道，故謂「得天統」。換言之即是能順應歷史變遷的腳步，得天之統緒。司馬遷此論，乃就立國的大旨而言，肯定了漢代立國規模與制度的正確，也肯定了劉邦事業的成功。《史記．秦楚之際月表序》說：「初作難，發於陳涉；暴戾滅秦，自項氏；撥亂誅暴，平定海內，卒踐帝祚，成於漢家。五年之間，號令三嬗，自生民以來，未始有受命若斯之亟也！……以德若彼，用力如此，蓋一統若斯之難也！……然王跡之興，起於閭巷。……故憤發其所為天下雄，安在無土不王？此乃《傳》之所謂大聖乎，豈非天哉！豈非天哉！非大聖孰能當此受命而帝者乎！」（註一九）

司馬遷慨歎秦、楚之際，政局變化快速多端，五年之間，執掌天下號令者，凡經三次易姓，為生民以來所未有。並歷敘往昔虞、夏、商、周至秦，均歷經數百年積德用力，乃能統有天下，蓋一統之難如此！但劉邦以一介平民百姓，乘暴秦以苛法荼毒天下之際，順勢而為，竟能憤發為雄，統一天下，登臨大位，故推許為古代典籍所稱大聖之人，並歸之天命。「豈非天哉，豈非天哉！非大聖孰能當此受命而帝者乎？」司馬遷慨乎言之，景慕贊歎之情，溢於言表。從司馬遷的推崇，吾人對於劉邦的成就，豈可不特加重視！

班固《漢書．敘傳》說：「皇矣漢祖，纂堯之緒，實天生德，聰明神武。秦人不綱，網漏于楚。……粵蹈秦都，嬰來稽首。革命創制，三章是紀，應天順民，五星同晷。項氏畔換，黜我巴、漢。西土宅心，戰士憤怒。乘釁而運，席卷三秦。割據河山，保此懷民。股肱蕭、曹，社稷是經。爪牙信、布，腹心良、平。龔行天罰，赫赫明明。述〈高

紀〉第一。（註二〇）

又《漢書．高帝紀．贊》說：「漢承堯運，德祚已盛。斷蛇著符，旗幟尚赤。協于火德，自然之應，得天統矣。」（註二一）

班固〈敘傳〉所言是《漢書．高帝紀》一篇的內容大要，推原漢承堯運，於字裏行間，對劉邦的成就，深致推崇之意。〈紀．贊〉並許為能得天統，與司馬遷看法一致。故就歷史長河來看，不能不說劉邦確實是位深具開創之功的偉大人物了。

再就劉邦兩位傑出的臣屬——張良和韓信，對他的評價來看：張良是劉邦手下最得力的謀士，經常跟隨劉邦左右，為之劃策。主從之間，關係密切，彼此相知甚深。張良初從沛公時，常以《太公兵法》向沛公獻策，沛公稱善，常採用張良的策略。張良說：「我向其他領袖進言，他們都不能了解，只有沛公能了解。沛公真是天才！」張良從此決定跟隨劉邦。往後張良的意見，劉邦可說是言聽計從。事實證明：兩人是「傑出領袖和最佳參謀」的最成功組合。（註二二）張良如此推崇劉邦，可見劉邦的確不凡！

韓信是劉邦帳下最傑出、且可以獨當一面的將領，生平戰功彪炳，最長於將兵。他自認將兵能力是多多益善，而劉邦不過能將十萬人。但是他對劉邦說：「陛下雖不善將兵，而善於將將。」這種「將將」之才，是得之天授，非由人力。（註二三）韓信和張良一樣推崇劉邦的智慧和領導能力是天才，同樣給劉邦很高的評價。

至於做負面評價者，古來為數亦多，試舉兩家言之：

曹魏高貴鄉公曹髦說：「漢祖因土崩之勢，仗一時之權，專任智力以成功業，行事動靜，多違聖檢：為人子則數危其親，為人君則囚繫賢相，為人父則不能衛子；身歿之後，社稷幾傾，若與少康易時而處，或未能復大禹之績也。推此言之，宜高夏康而下漢祖矣。」（註二四）

金代王若虛說：「漢祖之平生可考而知也。委太公於俎機而無營救意，棄孝惠、魯元於道路而無顧藉心。飾無賴之非則跨示其足，懷櫟釜之隙則怒及其侄。嬖寵如意而幾使冢嫡廢，距罵張敖而不以子婿蓄。韓信元勛，本無異志而數施譎詐，畏逼而不終。蕭何素契，足諒雅懷而未免猜嫌，至械繫而後已。鄭君以不忘故主而逐之，季布、雍齒以舊嘗窘己而幾殺之。其行事如此，而議者猶謂寬仁大度，誠信使人，吾不知其說也。」（註二五）

按高貴鄉公曹髦以為，劉邦藉秦末土崩之勢，專任智力以成功業，然行事多違聖檢，不及夏之少康。而王若虛則謂，劉邦行事多乖違不經，有違「寬仁大度、誠信使人」之令譽，均舉實例為證。

綜上各家所論，大抵持正面評價者，率就其建功立業之大旨為言；而持負面評價者，多舉其行事乖違者言之，均能言之成理。至功過相權，則「功」當遠大於「過」。

七、劉邦的缺失及遭到後人貶抑的原因

（一）劉邦的缺失

1.不重禮節，口德欠佳：

劉邦出身平民，早年未受良好教育，故待人接物，不重禮節。年輕時，喜說笑或戲弄人。為亭長時，對上級廷中吏即「無所不狎侮」；參與宴會，則會「狎侮諸客」。他自視甚高，不大看得起人，而個性爽朗，往往出言不遜。當他貴顯之後，對待部屬，遇不滿意時，動輒粗口罵人，「乃公」一語，常掛嘴邊，故蕭何對劉邦說過：「王素慢無禮」。而王陵、高起也於回答劉邦時說：「陛下慢而侮人」。（註二六）這真是劉邦的一大缺失。

〈本紀〉載：劉邦初見酈食其時，方踞床使兩女子洗足，態度輕慢，但酈生執禮不卑不亢，兩人經對話後，劉邦立即改變態度，起身攝衣，延酈生上坐，並道歉。酈生說：「諸將過此者多，吾視沛公大人長者」（註二七）。又說：「吾聞沛公慢而易人，多大略，此真吾所欲從遊。」（註二八）酈生不介意劉邦的輕慢，而推崇他「多大略」的優點，願意追隨。可見劉邦的優點足以彌補這項缺點，而無損於他的建功立業。

2.輕視儒生：

劉邦性格豪邁，智慧高超，凡事能大處著眼，不拘小節，重視實際效用，這是他的優點。但卻不喜舞文弄墨，華而不實或坐而言不能起而行的讀書人，因此對一般儒生沒有好感，尤其不喜歡帶著儒冠的儒生。劉邦一位麾下的騎士說：「沛公不好儒，諸客冠儒冠來者，沛公輒解其冠，溲溺其中。與人言常大罵，未可以儒生說也。」（註二九）溲溺儒冠，這真是一項奇特的做法。他看不慣的儒生，就斥之為「豎儒！」像有一次酈食其為他謀策，後來發現不當，劉邦很生氣，說：「豎儒！幾敗而公事！」（註三〇）劉邦本身沒受良好教育，不懂《詩》、《書》的好處，僅憑一時的實用價值而輕視書生無用，這是一項嚴重的偏見。他這項偏見一直持續到後來，但晚年已有所改善。

陸賈以客卿跟從劉邦定天下，有一次陸賈在劉邦跟前稱引《詩》、《書》，劉邦罵說：「乃公居馬上而得之，安用《詩》、《書》！」但陸賈反駁他說：「居馬上得之，寧可馬上治之乎？且湯、武逆取而以順守之，文武並用，長久之術也。」（註三一）經陸賈引證古帝王治國之道，加以解說開導，劉邦才面露慚色，表示接受。（註三二）

雖然劉邦瞧不起一般儒生，但對於有才學的儒者，還是重視的，像麾下的陸賈、酈食其、叔孫通等人，都予重用。劉邦晚年曾道經魯國曲阜，以太牢祭祀孔子。（註三三）他的用意當不難明白了。

（二）劉邦遭後人貶抑的原因

劉邦在許多地方遭到後人無情的貶抑，原因很多，擇要說明如下：

1. 好惡心理的轉移與同情失敗者的心理：

劉邦的對手項羽是位戰功顯赫的英雄，而且行事也有其表現光明磊落的地方，這樣的人物容易受到後人的稱揚和喜愛，而劉邦比較老成持重，對於後人來說，則沒有這種魅力。自然也比較不能獲得後人的好感。相較之下，受到稱揚和喜愛的項羽反而失敗了，人們心裏必然產生失落感，而把這項失望的心情很自然的轉移到對劉邦的不滿，劉邦遭到後人的貶抑，也就很難避免了。況且同情失敗者，本來就是人類一項普遍的心理反應，更助長了這種傾向，更何況 還有「鴻門宴」（註三四）中劉邦一度命懸項羽手中的這件事！更易激發為項羽惋惜的念頭。

2. 指桑罵槐的運用：

統治者，尤其是國家的最高統治者，因為運用權力。發號施令，推展政策，必然對人民造成重大的影響。好的政策固然可以造福全民，但壞的政策可能為人民帶來災難，這種形成災難的情形，在現代的民主國家，較能避免，但在過去的帝王時代，或現代的極權國家，則往往容易發生，人民遭遇極權迫害，有苦難言，迫於無奈，往往會借用過去的帝王，作為出氣的對象。剛好劉邦的事跡，後人比較熟習，具備可以被借用的條件，就成了後人指桑罵槐的出氣對象，因而遭到不白之冤。

3.太史公「不隱惡」的記載，造成後人的誤解：

司馬遷敘述史事，本「不虛美，不隱惡」的求實態度，對於當事人行事美惡，均加記載。對劉邦而言，〈本紀〉稱美劉邦的地方固多，但反面之事亦不遺漏，尤其〈本紀〉所提到的兩件事，與父親及子女相關，跟人情觀感較為貼近，更易引發人們的議論，而人們對於美事往往視為當然，易於忽略；對於惡事則記憶深刻，不會遺忘。前項所論，後人「美項抑劉」的心理作用，更易使人們放大劉邦的缺失，而加以貶抑了。

4.李宗吾氏擴大渲染的影響：

民國二十年前後，四川人李宗吾氏發明所謂「厚黑學」，認為許多歷史人物得以成功。全憑厚黑哲學有以致之。曹操如此，劉備、孫權也無不如此。李氏不但把劉邦打入所謂厚黑名單，而且對於劉邦其人，尤多論列渲染。其說新奇動聽，抗戰期間風靡四川等大後方地區，雖有反對意見加以撻伐，而不能阻止其風行。李氏又將所作集結成書，刊行海內，其影響益為顯著。自李氏厚黑論出，而劉邦所受後人誤解益甚。實則李氏之論乃一曲之見，難登大雅之堂。後人實不必隨聲附和，以加深對歷史人物的誤解。

5.誅戮功臣，遭致後世嚴厲批評：

劉邦出身平民，於稱帝以後，感受到為帝者的尊貴，又一下擁有這麼大「產業」，於驚喜之餘，對於如何保有大漢江山，心裡是缺乏安全感的。這雖是人之常情，但也和他早年未受良好教育，欠缺知識，尤其是歷史知識不無關係。況且還有所謂「可與共患難，不可與共安樂；(註三五)敵國破，謀臣亡」(註三六)的人性弱點，於是手下的能臣戰將，就成了他擔心嫌疑的對象。更不幸的是，又配上一個能幹而心胸狹窄的呂后，問題更為嚴重。〈本紀〉說：「呂后為人剛毅，佐高祖定天下，所誅大臣多呂后力。」(註三七)司馬遷也明白的指出這一點。

首先是號稱三傑的張良、蕭何和韓信三人。張良是劉邦最信任的謀士，功高望重，自然會是劉邦猜忌的對象，但是張良深知自保的道理，自始即和劉邦保持若即若離的關係。又澹泊名利，不慕榮華。既推辭封王的獎賞，「臣願封留足矣，不敢當三萬戶」。雖受封為留侯，但又文弱多病，不問世事，日與化外之民的赤松子交遊，「學辟穀、道引輕身」。(註三八)這些表現，算躲過了劉邦的疑忌，得以壽終。不過劉邦誅戮功臣，呂后是個關鍵因素。留侯張良得以躲過猜忌，跟他有恩德於呂后，可說又多了一層保障。張良獻策挽回了太子孝惠的地位，使呂后感恩戴德，張良的安全，就更不成問題了。

蕭何是循規蹈矩的文臣，從劉邦初起，就一路跟隨劉邦，協助處理內政、軍需等方面的工作，是劉邦不可或缺的左右手。既幫助劉邦完成帝業，建國後還是擔任宰相的不二人選。蕭何雖然沒有攻城野戰之功，但以輔相功居列侯第一。〈世家〉載：「何置田宅必居窮處，為家不治垣屋」，（註三九）治家十分儉約自制。像這樣一位忠良的老臣，照理可以十足的信任，但蕭何這幾年宰相做得並不安穩，左右人員時時要提醒他，聲望不可過高。做事偶不小心，觸怒皇帝，竟遭繫治入獄。可見來自劉邦、呂后的猜忌，始終存在著。由於蕭何的行政能力為朝廷所必用，加以行事的謹慎小心，總算得以終老。

齊王韓信是劉邦手下第一號戰將，也是劉邦、呂后最不放心的人。韓信自從受到劉邦不次拔擢，命為大將以後，即幫助劉邦整軍經武，拿下號稱三秦的關中，關中成了劉邦最堅實的根據地。又受命經略河北地區。因為功勳顯赫。受到劉邦、呂后的畏惡和提防，所謂功高震主。韓信有功當封，但劉邦總是用「相國」一類虛銜應付，極不願封地給他，惟恐他坐大。每次打完仗，劉邦常「襲奪」韓信的軍隊，也是同樣的心理。一直到不得已時，才封他齊王。垓下一戰，把項羽消滅後，改調為楚王，年餘又藉口有人告他謀反，把韓信誘捕，械繫，降為淮陰侯，帶回都城，就近看管。韓信內心不滿，常稱病不朝從。更加深劉邦、呂后的疑忌，有如眼中釘，必去之而後快。最後呂后趁劉邦領兵討伐陳豨的機會。巧妙的羅織罪名，並利用蕭何出面，誘騙韓信入宮，加以逮捕殺害。（註四〇）韓信千古奇冤，受到後人極大同情。

和韓信一樣，因功受封王爵的彭越，也逃不過劉邦、呂后的誅戮。彭越功勞之大，僅次於韓信，因功受封為梁王。不過五年時間，就因有人告他謀反而被捕，論罪當死，劉邦赦免他為庶人，傳處蜀地。道遇呂后，呂后認為「彭王壯士，今徙之蜀，此自遺患，不如遂誅之。（註四一）劉邦聽從，改將彭越處死。

從彭越的遭遇，可知劉邦對待功臣，尚見較寬厚的一面，不為已甚，呂后則手段毒辣，不留餘地。韓信死於呂后之手，遭夷滅三族的酷刑，如果韓案由劉邦親自處置，沒有呂后的意見參與其中，當不至如此悽慘！因此，我說劉邦誅戮功臣，呂后是一關鍵因素。換言之，如果沒有呂后的刻薄，劉邦處置功臣當有較寬容的結果。

八、後人對劉邦的誤解

劉邦是後世家喻戶曉的人物，受到後人的議論自然也多，中間不免有許多誤解，必需加以釐清。

（一）誤解劉邦人品不端

〈高祖本紀〉載：劉邦「好酒及色」。又於稱帝後，有一次在未央宮前殿大朝群臣。宴會中劉邦向其父太公敬酒，並說：「始大人常以臣無賴，不能治產業，不如仲力。

今某之業所就，孰與仲多？」」殿上群臣皆呼萬歲，大笑為樂。（註四二）這段記載用了「無賴」二字，又見「好酒及色」的話，遂認為劉邦早年人品不端，會逛窯子，耍無賴，是個地痞流氓之流。這是極大誤解。

文中「無賴」二字，出自劉邦之口以說自己，意在調侃其父當年嘀咕他不願如其二哥劉仲，能勤於治產業。在群臣的面前，輕鬆的場合，用開玩笑的口吻說自己，所謂「無賴」，是「無所恃以為生」的意思，意同今語「沒出息」，只是批評人「不知進取」而已，和後世罵人「流氓無賴」的意義不同。而現在往往可以看到有人寫文章用「這個無賴如何如何」來罵劉邦。顯然是極大的誤解。

劉邦早年未能勤治產業，受過父親的責備，拿他和二哥相比，固有一段尷尬時期，但〈本紀〉說他：及壯，試為亭長。這樣的表現，在平民中也算是能奮發向上的人。他之前有父兄接濟，生活當不成問題，如有不是，也只是賒欠酒錢，不拘小節而已，並沒有什麼重大失德之處。「好酒及色」其實只是許多人的嗜好及人性反應，也不能以這四字大作文章。今人編製的戲劇演劉邦，常會穿插一段逛窯子的戲作賤劉邦，也是前述誤解造成的。

（二）批評劉邦遺棄子女的不慈

〈項羽本紀〉載：漢王東襲楚，為項羽所敗。「漢王道逢得孝惠、魯元，乃載行。

楚騎追漢王，漢王急，推墮孝惠、魯元車下，滕公常下收載之，如是者三。曰：雖急不可以驅，奈何棄之？於是遂得脫。」（註四三）

這段記載敘述劉邦在敵騎急追之下，遺棄子女，誠然不應該，太史公不隱惡，也把它記載下來，成為劉邦的一項污點。不過就事論事，這件事或許也有情有可原的地方：試想在敵軍急追之下，推墮子女車下，或有另一種考慮，如果子女和自己一起被俘，一定都要被殺，沒有活命的機會，但推墮子女可減輕重量，自己逃脫的機會較大，而子女單獨被俘，或尚有存活希望，呂后和太公即被俘而成為項羽的人質而存活。此其一。

以漢王的地位，當時可以多妻，一、二子女的重要性，在他心目中自然就減輕了。還是保全自己生命最重要，這當然是人性自私心的展現，很不足取，但為了自己的命，只好忍痛犧牲。這也是人性自私的反應。此其二。

基於以上理由，既是人性弱點，也可說是多數人容易犯的毛病，應屬情有可原，而不必因此全盤否定他的人格。

（三）批評劉邦棄父於不顧的不孝

〈項羽本紀〉又載：當是時，彭越數反梁地，絕楚糧食，項王患之。為高俎，置太公其上，告漢王曰：「今不急下，吾烹太公。」漢王曰：「吾與項羽俱北面受命懷王，曰『約為兄弟』，吾翁即若翁，必欲烹而翁，則幸分我一桮羹！」項王怒，欲殺之。項伯曰：「天下事未可知，且為天下者不顧家，雖殺之無益，祇益禍耳。」項王從之。（註四四）劉邦之父太公在項羽手中，項羽迫劉邦投降，否則要殺太公。劉邦不為所動，說：「我和項羽俱受命懷王，約為兄弟，我的父親也是你的父親，你如敢烹殺父親，那就分給我一桮肉羹吧！」項王無奈，只好接受項伯的勸告，放過太公。不過太公仍掌握在項羽手中作人質。

這件事讓後人批評劉邦棄父於不顧，是大大的不孝。面對父親的性命遭到威脅而不能營救，相信劉邦內心是痛苦的。但話說回來，這件事其實對劉邦來說，也是情有可原的。試想一個爭天下的人，是不能不有所犧牲的，太公陷身項羽營中，劉邦一時無法救援，也是無可奈何之事。項伯說得不錯：「為天下者不顧家。」難道以他家人的性命，就能輕易迫其投降嗎？那還爭什麼天下呢！碰到這種兩難的事，是極端難解的，劉邦的回應無寧是機智的。他的回應，不但化解了難題，也算幫父親逃過一劫。因此面對這件事，我們如能將心比心，或許就不忍苛責了。

九、劉邦晚年的兩件心事

劉邦晚年為兩件事所困擾，不易解決。一是廢立太子，二是如何保全戚姬母子。這兩件事，前者未成事實；後者在劉邦死後，也以失敗收場。

（一）廢立太子

劉邦從打敗項羽、稱帝，到逝世為止，前後七年。在最後幾年中，曾決心要廢立太子。劉邦很早就立了呂后所生的孝惠為太子，當劉邦與項羽對抗期間，太子駐守關中，有安定局勢的作用。太子為人仁弱，不夠英明，為劉邦所不喜，後來戚姬所生的兒子如意，則聰明活潑，劉邦認為才像自己。因此決心要廢掉太子孝惠，改立如意為太子。戚姬也極力為兒子爭取，「日夜啼泣，欲立其子代太子」。可是太子雖然仁弱，並未失德，而且在臣民心目中早已確立了太子的地位，所以劉邦想要廢掉太子，並沒有那麼容易。但劉邦的意志相當堅決，因此這件事便成了劉邦晚年心中的一大困擾。

劉邦要廢太子，呂后必然想盡辦法保全兒子的地位。呂后是何等角色，豈容劉邦輕易過關，況且劉邦無故廢立太子，朝臣多表反對，屢次廷爭，君臣往往爭得面紅耳赤，像周昌的「期期不奉詔」就是顯例，留侯張良也不贊成，但也表示非口舌之爭所可改變，太傅叔孫通更稱引古今以死爭太子（註四五）。雖然如此，劉邦仍不放棄，此事延續一段時間沒有解決。後來呂后使出霹靂手段，半強迫張良獻計請出四皓（註四六）協助太子，這才使劉邦宣告放棄，並告訴戚姬說：「呂后真而主矣」，以後還是呂后作主了。（註四七）

所幸劉邦未能達成廢立太子，對朝廷沒有造成大的波瀾。隨後孝惠繼位，呂后當政，讓國家安定下來。證明劉邦最後放棄堅持是比較妥當的做法。（註四八）

廢立太子這件事的困難，除了呂后和朝臣抗爭的衝擊以外，如何處置呂后也是一個困難問題。倘若改立趙王如意為太子而留下呂后，戚姬壓制得了呂后嗎？呂后會不會聯合舊臣復辟呢？這些事如果發生，都會是「幾危社稷」的事。劉邦知道在他死後，呂后有約東舊臣、安定局勢的作用，重要性非比尋常，因此也決不肯輕易放棄呂后。（註四九）劉邦就這樣陷於兩難之中。

但從呂后和朝臣反對的過程中，劉邦經過不斷的思考，也逐漸從兩難中醒悟過來。劉邦必然發現呂后與戚姬母子兩方是勢同水火，無法並存的。這使劉邦不得不重新考慮廢不廢太子的問題。如果要廢，必須把呂后也廢了，否則如意絕無繼承皇位的可能。但要廢呂后，那是無異自毀長城，也是劉邦所不願意的。劉邦經過理性的考量，也不得不承認呂后的重要性大於戚姬母子，結果劉邦選擇了呂后，這就是為什麼廢太子一事，要一直拖延不決的原因。至於劉邦為什麼不早做放棄的表示？則可能為了敷衍戚姬的要求，不忍太早傷戚姬的心，一直等到四皓一出現，劉邦才把它當做放棄的藉口罷了。

（二）如何保全戚姬母子

戚姬母子的安危，與劉邦欲廢立太子一事直接相關。主要來自呂后的威脅。戚姬之子趙王如意幾乎取代了太子之位，讓呂后銜恨甚深。已決定放棄廢立，將來還是呂后作主，劉邦知道他一旦駕崩，呂后一定會採取報復行動，不會輕易放過戚姬母子。因此，戚姬母子未來的安危，就成了劉邦心中的一大憂慮。

在既不傷害呂后，將來仍由呂后掌權的情勢下，劉邦對於戚姬很難有什麼可保安全的安排，恐怕只能訴諸感情，囑託呂后的善意成全。至於趙王如意，除了囑託呂后之外，劉邦則是讓他「就國」，遠離都城，到封地去，並派周昌擔任輔相，並囑託周昌刻意保護。周昌是老臣，個性梗直，敢於直言諫諍，呂后對他也敬畏三分。呂后更曾因為周昌廷爭反對廢太子而向周昌下跪，表示感謝。但劉邦一死，戚姬母子還是逃不過呂后的毒手。

呂后下詔召趙王如意，為周昌托詞阻攔，呂后大怒。呂后便先召周昌來京，再召如意。趙王左右無人敢再阻攔。如意到長安，所幸仁厚的孝惠帝知道母親怨戚姬母子，對這位奉詔來京的異母弟弟刻意保護，但不到一年，一次孝惠晨起出獵，趙王年少不能早起，未能跟隨，便被呂后乘隙派人將如意藥死。繼而加害戚姬，將之折磨成所謂「人彘」，並召孝惠帝觀人彘。孝惠問知為戚夫人，乃大哭。因而得病，使人請太后曰：「此非人所為，臣為太后子，終不能治天下。」「孝惠以此日飲為淫樂，不聽政，故有病也。」年輕的孝惠帝經此刺激，日以消沈，在位僅七年即告崩逝，年僅二十三。

呂后為什麼特別召孝惠帝觀「人彘」，動機何在？是個耐人尋味的問題。呂后知道兒子心性仁厚，一向同情戚姬母子，為何還要兒子去看，不擔心他會受驚和受傷害嗎？

一般母親凡事都會考慮是否會傷害兒子，呂后似乎沒有這種顧慮。這是為什麼呢？除非這時的呂后，已被仇恨沖昏了頭，失去理性，否則不能排除是否別有居心？

劉邦深深繫念戚姬母子的安危，臨終前必然囑託呂后的成全，但顯然呂后沒有因劉邦的囑託而手下留情。而出之以那麼殘忍的殺戮，可見呂后對劉邦已無尊重的心。嚴格說，這已是對劉邦的一種背叛。加上對兒子孝惠帝的不關心，也不尊重，這時呂后對大漢江山社稷還能尊重嗎？心目中還有大漢江山、還願意為它效力嗎？這些都成了疑問了。

孝惠帝死後。呂后立了一些小皇帝撐場面，她繼續當政，又過了八年才駕崩。在她總共十五年的當政過程中，明顯貶抑劉家勢力，一連殺了劉家三個趙王，不遵高祖「非劉氏不王」的誓約，培植呂氏勢力，大封呂氏子侄為王侯。呂后臨終前，令趙王呂祿為上將軍，將北軍，呂王呂產居南軍，又令為相國，以呂祿女為帝后。一連串的安排，意在強化呂家的勢力，朝中軍、政大權幾皆操持於呂氏手中。如此安排，不難看出呂后的私心，有以呂氏逐漸取代劉氏之意。（註五〇）但是一般舊臣並不認同呂后所為！呂氏兩位重要當政者呂產、呂祿又才識平平，未能有大作為。最後劉邦之孫朱虛侯劉章與其兄齊王劉襄一旦發難，舊臣大都左袒為劉氏，太尉周勃尤有安劉之功。劉、呂攤牌的結果，劉邦之子代王劉恆入繼大統，呂氏盡滅。血淋淋的事實，令人感慨萬千。（註五一）

十、結語

劉邦生當秦末鼎革之際，以一平民憑藉其天賦才能，在群雄逐鹿中，脫穎而出。得以推翻秦朝暴政，逐次削平群雄，最後擊敗項羽，統一天下，建立長治久安的漢王朝。其開創之功，至高至偉，實屬前無古人，無怪史家對其功業成就，推崇備至。東漢史家班彪說：

「蓋在高祖……寬明而仁恕，知人善任使。加之以信誠好謀，達於聽受。見善如不及，用人如由己。從諫如順流，趨時如向赴。當食吐哺，納子房之策：拔足揮洗，揖酈生之說。寤戍卒之言，斷懷土之情。高四皓之名，割肌膚之愛。舉韓信於行陣，收陳平於亡命。英雄陳力，群策畢舉。此高祖之大略，所以成帝業也。」（註五二）班氏讚揚劉邦能運用才智，苦心經營，使英雄陳力，群策畢舉。終成帝業，洵為確當之論。亦肯定劉邦的長處，證明其成功絕非偶然。

可惜劉邦出身平民，毫無憑藉，雖賦異才，但有其先天弱點。表現於外的是，僅憑天賦和經驗，而野性難馴：與人相處，實多扞格：辜負功臣，惟逞其私。此由早年失學，不知《詩》、《書》，欠缺人文歷史知識的感化洗禮所致。禮文之節，未得重視。理性情懷，未能提升，實為美中不足。

所幸其生性氣度寬仁，差可彌補其弱點，不致阻礙其建功立業。然既登大位，成為開國君主，擘劃建國宏規，有賴博學卓識，則學識之不足，終為憾事。故北宋司馬光說：「夫以高祖之明達，聞陸賈之言而稱善，睹叔孫之儀而歎息。然所以不能肩於三代之王者，病於不學而已。當是之時，得大儒而佐之，與之以禮為天下，其功烈豈若是而止哉！」（註五三）

司馬君實所言，可謂一語中的。後世明君之中，清康熙帝玄曄實為翹楚。亦得力於知識淵博之助，故文治武功開一代盛世，即為明證。吾人於劉邦當推崇其功業德澤之大者，而諒其行事乖違之失，則庶幾得知人論世之法。

（本文刊載於《林尹教授百歲誕辰研討會論文集》民國九十八年十二月）

附註

註　一　史實論述，均據《史記．高祖本紀》，不具引。下文同。

註　二　引文均據《史記．高祖本紀》。

註　三　據《史記．高祖本紀》節略原文。

註　四　宋代蘇轍說：「沛公方入關，而項羽已至河北與章邯相持，邯欲還兵救秦，勢不得矣。懷王之遣沛公固當，然非邯、羽相持於河北，沛公亦不能成功。」（《欒城後集》卷七〈漢高帝〉蘇氏說可供參考。

註五　以上史實論述，均據《史記・項羽本紀》及〈高祖本紀〉。

註六　以上史實論述，均據〈高祖本紀〉。

註七　見〈高祖本紀〉。

註八　同上。

註九　見《史記・淮陰侯列傳》及〈高祖本紀〉。

註十　見〈高祖本紀〉。

註一一　見〈高祖本紀〉。

註一二　同上。

註一三　見〈高祖本紀〉。

註一四　見〈高祖本紀〉及〈項羽本紀〉。

註一五　見〈高祖本紀〉。

註一六　同上。

註一七　見〈高祖本紀〉。

註一八　見《史記》卷八。

註一九　見《史記》卷十六。

註二〇　見《漢書》卷一百。

註二一　見《漢書》卷第一。

註二二　見《史記・留侯世家》。

註二三　見《史記・淮陰侯列傳》。

註二四　見　裴松之《三國志注》引《魏氏春秋》。

註二五　見《滹南遺老集》卷二十五〈君事實辨〉。

註二六　見〈高祖本紀〉。

註二七　同上。

註二八　見《史記・酈生陸賈列傳》。

註二九　同上。

註三〇　見〈高祖本紀〉。這句話說：「爛讀書人！你差點敗壞了老子（我）的事了！」

註三一　見〈酈生陸賈列傳〉。

註三二　宋代李季可說：「漢高祖天資明悟絕人，而無學以自發明，得三傑、陳平、陸賈輩，左右開導，然後克濟大業……至論蕭何功，未有能明之者，獨高祖以謂在曹參上，而無以難伏眾口。……凡心知其然而詞不足以自達者，不學之過也，高祖之謂歟！」（《松窗百說，漢高祖》李氏也認為劉邦有不學之失。

註三三　見〈高祖本紀〉。又宋代錢起說：「高祖雖不修文學，然觀其既定天下，聞陸賈《新語》而稱善，用叔孫通綿蕝之儀而知貴，此如田野鄙夫，素不知文事之可樂，一旦致家富饒，則亦從事於禮文，教子孫以《詩》、《書》矣。誰謂溺冠、跨項，終不可與言也？」

〈《兩漢筆記》卷一〈高祖〉〉

註三四 見〈項羽本紀〉。

註三五 見《史記·越王句踐世家》。

註三六 見〈淮陰侯列傳》。

註三七 見《史記·呂后本紀》。

註三八 均見〈留侯世家〉。

註三九 見《史記·蕭相國世家》。

註四〇 見〈淮陰侯列傳〉。按本傳有淮陰侯與陳豨謀反之說，後世學者多懷疑係司馬遷不得已根據漢廷羅織罪名的假獄案而寫，不足採信。

註四一 見《史記·魏豹彭越列傳》。

註四二 見《史記》卷八。

註四三 見《史記》卷七。

註四四 同上。

註四五 見〈高祖本紀〉及〈留侯世家〉。

註四六 四皓指東園公、角里先生、綺里季、夏黃公四人。

註四七 見〈高祖本紀〉。

註四八 宋代蘇軾說：「漢高帝起於草莽之中，徒手奮呼而得天下，彼知天下之利害與兵之勝負而已，安知所謂仁義者哉！……如意之為王而不免於死，則亦高帝之過矣！不稍抑遠之，以泄呂后不平之氣，而又厚封焉，其為計不已疏乎？……是以猶欲區區為趙王計，使周昌相之，其心猶未悟，以為一強項之周昌足以抗呂氏而捍趙王，不知周昌激其怒而速之死耳。古之善原人情而深識天下之勢者，無如高帝。然至此而惑，亦無有以告之者，悲夫！」（《蘇東坡集。蘇東坡應詔集》卷七漢高帝論）蘇氏對劉邦處理趙王如意的做法，有所批評，可供參考。

註四九　宋代蘇洵說：「高帝之以太尉屬勃也，知有呂氏之禍也。雖然其不去呂氏何也？勢不可也。……呂后佐帝定天下，為大臣素所畏服……故不去呂氏者，為惠帝計也。」（《嘉祐集》卷三〈高祖〉）明代宋濂說：「高祖知呂后與戚夫人有隙，然終不殺者，以孝惠不能制大臣，故委戚氏不顧，為天下計也。」（《史記評林》引）蘇、宋二家之說，可供參考。

註五〇　明代李贄說：「漢高祖呂氏妒虐謀篡之后」。（《藏書》卷六十三）

註五一　東漢王符說：「當呂氏之貴也，太后稱制而專政，祿、產秉事而握權，擅立四王，多封子弟，兼據將相，外內磐結。……於是廢仁義而尚威虐，滅禮信而務譎詐，海內怨痛，人欲其亡，故一朝摩滅而莫之哀也。」（《潛夫論》忠貴）

註五二　見〈王命論〉見《漢書．敘傳》上。

註五三　見《資治通鑑》卷一一〈臣光曰〉。

臺灣地區學校教科書古典教材與古典教育的現況與未來

一、前言

本人此次能獲大會的邀請，擔任台灣地區古典教育相關問題的報告，深感榮幸。

此次大會以「東亞漢字文化活用的現狀與未來」為主題，舉辦隆重的國際研討會，目的在重新評估、徹底檢討過去學術文化根柢中作為教育基礎的漢字和漢文教育。並希望藉由邀集以漢字文化為共同傳統的日本、韓國、中國大陸和台灣的研究者，以及歐美的東洋學者，透過演講、基調報告、研究發表及討論等，深化彼此互相的理解，明瞭共同關聯的、或個別的問題所在，以探求解決個別問題的方法。實

在具有重大的意義和價值，尤其這次由最負盛名的以教育、研究東洋學術為基礎的二松學舍大學來主辦這個研討會，更具有特別的意義。

以下本人謹就台灣地區的學校教科書的古典教材與古典教育相關問題作一報告，尚請各位專家、學者指教。

二、漢字的淵源及台灣教育的發展概況

(一) 漢字的淵源

漢字為我中華民族祖先所創造，以配合漢語，做為書寫及表情達意的工具。經歷長期演變，從甲骨文、大篆、小篆、隸書、楷書等字體的變化與發展，漸趨成熟。東漢學者許慎(註一)著《說文解字》一書，歸納漢字造字的六種方法，稱為「六書」，即：象形、指事、會意、形聲、轉注、假借等。許慎的《說文解字》共收文字九三五三字，每字解釋其造字的本原及意義，並加注音。此書成為歷代使用漢字意義的基礎。雖然文字在使用過程中，不斷產生引申義及假借義，但因有許氏的《說文解字》做爲依據。使漢字意義的演化，仍然有一軌跡可尋，不致漫無止境的變化。這對漢字字義的穩定，助益甚大。

魏、晉以後，使用的漢字不斷增多，到了清代的《康熙字典》，共收字四萬九千餘

字，但多爲罕用字或死字，實際應用於學術及文藝論述的文字，大約有一萬一千字(註二)，在這方面，中國大陸和台灣，大體上是相同的。

根據教育部二〇〇三年一月公佈的課程綱要，九年一貫課程第一階段（國小一至三年級）應習會一〇〇〇—一二〇〇字，第二階段（國小四至六年級）應習會二五〇〇—二七〇〇字，第三階段（國中一至三年級）應習會三五〇〇—四五〇〇字。又常用國字標準字體表所列常用國字爲四八〇八字，可供作參考。

（二）台灣教育發展的概況

台灣地區教育的發展，情形較為特殊。自一九四五年十月，二次大戰結束，台灣脫離日本統治。回歸中華民國管轄，各級學校教材，都經歷重大變革，語文教育恢復中國語文為主的教材與教學，以迄今日，已近六十年。其間，一九四九年，中央政府退出中國大陸，播遷台灣。當時隨同政府遷台的大陸各省學術、文化、教育界人士，為數頗多。這些人士，不乏菁英人才，他們或在政府部門工作，或進入各級學校任教，增強了學校的教師陣容，有助於教育水準的提升。

當台灣回歸中華民國之初，台灣各級學校的數目均尚普遍偏少，以高等學校為例，當時僅有大學一所，獨立學院三所及專科學校三所(註三)。一九四九年，中央政府遷台後，台灣人口迅速增加。為應付學生就學的需要及提高學術文化水準的需求，此時各級學校逐年擴充，至一九六〇年，公、私立高等學校已達四十所（註四）。十一年間，增加近六倍，中等及初等學校，亦均顯著擴增。

此後三十餘年，台灣教育的發展，較偏重於「質」的進步，而較少「量」的擴充。近年，政府的教育政策放寬高等教育設校的限制，以致許多新的，包括公、私立的大學紛紛設立，舊的學校也多經由改制升格，至二〇〇三年為止，僅大學及獨立學院，已達一百三十九所之多（註五）。

(三) 台灣教育制度簡介

台灣自一九四五年十月回歸中華民國，一切教育措施均以當時中央政府所施行的教育制度為依歸。唯自一九四九年兩岸分隔後，各自發展，教育制度已有差異。

台灣目前的正規教育制度，採小學六年，中學六年，大學四年連貫的制度。中學分國民中學三年，及高級中學三年。目前，國民義務教育為九年，從小學一年級到國民中學三年級，實行九年一貫的課程及教學。高級中學三年尚未納入這一體系。

大學的一般學系，修業年限定爲四年，採學年學分制，修滿學分可提前畢業。性質較特殊的學系，修業年限可酌量增加為五年、六年或七年。研究所碩士班為一至四年，博士班為二至七年。

師範教育分為兩種：一種為師範大學，負責培養國民中學或高級中學各學科師資，修業年限為四年，實習一年；另一種為師範學院，負責培養國民小學師資，修業年限亦為四年，實習一年。兩種學校均另設有「非師資培育生」，他們自費就學，畢業後不任老師。並均得設研究所碩士班及博士班，修業年限與一般大學研究所相同。

另屬於技術職業學校體系的，有銜接國民中學畢業的五年制專科學校，及銜接高級職業學校畢業的三年制專科學校。技職體系學校最高等級為科技大學，一般均為四年制及二年制，招收高職畢業生及五專畢業生，設系及研究所與一般大學大體相同，惟較側重於技術及職業教育方面。

三、各級學校國語文教學及教科書中的古典教材

（一）國民小學國語教學概況及古典教材

國民小學的本國語文教科書，稱為「國語」，每學期一冊，六個年級加上專教「注音符號」的首冊，共十三冊。早年，均由「國立編譯館」聘請學者擔任編纂，由多家書局聯合印行。

教育部於一九九三年九月發布「國民小學國語課程標準」，將國語課本做一次變革，開放民間編纂，故從一九九六年開始，各校改採民間出版社編纂，經教育部授權國

立編譯館審定的教科書版本。這次修訂的「總目標」中與古典教育相關者，有「培養倫理觀念，激發愛國思想，宏揚中華文化」的提出。另外，高年級（五、六年級）的課程目標，則有：「培養欣賞、臨摹碑帖的興趣」及「認識簡易文言文」等兩項。為配合上述目標，在各冊的「國語」課本中，容納了一部分用語體文改寫的古籍故事、古典詩及簡易文言文，屬於古典教材。

國語每週上課時數，國小一、二年級為十節，三至六年級為九節，每節時間為四十分鐘。教學項目：說話、讀書、作文、寫字各項，採用混合教學為原則。

從二〇〇一年起，台灣進行了重大的教育改革，將國民小學及國民中學做九年一貫的課程與教學規劃。教育部公佈「國民中、小學九年一貫課程綱要」，做為課程改革的總綱，同時將語文教科書改由民營出版商委請學者重新編纂，仍稱爲「國語」。出版商編纂完成後，交由國立編譯館審查。經審查通過後，始准予發行。國民小學部分，分兩階段進行編纂及審查。一至三年級爲第一階段，四至六年級爲第二階段。新制的課本，古典教材仍是一部分用語體文改寫的故事，淺易的文言文及古體詩（註六）。

整個改革計畫，第一年先從國小一年級開始實施，第二年從二年級、四年級和七年級（即國民中學一年級）。分三階段同時實施。

新制的「語文學習領域」，包括本國語文和英語。本國語文又包括「國語文」、「閩南語」、「客家語」、「原住民語」四種。「國語文」的教學時數約為每週五—九節，較之改制前的每週九—十節，相去甚遠。國語文的上課節數減少甚多，勢必影響國語文的教學效果，對古典教育亦將有不利影響。

（二）國民中學國文教學概況及古典教材

在九年一貫課程實施前，國民中學本國語文教材，是由國立編譯館聘請學者編纂的標準本教科書，稱為「國文」。此一教科書在長期使用中，曾經多次修訂，更換過部分內容篇章。根據一九九四年教育部修正公佈的「國民中學國文課程標準」，做了最後一次修訂。

這次修訂的「課程標準」的目標，與古典教育相關者，如：「體認中華文化，厚植民族精神，激發愛鄉愛國思想」；「培養積極創造之思考能力及民胞物與的開闊胸襟」；「增進欣賞文學作品之興趣」；「培養欣賞碑帖之能力，陶冶高尚之情操」。

此外，規定教科書範文之選材，必須具有語文訓練，精神陶冶及文藝欣賞之價值。每課範文之後，必須有作者介紹，題解（包括文體、文章結構）、注釋、問題與討論等項。

教材選文分「語體文」及「文言文」兩類。屬文言文之篇章所佔比例，一至六冊各冊依次為二〇%、三〇%、三〇%、四〇%、五〇%、六〇%。教學以範文為主，語文常識及課外閱讀為輔。

教學時數，每週均為五節，範文教學每二週七節，每節四十五分鐘，作文、書法及課外閱讀等，每二週三節。作文以每二週一篇為原則，語言訓練採隨堂練習，不作文之週次，實施書法教學或閱讀指導。

二〇〇一年的九年一貫課程改革，包括國民中學的三年，屬於第三階段。教科書三學年共有六冊。從二〇〇一年起，逐冊編纂及審查。二〇〇二年開始逐年逐冊換用新教材。現在已進行到第二年下學期（第四冊），尚有一年時間，即可完成各冊教科書的更換工作（註七）。

「語文學習領域」的課程目標，與古典教育相關者，爲「應用語言文字，激發個人潛能，發展學習空間」；「培養語文創作之興趣，並提升欣賞評價文學作品之能力」；「透過語文學習，體認本國及外國之文化習俗。」

此次語文教育的變革，在基本能力及課程目標方面，未強調固有文化及民族精神的傳承，而較重視語文效力的擴張運用，諸如：運用語文表情達意，溝通見解，分享經驗及因應環境，適當應對進退等。並進一步運用語文研擬計畫，有效執行，並結合科技資訊，擴充學習領域。應用語文獨立思考，解決問題等等。

顯然地，這樣的目標似乎忽略了文學潛移默化的作用，而偏重積極求取外張的效果。對於古典教材的教學，恐怕是更難顧及了。

（二）高級中學的國文教科書及古典教育

高級中學的古典教育，較國民中學階段，加重很多。台灣地區長期以來，高級中學的本國語文教材，主要有兩種：一種是國文課本，稱為「高中國文」，由第一冊至第六冊，分別供高中三年六個學期授課之用。另一種稱為「中國文化基本教材」，亦分六冊，配合高中各年級使用。六冊中，前三冊為「論語」節選，第四、五冊為「孟子」節選，第六冊為「大學」、「中庸」節選。這兩種教材，均由國立編譯館聘請學者擔任編纂，供所有高級中學「國文科」教學之用，稱爲「標準本」，行之三十餘年，中間經多次修訂。

一九九五年，教育部修正公佈「高級中學國文課程標準」，教材全面改編。從一九九八年起，改由民營出版商自行聘請學者編纂、印行，須經國立編譯館審定。教本仍分「國文」及「中國文化基本教材」兩種，另有做為選修教材的「國學概要」、「文法與修辭」、「應用文」、「書法」等數種，均為上、下冊，供一個學年教學使用。此為高中教科書制度較大的變革，參與編纂的出版商多達六家以上。「中國文化基本教材」參與編纂的出版商亦有多家，各版本所選篇章內容，大同小異（註八）。

教科書開放民營出版商編印後，由於市場競爭的關係，各家的版本，內容較過去的標準本明顯有了進步，印製水準也為之提高。雖然多種版本使學校教學及學生為了應付升學考試，增加了閱讀的負擔，也因為這個理由，一度出現反對的聲音，但是，在實施數年之後，也促成了教材多元化的趨勢，使教學內容更加豐富，讓學生的創造力更能發

揮，這些好處都表現在學生的習作內容上(註九)

國文課本所選教材，分「文言文」和「語體文」兩類。前者所佔比例為六五%，此一部分與「中國文化基本教材」全部，均屬於古典教材。「課程標準」指出，屬於「文言文」之教學目標為：「培養閱讀文言文及淺近古籍之興趣，增進吸收優美傳統文化之能力。」教材之編選，必須具有語文訓練、精神陶冶及文藝欣賞等三方面之價值。每課範文須有題解、作者、注釋、賞析、問題與討論等項。

「中國文化基本教材」的編選，要求內容須力求能深切反映中華文化之精髓，或具有時代意義者。這一部分的教學，直接幫助學生了解孔、孟儒家思想及傳統文化精髓，對傳承固有文化，效果當最為顯著。

高中國文教學總時數為每週五節（每節五十分鐘），國文三節，文化基本教材一節，作文時間一節（合兩週實施一次）。

（四）大學的國文教學和教科書

大學是實施古典教育較重要的階段之一。在台灣所有大學各學系一年級均有「國文」一科目，列為必修，一般稱爲「大一國文」，每週四節，全學年共八學分，這是除了專業的語文學系以外，一般學系在大學階段的主要本國語文教育課程。其目的在加強閱讀、寫作訓練及對固有學術、文化的進一步認知，以達到大學階段運用本國語文和提升固有文化素養的需要。此一制度在台灣實施近四十年，自有其一定的影響作用。

大學「國文」所使用的教材，有民營出版商委請學者編纂的「大學國文選」，或由各大學自行規劃編纂的教材。初期所選皆屬文言文，多從古代經、史、子、集各類典籍中選取。以幼獅文化事業公司所編「大學國文選」為例，該書共收各體文章四十篇，其中屬於經部的有四篇，屬於子部的四篇，屬於史部的五篇，其餘屬於集部的散文、駢文及韻文共二十七篇。以時代區分，則上自周代初年，下迄清代，上下近三千年。此一版本流傳甚廣，可以做爲當時國文教材的代表。

其後，民營出版商及各大學所編「大學國文選」，陸續有新編著推出，中間亦曾經過修訂，改換內容篇章，部分語體文的篇章亦選入其中，但仍以文言文為主，因此，這四十年大學的國文教育，可以說大部分是屬於古典教育。（註一〇）

大學國文教學，在實施過程中，教材內容也有過變革。大約在一九九一年前後，部分大學規劃將國文課的教材，改換為集中以某一類的教材為主，以一個學期為單位，如古典散文、古典小說或現代詩歌等等項目，此種項目可多達二十種上下，每一項目的教材集中於一個學期當中講授，一學年上下兩學期可由學生選擇不同的兩個項目上課。這種改變，一時成為風尚，許多大學的國文課都採用這種方式進行。

這種方式的優點是集中探討某一體裁的文學作品，且由較具專長的教師任教，較能深入地去幫助學生學習；但缺點是過於集中於某些作品，而學生多數為非文學專業學系的學生，他們學多了某種特定的文學作品，反覺厭膩而思有所變化，且這種方式對提升固有文化素養的作用，亦趨於淡薄。故實施數年後，往往又改回原有兼習各種文體的做法。這種改變僅持續數年。

隨著時代的變遷，在課程調整的考量下，於一九九三年，對國文教學做了較重大的變革，就是減少國文教學的授課時數，有些學校並將「國文」併入「通識教育課程」中，或由各校視實際需要將時數改為每週三節，或每週兩節。多數學校採用後者，如此國文授課時數較前減少一半。這一變革已偏離當初設課的宗旨，就語文教育本身說，效果必然大為減弱。

至於使用的教材，則或延續過去所用的教本，或採用新編的兼採古典和現代的選本，或由任課教師自行選擇教材，大抵古典與現代參半。這種做法，已行之數年。這是目前台灣各大學一般學系的國文教育實施的情況；而古典教育也包括在當中了。

四、台灣的古典教育與國文教育人才的培植

（一）台灣古典教育的淵源與發展的回顧

台灣各大學的「中國文學系」（以下簡稱中文系）是接觸古籍教育最多的學系。目

前台灣各大學中文系的教學規模，已相當完備，就數量而言，設有中文系的大學已多達二十七所，加上三所大學的「應用中文系」及八所師範學院的「語文教育系」，則數量更多達四十所註一一。就實質而言，這些中文系每年培育的「學士」畢業生多達二七三四人，部分設校歷史悠久的中文系，更設有碩士班及博士班，他們一年所培育的碩士就有三三七人，博士也有八十九人註一二。

中國文學的發展，歷史悠久，源遠流長。歷代遺留下來的文學作品及各類典籍，爲數十分可觀。為傳承這數千年的文化和文學的遺產，於是有「中國文學系」的設立。早期的北京大學是全國各大學的典範，北京大學所奠定的制度，把中文系定位在研究及傳授傳統學術及文學，這一理念和制度，也為各大學的中文系所遵循，亦即採取廣義的中國文學的觀念，將傳統的經、史、子、集各類的精華學術，都涵蓋其中。這一觀念也可以說是承繼清代乾、嘉以來的學術傳統。在台灣的中文系便是延續這一傳統，學習的對象是廣義的中國文學的範圍。

一九四九年，許多大陸學界的碩望之士，追隨中央政府來台，加入各大學的行列，把在大陸的制度也移植到台灣。這些宿儒在大學的中文系建立制度，推展教學，像台灣大學中文系的許壽裳、臺靜農、戴君仁、屈萬里、陳槃、王叔岷、鄭騫、許世瑛，台灣師範大學國文系的高明、林尹、潘重規、程發軔、高鴻縉、牟宗三，政治大學中文系的高明、熊公哲、王夢鷗，東海大學中文系的徐復觀、魯實先、梁容若，輔仁大學中文系的王靜芝，成功大學中文系的施之勉、蘇雪林，文化大學中文系的林尹、潘重規等先生（註一三），他們都是學有專精的知名學者或是創系的策劃人。台灣各大學中文系在他們苦心經營帶動下，才奠定了今天發展的規模。

高明教授更是一九五六年在台灣師範大學國文研究所首先創立博士班的策劃人。次年，台灣大學中文系主任臺靜農教授也策劃成立博士班。此兩校為台灣最早設立中國文學博士班的學校。兩校帶動台灣中文系的發展，而兩校學風略有不同。台師大承襲過去大陸時期章炳麟、劉師培、黃侃等大師的治學風範，較接近傳統學風，而台大則承襲當年北京大學蔡元培校長所建立較爲崇尚自由的學風。名學者錢穆先生於一九六七年在香港新亞書院退休後，亦來到台灣，應聘在文化大學中文系博士班講學數年，對台灣中文學界後進，亦多啟迪之功。

目前台灣各大學中文系的多數在職教授，大都是上述前輩學者所教導出來的後繼者及再傳學生，而現在設有博士班的中文系，公立大學已有九所，私立大學五所，各校各具發展特色，在積極競爭之下，已呈現多元發展局面。

（二）大學中文系的古典教育及中學國文師資培育

大學中文系學生的修業年限為四年，採學年學分制。以成功大學中文系為例，規定畢業學分爲一三六學分，包括：核心科目十六學分，通識科目十六學分，專業必修五十六學分，專業選修至少四十六學分。其他大學中文系的規定，差異不大。而該校實際開授的科目，在專業必修五十六學分中，偏重古典科目就佔了四分之三，專業選修四十六學分中，也佔了十分之六。古典文學教育的比重，可以說是相當高的（註一四）。

中文系對於古典課程的學習，可分為三類：

1.屬於文學方面的歷代散文及韻文等各種文體；
2.屬於文學、史學、哲學方面的各種經典、專書；
3.屬於幫助讀解古文的工具知識：文字、聲韻、訓詁及古文字學等。

透過這三類課程的研習，務使學生能博通各類古典知識，藉以「溫故知新」。同時，為達成現代應用的需求，還開授許多現代的文學課程，期能兼顧傳統與現代，理論與實踐，研究與創作等方面的教學效果。

學生於修滿規定學分後，如能加修二十六學分的教育學程科目，即可取得擔任中等學校國文教師的資格。關於教育學程科目的開授，師範大學本身即以培養中等學校師資為職志，其修業課程中即有教育學科的安排，不成問題。至於一般大學未設教育學系者，自必另設教育學程，以應學生選課的需要。學生畢業後，可參與甄選中等學校國文教師，或繼續深造，取得碩士或博士學位，不但可以擁有擔任中等學校教師的資格，還可取得爭取更高層級教師的機會。

（三）師範學院語文教育系的古典教育及國小國語師資培育

師範學院語文教育系設置的目的，主要是培育初等語文師資。規定修業年限為四年，實習一年。以國立屏東師範學院語文教育系為例，該系課程設計可分四大類：通識課程、教育專業課程、九年一貫各學習領域教材教法及教學基本課程、語文專門課程等。「通識課程」至少須修滿二十學分，目的在奠定學生廣博的知識基礎。「教育專業課程」則爲了培養教師的專業知能和專業精神，必須修滿二十學分。「九年一貫教材教法及教學基本課程」則在配合國小級任制教學，使學生具備任教各科的能力，至少須修滿三十二學分。

「語文專門課程」在增進任教學科的專門知能，亦是深入中國語文堂奧的課程，屬於古典教育部分。又分成文學、思想、教學、語言四大領域，每一領域須修滿十學分。整個專門課程領域總共必須修滿七十六學分。其中屬於古典的科目，超過二分之一（註一五）此爲「師資培育學程」，須修畢一四八學分始能畢業。

另有「非師資培育學程」，選擇此一學程的學生可免修教育專業課程及九年一貫教材教法及教學基本課程。畢業學分為一二八學分。畢業後不擔任教學師資任務，亦不用實習。

八所師範學院語文教育系均設有碩士班，未來發展採教學與研究並重，課程兼容古典文學與現代文藝，重視文學與語言之同步發展。

五、台灣實施古典教育的困難與改善之道

（一）實施古典教育的困難因素分析

台灣現階段推展古典教育，有其困難之處，說明如下：

1.時勢變遷下，古典教材的重要性日益衰退

歲月不斷更新，已進入廿一世紀。許多新的發明、新的事物，不斷產生，各種器械的進步，也日新月異，人們各種生活時尚，也不斷在改變中。「推陳出新」的要求，已成了大家普遍的觀念。而古代典籍，傳世久遠，受重視的程度，自然日益減退，使古典教育的推展，更增加困難。

2.知識快速進步情勢下的排擠作用

知識的快速進步，內容的日益更新，各種學科門類的不斷擴充，使得知識的成長，達到空前的盛況。各種新知識及新的學科，不斷推出，對於舊有的學科及知識，在時間的限制下，自然產生排擠作用。這種情勢對推展古典教育，顯然有不利的影響。

3.國際化、本土化趨勢下，對語文學習的影響

由於交通工具的發達，各地交通的便利，世界各國政府間的交往，民間商務的往來，日益頻繁，學習多種外國語文已成為風尚。另外，「本土化」的倡導，學習多種方言，也成為正課，學生的興趣被轉移到外語和方言學科，而需要花費較多的時間去學習，因此古典教育的推行，困難程度就更為增加了。

4.年輕學生缺乏學習的興趣

經典所載大都為「經國大業，不朽盛事」（註一六），這是中年以上的人較關心的事，年輕人尚未能注意到，而且現代視聽媒體發達，網路資訊的取得又迅速便利，這些都很吸引年輕人的注意力，更何況古籍本身年代久遠，文詞及內容都較深奧難懂，年輕學生不易領會；或者因為教師本身學養不足，未能帶領學生了解古典精義；或因教法不當，未能啟發學生學習興趣，這些都可能是造成學生缺乏學習興趣的原因。學生缺乏興趣，推動古典教育自有困難存在。

5.政府政策的鬆動

政府教育政策，往往就現實因素，動輒改變，如授課時數的減少，教材的簡化，都會影響學生古典知識的吸收，語文知識便益趨貧乏，讀解古籍的能力，也益趨下降。政府既不重視，整個社會也淡漠視之。久而久之，古典教育就更難以推動了。

6.分離意識，造成排斥作用

這是台灣近幾年來所產生的現象。台灣與中國大陸兩岸，目前仍處於分裂狀態。二〇〇〇年，政黨輪替執政後，「國家認同」問題表面化，台灣分離意識更爲高漲，部分人士倡導所謂「本土化」及排斥中國相關知識，這種主張已逐漸形成一種勢力，雖有反對力量存在，但在現政府的支持下，有逐漸擴大之勢。近幾年，政府又政策性地在許多所大學成立「台灣文學系」，隱然與「中國文學系」分庭抗禮。而台灣文學系所開課程與中國文學系，截然不同。此一分裂現象，將更加深古典教育推展上的困難。

(二)補救及改善之道

針對上述的困難情形，謹提出幾項補救及改善的做法：

1.重視傳統文化觀念

東方文化源遠流長，在長期發展中，留下許多傳世經典。這些經典是東方文化智慧的結晶，也是人類珍貴的遺產。然而時代的改換，環境的變遷，使這些典籍慢慢喪失燦爛的光環，減弱了影響力。這是十分可惜的。其實這些典籍的內容，有許多是可以行之久遠的真理，是人類行為的典範，也是傳統文化的根源。我們應該加以珍惜，尤其學者更應潛心研究，闡明義理，率先倡導其價值，使全民建立重視傳統文化的觀念，當有利於古典精神的宏揚，及古典教育的推展。

2. 營造有利的學習環境

優良的學習環境，有利於學習效果的提升。古典教育的推行，也需要營造有利的學習環境。像喚起全民的重視；舉辦各種藝文競賽，對優勝者予以獎勵；從政府、民間企業機構，到各級學校，定期舉辦，必可營造一個有利的環境。另外，家庭中，父母對子女的教導和鼓勵，也是重要的一環。

3. 重視師資的培育，提高師資的素質

教育的成敗，師資素質的好壞是一關鍵。應當重視並確實做好各級國文師資的培育工作，審慎甄選和聘任教師，讓各級學校的每一位國文教師，都能具有足夠的專業素養，及從事教育工作的熱忱，保證可以勝任教學任務，則古典教育的成功，已獲得相當的保證了。

4. 從古代典籍中發掘現代的實用價值

傳世的經典名著，皆經歷千百年的考驗，具有不朽的價值，徒以年代久遠，故影響力逐漸衰微，如任令荒廢。豈不可惜？爲使這些典籍重現光輝，必須認真探究，發掘其現代的實用價值，才能受到今人的重視。以《左傳》爲例，它記載中國春秋時代二百餘年的史實，許多經國濟民，立身處世的道理，也載在其中。除此之外，《左傳》中敘述戰役的過程，足資鑑戒，外交人員詞令的典雅、具說服力，以及兵法謀略足以致勝的法則，皆值得做現代價值的開發。因此，努力發掘經典的現代實用價值，使經典重現其生命力，實為有效的做法。

5. 將傳統的經典及文學作品，做創新的詮釋

經典所以能歷久流傳，受到尊崇，在於它提供了真知灼見，對人類的價值和思維，有具體而微的體現。它能適應社會，規範指導社會，也能隨著社會的發展，對其思想內容做變通和調整，故可以重新詮釋，經過創新的詮釋，既能達到承先啟後的薪傳，也顯示了推陳出新的創造力。傳統經典經過這樣的詮釋，才能重獲生命，歷久彌新，古典文學作品，同樣可以經由新的詮釋，而達到古今心靈上的契合。

6. 利用電腦網路科技以輔助教學

透過電腦網路平臺的建構，以輔助教學是一項好的做法。為了提升大學基礎教育國文教學的效果，成功大學中文系提出「國文科數位教學博物館」四年計畫，已執行第三年（註一七）。它利用建構網路平臺，將精深美妙的古典文學資料數位化，其中如虛擬實境之設計，動畫文學之應用，資料之檢索，教學之論說，網路教室等，都將規劃呈現。希望使語文的教與學，能生動有趣，充滿新鮮感，結合知性的傳授和感性的共鳴，以達到理想的教學效果，對古典文學典籍的傳播，當大有助益。

7.呼籲摒棄錯誤的觀念

前述台灣有部分人士，倡導本土化及排斥中國相關知識之說，實導源於分離意識的影響。此中牽涉政治因素，在此不做批評。純就學術觀點而言，此種主張實有其不當之處，學者指出，國文教學應該摒棄「去中國化」(註一八)的錯誤觀念，事實上台灣文化的根是中華文化，一味地「去中國化」，是把自己逼進意識形態的死胡同。國文教學可以融入地區化的本土特質，但基本上仍應建構在包含倫理、科學、藝術與宗教的中華文化精神內涵裡(註一九)。此種見解，可以代表認同傳統文化價值人士的意見，應該是較為中肯的。

六、對於未來的展望

語文是一切學科的基礎，也是傳承民族文化最主要的利器。現在我們表達和寫作都使用語體文，較少用到古文，而一般人學習古文的目的，不外學會能初淺閱讀古文，亦即在註解及辭典的幫助下，能看懂古籍，然後從古籍中，了解古代的歷史文化，傳承古人的經驗和智慧；或從古代的文學作品中，領略古人的思想、生活情趣，和古人做心靈上的溝通。對於中文系的學生或從事寫作的人來說，除了這些以外，更可以從古代的典籍和文學作品中，體會更多的思想啟示、文學內涵，以及文學創作的靈感和啟發。因此，古籍的價值是不容忽視的。

為使古籍能發揚光大，必須從教育入手。而訓練古籍的時機，主要在高中和大學兩階段。這兩階段的國文教育，目前約有一半是屬於古文的教育，因此，如何把握這兩階段的國文教學，也成了能否做好古籍教育的關鍵。廿一世紀是多元化的、資訊化的、國際化的、人性化的社會，也是以知識為主體的社會。我們應如何順應這樣的一個新時代，做好古籍教學的工作呢？

在台灣最近的一個「大學基礎教育研討會」上，學者們提出了幾項對語文教育的看法，可供參考。

（一）語文訓練要與人文思想教育相輔相成

語文教育的目標，在使學生能熟練地掌握語文能力和語文知識，並盡可能地進行人文教育。因此，教科書的選材，須符合「語文應用」、「文學鑑賞」、「文化認知」三種價值。使學生可以學到優美的詞采、謹嚴的文章結構、完整的寫作技巧，以及藉此了解文學理論和文化常識，培養創作能力，達到「見賢思齊」的效果。

（二）發展個性和創造潛力

古代典籍和文學作品，是我們先民生活的縮影和生存經驗、智慧的結晶。也是我們世世代代賴以生存發展的指標。內容博大精深，足以作為我們的精神指引。我們從莊子的學說當中，可以得到對宇宙大自然浩瀚無際的參悟，以及與萬物不等的體認；從孔子的言談中，可以學會立身處世的仁者胸襟；從墨子的汲汲救世的作為中，體會到兼愛普施的服務精神的可貴；從歷代詩歌中，感受到不分畛域、溫柔敦厚的民情風俗。這些古代典籍的啟示，可以幫助我們開闊心胸，增長見識，有助於發展個性，進而激發文化創造潛力。這些成果都可以透過古籍的學習而獲得，也是我們未來所應追求的目標。

（三）國際化、現代化和傳統經驗的傳承

新世紀的國文教育，應重視國際化，使學生養成寬廣的眼光和胸襟。同時也要求現代化，就是要求語文教育觀念符合現代社會的需要。但也絕不能割裂傳統，必須在繼承和發揚優秀語文的傳統經驗基礎上持續進行，如此語文教育才能獲得正常的發展。

（四）為終身教育學習奠定基礎

今日知識快速進步，學校所學已不能保證可以終身受用。因此，學校的語文教育應為學生奠定終身學習的語言基礎，例如，語文常識、文化素養、學習語文的興趣傾向、良好的學習方法和習慣等，讓學生具備「自學的能力」。

（五）以堅定的信心應付環境的變化

語文教育的傳統經驗是極為豐富的，我們可以針對社會環境的變遷，採取新的、適當的做法來應對。例如，強調傳統的基本經驗「多讀多寫」之外，爲適應科技的日新月異，提高教學效率是必要的，亦即講究學習方法，改進讀、寫訓練，盡可能以較少的時間，取得較大的效果。在教學方法上，精益求精；在內容的詮釋上，做創新的發明，如此，自能適應現代社會的要求（註二〇）。

以上見解，雖然是就一般語文教育立論，但仍適合古典教育的情況。今天我們面臨一個充滿機遇和挑戰的時代，許多社會問題的發生，層出不窮，誠如本次大會舉辦緣起所說，現代化、高科技化的進展，卻加劇了地球生態系統的破壞和資源的枯竭。我們需要重新反省我們的生活方式，我們的發展史觀也需要重新認識。這些問題既無法完全用新的科技來解決，或許可以乞靈於東方古籍中的人本主義思想，以及豁達無私、助人為善的人生觀，天人合一的自然觀，人我和諧的社會觀，以獲取養分，得到啟示，好開創一套適切的理論，指引人類正確的發展方向，重建精神文明。

七、結語

這次本人有機會應邀來貴地參加這個盛會，擔任台灣古典教育相關問題的報告。本人深感能力有限，恐怕不足以提出精闢的見解，好在這次研討會會聚了來自日本漢學界的菁英和美國、韓國和中國大陸的漢學專家學者，大家齊聚一堂，以文會友，本人可以從中獲得教益，實爲幸事。同時，關於中、日文之間的差異，兩國雖同用漢字，但語意頗有不同，在行文中，有時不免增加措詞的困難，而在用詞上產生混雜的情形。以上的報告，是否妥當，尚祈大家批評、指正。謝謝！

（本文刊載於《日本東京「二松學舍大學」學術研討會論文集》，民國九十三年八月）

附註

註一　許慎（西元五八至一四七年）。

註二　民國以來學界通用的《辭源》（商務印書館出版）及《辭海》（中華書局）兩種辭書，收字均在一萬一千字上下。

註三　據《中華民國教育統計》（台北：教育部，二〇〇三年版）。

註四 同上。

註五 據九十二學年度《中華民國大專院校概況統計》（台北：教育部統計處，二〇〇三年三月）。

註六 參閱（附錄一）〈台灣現行國民小學（九年一貫一—六年級國語課本古典教材一覽表〉。

註七 參閱（附錄二）〈台灣現行國民中學（九年一貫七—九年級國文古典教材一覽表〉。

註八 參閱（附錄三）〈台灣現行高級中學國文課本古典教材一覽表〉。此表僅列「國文」一種，其他「中國文化基本教材」及選修科目教材從略。

註九 在一次高中國文教學座談會上，一位教師說：「開放教材之後的多元化，讓學生的創造力更能發揮。自己原本認為是苦差事的批改作文，也變成猶如享用歐式自助餐一般的愉快。」

註一〇 參閱（附錄四）〈台灣五種大學國文選篇章一覽表〉。其中「幼獅版」爲早期被普遍採用之本，「高立版」爲二〇〇二年新出，其餘各本為各校自行編纂者。

註一一 據《中華民國教育統計》（台北：教育部二〇〇三年版）

註一二 根據九十二學年度《中華民國大專院校概況統計》（台北：教育部統計處，二〇〇三年三月）

註一三 上列教授有轉任任教學校的情形，故重複出現。

註一四　參閱（附錄五）〈台灣五所大學中文系開授古典課程一覽表〉。

註一五　參閱（附錄六）〈台灣三所師範學院語文教育學系開設古典學科一覽表〉。

註一六　魏曹丕《典論論文》語。

註一七　參閱國立成功大學中國文學系〈簡介〉（台南：成功大學，二〇〇三年十二月）

註一八　是具有分離意識的人，主張排斥對中國相關知識的學習，所提出的一種口號。

註一九　參見《大學基礎教育研討會會議手冊》丁原基教授文（台北：主辦單位東吳大學，二〇〇四年六月），頁二十二。

註二〇　參閱《大學基礎教育研討會會議手冊》，丁原基教授文（台北：東吳大學，二〇〇四年六月）頁二十一。

「黃永武教授的生平與學術述介」專題報告（生平部分）

黃慶萱教授：

張主任、政欣兄，各位與會的朋友們，大家好。

今天我有機會來參加這個盛會，和葉政欣教授共同報告黃永武先生的生平和學術，個人深感榮幸。我和葉教授商量好由他側重黃先生的生平事蹟，我則側重學術成就方面，下面就請葉教授先作報告。

葉政欣教授：

今天我感到很榮幸能夠有機會來參加這個盛會，尤其能夠跟好朋友黃慶萱教授一起擔任報告。首先我就黃永武先生的生平來做簡單的報告，因為時間的關係，不能夠講的很詳細。

我先談談黃先生的家世和他早年的遭遇：黃永武先生是浙江省嘉善縣人，民國二十五年出生在一個公務員家庭，父親黃麟書先生抗戰勝利後在上海市的社會局任職，抗戰期間會參與敵後工作。文筆很好，能詩，喜歡研究佛學，著有《金剛經貫解》一書。為人隨和，樂天知命，是位好父親。永武兄和他的哥哥黃永文在他父親去世時，特別在墓碑上寫著：「《金剛經貫解》作者黃麟書先生之墓」，藉此表彰父親。

黃永武先生可以說是生於憂患，民國二十五年出生，第二年就進入七七抗戰，整個大環境非常艱苦，是全民流離失所的一個時代，所以他也嘗盡許多艱辛。他的童年在淪陷區敵人的鐵蹄下生活過，也同時在後方自由地區生活，城市、鄉間，山川、歷史遺跡，這種種的生活經驗，讓他留下繽紛而深刻的記憶，也為他儲存了一個豐富的資料庫，這些對他日後的寫作很有幫助。

他經歷憂患，無形中也給他一個很好的歷練機會，使他面對事情都能夠有很堅強的意志，這是實際在艱苦的環境下生活過的人才能夠磨練出來的，我想在座的很多年輕同學，大家從一出生就在安定的環境下生活，所以不容易體會到在艱苦的環境下生活的感

受。

他的家庭也因為大陸的淪陷，而被拆散。他的父親因為在政府工作，須要離開大陸，所以父親在民國三十九年年初，就先行離開，前往香港。黃先生跟兄長稍後才來到香港，但他父親已經先到台灣了，兄弟兩個人一度流落香港，這段經歷也讓他刻骨銘心，後來才在父執輩的幫助下，來到台灣和父親會合，而他的母親和妹妹，則來不及出來，身陷在大陸，從此兩岸長久的分隔，一直到民國六十三年母親在家鄉去世，他跟母親一直沒有機會再見面，這是永武先生一生很大的憾事。

永武先生來到台灣以後，還是在物質條件不充裕的環境下生活，父親逃難沒有積蓄，剛抵達台灣時父親曾短期擔任中學的秘書和總務主任等工作，但後來也就退休了，因此永武先生讀書都是在清苦的情況下過來的。

他的求學過程可說很曲折：黃先生初中二年級以前是在大陸就學。抗戰期間，經常逃難，生活很不安定，上學也備感艱苦。來台以後就讀初三，次年考上臺南師範學校。

在南師三年他奠定了很好的語文基礎，開始嘗試投稿、參加校際作文、演講比賽得獎。這是他一段很有意義的學習過程，而師範畢業之後，有三年的服務規定，因此他就留在南師附屬小學教了三年書。

上進心很強的黃先生，在附小一面教書一面準備參加大學聯考。師範教育，比較著重語文和教學方面，英文和數理科目比較弱，不利於參加升學考試。而附小孫漢宗校長辦學很認真，每次看到他「開夜車」準備功課，都會來敲敲窗子，說：「趕快休息了，一個人的精力有限，不能太晚睡了。」加上那一年教育部長張其昀先生因主張通才教育，讓大學聯考不分組別考試，也讓他處於較不利的情況。所幸他還是考取了東吳大學的中文系。

他在東吳四年，得力於徐子明、申丙、曹昇等幾位教授的教導，在古學方面奠定了堅實基礎。也常寫新詩投稿報紙副刊，得到主編林海音女士的賞識，又參與創辦學校的「大學詩刊」，在新舊兩方面學問能融會貫通、左右逢源。

畢業後考入台灣師範大學國文研究所碩士班，受教於林景伊、高仲華、魯實先等多位碩學鴻儒的門下，潛心舊學，圈點古籍，奠定治學基礎，完成碩士論文，在文字學方面所得最多。繼續考入博士班深造，在經學方面潛心鑽研，以論文《許慎之經學》榮獲博士學位。

在任職經歷方面，黃先生在獲得博士學位後，當時高雄師範學院校長薛光祖先生慧眼識英雄，馬上聘請黃先生為國文系主任，這時黃先生才三十五歲，不久又加兼教務長。在任六年頗有建樹，像籌編學報、成立國文研究所碩士班等，並獲第一屆金筆獎。在任上與徐華美女士結婚，徐女士是台灣師範大學數學系的學士。

接著應中興大學之聘擔任文學院院長，任內創立中國古典文學研究會，任創會會長。又以「中國詩學」一書獲第五屆國家文藝獎。院長六年任滿休假，前往美國康乃爾大學任訪問教授一年，夫人同行，得以暢遊美國、閱讀圖書館大量資料，眼界大開。

又應成功大學之聘擔任文學院長，並兼歷史語言研究所所長，開創專題研究室制度，以敦煌學、甲骨學、宋詩三項為發展重點，成為研究所的特色。因家庭因素於三年任滿後就離職了，改任台北市立師院教授，不再兼任行政工作。教課以外，潛心著述。再度以《愛廬小品》獲得第十八屆國家文藝獎。在職七年，就從公職退休，這一年剛好是他虛歲六十歲。

不久移民加拿大，由夫人帶同次子樂朋先行前往，他本人則陪伴還在澎湖服兵役的長子樂天留在台灣，並應東吳大學之聘，任教兩年，才正式退休，前往加國，從此優遊林下。但仍然創作不輟，並累積多年工夫完成了百萬字的《周易》著述。

黃先生在待人處世方面，表現合乎中道。他個性溫和，待人接物，誠懇周到；面對事情謹慎處理，從容不迫；說話溫煦平和，從不對人疾言厲色，對待學生晚輩，也是如此。事親能守孝道，自從他十幾歲來到台灣，到他父親以八十二歲高齡去世，大約四十年，一直陪伴父親生活，給尊長極大的安慰。黃先生與夫人鶼鰈情深，夫人很早就辭去教職，一心相夫教子，成了標準的賢內助，貢獻很大，一女二子都表現非常優異，先生的文章中也屢有敍述。他和哥哥永文感情友愛親密。對待子女尤其慈愛，平日和子女相處融洽有說有笑，是一位標準的好父親。他生活上沒有其他嗜好，教課餘暇，每天經常伏案讀書寫作，少有例外。他喜歡旅遊，和夫人足跡遍全球，退休後時間更加方便。他加拿大的住家出門即是林園，每天和夫人攜手散步林間，有如神仙眷侶，十分愜意。

黃先生樂於培植後進，他學術造詣精湛，教學認真，加上辦學及指導論文要求嚴格，為學生所信服，因此門下濟濟多士，崢嶸競秀，人才輩出。像協助籌辦這次研討會的鄭定國教授、李瑞騰館長，和發表論文與特約討論的張高評、林慶彰、王明通、林聰明、鄭阿財、陳啓佑、朱鳳玉、吳榮富等教授，和來自韓國的吳萬鍾教授及未能參與的蔡崇名、王三慶、傅榮珂、洪明達、康雲山、李燕新、歐天發、李若鶯、謝金美教授等等，舉不勝舉。這也是黃教授的重要成就之一。

以上關於黃先生的生平事蹟，我就先講到這裏，下面就交給黃慶萱教授。

葉政欣教授；（補充）

這裏我再略作補充。黃先生早年因戰亂而顛沛流離，吃過苦頭，來到台灣以後，十幾年中間仍然刻苦為學，全靠他的優異稟賦和努力不懈，得以獲得國家文學博士學位。從此大展鴻圖，大約四十年當中，歷任學術要職，教學餘暇無論在學術上、寫作上，都成就非凡，令人敬佩。

張羣先生的名言：人生七十方開始。黃先生今年才七十四歲，還算年輕。我們祝福他健康長壽，能繼續運用他的彩筆寫作。

算算黃先生睽違家鄉已有六十年，心繫家鄉是人之常情，只能神遊不能親臨故土，自是人生一大遺憾。當年蘇俄名作家索忍尼辛為反對蘇俄共黨政權而長期流亡海外，黃先生的堅持，這份情操視索氏猶有過之。我們期盼他早日有返鄉的機運，以他對大陸山川環境和歷史文化的了解，定能寫出更多精彩的文章。願衷心祝福他。

（本文刊載於《南華大學二〇一〇年黃永武先生學術研討會論文集》，民國九十九年十一月）

二、雜文類

杜學知先生之生平及學術成就

杜學知先生，號未堂，河北省獲鹿縣人，生於民國二年陰曆三月初九日。父杜超群先生，早年務農為業，母梁氏，勤儉持家。先生出生時，其父已年逾花甲，此時田產悉租於人，不自耕種，生活尚有餘裕。

稍長，入私塾為啟蒙教育。時民國初興，新式學校尚未普及。及新制小學成立，乃入學。歷初級中學三年，繼考入師範學校就讀，畢業後充任小學教師數年。

民國廿六年，抗戰軍興，先生避居陝西省西安市。翌年，考入國立西北大學中國文學系就讀，時先生年已二十六歲。值抗戰期間，物質生活十分艱苦，先生仍勤學不輟，學業成績冠於儕輩。先生日後之學術成就，實奠基於此。畢業後，應聘擔任甘肅省立蘭州中學及天水中學等校教師，得續前業。

抗戰勝利復員，先生改任南京監察院圖書室工作，不及兩年，即因剿共戰事情勢逆轉，卅七年八月，先生携眷避難南走海南島，應聘為私立海南大學副教授，歷時一年又半。時國立長白師範學院南遷海南島，先生改就長白師院教職，僅一學期，即於卅九年八月隨軍撤退來台。此數年中，流離遷徙，備嘗艱辛。

來台後，生活始稍安定。自民國卅九年八月，先生就任教育部「特約編審」職，迄四十八年。其間，並先後擔任政治大學、台灣師範大學及國立藝專等校兼任教授，講授國文及藝術史等課，並應省立台北圖書館之邀，利用夜間從事社教工作，為民眾講授四書。

民國四十八年八月，先生應成功大學中文系之聘擔任教授，始遷居府城，時先生年已四十有七。在成大中文系講授文字學、訓詁學等課程，迄民國七十二年秋退休，已年屆七十歲。前後在成大任教凡二十四年。

先生畢生從事教育工作，誨人不倦，亦以此為樂事。而教學餘暇，孜孜研究，成果甚豐。其論著散見於學報、《東方雜誌》、《大陸雜誌》及《中華文化復興月刊》等刊物，集結成書，或專著，凡二十四種，如《文字學概要》、《文字學論叢》、《文字孳乳考》、《漢字三論》、《六書今議》、《六書杜撰》、《古音大字典》、《方志學管窺》、《未堂論畫》、《教育與文化》、《浮生掠影》等等，以文字學方面者居多，旁及音韻、方志學及一般教育、文化、藝術等。此外，於中文電腦之運用，亦多所留意，曾刊行《中文電腦百部輸入法研究報告》，提供其卓見。又從事曆法及漢字世界語之研究，均有具體之成果，其興趣之廣泛，用力之勤，成果之豐碩，均足令人敬佩。

先生工書法，筆力渾厚圓融，柔中含勁，自成一格，為藝壇所推重。又善作「文字畫」，以甲骨文及金文中之象形文字為依據，兼具書法及國畫之特點。制作文字畫必須對字形、字義均有深刻了解，既能「意象化」，又要求具文字之美，且能表現出字義。民國六十四年，曾出版《文字畫集》一冊，共收文字畫百幅，每幅並有題詞，述說該字之由來，或該成語之典故，有助認識國字之奧妙，並可為中國之現代畫、抽象畫擴大領域。

先生晚年揭櫫「學術五事業」作為退休後繼續努力之目標。五事業者，「杜氏中文電腦研究室」之創設，「四季世界曆」改曆運動之促成，目視手寫「漢字世界語」推行運動之呼籲，「君高遷家庭藝廊」之倡導及「仰蒼書院」講學之理想是也。茲略為推介、說明，以見先生之孜孜不倦與用心之高遠。

先生研究中國文字學，有感於歷代檢字法部首太多，部位不定，檢索困難，乃加以改良，成《漢字首尾二部排檢法》一書，曾獲電腦輸入法設計者之借鏡。又見電腦輸入法設計之混亂，經多年研究，創為「百部輸入法」，七十六年出版《中文電腦百部輸入法初稿》，得學界之肯定與支持。先生為期達到實用之目的，並進一步研究發展，故特創設「杜氏中文電腦研究室」，期望繼續致力於此一事業也。此其一。

先生從事曆法之研究，撰成〈四季世界曆改曆議〉一文，冀能得世界改曆者有所取資。此蓋緣於現行陽曆（即格列哥里曆）不儘完善，一九三〇年國際聯盟曾有改曆之議，迄未成功。先生有志於此，深入研究，提出其理想之世界曆主張，即所創「四季世界曆」是也。然全世界同步改曆實非易事，故主張先以副曆與現行曆法並行，俟時機成熟，乃取代現行曆法，由聯合國通令正式改曆，或可實現。然茲事體大，必當繼續努力，乃能期其實現也。此其二。

先生於世界語之研究亦曾用力，著有《漢字世界語發凡》一書。世界各國語文分歧，溝通不便，各國有識之士早有建立世界語之主張，又鑑於漢字在世界各種文字中，特具符號之特性，語言雖異，憑目視而可識其義，曾一度為東亞各國所共用，目前日、韓等國仍繼續使用中。先生認為漢字適合作為世界語之用，可進一步推廣於世界，亦可用於世界各國通用之科學語文。先生引用美國弗雷希博士以為中國語文文法最為簡單，只賴措詞學上，詞位前後序次之不同，以表示不同之意義，有如機器上之零件組合。文法簡單，故簡明易學，最適合成為世界語。先生主張可從編輯世界語課本入手，以漢語之文法為主，將世界使用人口最多之九種語文，即英語、西班牙語、俄語、德語、日語、葡萄牙語、法語、義大利語及阿拉伯語等九種語文編為課本，逐步推廣實現。此雖係一種理論與少數專家之理想，然世界各國了解漢字特性之許多語言學家均不約而同提出此一構想，顯係有其可行性，先生亦認為係一千秋萬世之偉業，值得研究推行。當然要實現此一理想，尚須克服許多困難，及具備若干條件（如中國學術水準稱雄於世之日）之配合，此則有待後人繼續努力以促其成也。此其三。

先生唱導設立「君高遷家庭藝廊」，建議在家庭中設一藝廊，供擺設圖書及文物，以培養對藝術之愛好與欣賞，使藝術與生命相結合，迴環浸潤，往復交流，凝為一體。同時，亦可承先啟後，將先人手澤永久保存，個人收藏，傳之子孫，凡此皆可作為精神之泉源，提高生活品質之資助，以達到美滿之人生。稱為「君高遷」者，古銅器有此三字銘文，蓋古之吉祥語，故取以為名。此其四。

設立仰蒼書院，以為退休後繼續私人講學之所。先生自謂三十年來，有悟古人「天人合一」之說，為道之最高境界。亦即天道與人道之合一，其要在於「師天道以定人道，修人道以合天道」。天道者宇宙之本體；人道者宇宙之現象。現象乃本體所現之象，二者實是一事，並非相對立，或以體用說之，所謂「體用一源」是也。自宇宙之大本體，以至人世間一事一物，皆有本體與現象之分，現象有賴感覺可以認識，而本體是超感覺的，故不可知，然人類具有超感覺之悟性（非知性），便能由現象悟入本體，中國哲學與佛學在此方面多有建樹。

再者，人類之一切好像只屬於現象界，然因地球、太陽系、銀河系都是大宇宙本體之一部分，人類自然從此本體中來，便不免默契宇宙，翕合宇宙，於是創立宗教，並將大宇宙之本體，以人格化之上帝或神為代表，但因人類自我意識無限制之發展，科學更挾其人定勝天之自信而前進，西洋之哲學家於是宣告上帝已死，遂使宗教失去信仰，造成人類對宇宙之疏離，人類失去本根後一切問題便由此而生。若欲詳加說明，須再就「天人認識論」、「天人進化論」、「天人合一論」三者進一步探究，方能究明天道與人道之關係，並進而建立「天人合一」之具體方法，必須達到此一地步，始能談及「傳道」，亦即仰蒼書院成立之本旨也。凡此皆先生思索天人，悟道有得之見解。至於講學則以個別求教討論為主，不拘形式，而授業、解惑之功，俱在其中矣。此其五。

以上五事，皆先生晚年之志事，部分或已達成，其未達成者則有賴吾輩後學起而助繼之，以期其終底於成者也。

先生今歲已高齡九十有四。先生平日頗注意於養生，每日以太極拳、太極劍等運動健身，數十年如一日，故伏案讀書、著文，略無倦容。八十歲以後，體力已大不如前。民國九十年，因攝護腺腫大加劇及帕金森氏症，體力益衰，雙手顫抖，已無法執筆。九十二年又因中風而告行動不便。近兩年來，漸至不能言語，時或陷入昏迷狀態，賴醫藥及醫護得以維持生命。此由年事已高，亦無可如何者。

（本文刊載於《成功大學中文系創系五十周年專刊》，民國九十五年十一月）

※「杜學知先生之生平及學術成就」一文之附圖，為杜教授所作「文字畫」之一。

一個成大「中文系人」的回顧

從民國五十四年八月，我應聘來到成功大學服務，迄至九十一年元月退休為止，時間長達三十六年有半。退休後，這幾年還維持兼任教師的關係，算算也已超過四十年，如果再加上稍前在中文系當學生的幾年，則幾乎可以全程見證中文系這五十年的歷史了。跟中文系的關係既如此密切，在這中文系成立五十周年紀念前夕，願就個人記憶所及，略作回顧，或可為系史添一註腳。

我初到中文系任教時，中文系成立已進入第十個年頭了，學校稱省立成功大學，學院則是文理學院。當時屬於文學院性質的科系只有中文、外文兩系，還未達成立文學院的條件，因此和數學、物理、化學等系同屬文理學院。當時文理學院各系尚無各自獨立的系館，由各系共用後來屬於理學院的幾棟館舍。中文系的辦公室和教師休息室，設在今日物理系館北棟靠西邊的部分，教室則分佈較廣。辦公室和教師休息室加起來只有兩間，一大一小，小間的由系主任和幾位助教合用，而二十幾位專任教師則集中在如普通教室大小的一大間，每人一張辦公桌椅，一個接一個排列起來，空間很狹窄。教師沒有個別的研究室，這和今日的情況相比，可說有天壤之別。中文系從成立初期我當學生的時期開始，都是在這樣克難的情況下度過，前後共達十三年又餘。

不過，從民國五十七年開始，學校從軍方手中接收了相鄰的光復校區以後，情形就大大改觀了。光復校區面積有十九公頃多，較原有的成功校區略大。增添了光復校區後，成大校區面積擴增將近一倍，各院系可使用的空間自然寬裕許多。在這裡要附帶一提的是為學校爭取到這塊土地，羅雲平校長和張書文總務長兩位先生功不可沒。

光復校區過去是陸軍一個軍級的司令部，有多棟建築是承襲自日據時期的軍事部門。其中有兩棟重要建築是並列的西式厚重型雙層大樓，東邊的一座給文學院使用，西邊的一座則作為新的行政大樓。五十七年三月間，中文、外文兩系遷入東邊這座大樓，也就是現在的歷史系系館。兩系跟次年新成立的歷史系共用這棟大樓。一個系約可分到四分之一的空間作為辦公室和教師研究室之用，其他四分之一作為教室，另外在大樓南側還有一排平房，是連續的四間教室，稱為「玻璃教室」，因教室前後兩面都是大面積的玻璃窗而得名，是當時文學院最受師生歡迎的幾間教室。教師的研究室較前寬敞許多，但還是得兩人或數人合用一間。這種狀況一直持續到民國七十三年四月間，新建的文學院大樓啟用後，中文系可使用的空間，又有很大的改善。

新大樓啟用後，三個系的辦公室和教室均遷入新大樓，舊大樓可騰出許多空間作為教師研究室之用，這時除了一部分資淺的講師還須兩人一間外，差不多可以做到每位教師有一間屬於自己的研究室了。

在環境的改善方面，也因面向西邊的文學院新大樓的建成，和面向北的舊大樓形成一個新的區域，新、舊兩棟大樓共同面對一個廣場，這是學校規劃的文學院區。羅校長一度兼任文學院院長，他很重視文學院環境的美化，在他的規劃之下，將這個廣場闢為一個人工湖，經過美化之後，如今已成為成大校園中最美的一景——成功湖了。

民國七十三年是中文系發展過程中很重要的一年。在這之前，硬體設施方面還是比較貧乏的，且僅有大學部，尚無研究所的設立。這一年文學院新大樓建成啟用，中文系的空間增多了，硬體設施有了大大的改善，並且由擔任文學院長兼中文系主任的于大成教授會同歷史系，共同成立「歷史語言研究所」（以下簡稱史語所）碩士班，下設中文組和歷史組。但研究所未及成立，于教授即因病離職，研究所所長改由繼任的文學院長黃永武教授兼任。史語所於七十四年開始招生、運作，增聘教師，部分課程則分別由兩系支援。有了研究所，師資陣容增強了，圖書設備也得到更多的添置，中文系有了更好的發展條件，各方面明顯的有了更大的進步。

羅雲平校長

六年之後，民國八十年又進入一個新的階段。這一年，史語所中文、歷史兩組分家了，因所名有「歷史」二字，故歸歷史系，並改名「歷史研究所」。前一年，另由中文系向教育部申請成立「中國文學研究所」（以下簡稱中文所），既延續史語所中文組的教學，同時由中文系專辦，有一個新的開始。八十年，正式招生、上課，剛好「雲平大樓」也在這時完成啟用，大樓東棟八樓的一部分空間，增撥給中文系使用，新階段的中文所便設置在這裡，也有了系所專用的視聽教室，同時配合設在大樓東棟其他樓層的「圖書館文學院分館」的藏書，師生使用圖書頗為便利。系與所真正的合一，讓中文系可以用更穩健的步伐，向前邁進。加以制度上的變革，諸如系主任人選由系中同人推舉，成立有關課程規劃、同人升等及圖書設備等多個規劃小組，協助系主任推動系務，讓系裡的老師有更多參與系務規劃的機會，可收集思廣益之效。還有系裡研究小組的規劃設立，也幫助推動了像魏晉南北朝學術、唐宋詩學、敦煌學、經學、宗教與文化等等學術項目的發展。中文系的學術風氣更為濃厚，大型的校際及國際學術研討會也陸續舉辦了。

民國八十四年，新增設的中文所博士班開始招生、運作，使中文系又更上層樓，進入了更成熟的階段。至此中文系已達到真正完整的教學體系，加入培育博士生的行列，更具備了優越的發展條件，可以和國內其他較先進的大學中文系所並駕齊驅了。這一年剛好是中文系成立的第四十個年頭，就如同一個受過良好教育的人，又經過了一番閱歷，如今到達了不惑之年，可以開始承擔更重大的職責了。此後十年，中文系在各方面都有更好的表現，可以充分證明這一點。

企業家吳修齊先生捐建的「修齊大樓」在民國八十九年完工，撥交文學院使用，文學院的館舍又增添一筆。不過，三系在雲平大樓東棟的空間則退出。增加修齊大樓，還是使文學院獲得了更大的空間，於是決定要結束過去中文、外文、歷史三系共用館舍的情況而各立系館，舊館歸歷史系，新館給中文系，新建的修齊大樓則屬院本部及外文系，稍後成立的台灣文學研究所及系，也暫用修齊大樓。中文系擁有整棟新館，空間較原有增加不少，辦公室、會議室及教師研究室更為寬敞，系史室、視聽教室以及各種專題研究室等設施，也都陸續建立，整個系的設施邁向更齊全的階段。

處在南台灣的成大，校風一向以純樸、踏實著稱，中文系也承襲了這一傳統，作風平實而穩健。中文系的學風，既沿襲文化傳統，也重視新的創發；既探究古今文史哲方面的學術，也鼓勵各體文的寫作，並做到古典文學與現代文學二者的兼容並蓄。從發展中已慢慢建立起自己的特色，也表現了亮麗的成績。不過，在整個發展過程中，還是經歷了一些轉變。起初階段表現比較保守，學校的各種設施也或多或少顯得較為薄弱，像學術活動和課外社團活動較少，後來隨著社會的安定，經濟的蓬勃發展及學校本身各種條件的改善，才逐漸進入佳境。如今，她擁有開台灣中文系風氣之先的文學獎，即民國六十二年在尉素秋主任任內成立的「鳳凰樹文學獎」，以及稍後開始舉辦的「鳳凰劇展」。這兩項藝文饗宴，成了中文系的招牌活動，一直持續到現在。它對培養學生的寫作能力，發揮顯著功效。而「中文人」所表現出來的是純樸而篤實，他（她）們氣質優雅，又能腳踏實地，不好高騖遠，永遠默默耕耘，奮發向上，憑藉自己的實力，為社會提供服務。

這五十年來，在制度上也頗有一番變革。像系主任這個職位所扮演的角色，就有明顯的改變。這些改變主要來自社會風氣的變遷和學校團體本身的自覺。以系主任的權限而言，早期的系主任可說是系務唯一的推動者，一切系務往往取決於系主任一人，其他師生很少有參與的機會。聘請新教師主要由系主任物色和簽聘，不必徵求其他教師的意見。院長和校長雖有審核之權，但通常都會尊重系主任所簽，予以照准。而校長和院長對於新聘的教師，除了少數名望較高的學者，在特殊機緣下，會推薦給系主任簽聘外，一般也不越權過問。而學校聘用系主任，通常會找德高望重或在學術上有優異表現者，決定權操在校長手中，或經由院長的推薦，系裡的教師不會過問。這種情形大約持續到民國七十八、九年以後，才有較大的改變。

新的辦法是系主任的產生改由全系講師以上教師投票推舉，選出兩位報請校長圈選聘任。系聘請教師，除了系主任私下探訪外，也常有公開徵聘的作法。而審聘新教師則從資料的審查到面談或邀請作演講，都由系裡的教師一齊參與初選，最後經由系評審會議投票決定取捨。系主任從頭到尾只是一個工作的主持者而不是唯一的決定者。

這前後的轉變，自有其時代和社會背景因素在，過去的制度，有過去制度的優點；

新的制度，一般而言雖是進步，但也往往有其缺點，不能一概而論。大體言之，早期大學數量少，國家任用大學校長又很慎重，能膺任者通常要十中挑一，多為學界素孚眾望的人士。學校在校長主持下，聘請院長、系主任通常也會選聘學界碩望來擔任。這些學界碩望之士，學問、道德皆堪為士林表率，讓他們來推動院務、系務，自有一定的水準和規模，且可久於其任。所屬的師生也能心悅誠服地接受和配合，上下相安，整個校務自可順利推展。而且，早期校務經費較少，事務也比較簡省，發展競爭沒有那麼激烈，因此，系務就由系主任一人負全責，也能勝任，這是舊制度的原委和具有的優點，當然可能的缺點是較少集思廣益的效果，和領導人的認知如有偏差也會產生缺點。

至於新的制度，講究民主，可以群策群力，集思廣益，處理事情較公開透明，自可增強許多優點，並減少許多產生弊端的機會。而且，越到後來，大學的數量增多了，學校的規模也擴增了，又有任期的限制，擔任系主任的人選，在聲望和領導能力上相對有減弱的趨勢，加以時代越進步、多元，經費越增加，事務也越紛繁，單靠個人，顯然不足，於是民主的、集體的方式，乃應運而生。這是新制的優越處。可是，民主的、集體的方式，如果運用得宜，自可產生良效，但往往因人為的因素也容易產生許多缺點，像這些年，各校包括校長、院長推舉方式的缺失，時有所聞，公開徵才的理想，實際不如想像的好，乃至派系紛爭的形成，或運用不當的競爭方式等等情事，也不斷發生，以致常有許多辦法，也要被迫修改。聞見所及，各校的院系聘請新教師，也常受到不當杯葛的情形，這些都是新制的缺失。因此，無論新、舊制度要避免缺點，端賴參與而負有權責者，能廓然大公，無論參與任何決策或人事，都要以公眾利益為尚，去除私心私利的考量，才能免去許多缺失而發揮其優點。這是筆者有感而發、語重心長的呼籲。

筆者是中文系第三屆的畢業生，在中文系就讀期間，受益最多、印象最深刻的幾位師長，願在此略做追憶：

系主任施之勉教授，江蘇無錫人，專精於《史記》、《漢書》的研究。他是名學者錢穆先生的同鄉兼好友。年紀已近七十，瘦高的身材，長年都是一襲藍灰色的長衫，道貌岸然，是傳統學者的模樣。他教我們「論語」，講課無錫方音很重，很難聽懂，所幸他勤於寫黑板，可以彌補大部。中文系在他主持之下，可想而知是很傳統的。他除了上課，從來沒有公開跟全系師生講過話。他擔任系主任十二年，是創系也是任期最長的系主任。民國六十二年退休，已經八十二歲。民國七十五年，他九十五歲生日，故舊門生為他集會慶賀並出版論文集。去世時剛好享嵩壽一百歲。

施之勉教授

趙阿南教授，山東莒縣人，早年曾留學日本。長於詩文及《周易》、《春秋左傳》等學術。他是兼任教授，專職在台南師專。他教選修課「左傳」，編有講義，選錄的篇章配合列國大勢及春秋大義的說明，使我們除了了解《左傳》的文章外，對春秋時代的歷史和春秋的義例也有所理解。引導我認識《左傳》，我進研究所後繼續鑽研，而走上研究《左傳》的道路。趙老師同時也是我和內子謝金美教授的姻緣牽線人，可說是我命中的貴人。他教我們時年紀已七十幾，民國五十八年元月去世，享壽八十五歲。

王禮卿教授，山東諸城人，長於詩文，自《詩經》、《昭明文選》、唐宋八家文及明清大家古文，無不精通。他擔任「歷代文選」課，講解透徹，分析入微，兩學年的「歷代文選」課，從唐宋到魏晉六朝到秦漢，使我們略通各體文的內容和作法，也提高了對文言文的興趣。他又勤於督導習作，每學期總要作六、七篇文言文習作，又勤加批改。每次發下作文卷，但見硃筆密圈密點，洋溢紙上，眉批總評，不厭其詳，指點得失，使我受益匪淺，尤其經常獲得批示「傳觀」二字，對我更是一大鼓勵。我後來進研究所寫作論文，使用文言文可以運用自如，實得力於王老師的教導為多，這是我終身銘感的。王老師後來轉任中興大學中文系，退休後仍著述不輟，壽至八十有餘。

趙阿南教授

王禮卿教授

孫鼎禾教授，江蘇塩城人，對日抗戰時曾擔任國軍某戰區司令長官的祕書，三十歲就官拜陸軍少將銜。他在秦大鈞院長任內，擔任過好幾年的主任祕書。孫老師身材中等，相貌堂堂，很有威嚴。他教我們「韓非子」，上課從不講題外話，重要的解釋寫在黑板上，字跡剛勁有力，一筆不苟。他擔任我們四年級的導師，但跟我們很少互動，那時的大學老師大多如此。羅雲平先生任校長時，聘他擔任共同科主任，可惜沒有幾年就得腸癌去世，享年五十五歲。孫老師生病在台北住院時，我曾去看望過他，談話中，他曾為我講述左宗棠「印心石」的掌故。孫老師逝世，時已轉任中興大學教授的王禮卿老師輓以聯曰：「群推禹甸飛名橄；痛惜南雍失霸才。」咸認是貼切之論。

孫鼎禾教授

尉素秋教授

尉素秋教授，江蘇碭山人（碭山今改隸安徽省），畢業於南京中央大學中文系，從詞學大師汪旭初（東）教授習詞學，得其真傳。師丈是名學者任卓宣教授。尉老師教我們「詞選」課，特別重視習作，同時把作品和生活結合在一起。她認真批改，我們從聽課及習作中，培養了對詞學的興趣。後來同學把幾屆同學的習作，集印為《學生詞選》，得到中文學界的好評。民國六十年出任中文系主任。在任三年，諸多興革，舉辦「文學獎」，刊印「中文系報」，鼓勵學生多用口、用筆表達，咸認在她的領導下，中文系更為活躍。她愛護學生，樂於和學生親近，學生在不知不覺中受到她人格的感化。七十七年，尉老師年屆八十歲，許多受教過的學生特地集會慶賀並出版《榮慶論文集》。她是我心目中一位偉大的教育家和長者。九十二年過世，高壽九十有六。

謝一民教授，河南信陽人。台灣師範大學國文研究所碩士，專長於文字、聲韻、訓詁之學，也精通國劇。他初來中文系任教時還很年輕，擔任我們「聲韻學」課，另開「說文研究」、「爾雅研究」等選修課。文字聲韻訓詁之學是中文系的必修課，也是投考研究所的重要科目之一。謝老師幫我們奠定了這方面學科的基礎，對我們投考研究所幫助很大。他後來兩度出任系主任，前後共達八年，是任期第二長的系主任。九十年四月逝世，享年七十三歲。

宋子開教授，安徽懷遠人。施主任休假，他曾代理過一年的系主任。秦大鈞院長時期，他擔任過訓導長。他在大陸時也曾擔任過國立中學的校長，專長於《荀子》的研究，又工水墨畫，也是最稱職的「主任祕書」幹才。

謝一民教授

宋子開教授

成大從閻振興先生到羅雲

吳振芝教授

平、倪超三任校長，都請他擔任這個職位，直到退休，前後凡十八年。我初到成大任職，就在他屬下兼任「祕書」，專司校長書信及行政會議紀錄等工作，得到他的指導很多。他待人和善，是我工作上的良師。他退休後，隨子女旅居美國，高壽八十幾歲。

吳振芝教授，浙江杭縣人，南京中央大學歷史系畢業。師丈張駿五先生是成大管理學院的教授。吳老師擔任「中國近代史」課，也當過導師。講課原原本本，娓娓道來，頗具說服力。她是虔誠的基督教徒，自然形成一種道德感化力，普受學生尊敬。後來從中文系分到共同科，歷史系成立又到歷史系。曾擔任歷史系主任及文學院長。她擔任歷史系主任時，一度讓我在歷史系開課，對我鼓勵有加。吳老師退休後，熱心教會傳教工作。九十年過世，享壽八十五歲。

以上八位師長，學問、道德皆足以為後學楷模，如今已先後榮歸道山，再也沒有機會向他們請益。走筆至此，不覺愴然久之。我親受業的良師還有多位，限於篇幅，不及備載了。

五十年來中文系的發展，和整個成功大學的成長是分不開的。中文系從早期物質條件比較簡陋的階段，一路走來，可說十分艱辛。隨著國家經濟的好轉，社會的進步，教育的發達，中文系也一步步地向前發展，規模逐漸擴充，教學設施逐漸獲得改善，學術水準也逐年提升，如今已是南台灣中文學界的學術重鎮之一。能有這樣的成果，當然要歸功於各階段全體師生的共同努力，尤其是歷任系主任的辛勤籌劃，師生的共同參與，而學校歷任校長、院長及各部門的行政支援，也是不可缺少的。每一項為中文系所付出的心血和力量，都是我們應該感謝的。

緬懷過往，策勵未來，中文系需要繼續努力，以現有的基礎，培植更多中國語文人才，蔚為國用，這是每位中文人責無旁貸的使命。謹預祝中文系未來能有更輝煌的成就與發展。

（本文刊載於《成功大學中文系創系五十周年專刊》，民國九十五年十一月）

《成大中文學報》發刊辭

成功大學中國文學系成立於民國四十五年秋。至民國五十六年八月，增設夜間部。日、夜間各一班，課程及師資大致相同。七十四年八月，又與歷史系聯合成立「歷史語言研究所」碩士班。研究所下設中文及歷史兩組，分別招生。六年之後，兩組分開設立，於八十學年度另成立「中國文學研究所」。溯自民國四十五年迄今，大學部成立已歷三十六年又餘，研究所碩士班亦已邁入第八個年頭了。其間，在學校的策劃及歷任系主任暨全體師生的共同努力之下，逐步進展，始有今日的規模。緬懷過去，策勵未來，擺在我們面前有待克服及努力的固多，而我們對於未來發展的遠景，也充滿了希望。

中國文學系、所，成立的目的，在培養對於中國文學具有寫作及研究能力的專門人才，以及傳承中國固有思想與文化的後繼者。文學是一個民族凝聚向心力的泉源，也是建立民族精神的基礎。而我固有五千年優越的思想與文化，能否獲得重視與宏揚，也關係到國家民族未來發展的盛衰成敗。因此，文學教育的推展及歷史文化的傳承，實為我國家社會不可或缺的要圖。言念及此，我中國文學系、所全體師生實肩負著重大的歷史責任。多年來，我成大中文系、所全體師生，配合國家的教育政策及學校的規畫領導，不斷的發展進步，已為我們的國家社會培育了大約兩千五百名文學士及數十位學有專精的碩士，投入社會，為推展文學教育及延續歷史文化等工作而貢獻心力。今後，我全體同人，尤當精益求精，繼續努力。以創造更美好的成就。

大學系、所肩負著教學與研究兩項重任；而研究成果的良窳，也反映了研究與教學水準的高低。本系、所同人除了重視教學效果以外，對於研究一向也不敢放鬆。過去同人的論著，在校內大多以「成功大學學報」為發表園地。由於學校部分系、所有其自辦的學報，故過去成大學報有關人文方面的文章，多為本系教師所發表。近年來，鑒於其他各校中文（或國文）系、所多有刊行中文學報的做法，同人等也屢有出版學報的建議。去歲，「中國文學研究所」正式成立，有了本系專辦的研究所。余受命承乏系、所業務，認為時機已經成熟，乃提請系所務會議通過，發行「成大中文學報」。此舉一則提供一個屬於本系、所的發表園地，以鼓勵並督促本系所同人，多做研究，多發表研究成果，藉以提昇本系、所的學術水準；再則藉中文學報的發行，將本系、所同人的研究成果公之於世，以與國內外學人相切磋，而從中得到益處。並得以學報的交換，提供本系、所師生閱讀國內外各校學報的便利。這項做法，相信意義是十分重大的。

本期所收錄的文章，共有十篇，都是本系、所同人的作品。內容屬於現代文學的有一篇，屬於思想的和古文字學的也各有一篇。其餘七篇則屬於古典文學方面的，涵蓋的範圍頗為廣泛。我們希望學報每年能出刊一期，做為一份獻禮，獻給海內外中國文史學界，尚望學界賢達，不吝賜教。

（本文刊載於《成大中文學報》第一期，民國八十一年十一月）

成功大學中文研究所簡介

發展現況及教育目標

在談到本所發展現況之前，容我先回顧一下過去的一段歷史。本所隸屬於文學院，前身是歷史語言研究所中文組，成立於民國七十四年秋，是由當時擔任文學院院長的于大成教授，會同中文、歷史兩系申請成立的。

但七十四年四月間，研究所尚未正式成立，于教授即因病請假。八月，學校另聘黃永武教授繼任文學院院長，並兼歷史語言研究所（以下簡稱史語所）首任所長。因此，史語所創建初始，擘畫之功以于、黃兩位教授為多。

從七十六學年度起，所長改由歷史系梁華璜教授擔任，為期三年。七十九學年度一年，則由現任文學院院長閻振瀛教授兼任。梁、閻兩位兼所長，對於所務的推展，也貢獻了不少心力。

由於歷史語言研究所是由中文系和歷史系合辦，在諸多條件的限制下，覺得兩組有分開設立的必要，故從八十學年度起兩組正式分開，另成立中國文學研究所。原有的史語所則由歷史系辦理，分別招收研究生。稍後，史語所將申請更名為歷史研究所。

史語所成立之初，曾定出幾項發展重點，其中包括敦煌學、甲骨學、語言學、臺灣史、古代神話等，並逐年分別設立甲骨學、敦煌學、宋詩、宋史等四個研究室。起初，開授課程即針對上述幾項發展重點而設計，並兼顧中文、歷史兩組研究生的需要，開設諸如文史綜合研究、研究方法、敦煌學、甲骨學等課程，供兩組研究生共同研修。自七十六學年度以後，兩組課程乃逐漸走向各自發展的道路。不過兩組所有課程仍允許兩組研究生自由選讀。

本所承襲史語所中文組已有的基礎，在課程安排上將側重古文字學（甲骨、金文）、經學、歷代詩學、現代文學及戲劇等方面，續求發展。過去六年多當中，本所在宋詩學、甲骨學、現代文學及戲劇方面的研究，成績較爲突出。例如：宋詩研究室多年來陸續廣搜善本，編纂《全宋詩》，刻正繼續進行中。又編印《宋詩綜論叢編》及《大陸學者論宋詩》二書，後者分七大類，八十餘篇，均分別籌印中。七十七年曾召開全國首屆宋詩研討會，編輯《宋詩論文選輯》三冊。本學期中文所成立後，已將原研究室擴大爲「唐宋文學專題研究室」，將側重唐宋兩代文學之整合研究，預計三年中將籌開唐宋文學整合學術研討會一次。此外，師生以宋詩爲研究論文者，亦達十餘篇：如，張高評教授的

《宋詩之傳承與開拓》、《宋詩特色之自覺與形成》、《宋詩與化俗為雅》；研究生如吳榮富的《曾茶山研究》、賴麗娟的《文同詩畫研究》、蔡美端的《韓駒詩研究》、林天祥的《范成大山水田園詩研究》等，均已完成論文；撰寫中的尚有多篇。這些論文，或做通論性的研究，或做專家詩的研究，或為詩歌分類的研究，均有助於一代詩學的探索與瞭解。

此外，本所近已分別成立「魏晉南北朝」、「經學」、「現代文學」等專題研究室，將分別就這些領域，滙集師生力量進行研究。又本所將在四月中旬與本校工學院資訊研究所合作舉辦「甲骨學與資訊學術研討會」，現正積極籌備中。

教學成果之評估

本所從前身史語所中文組開辦以來，每年招收研究生五至六名，包括一名外籍生，人數並不多。研究生們為求在學問上能奠定更堅實的基礎，又大多研讀三年才畢業，所以到現在為止，完成畢業論文的只有將近二十位。

中文所成立後，首屆招收十四名，包括本系直升一名，外籍生二名。以後研究生人數，每年將較以往倍增。

本所研究生研究的範圍極廣，包括傳統的經、史、子、集各類學術和現代的各體文學及戲劇，以及甲骨、金文、敦煌等各種學術。本所過去對研究生一向採取較放任的態度，在選課及論文寫作上，均儘量減少限制，任由研究生自由選擇，自由發展，因此研究生們也都能依照自己的興趣和專長，做適當的發揮。完成的碩士論文，大多平實穩健，內容充實，堪稱在一般水準之上。其中較突出者，如施淑婷的《敦煌寫本高適詩研究》、曾德宜的《甲骨文句型類比研究》、賴麗娟的《文同詩畫之研究》、闕育鈴的《惠棟讀說文記研究》等篇，都曾獲得國科會的研究成果獎。

至於研究生的出路，一般而言尚稱良好。目前除極少數在國內繼續升學或在研究機構從事研究工作外，絕大多數畢業生均受聘在專科學校擔任文史課程講師，或在大學中文系擔任助教，從事教學及研究工作。

本所對於過去已有的些許成就，當不敢自滿，今後尚需繼續努力，期望能拿出更好的成績來。

（本文刊載於《國文天地》第七卷十期「台灣各大學中文研究所專輯」，民國八十一年十一月）

《第二屆魏晉南北朝「文學與思想」學術研討會論文集》卷頭語

本所系「第二屆魏晉南北朝文學與思想學術研討會」，已於四月十七、十八兩天，在本校學生活動中心第一演講廳，重隆舉行。這是本所系繼大約兩年前，所舉辦第一屆研討會之後的又一次大型學術活動。

這次與會學者，共達百餘人。除了國內各大學及研究機構的專家學者之外，有多位大陸學者及一位日本學者，也遠道前來參加，爲本次研討會增色不少。這次研討會所提供的論文，在文學及思想兩方面，所涉及的問題涵蓋面之廣，內容之深入，較之第一屆研討會可謂有過之而無不及。而所提出的見解，正反映學界對魏晉學術研究的新進展，因而此次會議所代表的意義，一方面是魏晉學術研究的另一次大會師，另一方面也代表著此期研究的新里程碑。我們期望藉著這一大型研討會的舉辦，邀集此學門的精英，共聚一堂，彼此切磋商討，交換心得，藉以啓發靈思，增廣視野，引導研究風氣，以期帶動魏晉專業研究的生根發展。

這次研討會共提出廿六篇論文，在思想方面，有莊萬壽先生與呂凱先生不謀而合的從「嵇康與山巨源絕交書」入手，惟取徑卻異，此二文與江建俊先生的「大人理境與無君思想的關係」一文，同在探討竹林七賢的行思；另有關佛道思想，則有武漢大學黃釗先生「論抱朴子內篇長生成仙的思想體系」、日本關西大學坂出祥伸先生「開劫度人說和氣——雖天地崩壞而氣不滅」、李豐楙先生「正常與非常：生產、變化說結構性意義——試論干寶搜神記的變化思想」、鄭志明先生「搜神記的神話思維」及北京社科院世界宗教研究所餘敦康先生「論竺道生的佛性思想與玄學關係」等數文。另外如謝大寧先生就「才性四本論」展開新的詮釋；林惠勝先生對王弼「崇本息末」一命題的義蘊作深入的探索，北大哲學系許抗生先生更釐析玄學最根本的「自然」思想，其所作低昂深淺之論，皆平日精思所得；而劉漢初先生從「元氣」與「逸氣」兩種特殊風韻論六朝人物；唐翼明先生揭露魏晉清談的面紗；李栖先生點染「兩晉士人的藝術才華」；尤雅姿先生從世說新語一書中有關魏晉士人的休閒活動，賦予玄義；皆時有會心，引人入勝。

至於文學方面，王文進先生嚴別謝靈運詩中的遊覽與行旅的差異，洪順隆先生由思維形式與作品主題論「詠史」詩的敘事性格，鄭毓瑜先生則從文士集團的社交談到「公讌詩」的象徵意義，這些都是屬於對詩體的深刻分析。他如陳怡良先生從「思想境界」及「寫意詩法」兩方面肯定陶淵明的文學成就，四川大學歷史系景蜀慧先生則剖析陶淵明的晚年心態——以貧傲世，猛志長存，皆能發人所未發，頗有可採；而中央民族學院的裴斐先生從「個性與審美意識之覺醒」的觀點，證定建安文學的特色，吉林社科院文學研究所鍾優民先生〈魏晉南北朝詩歌藝術的嬗變軌跡與民族傳統〉一文，實沿波討流之佳構。至於六朝文論方面，則有天津南開大學中文系羅宗強先生的「劉勰文體論識微」論理極其精闢，游志誠先生「論文選之難體」，獨具慧眼。尤有進者，若羅肇錦先生從魏晉「文學用語」以反映當時社會現象，別立蹊徑；中央研究院莊申慶先生則由勢的認定，以窺魏晉南北朝之書法與文學理論的發展，皆能入其中，得其底蘊。

總攬諸文，或暢玄理，或論佛道，或爲名士風姿之鑑賞，或述文學風格與流變，皆深造自得，各有造詣，誠屬不可多得。

我們希望藉兩次研討會的召開，促使魏晉南北朝學術的研究更見蓬勃發展，也希望未來第三屆、第四屆研討會能繼續召開下去。

感謝教育部及文建會的協辦，也感謝成功文教基金會、台南市文化基金會、天心慈善會、宗傳建設開發公司等機構的贊助。同時，對於淡江大學中文所王文進所長及幾位研究生對多位大陸學者來台接機方面所提供的協助，以及中央圖書館漢學資料中心劉顯叔主任在台北協助接待大陸學者的周詳和熱心，在此謹致誠摯的謝意。

最後，謹對參與此次研討會擔任引言演講的葉慶炳教授，以及所有主持人、主講人、特約討論人及許多專家學者的熱烈與會，敬表謝意。同時，對於本校馬校長、闔院長的支持鼓勵，系所各位同仁的辛勞策畫，同學們的參與、協助，也在此一併致謝。

國立成功大學中國文學系所教授兼所長　葉政欣　謹識

《大學四年風采錄 詩書影畫一囊收——黃華安畢業巡迴展》序

華安是來自馬來西亞的僑生，因為熱愛中華文化，負笈來台就讀成大中文系。經過四年的努力，現在即將畢業。打算把他四年來有關攝影和書、畫等作品，刊印成冊，並舉辦一次畢業巡迴展覽。要我為他的作品寫篇序言，這是我義不容辭的事。

四年前，我在上中文系一年級的國文課時，有一天看到教室後牆上，布置了一長幅字和畫并具的精緻看板，上面有梅、竹等的國畫和一些勉勵同學勤奮向學的話語。畫面清麗雅致，字寫得蒼勁老練，令人激賞。問知是班上一位黃姓僑生所作。這位黃姓僑生就是華安。華安多才多藝，從小就對藝術發生濃厚興趣。經過多年的培養和自我磨練，現在巳是一位不可多得的攝影及書畫等方面的傑出工作者，並且兼通琴（箏）棋兩種中國傳統文士喜愛的技藝，實在非常難能可貴。

華安心地溫良，秉性純厚，生活簡樸，服務熱心。猶記得去年暑假，他在從事大陸西北行之前，為中文系趕製了一份「中文系簡介」，從設計、編輯，到圖片的製作等工作，均由他一手策劃，更運用其巳頗純熟的攝影技術，攝製了許多精彩的圖片，使這份簡介增色不少。系上歷次一有大型活動，如每年的鳳凰樹文學獎、鳳凰劇展，和舉辦過的甲骨學國際研討會、魏晉南北朝學術研討會、慶祝蘇雪林教授九秩晉五華誕國際研討會等，每次都請他擔任攝影工作，他都盡心盡力，做好每件工作。華安的熱誠服務，使我非常感動。

九一年及九二年暑假期間，華安自籌經費，採取自助旅遊的方式，不辭艱辛勞苦地造訪中國大陸，足跡踏遍四川、雲南、新疆、青海、河南等西南、西北十個省份。返臺以後並辦了兩次個人展覽，將遊歷大陸各地所得心血結晶，包括書法、國畫、攝影等各類作品，公諸同好，讓未曾到過大陸邊遠地區的人，也有機會欣賞到這神州大地的風貌，也為校園帶來了多一份藝術氣息。華安就是這樣一位對文學、藝術充滿熾熱之心與執著之情的青年，其膽識、耐力、豪情壯志及高昂的鬥志，實在非一般人所能企及。

華安即將畢業，目前雖然在藝術工作上小有成就，但在他的整個藝術生涯中，這只是一個起步。將來有待他繼續努力的地方尚多，況且，藝術的成就正須長期浸淫，不斷焠煉，才能在漫漫的藝術之路上，有一番卓越的表現。深信以華安對藝術的執著和熱誠，假以時日，將來必有更大的成就。忝為華安的師長，在他行將離校之際，略綴數語，做為勉勵的話，並祝福他日有進境，順利攀越藝術的頂峰。

成大中文系系主任葉政欣　一九九三年五月

「中正紀念堂」不應當被廢棄
——兼論蔣介石先生對台灣的貢獻

一、陳水扁政府強行廢棄中正紀念堂

陳水扁政府在不久前，把「中正紀念堂」強行廢棄，理由是故總統蔣介石先生治台期間，實行威權統治，違反民主，而且是發生在民國三十六年的「二二八事件」的元兇。因此在所謂轉型正義的藉口下，竟然不惜違反相關法律的規定，迫不及待的利用行政命令，就把「中正紀念堂」強行易名了。

這件事由教育部來執行，他們把「中正紀念堂」的牌匾拆下，更名為「台灣民主紀念堂」。把前面牌樓「大中至正」四個大字也拆毀，代之以「自由廣場」四字。更利用二二八紀念日活動，把堂內的蔣公銅像，用懸掛的東西半遮擋起來，並在大堂陳列一些五花八門，以及和二二八事件有關的圖片和資料。這些做法可說是對蔣介石先生極大的

不敬和汙辱。

當扁政府準備採取行動時，立法院的決議、輿論界以及許多民眾都強烈表示反對，台北市政府也持反對意見，而以地方政府的公權力設法阻止，但最後都宣告無效。扁政府不顧各方的反對，利用國家最高行政權力，將多數在台同胞奉為神聖殿堂的「中正紀念堂」，強行廢棄。這種作法不但破壞國家體制，而且一意孤行，也傷了許多同胞的心。這件事必將使扁政府在歷史上留下惡名。

其實，蔣介石先生對台灣有重大貢獻，扁政府這樣對待他，是公然鞭屍，忘恩負義、恩將仇報的行為，對蔣介石先生是非常不公平的。

現在國民黨籍的馬英九先生當選總統，新政府應該依法平反扁政府先前違法濫權的作法，恢復蔣介石先生的名譽，才符合公平正義，也符合台灣多數同胞的意願。

二、蔣介石先生是世界級偉人

民國六十四年，蔣介石先生去世時，已故名學者胡秋原先生在《中華雜誌》（第十三卷五月號總一四二期）上發表了一篇〈蔣總統論〉，是一篇劃時代的大文章。蔣先生率先反共，具先見之明。他畢生對國家有三大貢獻：一是領導國民革命軍北伐成功，統一全國；二是領導全民抗日獲得勝利，保全了國家民族的生存，同時廢除不平等條約，提升國家地位為世界五強之一；三是維繫中華民國的命脈，在台灣實行憲政，建設台灣，奠定台灣民主及各方面發展的基礎。胡先生的論定，代表當時多數國人的共同看法，非常中肯。蔣先生是世界級的偉人，生平所建立的功勳之高，在近代的人物中，恐怕只有創建民國的孫中山先生可相比擬。

三、蔣先生對台灣的貢獻

就台灣而言，蔣介石先生還有幾項功績，值得一提：

1.**收復台灣**：台灣割讓日本五十年，人民淪為次等國民，受盡日人的歧視和不平等待遇。蔣先生領導的國民政府在抗戰期間已有收復台灣的決策，抗戰勝利，終於實現。台灣同胞回到祖國的懷抱，恢復正常國民的地位，這和先前次等國民的待遇相比，可說是天差地別。這是台灣同胞應該特別感念蔣先生的第一點。

2.**保全台灣，免受共黨荼毒**：民國三十八年大陸局勢逆轉，中共四個野戰軍超過百萬的兵力，已打到福建、廣東境內，很快就可渡海攻打台灣。

當時政府剛從大陸撤退，尚未站穩腳跟，台灣情勢危在旦夕。而四川、雲、貴一帶尚在國軍手中，蔣先生適時飛抵四川，召集軍、政幹部策劃防禦，引開了百萬共軍指向四川、雲貴等省。一面任命陳誠先生為台灣省主席，加緊佈署台灣防務，等到共軍打下四川等省，再回師福建、廣東時已是半年以後了。這時台灣的兵力佈署已初步完成，防務已大爲增強。共軍先打金門未成，便放棄立即攻台的打算。接著韓戰爆發，國際情勢轉變，台灣才告轉危爲安，免於淪入共黨暴政統治。這段史實，旅居香港的名軍事評論家岳騫先生曾有專文談到，後來蔣緯國將軍也曾提及。蔣先生策劃保台，既保存了中華民國一線命脈，也保全了台灣同胞的安全。這是第二點。

3.**在台灣實施憲政，安定台灣、建設台灣，政績卓著：**政府遷台初期，台灣產業落後，經濟不振，民生困苦，民主制度尚未建立。蔣先生領導全體軍民同胞，胼手胝足，刻苦奮鬥，才逐漸進入小康之境。這段時期，中共統治大陸，隨時準備赤化台灣，如果沒有蔣先生的領導能力和聲望，台灣以彈丸之地是很難撐得下去的，而且在艱困的環境中維持在聯合國常任理事國的地位凡二十餘年。他在台灣團結海內外反共人士，推行各項利民政策，廣納來自大陸及本地的人才，勵精圖治，在吏治、外交、政治、經濟、財政、司法、軍事、教育文化各方面，都建立了健全的制度，逐步推展，而獲得了良好的績效。經過二十幾年的努力，已奠定了台灣民主制度及各方面發展的基礎。在他逝世時，台灣在各方面已展現了充沛的活力，正蓄勢待發。他的繼任者，在他的政策基礎上繼續求發展，加上全民的共同努力，才創造出「台灣奇蹟」。如果沒有他奠下的基礎，是不可能有後續的發展成效的。這是第三點。

蔣先生對台灣既付出了這麼大的辛勞，難道我們所有生活在台灣的同胞，不該感謝他的恩澤嗎？今天扁政府如此粗暴的對待他，是有情有義的台灣同胞應有的作為嗎？

四、全民捐資興建中正紀念堂

由於蔣先生治台的政績卓著，因而得到國人普遍的擁護和愛戴。他逝世時，國人表達極深的哀痛，於是集資為他興建現在的中正紀念堂園區，包括音樂廳和戲劇院，作為永久紀念。當時各界踴躍捐獻，許多企業家一捐就是台幣三千萬元，這個數目以今天的幣值計，大約超過三億元。少於這數目的也動輒千萬元或數百萬元，其他各界人士也無不量力慷慨樂捐，匯聚成一筆巨款。這種全民熱烈捐輸的情景，實在是非常少見的。這個紀念園區，修建得莊嚴宏偉，和蔣先生的功業可謂相得益彰。三十年來它已成為國人瞻仰的神聖殿堂，也是外來觀光客必到的景點，更是全民共有、遊憩賞景的公園，兩廳院成了提升台灣藝術教化的最佳場所。這個園區既是全民捐款為蔣先生而興建，現在扁政府要把它廢棄改名，是不是應該得到全民的多數贊同呢？

其實，如果我們能把眼光放遠一點看，以蔣先生畢生功業之盛，數十年乃至百年之後，他的聲望必然十分崇隆，那時來自全中國及世界各國的人士，必然把這座紀念堂視為他們崇仰的地方，台灣還可以沾上他的光彩，提高聲望呢！可惜今天年輕一輩的人，受到政治人物不當言論的影響，不知珍愛它，眼看著就要把它拋棄，這固然讓蔣先生受到委屈，但我相信數十年乃至百年之後，共黨的陰霾終將過去，那時國人為感念他的功業，會在南京修建一座比台北的紀念堂更宏偉壯觀的建築來紀念他。相信能知鑑歷史的人會認同我的這番判斷。

五、一面實施戒嚴，不忘推行民主

有人批評蔣先生治台期間實施戒嚴，說他是獨裁者。其實所以實施戒嚴是由於當時處境的需要，也得到多數同胞的支持。當時政府雖保住了台灣，但一直處於中共的嚴重威脅之下，為了台灣的安定，實施戒嚴實出於不得已。不過雖名為戒嚴，但政府從來台初期就開始實施憲政，積極推展地方自治，實行民主，像鄉鎮長縣市議員、縣市長、省議員等職位，均逐步開放民選，這些民主措施都是在蔣先生任內開始進行的。中央級民意代表除了大陸地區以外，台、澎、金、馬地區也改選立法委員及國大代表，可說從地方到中央，都積極在推動民主。同時也在中央部門任用黨外人士參與工作（如王雲五、高玉樹等）。當時人民的生活並沒有因戒嚴而受到多少限制，生活還是感覺很自由的。相信跟我同輩的人都有這樣的認知。另外當時也有在野的政黨（如青年黨、民主社會黨）和在野人士所辦的媒體（如李玉階所辦的自立晚報），都可監督政府，所謂戒嚴其實只是半戒嚴狀態，和今天各國所謂戒嚴有相當差別。

今天有人動輒以戒嚴、獨裁批評蔣先生，而忽略他實施憲政、實行民主的貢獻，這是不公平的。目前台灣的民主成果，實際也是靠蔣先生當政期間奠定下來的基礎，才得以逐步發展達到的。

六、蔣先生延任一事的探討

至於蔣先生總統延任一事，有憲法「動員戡亂時期臨時條款」的依據，可視為已得到多數同胞的支持，不過也確有反對的意見。因此，究竟是得是失，看法可以見仁見智，但以後來解嚴前後紛紛擾擾的情形來看，蔣先生如果沒有選擇延任，後繼者能否維持台灣的安定，是很有疑問的。台灣如果不能安定，發展必受影響，防衛力量必減弱。那時中共政權毛澤東、周恩來這些厲害角色還在當政，正當盛壯之年，台灣能否與之匹敵都是大問題。大陸淪陷之初，整個國家情勢有如天翻地覆，全民陷入極端恐慌、痛苦、無助的深淵之中。政府播遷來台，蔣先生有如擎天一柱，人民期望他的庇護、領導，如大旱之望雲霓。在此種情勢下，蔣先生應是為了回報人民的殷切期望，和負起保衛台灣、光復大陸的歷史責任，才毅然捨我其誰、當仁不讓的選擇挑起這副重擔。在他當政期間，除了建設台灣，還一直念念不忘要俟機反攻大陸，解救大陸同胞，正是為了完成這項歷史責任。蔣先生選擇了延任，光復大陸雖未實現，畢竟把台灣保住了，而且有大的發展。保住台灣是最要緊的事，他做到了。因此權衡利弊得失，對於蔣先生延任的做法，我是堅決支持的。

七、駁正政治對手的汙衊

又最近有年輕一輩的人拿蔣先生和德國的希特勒相提並論。又有人說蔣先生是二二八事件的元兇，又說是殺人的劊子手。說這些話的人實在太無知。蔣先生在台主政二十六年，操守清廉，勤於政務，對台灣同胞愛護有加，而且提供了一個公平正義的社會，讓大家可以自由發展，例如一個三級貧戶之子，也可以靠自己的努力，考上台大，考取律師，有機會開創出自己美好的前程，其他條件較好的人就更不用說了。國民受教育的機會均等，是社會公平正義的基礎。在蔣先生治理下，整個社會大體是公平、自由的。由於他主政的確造福了全體國民，因此在他逝世之日，成千上萬的百姓爲他流淚，爲他哀傷，願意排隊等候十幾個小時，只爲進入國父紀念館去瞻仰他的遺容，向他致哀、致敬。如果蔣先生不是愛護台灣同胞，真正得到台灣同胞誠心的擁護，能讓大家做到這樣嗎？又怎麼能拿希特勒來相比呢？

至於說蔣先生是二二八事件的元兇也與事實不符。二二八事件中，如果政府有錯，政治責任應該由當時擔任台灣省行政長官的陳儀先生承擔才對。那時蔣先生在南京中央政府正全力應付共黨的叛亂，怎能直接指揮地方的事？何況蔣先生在事發之後，還特別告誡陳長官要慎重處理、不可報復。這怎麼能說蔣先生是元兇呢？

又說他是殺人的劊子手，這也許是指政府來台初期對付共諜的做法，這是國共鬥爭下的產物。當時政府退守台灣，情勢不穩，中共確曾派遣大量共諜在台活動，企圖顛覆政府。政府為安定台灣，曾大力肅清共諜，使台灣趨於安定。不過在初期肅清共諜過程中，各級相關人員確有執法過當情形，致發生一些冤、錯案件，造成一些人民生命、財產及人權上的損失，即所謂白色恐怖事件，這是令人十分惋惜的。當然蔣先生身為主政者應該負有行政監督不週之責。至於對待台灣政治異議人士，如有違法，也只是判刑，並未加害生命。這些不能以劊子手的罪名強加在他的頭上。

八、結語

總之，蔣先生治台二十餘年，領導本省、外省同胞，慘澹經營，建設台灣，使台灣各種產業、人文等方面脫胎換骨，奠定了最堅實的基礎，大有助於台灣後續的發展。論數十年來歷任總統治台之功，蔣先生應該得到最高的評價，可惜時過境遷，後生晚輩多已不了解當年的情況，加以多年來各種人為因素的影響，許多人只知拿現在的民主尺度去衡量過去的一切，造成諸多誤解，令人扼腕歎息！寄語有情有義的在台同胞，大家不應該忘記蔣先生對台灣的貢獻。

（本文刊載於《古今藝文雜誌》三十四卷三期，民國九十七年一月）

憶往與祝福

——爲梁文偉先生全集之出版而寫

民國七十四年（一九八五）秋天，成功大學文學院的歷史語言研究所碩士班，剛剛開辦，黃競新女士即應聘為副教授到研究所任教。黃教授的專長之一是甲骨學，聘請她到校任教，也是看重她在這方面的專長。那時黃永武博士剛受聘來成功大學擔任文學院院長，並兼歷史語言研究所（以下簡稱史語所）所長。他在創所之初，即規劃重點教學方向為甲骨學、敦煌學和宋詩等三個方面，並新聘了幾位教授，以加強師資陣容。甲骨學的師資，黃教授無疑的是新加入的一位生力軍，也是第一人選。她在研究所開授「甲骨學專題研究」的課，同時也在中國文學系擔任其他課程。我那時在中國文學系任教，便和黃教授成了同事，而開始認識。

黃競新教授除了教學以外，她在甲骨學方面有一套研究計劃。首先在研究所和學校的經費資助下，黃教授依計劃購置圖書及設備，建立了國內第一所甲骨學專題研究室，以推動甲骨學的研究。她聯絡兩岸及香港、新加坡等地甲骨學方面的學者，進行學術交流，像饒宗頤、胡厚宣、李亦園、李孝定、金祥恆等多位教授都曾到史語所指導交流，讓學生獲益良多。經黃教授多年的努力，逐漸建構完成甲骨學資料庫，並不斷充實內容。又曾與工學院的資訊工程研究所合辦「甲骨學與資訊科技國際學術研討會」，進行科際整合，並廣邀海內外學者與會，發表論文，刊印論文集行世，廣受學界好評。此外，並廣泛進行其他科際整合研究及國家科學委員會專題研究，均獲良好成果，尤以殷代天文、氣象、數學等項為著。

研究工作的推展，需要經費的支持，當時經費的來源，除了獲得國家科學委員會和教育部科技顧問室的經費補助以外，許多聘請助理的人事費用及耗材，尚需黃教授親自負擔，在這方面做為黃教授的另一半梁文偉教授均充分支持，沒有怨言。由於黃教授對研究工作的執著，經常延長留校時間，需要梁教授開車接送，有時還要梁教授在車內假寐苦候。黃教授在成功大學任教的十一年當中，得到梁教授的支持與協助的地方，實在很多。黃教授說過：如果沒有梁教授的助力，相信不會有今天的成果，可見梁教授的幫助是多麼重要。

我本來並不認識梁教授，後來梁教授和黃教授結婚以後，我才得以和梁教授認識。不過也都在有黃教授在場的餐會席上，尚無緣在談學術的場合交往。雖然如此，但我記得初次見面時，我就感受到梁教授不凡的氣度和熱情，也看到廣東人的豪邁和率直，他的談吐，令我心生佩服。後來透過黃教授的介紹，才又有進一步的了解，知道梁教授得過台灣大學的文學博士學位，在學術及藝文兩個領域都有很好的成就，尤其在戲劇方面表現更為傑出。他的碩士論文以「中國現代話劇」為研究專題，深厚的戲劇理論素養和編演經驗，使他寫出一部可以涵蓋整個中國話劇史的佳構，以及日後接連創作了數十部的戲劇作品。博士論文則是研究湖北雲夢睡虎地秦簡和相關文獻，更進而引導他透過考古學方法對秦代及商代歷史進行研究，都得到相當顯著的成果。

梁教授在香港和台灣兩地的大學擔任教職，長達五十年。教學之外，勤於研究及創作，經他數十年的努力，完成的著作多達數百萬言。學術著作，大都論證精闢，迭有創見；藝文作品亦生動雋永，蘊含哲理，皆極具價值。可謂績學有成、著作等身，令人十分欽敬。

梁教授於民國九十五年（二〇〇六）十一月歸返道山，享壽七十一歲。黃教授篤於夫妻之情，花了五年的時間，付出許多心血，為梁教授整理遺著，準備刊印問世。筆者忝為黃教授多年同事，且對梁、黃兩位教授的治學精神，均極為敬佩，特綴數語，略述交往經過，藉表欽慕之意。

成功大學中國文學系退休教授　葉政欣　敬識

民國九十九年十二月二十五日　於台灣台南市

成大中文系成立六十週年感言

民國九十五年八月，欣逢中文系創系五十週年紀念，我曾為文細數，並回顧自己在中文系的五十年過往種種。匆匆又已十年，歲月流逝，不禁令人心驚！

我是成大中文系早期畢業生，後來回系任教三十餘年，直到退休，整個生命可說和中文系是分不開的。值此中文系的花甲之慶，內心可說既興奮又感慨，不能無言，願借此略抒所感。

中文系成立於民國四十五年八月，距離臺灣光復不過十一年。臺灣光復對整個臺灣來說，是個極大的轉變。日本殖民統治臺灣五十年，由於日本的殖民政策，沒有培養出一些臺灣籍的高級人才。五十年當中，殖民政府的中、高階官員，清一色的都是日人，各級學校的校長和教師也都是。日本戰敗，整批離開臺灣，並沒有在臺灣留下多少高級人才，尤其是學術方面的人才。因此，光復初期只能仰賴來自大陸各省人才的支援，有關中國的文學、歷史、哲學等方面的人才，更是如此。

民國三十八年大陸撤守，中央政府遷臺，文教界人士來臺的較前更多。政府擴充文教機構，廣設各級學校，培育人才，對全體國民一體對待。這些做法，和日據時期截然不同。一旦臺灣光復，日人離開，日本統治的痕跡和影響，幾乎完全消失。我在臺灣南部鄉間長大，進小學讀書時已稍懂事，這時日人剛剛離開臺灣，我當時及稍後幾乎感受不到日人曾統治過臺灣這回事，這可見日人的偏狹歧視是欠缺文化同化力的。反觀我們中華文化，博大恢弘，沒有階級歧視，包容力強，在臺灣光復後，政府與人民之間，雖短期因語言的隔閡有過挫折，但因文化根基相同，很快的就融合為一體，彼此打成一片。在政府的主政下，許多來自大陸各省的專家學者，來到臺灣，散居在許多公、私立大學及研究機構中，還有許多政府官員及擔任中、小學教師的知識份子，都成了傳佈中華文化的重要力量。其中到成大任教的學者，只是其中的一小部份，但就這一小部份，應可以概見其餘。

我在成大中文系求學時，師長全是來自大陸各省的學者。首任系主任施之勉先生，江蘇無錫人，學識淵博，專精古代史學的研究，尤以《史記》、《漢書》的研究最為深入，年紀已經七十幾歲，名學者錢穆先生是他的同鄉好友。中文系在他的主持下，選聘教師極為嚴謹，教學陣容整齊，為中文系奠定了堅實的基礎。教師中像蘇雪林、黎在符、趙阿南、趙吉士等教授，都已七十幾歲。還有戴曾錫、宋子開、孫鼎禾、趙璧光、杜學知、尉素秋、張嚴、王禮卿、吳振芝和李勉等教授，也都在五、六十歲上下。他們都學有專精，有些還是全國知名學者，他們傳道、授業、解惑，把傳統的文學和文化傳佈到臺灣這個過去睽違中華文化數十年的地方，使中華文化在臺灣再度繁榮滋長，真是功不可沒。筆者有幸，得以躬逢其盛，得到他們的教導，成為一個對文學及文化有較深認識的人，個人深感榮幸。

我在受教的過程中，除了接受老師們課業上的教導以外，更得到他們人格的薰陶。老師們有的端莊嚴謹，時時不忘耳提面命，關心學生的課業與生活；有的善用教學，利用郊遊或各種活動機會，與學生有良好的互動，更透過「習作」而進行指導學習。諸如此類，老師們處處表現熱心教育，誨人不倦的精神，足為學生們的表率，而受到學生普遍的尊敬。我學習和生活在這個環境中，深受影響，也以此自我惕勵，期於有成。如今已屆垂暮之年，深愧成就有限，思之惶然！

我土生土長於臺灣，祖先從福建移居臺灣已歷九代。從民國三十五年秋，進入小學一年級讀書，就接受國民教育。到了大學階段，又就讀成大中國文學系，繼又進入臺灣師範大學國文研究所碩士班、博士班進修，接受傳統文學及文化的完整教育，熟悉文學、歷史和哲學，後來又回校任教，同時也成了文學及文化教育的傳播者。這樣的角色，讓我深覺自豪。

我在成大中文系及研究所任教近四十年，盡心培育下一代，學士班畢業生遍佈全臺，他們早期從事國文教學工作的居多，直接傳承傳統文化的慧命，晚近雖不能全數擔任教職而分散各界，在不同的崗位上，也能發揮潛移默化的功效，同樣有功於國家、社會。研究所碩士班畢業生，也多數在大專或高級中學任教，傳授文學及文化。數十年間中文系培育的人才，何止萬千人，在臺灣文教界服務，必然對國家、社會產生相當的影響。我身為中文系的一分子，深感與有榮焉。

如今成大中文系已發展成為具備學士班、碩士班和博士班的完整教學體系，享譽南臺灣。而教學謹嚴，學風淳樸，不斷追求卓越。它正和臺灣各公、私立大學資深中文系的發展，並駕齊驅。相信在成功大學樸實穩健校風的帶動下，今後當能有更凸出的表現。

當此紀念六十週年之際，希望中文系繼續肩負起培養文學人才及傳承文化的神聖使命，這是我對成大中文系創系六十週年慶最虔誠的祝願。

（本文刊載於《國文天地》第三七八期，民國一〇五年八月）

悼念于大成先生

于大成先生逝世，已屆滿壹週年。在十七年前，他以壯盛之年突然中風病倒，曾給成大中文系師生及台灣中文學界帶來震撼，而去年的仙逝，也讓我們感到震驚和哀傷。雖已匆匆過了一年，仍令我們無限懷念。

大成先生年長於我六歲。民國五十一年秋、我進入台灣師範大學國文研究所碩士班就讀。同年，他在台灣大學中國文學研究所，以《文子集解》一文獲文學碩士學位。稍後，他進入台灣師範大學國文研究所博士班進修，我則於五十三年夏，從碩士班畢業，離開國文研究所。兩人雖一度同在國文研究所，但因班次不同，時間又很短暫，所以也還沒有機會認識。

我畢業後，服兵役一年，即到台南市成功大學中文系任教。一直到五十九年秋天，再度進入台灣師範大學國文研究所博士班進修，他則於幾個月前完成了《淮南子校訂》論文，通過教育部的博士學位口試，獲得國家文學博

士學位。這樣一進一出，兩人仍然沒有機會認識。不過，對於他勤學有成的優越表現，已心存敬佩。

民國六十六年前後，內子謝金美女士在高雄師範大學國文研究所碩士班進修，于先生正在該所任教，內子成了他的學生，而且她的碩士論文就是由于先生指導撰寫的。從內子口中，我對于先生有了進一步的認識了解。剛好我的博士論文也在這個時候提出，于先生受聘為我的論文的校內口試委員之一，於是他也成了我的座師了。我夫婦兩人同時成了他的學生，說起來也算是緣分不淺。可惜這時仍少有向他請益的機會。

七十二年秋天，于先生應聘來成功大學中文系任教，並兼任文學院院長及中文系主任，我才有機會正式和于先生共事，並得到他的諸多教益。我便是在他擔任系主任任內的七十三年秋升等為教授的。雖然如此，在這段期間，兩個人面對面交談的機會仍然不多，主要原因是于先生身兼院長和系主任兩個職位，工作格外繁重，還要不時參加校外的一些學術活動，而此時他又家住台北，往往需要每星期往返於台北、台南之間，因此我也就不敢常去打擾他。他也因為南北奔波、工作負擔沈重而致積勞成疾，才造成遺憾的。

于先生身體一向不是很健壯，早先曾有心臟瓣膜缺損的疾病，經開刀治療之後，體力雖大為好轉，但身體仍然不十分健康。工作上的負擔，當然讓他付出了很大的氣力。來台南任職未久，就曾一度閃了腰，腰部不能動，還好經中醫很快治好，這也顯示他身體健康有待加強。于先生中風發病的前一天，他在台北參加一項學術研討會，擔任一篇論文的講評人，需要熬夜看文稿、做準備。結束後，匆匆南下。第二天四月一日，又碰到邀請高仲華老師來系演講的日子。演講會由于先生親自主持。高老師講了大約一個多小時之後，便由主持人的于先生對演講內容做了一番引申、闡發。高仲華老師是中文學界的泰斗之一，也是于先生的業師。于先生為了表示對老師的尊敬和重視，可以看出是以很認真的態度來闡述，情緒顯得有點振奮，講話時間也略為長久。中餐宴請老師，席上不知是否有小酌兩杯。飯後，于先生陪著大家在他的院長辦公室休息、閒談，當時筆者陪伴在旁，還有幾位系裏的老師和台南師院的老師也在座。大約下午一點多，于先生坐在沙發上，有好一陣子不說話也不動了，大伙兒才覺得情況有異，就趕緊把他送到附近的成大附屬醫院治療。這是十七年前，于先生中風發病時的概略過程。現在回想起來，有些情節仍深印在腦海中，不能忘懷。

于先生在成大文學院長和中文系主任的任上雖只短短一年八個月的時間，但建樹頗多。舉其大者，如：

1.**提升人文教育成果**：過去擔任成大文學院院長的學者，雖不乏名流前輩，但論學問博洽，識見宏遠，多才多藝者，恐怕都趕不上于先生。于先生到校後，受到校長和其他學院同僚的重視和尊敬，無形中提升了文學院在整個校園的份量，對文學院全體師生也起了鼓舞的作用。而且于先生擔任文學院長，有機會參與學校的重要會議，對學校的發展大計，也多所獻替，尤其使人文學方面的教育，受到學校的重視，許多相關措施，付諸施行，對全校人文教育的提升，幫助很大。

2.**中文系師資陣容的加強及課程的充實**：過去中文系的師資經學校及師生多年的努力，已粗具規模。于先生來到後，就延攬多位學有專精的學者，如沈謙、劉文起、曾榮汾等多位到校授課，而于先生本人更是一位不可多得的學者，有了他們的加入，對中文系師資陣容的增強，頗有助益。同時，增開課程，使學生有更多的學習機會，也拓展了學問的視野。

3.**積極申請設立研究所**：于先生剛到成大，當時文學院只有中文、外文、歷史三個系，尚無研究所。于先生積極籌劃，先結合中文、歷史兩系的師資及設備，申請成立「歷史語言研究所」碩士班，獲得教育部的許可。這是成大文學院設立研究所的創始。對於提升文學院的學術水準，自然關係重大。雖然于院長因病未能親自推動研究所的後續工作，但研究所的成立，已為文學院的發展，奠定了良好的基礎。現在的成大文學院已較當年壯大許多，但是追懷往跡，不得不感謝當時于先生的籌劃及所投入的心力。

于先生中風後，經醫院治療，逐漸好轉，但記憶、言語、行動都不能自如，幸賴師母耐心引導照顧，才逐漸恢復記憶，能簡單言語，左手腳尚可著力。但不久又再度中風，導致一眼失明，更增加復原的困難。經過多年不斷努力，克服許多困難，終能以左手書寫，筆跡蒼勁有力，與前右手所書，相去不遠，誠屬難能。其毅力之堅卓，於此可見。

去年元月，于先生因心臟瓣膜損壞，必須動手術更換。治療過程，原稱順利，熟料因感染導致敗血性休克，竟告不治。門生故舊無不歎惋哀傷。于先生最後服務退休的學校—成功大學。為他籌辦治喪事宜。治喪會總幹事一職，原宜由成大文學院長或中文系主任擔任，而主任委員則由成功大學校長擔任，但因于先生為國內知名學者，曾在國內多所大學任教，治喪會主任委員一職，最後推由時任教育部長的曾志朗先生擔任，成大校長高強先生則任副主任委員，另前校長馬哲儒先生及于先生曾任教過的幾所大學的校長也列名擔任副主任委員。總幹事一職則推由筆者擔任。一則院長、系主任忙於公務；再則筆者與于先生有師生之誼，聯繫較為方便。而系主任張高評先生、系中教授江建俊先生及北部于先生的門生閻琴南、劉文起、曾榮汾等三位先生，則擔任副總幹事，以為支援。另請于先生的親友丁介民先生等一百二十餘位為治喪委員，其中多為國內中文學界的學者。三月四日在台北第二殯儀館景仰廳，舉行出殯告別儀式，到有治喪委員及親友門生約三四百人，輓額、輓幛、輓聯掛滿廳堂四周。場面哀戚，莊嚴肅穆，備極哀榮，咸認是近年學界隆重的治喪儀式之一。

于先生的成就，方面很多，不及備述。恭逢于先生逝世週年紀念，僅以虔誠之心，追憶過往，聊表哀思。

（本文刊載於《于大成教授紀念集》，民國九十二年一月）

悼念林耀曾先生

耀曾學兄於去年（九十四）十二月以七十三歲高齡辭世，時光荏苒，匆匆又將一年。夫人德訓女士及耀曾兄的門生故舊，準備為他出版紀念集，以資永念，忝在同學之末的我，自當參與並為文一抒懷念之情。

民國五十一年秋，我考入台灣省立師範大學國文研究所碩士班，有幸與耀曾兄成為同學。當時一同進入研究所的同班同學，尚有婁良樂、黃慶萱、吳璵、黃永武、金榮華、何希淳等幾位學兄和張棣華、李宗瑾兩位學姊，連同耀曾兄和我，一共十人。論年齡，良樂兄最長，慶萱兄、仲寶兄（璵）、耀曾兄三位其次，永武兄、榮華兄兩位又其次，兩位大約年長我三歲，其餘幾位和我年紀相仿，而宗瑾恐怕是最年輕的一位。我們來自不同的大學，彼此都不相識，大家齊聚一堂，共同研究學習，逐漸建立了深厚的情誼。其中，耀曾兄表現溫文儒雅，待

人親切平和，給我的印象非常深刻。

那時研究所的所長是林景伊老師，對我們的課業要求很嚴格，除了學校規定要修的學分之外，還規定須要圈點十部典籍，包括《十三經注疏》中的六種：《詩經》、《左傳》、《禮記》、《論語》、《孟子》和《周易》、《尚書》二種選一，另外再加《荀子》、《說文解字》、《昭明文選》、《文心雕龍》等四種。在畢業之前，要把十種書全部點讀完畢，才能畢業。點讀時還要寫讀書札記，雖然未規定進度，但每周林老師都要親自檢查圈點的部分及札記，並寫下年月日及簽名。我們戰戰兢兢一點也不敢馬虎，當然還要撰寫一篇具有相當份量的畢業論文。這是相當沉重的負擔，尤其想要在兩年內畢業的人，更是不敢鬆懈，因此，這段日子大家都很用功，把全部精神都投注到課業上，絲毫不敢懈怠。

我們每學期大概還要選五到六門課，約十二學分。一個星期大約有三，四天可以一起上課見面，偶爾遇到特別的日子，大家也有一起聚餐談敘，或一起郊遊，或一起拜訪老師請益的機會，這時更是大家進一步互相了解及溝通情感的時刻。我們同學之間的情誼，也就是在這種情形下逐漸建立起來。等到我們的畢業論文決定後，剛好耀曾兄和我的論文都選上「春秋」這一類，我們彼此交談的話題就更多了。

耀曾兄的碩士論文是《春秋古經洪詁補正》。它是就清儒洪亮吉所撰的《春秋左傳詁》一書中，釋《春秋經》的部分加以檢討補正，在清儒集漢儒古義以解說《春秋古經》的著作中，以洪氏此書為詳，耀曾兄選定洪著做為補正的對象，自然是非常適合的。而清儒治經特別推重漢儒的說法，對於晉儒杜預一家之說則多所批評，洪氏亮吉此書正是如此。我的碩士論文是《春秋左傳杜注釋例》，是以分析杜預所撰《春秋經傳集解》一書為根據所得的「釋例」，因此，這兩篇論文在某些基本論點上是可能有差異的。在兩人寫作過程中，遇有疑義，見面時也時常提出討論，這更增進了我們彼此的認識。

畢業以後，耀曾兄留系任教，並曾先後在東吳大學、淡江大學、中國文化大學等校授課，研究方面則轉趨中國哲學史及老、莊之學，故擔任中國哲學史、治學方法、老子、莊子等課程，授課深受學生敬服。我則於服完兵役之後，南下台南成功大學任教，講授《左傳》等課。因南北睽隔及研究方向不同，故十餘年間較少機會謀面。直到民國六十六年秋，耀曾兄借調高雄師範大學國文系所擔任系主任兼所長六年，工作地點與台南較近，彼此才有較多見面的機會。

耀曾兄教學認真，固深受學生愛戴；埋首研究，著述多種，也已傳世；而兼任行政工作，亦公正清明，講究原則，為同僚所敬佩。綜觀其一生，無論學問、事功。均成就卓越。惜因積勞成疾。於民國七十八年秋提前退休，在家療養，十餘年間為疾病所苦，無法繼續貢獻其才學，不無遺憾。而家務則全賴夫人操持，德訓夫人本身亦從事教育工作有成，子女文心、文熾、文識、文熙四位，皆俊秀成材，目前均已成家立業，和他們傑出的另一半，在不同工作崗位上貢獻其才智，服務社會，孫輩多亦聰明可愛，一家和樂融融，興旺蒸蒸，為朋輩所稱羨，耀曾兄可以無憾。

回憶當初就讀師大國文研究所時種種，忽忽已四十餘年，彼時受課業師，如林師景伊、程師旨雲、熊師翰叔、李師漁叔、宗師孝忱、許師詩英，以及指導論文的魯師實先、楊師家駱、盧師聲伯和創所的高師仲華等多位，如今都已經榮歸道山，即同學中，良樂兄、棣華姊、耀曾兄三位也已先後謝世，其餘健在的同學也都已頭髮花白，先後從工作職位上退休，時間的推移，世事的變化，令人心驚、慨歎。撫今思昔，百感交集，不覺熱淚之盈眶了。

（本文刊載於《林耀曾教授哀思錄》，民國九十五年十二月）

懷念張子良學兄

——附論張教授所參加的教科書審查工作

張教授子良學兄於民國九十四年五月間以肝疾逝世，享年六十八歲。時光荏苒，已匆匆過了兩年又餘，他生前服務的國立高雄師範大學國文系將為他舉辦紀念學術研討會，並出版紀念集，這是對他畢生教學與學術研究成就的莫大肯定。筆者感念張子良學兄的交誼，特為文略抒懷念之情，並附帶記下他參與國立編譯館的一項高中國文教科書的審查工作，以表彰他的功績，並表示敬佩之意。

子良學兄和我是國立台灣師範大學國文研究所碩士班的前後期同學。論年齡，他長我一歲。但他因先後就讀師範學校及師大國文系，這兩階段學習歷程，在畢業後都有服務年限的規定，因此他進師大國文研究所碩士班時，比我晚了好幾年。後來兩人又先後進入博士班進

修，在學校時都無緣認識，等到畢業後彼此都在大學國文系或中文系任教，很自然就認識了。不過，因為彼此專長不同，接觸的機會也不多，兩人的關係也僅止於認識，並無深交。直到民國八十七年五月間，我們同時受聘為國立編譯館高中國文教科書的審查委員，一起共事六年，彼此才有進一步的了解。

在國立編譯館審查教科書是我們利用教學餘暇兼任的一項工作。從民國八十學年度起，教育部逐漸開放中、小學校教科書為審定本。民國八十四年頒布了「高級中學國文科課程標準」，開放民間出版機構可以聘請專家，根據「課程標準」編輯教科書，由教育部委託國立編譯館審查。子良學兄和我便是在此時受聘為審查委員的。同時受聘的委員九人，有六人為大學中文系或國文系的教授，三人為高中國文科教師，組成審查委員會，議決所屬審查案件。

首先根據編譯館提供的參考資料，商定「審查標準」，而後即根據此一審查標準，審查出版商送審的高中國文類教科書。教科書以一冊為單位，逐一編號，逐號審查。因為參與編纂教科書的出版商多達十家，每家均有「高中國文」六冊及「中國文化基本教材」六冊，部分出版商還編有「國學概要」兩冊，「文法與修辭」兩冊。所有每冊教科書均附編有「教師手冊」。審查時還要兼看教師手冊，無形中冊數更增一倍。從民國八十七年九月間開始審查，頭幾年送審案件較密集，工作負擔也比較重，審查時間都集中在開學期間。這段時期有時幾乎每周都要到台北國立編譯館開會一次。審查過程中，每次開會都要進行四個小時以上，逐一討論每一位委員所提出的修改意見，決定採納與否，還要決議是否通過或「修正後再審」。每次輪由一位委員負責撰寫一篇「總評」，綜合說明審查的意見和結果，再經大家商討定案。每次結果毫無例外的都是「修正後再審」，而開會討論定案後的「修正意見」，小至於詞語的斟酌、標點符號的改正；大至於學理的討論、觀點的商榷，鉅細靡遺，往往羅列數百條，均列表打字，由助理人員協助處理，提供送審出版商修正參考。繁重的工作負擔，加上南北來回奔波，子良學兄住在高雄，比我家住台南距離更遠，耗費的時間和體力必然更多。如此進行了六年，所幸寒、暑假期間可以休息，得以緩和一下。現在回想起來，那段時間的工作可說相當辛苦。

在這六年中間，工作同仁也有一些更替。開始時的六位大學教師是高雄師大的蔡崇名教授和張子良教授、東吳大學的王偉勇教授（王教授稍後轉任教成功大學中文系）、淡江大學的林保淳教授、政治大學的洪讚教授和任教於成功大學的我，並忝兼主任委員。蔡教授大約參與工作兩年後因在學校兼任總務長職務，事情忙碌而退出，由新竹師院語教系的黃陶陶教授遞補；洪教授大約工作四年多之後因工作無法兼顧而退出，由台灣大學的張蓓蓓教授遞補。其餘四位都自始至終參與工作。高中國文教師方面，最初是由建國中學的左德成老師、北一女中的劉培翊老師和中和高中的吳明津老師三位擔任。後來左老師因學校事忙最早退出，由國立陽明高中的楊妙燕老師遞補；劉老師大約參與四年多以後因屆齡退休而退出，由台北市立陽明高中的陳明哲老師遞補；吳老師後改任中山女高教師，則始終參與工作。這些位工作同仁的姓名，在審查期間對外是要保密的，可說是勞苦功高的無名工作者，現在時過境遷，可以解密，特在此留下他（她）們的名字，也為這件事做個見證。

子良學兄參與教科書審查，每次提供的修正意見都很詳盡，且繕寫字跡工整，足見他做事認真負責。開會極少因事請假，總是從容與會。且他的文筆暢達洗鍊，專業素養豐富，尤其關於詞、曲、詩方面的文章，以及和蘇東坡相關的篇章，均能提出寶貴的改正意見，而用詞精鍊、準確，行文暢達，更能善盡審查者的職責，幫助每一冊教科書提高內容品質。在意見討論中，每能提供卓見，定奪疑難，為同仁所折服。他在審查會中的表現，令人十分感念與敬佩。

子良學兄是詩、詞、曲學方面的專家，對於蘇東坡的文學成就，尤有獨到的研究。他的著作早為學界所推崇。他教學認真，講課生動精彩，是學生心目中的好老師。任教數十年，作育英才無數。指導過的博士論文多達十一篇，碩士論文篇數更多。由於督導嚴格，學生不敢怠忽，因此篇篇都是內容紮實之作。他作育人才以及傳承和宏揚中國文學所做的貢獻是不可磨滅的。

張教授子良學兄對於任何事都要求完美，做事認真仔細，不免要多付出更多的精神和體力，長期下來導致積勞成疾，他肝臟的疾病應是這樣造成的。他有吸菸的習慣，也是不利於身體健康的一項因素。晚年與夫人分居，生活上欠缺適當的照顧，都不免影響他的健康。屆齡退休後，仍繼續維持部分教學工作，沒有真正休息，未留意身體健康已亮起紅燈。他的學養使他充分了解傳統文士的生活內涵，他本人也具有傳統文士的性情和興趣。退休後已在鄉間規劃好房舍，正待優遊林下，吟詠笑傲。不意病魔忽侵，經住院診治，已大為好轉，卻可能因一次意外的細菌感染而告復發，終至回天乏術。天不假年，讓他太早離開人世，我想子良學兄心中必有遺憾。他的逝世，使學界失去一位學者、導師，而我也失去了一位可敬的朋友，於公於私都令人感到無限婉惜。

（本文刊載於《堂堂乎張——紀念張子良教授學術研討會論文集》，民國九十六年十二月）

「中正紀念堂」是護台神山，應該珍惜

本人是台灣本省人，從事大學文史教育工作數十年，一直生活在台灣。今年已八十開外，因有感於蔣故總統介石先生，一生對國家社會的偉大貢獻，以及反共保台、推行仁政，造福台灣人民的德澤。全民共建的紀念堂，現在卻遭到蔡政府企圖廢棄的重大屈辱，內心深感不平；且紀念堂四十多年來，早已成為台灣全民的精神象徵，也是台灣安全的保證，豈可輕言廢棄！故特藉蔣公忌辰前夕機會，提出呼籲，以期喚醒台灣軍民同胞，起而捍衛此一神聖的「護台神山」，以確保台灣的安全，避免自毀長城，為台灣帶來悲慘後果。

一、蔣公主政台灣時的困難和成就

民國三十八年，大陸撤守，蔣公率同軍民同胞來到台灣，和全體本省、外省軍民同胞共同堅苦奮鬥，一面抗拒中共武力威脅，穩住台灣；一面建設台灣，實行三民主義，把台灣落後的產業和經濟迅速振興起來，加上土地改革及逐步推行民主政治等等措施的配合，奠定了台灣繁榮進步的基礎，才有後續的「台灣經濟奇蹟」等榮景，讓世界各國刮目相看，大陸也非常羨慕，而喊出「經濟學台灣」的口號。這些情況都是我們在台灣這一兩代人所親身經歷過的。

蔣公主政台灣廿六年，中間經歷多少艱難險阻，而仍能屹立不搖。他把中央政府從大陸遷來台灣，並且帶來大批各方面的菁英人才，把台灣建設成三民主義的模範省，提升了台灣的文化水準及國際地位：在內政上，建立一個經濟發達，教育普及，人民豐衣足食、安和樂利的民主公平社會。在國際關係上，維持聯合國的常任理事國地位廿餘年。這些都是蔣公和全體在台同胞共同努力的成果，是誰也無法否認的事實。

二、政敵的不實指控與辯解

某些人士批評蔣公在台灣實施戒嚴，認為是威權統治，給予負面的評價。其實當時實施戒嚴，有其時代背景。在共軍渡海攻臺的威脅下，為了確保台灣的安全，實施戒嚴是出於不得已，但並不影響一般人民生活上的自由，也不影響各行各業的發展，人民生活安和樂利，顯然並沒有因戒嚴而造成多大的損害。

民國以來，國家遭逢內憂外患，尤其抗戰期間，日軍大舉入侵，國家陷於危亡，當然無從談民主。政府遷台之初，雖然外在環境惡劣，蔣公仍然排除萬難，開始在台灣逐步實施地方自治，辦理選舉，並沒有因戒嚴而阻礙台灣民主的推展。

民主制度在台灣，由蔣公開始推行，而後繼者繼續推動進步，解嚴的條件也因時機成熟而達到。如果沒有蔣公當初的奠基，怎麼會有後來繼續發展進步的條件？可見拿後來進步的情況去批評當初草創時期的做法，顯然是不妥當的。至於所謂白色恐怖，這是由於過去數十年在大陸國共對抗的延續。當時中共在台灣潛伏許多共諜，政府鑒於以往在大陸時，由於潛伏共諜竊密，導致國軍軍事失利的教訓。因此，各級人員在處理相關案件時，採取較嚴厲的做法，在執行上容或有欠當之處，這屬於行政上的小疏失，不能無限的擴大。

三、中正紀念堂是全民共建的國定古蹟，莊嚴神聖不容褻瀆

眾所周知，中正紀念堂是為紀念蔣公而興建。回想民國六十四年蔣公逝世時，全民表現的哀痛，世所罕見。當蔣公遺體移靈到國父紀念館供民眾弔念時，來自全省各地的民眾，扶老攜幼來到靈堂致哀。進到靈堂，面對蔣公遺體，那真情流露的悲悽和哭泣，實難以言語形容！這些情景是當年身歷其境的人都知道的。

多數民眾如此對待蔣公，決非偶然。這股全民銜哀奮勵的強烈情緒，讓政府和民間

共同籌劃建成了中正紀念堂。政府提供土地，民間企業界全民運動式的踴躍捐獻，匯聚成一筆巨款，才能建成如此宏偉的殿堂，成為台灣的精神象徵。這是全民對蔣公的回饋。

紀念堂既然是當時政府和民間共同興建，這也代表了當時絕大多數人的共識，又經法定為準「國定古蹟」，照理說應該是充分具備了一代人的歷史和文化價值觀的共識，應該是永久性的，後人絕不應該任意更動。這也是一個文明社會對歷史的尊重。

當年決定和支持興建的一代人，多已逝去。現在獨派人士想不顧一切的用牽強的理由來推翻父祖輩的決定，這豈不是非常不妥當嗎？難道蔡政府可以曲從獨派人士的錯誤意見嗎？

民國三十八年蔣公六十三歲，這一年政府退守台灣，穩住大局，得此復興基地。蔣公的後半生和台灣結下了不解之緣。然而因時過境遷，當年直接受過蔣公恩惠的一代，多已作古，新一代的人，對他已漸感生疏，且往往受反對派和別有用心人士的影響，對蔣公產生誤解，這是非常令人遺憾的事。以蔣公一生所建立的功業和世界級的聲望，有他的紀念堂在，對台灣來說是莫大的資產而非負債。

四、企圖取消中正紀念堂是不當行為

陳水扁當政時，為了轉移國人的注意力，曾大膽拆毀中正紀念堂的匾額！還好馬政府很快執政，立即改回舊觀。現在民進黨取得執政權，一些獨派人士又動腦筋了！不過我要鄭重的說：企圖取消中正紀念堂、拆毀蔣公銅像，是忘恩負義的事，蔡政府應該三思而行。

中正紀念堂在多數人的認知上，是神聖的古蹟。一些獨派人士想利用一黨之私的意識形態，想要破壞或更改神聖的古蹟，是不文明的舉動！蔡政府為了走台獨的路，要「去蔣化」，要不惜用不文明的手段去斲傷歷史嗎？要用所謂「轉型正義」的手法，去做不正義的事嗎？

蔣公主政台灣廿六年，保住了台灣，免受共黨殺戮和奴役，把台灣帶向安定富裕的樂土；他廉潔自持，辛勤工作，愛護百姓，對台灣功勞很大。請獨派人士捫心自問，你們從上一輩以來也生活在台灣，蒙受過蔣公的恩惠，卻把他的恩惠完全抹煞，而用一些蔣公執政時的小缺點，無限擴大，來批評他，作為廢棄紀念堂的理由，這是不公平的，也是忘恩負義的行為！

五、結語

總之，蔣公是我們中國近世劃時代的偉大人物，他的前半生在大陸，長期領導國家，完成北伐統一與抗日戰爭的勝利，提升國際地位，使中國成為世界五強之一。播遷台灣後，保台反共，建設台灣，奠定台灣日後安和樂利的基礎，也使在台灣的中華民國，屹立於世界上，至今七十餘年。這樣的功業，何等偉大。我們難道不該珍惜嗎？相反的，汙辱踐踏這樣對國家有大功勳的人，難道就不怕遭到國際正義人士的恥笑嗎？

蔣公有保台護台的決心，他的後半生與在台同胞是緊密相連的。他在遺囑中，告訴國人要「與同胞長相左右」。他的在天威靈，必然時時籠罩台灣，保護著台灣，而他的「紀念堂」必然成為一座威靈顯赫的「護台神山」了！這樣一座「護台神山」，對台灣何等重要，有識之士，應知該珍惜或是破壞吧？

民國一一一年三月十九日

故鄉岡山後協里與我

民國二十八年，我出生於台灣省高雄縣岡山鎮後協里。這個行政區劃，從台灣光復後一直沿用。到了民國一〇一年初，政府重劃行政區，把「高雄縣」廢除，併入高雄市，而岡山鎮就改為高雄市的岡山區了。

後協里原來約有三百來戶人家，大約民國十年前後，尚是日據時代，日本人在後協里西邊一帶地區闢建海軍工廠，規模很大，後協里也被佔掉了一部份，靠西邊大約一半的人家被迫往北遷移至約四、五公里的地方，另成立協和里。原來的後協里成了一個地形不太完整的村落了。

當年日本海軍工廠的規模和設施，我所知甚少，無法細述。在二次大戰前，大姊夫蘇金發和哥哥鍾炎樹可能都曾在這裡工作過，後來又轉到員林的日本海軍單位。到了二戰末期（民國三十四年春夏），這裏被美軍飛機轟炸摧毀。三十四年冬，日本戰敗，台灣光復。三十八年冬，大陸淪陷，中央政府遷台，以岡山為最主要的空軍訓練基地。將日據海軍工廠廢墟修復後，成為「空軍通信學校」（以下簡稱通校）。通信學校校區再往西，便是「空軍軍官學校」校區。兩校校地均有數十甲之多，官校校區更廣，還包括了教練飛機起降的機場跑道。

通信學校校區是個方形格局。它的北、東、南三面是整齊的方形，西邊與官校相鄰。兩校之間還有空地，稍後又成立了「空軍後勤指揮部」。兩校周圍有一人多高石頭和水泥砌的圍牆，團牆外是大水溝，也是用石頭和水泥砌成的，和外界有嚴密的區隔，大水溝外便是整齊的大馬路，都是日本人修建海軍工廠時所建的，大馬路把通校和後協里村落隔開。日本海軍工廠的正門在南邊，而東邊也留有一個大門，方便大批工廠員工上下班時進出。光復後改為通校，這個門不再使用，就用圍牆把它堵起來，只留下旁邊原有的一個小門，可以進出，但平常也不用。

我家就在大馬路旁邊，距離這個大門很近，大約不到五十公尺遠。門堵了以後，圍牆外面形成寬寬的一塊水泥地，可供民眾晒晒農作物和進行各種活動。我小時候也常在這裡遊戲。

我家西邊和通校校區僅隔著一條馬路。通校在修復前，所有建築都被轟炸成斷垣殘壁，到處瓦礫。校區內除寬的道路外，一片荒廢，只有少數警衛看守，附近村民可以從一個僅容一人的狹窄排水溝洞進去，在廢墟中檢拾經燃燒後形成的鋁塊等金屬物，拿去變賣，相當值錢。那時大家普遍貧窮，有這一生財機會，自然不會放棄。

村民經常偷偷進去掘寶，警衛常來追趕。我那時只有六、七歲，有一次，為了好奇，跟大夥兒一起進去探險，大約十幾人，多數是大姊姊和阿姨們，她們帶著小型工具和提袋，進去掘寶。一個警衛追來，大夥兒爭先恐後的往外逃，我擠在最後，其他人都及時逃出，只有我一個人被警衛逮住。我很害怕，還好警衛沒對我怎麼樣，就帶著我走到大約距離一百多公尺的校區東南角側門，當經過一棵樹上長滿果實的龍眼樹時，還摘下了一串龍眼遞給我，看來對我很友善。他從頭到尾沒說一句話，我也連他的臉都沒看清楚，走到側門就把我送出去了。這時應該是七月，是龍眼成熟的季節。我感謝他的善待，不過在往後的一段期間，我不敢再進去。

這個人生的小插曲，一直深刻的印在我的腦海中。

後協里和岡山的空軍營區可說是最緊密的鄰居。除了西邊僅隔一條大馬路（里人稱做「軍路」）的通校和相隔稍遠的官校外；在村子的東北邊，隔著一片低地和高出的墳場，約一公里的距離，還有面積不小的「空軍訓練司令部」；東南邊則是相隔不到一公里，還隔著縱橫交會的兩條大馬路，是範圍很大的空軍眷舍區，眷舍還區分成醒村、復興村、自強村、康樂村、新生村等幾個眷村，全是一棟棟日式木造平房宿舍，岡中同學顧志涵家就住在新生村。旁邊還有一所「空軍子弟小學」；在後協里東邊和北邊的外圍低地和空軍營區之間，還有一條糖廠小火車鐵軌通過。就這樣方圓不到三公里，整個後協里正好被空軍的幾個區域包圍在當中，但最靠近的還是通校。前面提到的協和里西北邊，還有一個空軍營區叫空軍機械學校，距離稍遠一點，它的眷村叫致遠村，岡中同學張榮生、馬中武、朱揮馳、張義棟等人都住在那裏。

其實，空軍訓練司令部以東，隔著一條馬路，還有一處空軍醫院和空軍俱樂部。再往東隔一條阿公店溪，就是空軍高級眷村「樂群村」和「勵志村」。這裏住的都是上校以上的高級軍官，每棟宿舍都有高高的石砌圍牆。司令編階是中將，校長是少將。這裏往北距離岡山市區已經很近了。

後協里與空軍單位為鄰，整個社區被通校校區佔去一半，交通雖方便，但地形不完整。南北和東西各有一條大馬路，交會成倒T字形，是里中的聯外幹道。南北向的這條，在通校校區東邊，稱「通校路」；東西向的稱「介壽路」。其實介壽路除了經過後協里的這段以外，往西約一公里，可以經過通校的正門，並直通空軍官校的大門；往東則約兩公里，可通「台一線縱貫公路」。這條大馬路所以取名「介壽」，是有大來頭的，它和台北總統府前的「介壽路」具有同樣的意義，都有為先總統蔣公祝壽的含義。原來這條通往空軍官校的大道是蔣公視察官校時要走的路，空軍為了表達對蔣公的崇敬之意，才取名介壽。這條路剛好從後協里靠南邊的區城，穿行而過，我們住在後協里的人，真是與有榮焉。

後協里大部分的住戶，就分佈在「通校路」的東邊，和「介壽路」的北邊這塊方圓不到兩平方公里的區城當中。里內也有幾條道路，來往方便，房舍就各家擁有的土地而建，很不規則。殷實一點的人家，通常有他們居住的大厝，這樣的大厝為數不少，是傳統建築，建造時也是各採不同方位，不規則的錯落於里中；經濟情況差一點的，就住比較普通的房舍，大都是傳統的磚瓦平房。靠社區北邊的一帶，就稱為社頭。介壽路的南邊一帶，還分佈著大約二、三十戶里民，在介壽路以南地區，由東向西隔著馬路，延伸到通校的南邊，約占全里的五分之一，這一區域稱為社尾。

後協里周圍環境較複雜。除了住戶區是平地以外，外圍北邊、東北邊和東邊三個方向，都是一大片的低窪地，又各自形成深淺大小不同的幾個區塊。夏天雨水多，就成了幾個大水塘，可以養魚。到了秋冬無雨，水乾了就種水稻。這些都是在介壽路的北邊。而介壽路以南，屬於社尾一帶，都是平坦的地形。村落外圍再往南邊，就是一片地勢略低的水稻田了。後協里周圍的環境大致如此。

我從懂事，到民國四十七年高中畢業，這十幾年間，一直住在後協里。就讀大學以後，住在外地，就只有寒暑假在家，讀研究所以後住台北，更不常回來了。我所熟悉的後協里，以這段期間的印象為深。此後我一直在台南成功大學任教，起先數年，祖母已八十幾歲，由母親照顧。我住台南，每周日或隔周就偕妻謝金美回後協探視老人家。長子耕柏出生後，也帶耕柏一起回去，老人家很高興。耕柏出生不到一年，祖母就以八十六歲高齡逝世，這時母親也快七十歲了。此後，母親有時住後協哥哥鍾炎樹家，有時來台南和我們同住。我回岡山的機會就更少了。這段時期後協里改變還不大，但再過大約二十年以後，變化就比較大了。

我現在已七十八歲，在相隔五十餘年之後，周圍的窪地水塘都已填平，蓋了很多房子，附近的旱地也都蓋了房子；一條由通校校內排水，通到大水塘的大溝，也廢掉填平；「通校路」邊，通校圍牆外的大溝也加了蓋，把馬路拓寬了；窪地外圍的糖廠小火車鐵軌，也拆除改成道路，路旁也蓋起好多樓房了。

只有舊社區的房子還新舊雜陳：新的大都改建成樓房，舊的還是傳統的磚瓦房，有一部分屋主已遷居他處，房屋和土地大都是家族多人持分，一時無法處理，就荒廢著無人居住，顯得殘破，不免影響景觀。這些新舊雜陳的景象，正刻劃了後協里的歲月滄桑。不過，所有窪地填平以後，整個地形變得比較完整而平坦了。現在的後協里住戶和面積都較以前擴增不只一倍以上，面貌變得不同了。

近年由於兩岸終止軍事對立，政府對兵源及軍事單位設施，逐年裁減，現在岡山的空軍機構，已不復當年的盛況：訓練司令部裁撤了；眷村房舍老舊，住戶遷離，留下殘破的屋宇，近兩年更把它拆除了；俱樂部也取消了；子弟學校也改為一般國小了。彷彿一切都在縮減中，只有空軍醫院遷到原司令部的西半部，有所擴充；通信學校和機械學校，都改為航空技術學院，軍官學校雖未改，但編制也可能縮減了。總之，岡山空軍當年的盛況已不再了。

說到後協里在人文方面，早期的里民大都從事農耕，經商者其次，其他行業很少。一般文化知識水準不高，文風不盛。光復前，日本人只讓台灣人讀到小學畢業為止，而且台灣學童和日本學童讀的是不同的學校，日本人讀的叫國民小學，台灣人讀的叫公學校。中等學校很少，只是給日本人的青少年讀的，對台灣人限制極多。那時日本人統治台灣，那些統治者和他們的眷屬就有數十萬人，台灣人雖更多，但只是次等國民，和日本人的待遇差別很大。

因此台灣人只有自求多福，自己進私塾，學漢文詩歌，讀讀四書、五經了。但能讀私塾的人也是少數，多數的人都成了文盲。在這樣的背景下，此時後協里懂漢文的人並不多，能作詩、寫文章的人更少。父親揚聲公（鍾名）是比較凸出的一位。他早年在澎湖讀畢「公學校」後，隻身來到台灣當學徒，一邊學漢文、珠算、中醫藥。三十歲以後先後在台南、路竹、岡山等地的企業公司擔任會計司賬近二十年。台灣光復後，帶同家人來後協里居住。頭兩年他曾經應聘在鄰近的彌陀鄉擔任過全村的私塾教師，接著就在後協里經營中藥店十餘年，直到去世。他熟讀四書，略通中醫中藥，可算是里中漢文根底最好的一位，但平常除寫信以外，也不寫文章。

有一段時間，父親的中藥店裡，有幾個年輕人利用晚上時間來跟他讀書學習，最多時將近十人，把店裡的座椅都坐滿了，可知當時失學的年輕人不少。我在民國四十七年秋考取大學，是全里第一個大學生，顯示文化水準確實不高。

里民的宗教信仰是神道教，雖然也有人拜佛，但少有真正的佛教。廟宇稱「代天府」，是里民的信仰中心，供奉的是城煌爺。城煌爺有三兄弟，這裡供的是二王爺。

我年輕時的代天府，建築比較樸素。平常除了個人隨時可以進廟祭拜以外，農曆每月十六日是集體祭拜日，稱為「犒眾」，即犒勞城煌爺手下兵眾之意。到了這一天下午，家家戶戶都有人挑了飯菜到廟前廣場參加祭拜，祭祀禮進行約一個多小時，有道士主禮。每月初二日，還要同樣挑去里中一家供「媽祖」的人家廳前廣場，祭拜媽祖。我們家也參與這些活動，都由嫂嫂主理。這些祭拜活動，在現在看起來是每個家庭不小的負擔，但當時為了信仰，大家都樂意這樣做。這種祭祀活動直到多年後才改變。

經過大約二十幾年以後，代天府被拆除重建，經費來自處理廟產所得和里民的捐獻。記得我那時在成大任教，也捐了台幣一萬元，這在當時也算是不小的數目。改建以後的代天府，從樸素建築變成雕樑畫棟、富麗堂皇的一座廟宇，跟一般外地的廟宇比起來，已毫不遜色。而現在供奉的神祇換成了五府千歲了。

到了民國七十五年前後，我們葉家的祖厝已顯得老舊，就出售給包商改建。南邊和西邊蓋成相連的一排三層樓建築，共有十一戶，其中有葉家，也有外人。後面留了一塊約五十坪的地，由四房的人共同捐出，蓋了一間「葉氏祠堂」，作為永久供奉祖先的地方，這在後協里可能是創舉，但深具意義。

我出生和成長在後協里，是後協里這個環境孕育成長的人。我熟悉這裏的環境，也深愛鄉人的親切平實。祖父母的和善寬厚、父親的勤勞節儉和母親的仁慈細心，都給了我很好的榜樣。這裏曾經三面環水，有水鄉的靈秀之氣，因而整個村莊曾孕育出眾多俊男美女。又與空軍為鄰，多少沾溉了一份莊嚴的氣氛；居民質樸踏實，和平互助。也培養了我平易坦誠的個性；我年輕時接受祖國文化教育，得到中國文化的薰陶，直到取得國家文學博士學位，也育成了我正直無私的秉性和與人為善的胸懷，也賜給我宏遠、識大體的見識，使我成為一個擇善正直的人。而数十年從事高等教育工作，對國家社會也多少發揮了我些許的影響力。我生平關心國家社會的盛衰和人民生活的苦樂，並付出一份心力。做為一個國民，我可以問心無愧。我也以曾經是後協里的一份子為榮。

（本文刊載於《中華日報》副刊，民國一〇九年四月二十三、二十四日）

岡山後協里葉氏舊居的改建與「葉氏祠堂」的設立

後協里葉家的開台始祖是葉讓公，傳到我們這一代已是第九代。葉家何時定居後協，已無確切記載，時間應當很早。早期居住的房舍已不可知，後來居住的一棟大厝是六代祖連捷公傳下來的。這棟傳統舊式建築也住了幾代人，其間可能也經過整修。因大厝房間有限，後世子孫只能容納一部份人居住，有些人只能往附近擴展或向外遷移。後來大厝也已老舊。到了民國七十七年，大家同意讓建商拆除，建商改建為十一戶三層樓洋房，葉文祿兄弟和鍾福基，各留下一戶共三戶而已，其餘的人把地以每坪二萬元不等的低價賣給建商。這塊基地共三五三坪，分四房持有，大房原持有的部分，多數前已出售。等新樓房蓋好後，土地自然增值很多，建商應該獲利不少。

改建時，我們要求建商在土地分割時，留下一塊約五十坪的土地，蓋好一間約十四坪大的房舍，贈送給葉家，作為葉家供奉祖先的地方，就命名為「葉氏祠堂」。

「葉氏祠堂」是間單層鋼筋水泥建築，占地四六．二八二五坪，建坪約十四坪。在大厝拆除後，留下一間房舍，讓祖先有個永久的居所，也讓後協里葉氏子孫有個緬懷祖先的地方，應該是很正確，也很有意義的事。

當初主張設立「葉氏祠堂」最力的人是葉明福舅。由於明福舅的堅持，這件事才成為事實。事先他並沒有問過我的意見，稍後我知道這件事，也表示贊同，並跟他合作，參與跟建商簽約的事（為建祠堂，明福舅和我代表葉家和建商簽約，建商保證建好祠堂，免費交給葉家使用）。

祠堂的用地大致是依四房分擔，每房出約十二坪，整塊地的分擔者共有十五人，我是其中之一，出的地最多，將近十二坪（一一．九五六坪），其次是陳水勝舅六．三六四坪，再其次是葉啟泰兄四．三三九坪，葉雲鵬兄、義郎、百祿三兄弟各三．二一四坪，葉明福舅二．八九三坪，其餘各出一．四四六坪的有葉清候、葉清進、葉永林，各出○．七二三坪的有葉文化兄、葉文祥、葉文玉、葉文祿兄弟，還有一位余旺財出三．八五七坪。如按照各房均分，二房、三房和四房各出約十二坪。四房只有我一人，如加上陳水勝舅的則有十八坪多，大房因早已分出，已無地可出。但余旺財出三．八五七坪，不知是否屬於大房的？問過大房的人，也不知余旺財的來歷。

而陳水勝舅的這六坪多土地，看似屬四房出的，其實不然，它是陳家給他自己新蓋的房子提供通路的地。原因是陳家除了葉家這塊基地有持分以外，緊鄰基地的東邊，也有一塊他私人的地，這次也一併處理。他私有地所蓋的房子，有一戶緊鄰「葉氏祠堂」，它原來安排的通路，是通過祠堂前面，和祠堂的對外通路合而為一。因此有這六坪多的地，也加入祠堂的基地裏面，最初的規劃是如此。但是可能因買陳家房子的人，不願走祠堂前面通過，而要求改從另一邊別家的通路進出，建商也和他們商量解決了。

既然這家人不走祠堂前面通行，陳家這六坪多的地，建商為何沒拿走，而還留在祠堂基地中呢？可能因為設祠堂的這塊地如何分攤，多位葉家地主因無法多捐出土地，大家爭論難決，不得已建商讓步，同意捐出這六坪多的地去補足，這六坪多的地才得以留住。至於為何仍用陳家的名義，陳家和建商如何商量處理此事，就不得而知了。不過，這六坪多的地，能加入祠堂基地中，應該感謝陳家對我們葉家的付出。

這裡順便說說，陳家長子陳國添曾經要求過我，要把這件事在祠堂牆上公布出來，好讓葉家的人知道。我答應過他，但因種種原因，一直還沒有這樣做。另外，陳水勝舅早先是祖父清吉公的養子，一度名叫葉平，後來因故結束收養關係，他也恢復姓陳。當時，祖父把名下祖產的十分之三土地及三間房子分給他，他也拿一筆錢給祖父母做為回報。這是多年前的事了。這次處理祖產，陳的土地也在其中，故有那六坪多的地可用。

但「葉氏祠堂」只是私家祭祀公地，不能做為地主名稱登記。捐地的人還須各自保有產權，還要各自每年繳交地價稅（雖然不多）。這一點要請後世子孫也能夠認同這是捐給祖先，是一件功德福報的事。而政府如能免除「私家祭祀公地」的地價稅，無疑是一項德政。

當初明福舅為什麼沒有和我商量想設祠堂的事，並徵求我的意見？可能是因為分攤土地照四房分，我出的地較多，怕我反對，又因我沒主動參與，所以乾脆不說。而我和妻金美當時住在台南，因忙於工作，對後協里房地處理的事，心想既沒有考慮要留一戶，就沒有參加意見的必要，全憑大家處理即可。這件事我事後檢討，覺得如果當時能積極一點參與，了解更多的實況，和多做一些考慮，也許會決定留下一戶樓房。

不過，設祠堂這件事，我起先沒有參與，少掉我可能因不贊成而造成的阻力，也許是這件事得以成事的一項因素。而祠堂的設立，為葉家留一根據地，具有重大意義，雖然讓我多負擔一點，但長期得到的福報是無窮的。權衡利害，應是「利」遠大於「弊」才對。

葉氏祠堂建好以後，交給葉家。起先大家不甚重視，明福舅邀我一起各出兩萬元，購買佛櫥、供桌和一座特製的神主牌，以及一對大燈和香爐、花瓶、牌匾等物，大理石雕的「葉氏祠堂」牌匾，還請書法家黃宗義教授書寫。先把這些基本設備添置起來。為了省事，沒有邀宗親們商量分攤，並在民國八十年二月十八日（農曆十二月二十八日）

舉行開光祭祖典禮。明福舅、我和少數幾位宗親主其事，次年的重陽節又祭祀一次，過後集體祭祀，就暫停下來。不過，文祿、文化兄弟每年除夕都會在祠堂祭祀祖先，差可接續這段集體祭祖的空缺。而文祿夫婦多年來就近照顧祠堂的付出，也令我們十分感謝。

一直到民國一〇一年春，在全體宗親的合作下，我才推動和設計了「葉氏祠堂」的管理辦法，包括訂定章程、發動捐款、成立基金等項做法，並選舉管理小組成員，被推舉擔任召集人，帶動各項活動，並發動宗親們恢復每年在重陽節祭祖。所幸得到大部份宗親的支持，順利推動。可惜熱心家族活動的明福舅，已逝世多年，未能再度參與祭祀，就由健在的明福嬸代表了。

重陽祭祖活動到現在已持續進行了四年，希望能長期繼續下去，成為我們葉家的傳統活動。

（民國一〇五年五月十日，葉政欣敬記，時年七十八歲）

張故校長榮生先生輓詞（附輓聯）

張故校長諱榮生，安徽省廬江縣人。民國二十九年生於河南省滎陽縣，故取名榮生，以資紀念。父玉明公，早歲投效軍旅，習軍醫，為軍醫數十年，忠黨愛國，清廉自持，克盡職責，常以忠誠之道教誨其子女。民國五十九年，卒於任上。母郎氏，寬厚仁慈，勤儉持家，育有子女六人，先生居長，下有一弟四妹。母相夫教子，備極辛勞，現仍健在。

先生於民國三十八年，隨家來台。自幼即穎悟好學，先後就讀於岡山空軍子弟小學，省立岡山中學初、高中部，成績均極優異。民國四十七年考入台灣師範大學教育系，五十一年夏畢業。日後先生從事教育工作，即奠基於此。民國六十四年七月起，復利用暑假期間，進入國立政治大學暑期部教育研究所進修，前後凡四個暑假，順利完成碩士課程學業，對於教育學術之探討，得以更上層樓。

自民國五十一年師大畢業後，先生即投身教育工作，以迄逝世，在職近廿四年，未曾間斷。其間，歷任國中、高中教師、組長、主任等職十餘年，擔任教學及行政工作，認真負責，是以頗得服務學校校長之器重。民國六十四年八月起，奉派主持國民中學校務，歷高雄縣內門、田寮、路竹三國中校長。所至謹慎將事，盡忠職守，是以辦學績效卓著，屢得行政主管機關嘉獎。在路竹國中任內，建樹尤多。舉凡民族精神教育及自然科學教育之加強、校園之美化、視聽教室、圖書館之增建等等，均能積極進行，獲致良好成果。及臥病之後，猶以視聽教室內部設備之充實尚未完成為念。

先生廉潔自持，生活簡樸，處事則剛正不阿，有其不可踰越原則，且躬行實踐，以身作則，因之同事部屬，咸敬服之，與人相處，坦誠平易，對待部屬同事，亦復如是。是以部屬同事，咸親近之，樂與共事。十三日，先生逝世消息傳抵學校，校中同事部屬皆為之流涕，其深得人和如此。

先生體素康健，耐力亦強，每戮力從公，輒忘其身之疲勞，恆持續工作數小時不少休。擔任校長職務後，所負責任加重，其所付出之心力，亦倍於往常，是以積勞成疾。去歲十月間，初覺胃部不適，求醫診治，皆以腸胃疾病視之，而服藥皆不見效。先生初亦不甚措意，只以公務在身，不便遠離，故遲未北上就醫。迨今年二月初，利用寒假，始行前往，入台北三軍總醫院檢查，結果斷為胰臟癌，且癌細胞已蔓延至其他器官。病情急轉直下，西醫認為醫藥已難為力，不得已返家靜養，改服中藥，冀圖一線希望。然以先前已延誤過久，雖試服中藥亦無起色。至三月十日，病情轉劇，乃復住入高雄醫學院附設醫院就診，僅四日，終告不治。享年四十有七，綜計前後臥病僅一月有半。當臥病之初，先生仍堅信必能痊癒，夫人亦善加勸慰。病中雖極痛楚，仍能以極大耐力出之，不稍呻吟，與家人間諱言不幸，故未一語及於身後事，亦可見其求生之意志，至於最後一刻仍未放棄，良可佩也。

先生事父母能盡孝，待弟妹能盡愛護之責，於妻子兒女尤關愛備至。父歿時，先生年方而立，初任教職於外地，未得善盡孝養之道，故每引為憾事。其時弟妹亦多未成立，賴先生以長兄秉承母命為之護持，助其學業、婚嫁，使咸各有所成。先生伉儷情深，夫人繆智君女士，溫婉賢淑，現任教於高市苓雅國中。育有子女二人，女欣如，子孝凡，尚就讀小學。先生病發，夫人朝夕看護，陪侍湯藥，盡心盡力。先生愛心，出於天性，其於兒女固憐愛有加，其待學生，亦能體恤愛護，耐心教導，是以學生亦敬愛之。嗚呼！如此敦篤賢善之人，何天竟不假年，而使之中道摧折，遺此老母、妻子及弱齡子女，何依何恃，亦可哀也已！

輓張故校長榮生先生聯

榮生吾兄千古

難忘筆硯相親，攻錯互勵，論交屈指已卅餘年，相契情同手足；（足字古讀仄聲）

追憶東勢聚首，剪燭歡談，互道珍別才六閱月，傷心遽做古人。

弟　顧志涵　常昭鳴　葉政欣　仝輓

蘇金發先生生平事略

蘇金發先生出生於民國十五年農曆十一月廿四日，係高雄縣湖內鄉人。父名蘇勞，母蘇鄭烏緞。世代務農。金發先生為家中長子，下有一弟名金豐。早年畢業於日治時期的高等科。父親早逝，家中經濟頓失支柱，時金發先生尚未成年，故母子三人生活一度較為艱苦。為撐持家計，金發先生十七歲即應徵為日本岡山海軍工廠作業員，並一度調往員林工作，為時數年。

台灣光復後，始進入台南大明機械公司擔任會計工作。金發先生聰穎好學，上進心極強，他一面擔任會計工作，一面利用機會向同事中的專業人員學習，由於他對機械設計及製圖具有濃厚興趣和領悟力，他從觀察專業人員的作業過程中，加上勤於自修即能心領神會、無師自通。幾年下來，他已經學會機械設計及製圖的技巧。這一本領成了他後來發展事業的一項重要基礎。

離開大明公司以後，他開始自立門戶，嘗試機械方面的工作，

在親人的經濟支援下，設立一家小型工廠，雇用員工，開始營業。先購買舊機械、車床，進行加工機件及修復損壞的機械等工作。他對機械原理的了解，漸有心得，有時也嘗試挑戰需要更高技術的工作，將整台損壞的舊機器，拆卸修理，讓它恢復原有功能，而獲得更多的收益；或設計新的機械，製造銷售，像油壓鑄機等產品。數年之後，生意更加興隆。於是他把工廠就正式定名為「豐田機器廠」。「豐田」二字從此成了他事業的代表稱號。

民國六十五年，他在台南安平工業區成立「豐田電機股份有限公司」，規模較前大為擴充，並自任董事長，從事鋁合金配電零件的製造，成為台灣電力公司輸配電設備的供應商之一。其間，長子文德於高職學校畢業後即到公司協助經營，稍後次子文禎也於大專畢業後，加入經營行列，兩人都成了父親也是董事長的重要助手，與數十員工齊心協力打造業績。十餘年間，業務蒸蒸日上，已成為一家品牌卓著的企業。

後來，文德因志趣關係離開公司，移民澳洲另行創業。文禎則繼續留在公司幫助父親經營。直到金發先生過了六十五歲，因年事漸高，就進入半退休狀態，而將經營重任交文禎擔任，不過還是隨時從旁指導。

文禎接事後，十餘年來，業務不斷擴充，除原有產品外，更增加腳踏車鋼架及部分零件的生產，產品經國際ISO認證，暢銷國內外。公司規模更見壯大，員工人數增至百餘人，在今日已是名聞遐邇的廠商。由於他公司經營得法，名望也隨之日增，數年前曾膺任安平工業區廠商協進會理事長，可謂實至名歸。現正繼續追求卓越績效，未來發展正未可限量。

金發先生對兒子的表現深感滿意，大約於八年前已完全退休，悠遊林下。但並未完全休息，他還繼續為他早幾年即已參與的公益活動付出，時常參與台灣首府天壇的社會活動。他擔任這個俗稱天公廟的財團法人的常務董事多年，出錢出力，貢獻良多。

妻鍾秋月女士，逝於民國七十三年十一月，享壽七十三歲。夫婦育有二子二女：長子文德，媳瓊姿，孫女佳伶，孫友欽。長女晏（素英），婿黃本諒，外孫黃柏愷，外孫女黃維真。次女楷葳（素華），婿楊明山，外孫女楊然雯、楊晴滂（釋見帝）。次子文楨，媳怡君，孫俊元、俊夫，孫女芹葦。一門興旺，事業有成。曾孫及外曾孫輩多位，也都蘭桂騰芳，十分優秀，各自發展，不及備載。

金發先生晚年身體漸衰，患有糖尿病及高血壓等疾患，然以保養得宜，尚能維持正常生活。數年後，腎臟益趨衰弱，醫生診斷需進行洗腎，惟對生活起居，尚無大礙。民國一〇〇年十一月，不慎因感冒引發迸發症，治療無效，不幸逝世，享壽八十六歲。

民國一〇〇年一月十八日

李葉秀美女士事略

李葉秀美女士於民國十八年元月廿七日（陰曆戊辰年十二月初一日），出生於高雄縣岡山鎮之後協里。父鍾名，字揚聲。籍隸澎湖縣西嶼鄉。父日據時期公學校畢業，精通漢文。早年渡海來台，學習珠算及中醫藥等技藝，中年受雇為大商號帳房，晚年乃經營中醫藥商，略通醫理。母鍾葉順，慈愛端莊。外祖父姓葉氏，名清吉，世居岡山後協里，外祖母葉張珠，二老膝下無男，僅生一女，故秀美女士從母姓，與外祖父母共同生活。有一姊、一兄、五妹、一弟，排行第三。一弟名政欣，亦從母姓，從事教育工作。數年前自國立成功大學中文系教授退休。

秀美女士於日據時期畢業於岡山鎮之公學校。年二十歲，來歸李家。夫壻李新長，任職於橋頭鄉橋頭糖廠，凡二十餘年。李家世居橋頭鄉之筆秀村，家業興隆，頗有田產。李家封翁名瑞，姑戴氏，名枝。當時二老健在，部分田產自耕，雖傭工相助，家人仍時需參與農事。秀美女士婚後主理家務，侍奉翁姑，相夫教子之外，亦需照料農事，故諸事紛繁，備極辛勞。然治家勤勉有方，長幼相安，一家和樂，為隣里所稱道。

秀美女士溫婉賢淑，受日據時期日本教育，又具備中國傳统女性美德，對待夫婿百依百順，凡事完全尊重丈夫意見，在日常生活中，很少爭吵，即使有委屈，只是默默承受，在兒子心目中，是位勤勞顧家、完全付出、一生以家庭為重心的好母親。

秀美女士待人和善，與隣里相處，和睦無間。而又樂善好施，樂於接濟貧困。早歲台灣物資較困乏年代，有同村某貧婦，因喪偶，生活艱困，秀美女士時時伸出援手，加以接濟。其善心義行，多類此。

秀美女士教子有方，與夫壻李新長育有四子，長子聖道，次子聖德，三子聖和，四子聖合。兄弟均相隔二歲，四人在秀美女士教導下，從小均品行端正，就學順利，表現知書達禮，教養淳厚，四人先後從大學及專科學校畢業。秀美女士也因教育子女表現傑出，曾獲得政府頒發「模範母親」榮譽。四兄弟長大後，先後成婚，另組小家庭，分居各處，各安事業，仍能彼此關懷，互助合作。逢年過節，必攜妻兒回老家探視雙親，使二老得享天倫之樂。或遇有假期，四兄弟每攜眷集體出遊，一家大小得以歡樂相處，培養深厚感情。手足情深，令人稱羡。

四兄弟孝順父母，出於至誠，四位媳婦亦賢孝盡責。當父母尚在中年時如此，年歲漸大以後，奉養益加周到。平日或親臨探視，或電話問安，提供保健食品，關心二老健康，無微不至。迨二老因年長無法親自下廚，則由四兄弟輪流致送飯盒，供應三餐，不辭路遠之苦，其孝行實值得稱許。

李家重視子女教育，家庭生活屬於傳統嚴父慈母類型，父親角色，嚴厲中有督促，母親則關愛送暖，讓他們可以得到愛心撫慰。因此，幾個兒子和母親也較為親近。孫輩在成長過程中，四個小家庭雖分居在外，但從小到大，亦常有機會隨父母返回舊居，與祖父母相處。秀美女士對媳婦及孫輩，總是噓寒問暖，關懷備至，在媳婦及孫輩心目中，她是一位慈愛可親的長輩。

李家人丁興旺，子孫各展才華，表現突出。長子聖道，今年已屆花甲晉一之齡，媳謝宜玲。在高雄市經營道明藥局。育有三子：長子孟霖，國立中山大學海洋工程研究所畢業，正服兵役中。次子孟穎，成大資訊工程研究所畢業，在桃園中華汽車公司服替代兵役中。三子孟勳，大學畢業後任職日月光科技公司工程師，並公餘就讀高雄大學研究所。

次子聖德，媳徐秋英，在筆秀村郊區經營鐵工所。育有二女：長女佳穎，文化大學音樂系畢業，已婚，婿張惟珽。夫婦二人均擔任台南市民族國樂團資深二胡手，同為樂團台柱，又同在國立台南藝術大學進修碩士學位。次女昀穎，今秋自國立中山大學生物科學系畢業，投考研究所，連中台大、清大、交大、成大等四校碩士班，已選擇就讀台大研究所。表現傑出，不讓鬚眉。

三子聖和，媳陳艷秋，亦在筆秀村郊區經營鐵工所。育有一女二子，長女佳靜，大仁科技大學畢業，任職桃園楊明小兒科診所藥劑師。長子明學，台灣科大電機研究所畢業，擔任新竹科學園區內公司工程師。次子明禧，樹德科技大學畢業，等待服役中。四子聖合，媳黃鳳真，夫婦亦在高雄市經營筆秀藥局。育有一女一子。長女怡屏，樹德科大產品設計系畢業。子博誠，中華科技大學電子系畢業，任職台南科技公司。秀美女士孫輩十人，孫男六人，孫女四人，均學有專長，或已任職，或尚在學，均表現傑出，一門俊秀，見重於鄉里。

秀美女士身體健康狀況一向良好，早年操持家務，均能應付裕如。其後翁姑先後辭世，兒輩相繼成婚，另建立小家庭，工作負擔乃大為減輕。五十歲前後，僅二老尚在舊居生活，三餐家務以外，在住宅近旁闢一果菜園，種植香蕉、果樹、花草等物自娛，生活較為閑適。年六十餘，始有糖尿病症侯，至是飲食三餐略受影響。定期至高雄醫學院附設醫院診治、服藥，如是者十餘年。近兩年來體力益衰，行動不能自如，夫壻亦年老，無法照顧，乃由四個兒子及媳婦輪流接往照顧，如此者一年又餘。近雇得菲傭，乃返回舊居，由菲傭照顧。才數日，於八月十一日晚上七時餘，因心肌梗塞，緊急送醫急救無效，不幸仙逝，享壽八十有一。

綜觀秀美女士一生，自來歸李家，即擔負主持家務、協助丈夫、侍奉公婆等家庭重任，接著四個兒子相繼出生，負擔愈加沉重，然秀美女士均能毅然承擔，不以為苦。回顧婚後這十餘年，二老在堂、孩子幼小這段時日，秀美女士所付出的心血最多。在她的努力與協助之下，使家業蒸蒸日上，一家和樂，秀美女士可謂勞苦功高。由於她的辛勤工作、真心付出，對上而言是個好媳婦，對丈夫而言是位好妻子，對兒子而言是位好母親，秀美女士可說都做到了。等到中年以後，負擔明顯減輕，但還是少不了對兒子、媳婦及孫輩的關心與付出。晚年生活較為安逸，看到兒子與孫輩的成就，應感到安慰。得到兒子和媳婦的諸多孝敬與回饋，也算是上天給她的回報了。走完人生八十年的歲月，秀美女士應可無憾。謂之福壽全歸，其誰曰不宜？

秀美女士既歿，其家人及親友為之敬謹治喪，於民國九十七年九月六日，卜葬於筆秀村李家墓園，永遠安息。

民國九十七年八月二十五日

三、附錄

《左傳》「以亂易整，不武」葉解之商榷

李鍌 《國文天地》第十七卷第五期，民國九〇年十月

《國文天地》第十七卷第一期九〇年六月一日刊出成功大學中文系葉政欣教授所撰〈關於《左傳》「以亂易整，不武」的解釋〉一文，拜讀之餘，竊以為頗有商榷之餘地。茲略述淺見，以就教於方家。

《左傳》僖公三十年載有〈燭之武退秦師〉事，略謂：秦、晉軍圍鄭，大夫燭之武說秦伯以「亡鄭陪鄰」之害。秦遂私與鄭盟，並留大夫杞子、楊孫、逢孫戍鄭，乃還。晉大夫子犯請擊之，晉文公曰：「不可，微大夫之力不及此。因人之力而敝之，不仁；失其所與，不知；以亂易整，不武。吾其還也。」

「以亂易整，不武。」杜預注：「秦、晉和整而還相攻，更為亂也。」意謂：「秦、晉之師原是和合齊一而來，最後卻互相攻擊，變成混亂。」即是「以混亂取代和整」。以此而觀，杜注之於傳文，應是極為貼切；然而葉文卻以為「杜預的解釋是錯的」。今為便於討論，特將其論點引述於下：

一、傳文「以亂易整，不武」這句話，是指軍容而言。「整」是指軍容整齊，「亂」是指軍容零亂不整。因為成軍出征，軍容是整齊的，等到軍隊投入戰場作戰之後，將造成人員的傷亡、載具的損壞，軍容將呈現零亂不整。軍容零亂不整，自然就不威武了。所以說：「以亂易整，不武。」意即：用零亂的軍容替代齊整，不威武。

二、晉文公考慮這個問題時，「不仁」、「不智」兩項，應該是較被看重的因素，至於「不武」一項，則屬陪襯，所佔的比率是比較小的……杜氏可能忽略了這一點，他把「不武」的比重高估了，以致迷失方向，因此做了含糊的解釋，問題可能就出在這裡了。

三、楊氏（楊伯峻《春秋左傳注》）、林氏（林雲銘《古文析義》）都沿襲了杜注的錯誤。杜注的錯誤在於把「不武」和「不智」兩者混同解釋，卻把該解釋「不智」的話，拿來解釋「不武」，因而造成錯誤。

葉文並將晉文公之說辭解釋如下：

晉文公所持的理由有三項：秦穆公曾幫助他回國得位，有恩於他，如果攻擊秦師，是藉人的助力反過來害他，將成忘恩負義，這是不仁；晉、秦聯兵圍鄭，本是團結的友國，如攻擊秦軍，將是變友為敵，形成分裂，這是不智；成軍出征，軍容是整齊雄壯的，如擊秦軍，軍容將變為凌亂不整，就不威武了。於是晉軍決定放棄圍鄭，也退師回國。

今就葉文所述逐項提出討論：

（一）先就葉文第一論點「以亂易整，不武」是指「軍容」而言：

1.以常情而論：僖公三十年，當晉文公七年，在此之前，晉文公誅王子帶，納周襄王，救宋，破楚軍於城濮。凡諸戰役，晉文公出征時，似從未考慮上戰場軍容會零亂不整而不威武，何以獨於子犯請擊秦時而計慮及於軍容之零亂而不威武耶？「成軍出征」，即欲作戰，作戰必有死傷；今既出征，又恐軍容零亂而不欲戰，寧非矛盾？又用兵作戰，志在得勝；得勝之後，振旅愷歸，獻俘受馘，舉國歡騰，萬民同慶，復何軍容零亂而不威武之忌耶？

2.以語法而論：晉文公曰：「因人之力而敝之，不仁、失其所與，不知；以亂易整，不武。」三句並列，固是說明不可擊秦之理由，實亦晉文公自況之說辭。蓋其慮及擊秦之舉，將陷己於不仁、不知、不武之境地。是則不仁、不知、不武三者之主詞，皆當指晉文公。今謂「不武」指「軍容」而言，前後主詞不一，斯非語法之所能理解。又不仁、不知，皆用作名詞，而獨「不武」轉為形容詞，此詞性之轉換，又作如何解釋？

（二）次就葉文第二論點「不仁」、「不知」兩項應是較被看重的因素，至於「不武」則屬陪襯，比重較小而言：

1.以修辭而論：「因人之力而敝之，不仁；失其所與，不知；以亂易整，不武。」此三句是屬於排比句，用以說明擊秦之不可。所謂「排比」，即是用結構相似之句法，接二連三表達出同範圍、同性質之意象。其功能在於使語勢增強、感情深化、意象明晰、層次清楚，並不聞有輕重主從之別。不知從何而見「不仁」、「不知」二項較被看重，「不武」則屬陪襯，所佔比重很小？

2.在「不仁」、「不知」、「不武」三句中，杜預只注「以亂易整，不武」句，曰：「秦、晉和整而還相攻，更為亂也。」其他二句則未見注解。「秦、晉和整」釋「整」字，「而還相攻」釋「亂」字，「更為亂也」之「更」釋「易」字。杜預就傳文而注釋，不寓一絲私臆，不出傳文之外，謂其「高估『不武』一項之比重，迷失方向，做了含糊的解釋」。誠不知從何說起。

(三)再就葉文第三論點「杜注的錯誤，在於他把『不武』和『不知』兩者混同解釋，卻把該解釋『不知』的話拿來解釋『不武』，因而造成錯誤」而言

1.杜注「以亂易整」句，其忠於傳文，已如上述。而葉文卻謂「杜注將「不武」、「不知」二者混同解釋。案傳文「失其所與」，杜預未注，一般解釋多作「失去所親善之國」。蓋「與」者，親善也。而林雲銘《古文析義》則釋為「誤與同事」，以「誤」釋「失」，意謂「與秦共事伐鄭，實為失誤。」即《春秋左傳杜林合註》林堯叟所云

「秦不同心而與之共事，是失也。」姑無論「失」字之義為「失去」，抑或是「誤失」，皆為此句重點之所在。惟其有「失」，乃可謂之「不知」。杜注「以亂易整」，僅短短十二字，無一字涉及「失其所與」之字義。今謂杜注將「不武」、「不知」混同解釋，以釋「不知」之語釋「不武」，不知其論證何在？

2.葉文釋「失其所與，不知」句，云：「晉、秦聯兵圍鄭，本是團結的友國，如攻擊秦軍，將是變友為敵，形成分裂，這是不智。」以「變友為敵，形成分裂」解釋「失其所與」乃其引申義，而非文字之注釋義，故仍有所隔。「失其所與」，重在「失」字；「形成分裂」，則只說明一現象耳，不足以表達「失其所與」之深層意義。

查國立編譯館舊高中國文課本釋「以亂易整」句，作「猶云以分裂代替團結。晉攻秦為亂，秦、晉和為整。」疑葉文或受此影響，擷取「分裂」與「團結」作為「失其所與」之解釋，而又誤認杜注將「不武」、「不知」混同解釋，以該釋「不知」句釋「不武」。是耶非耶？不得而知。

3.林雲銘《古文析義》於「以亂易整，不武」句下注云：「先與整師而來，後乃自相擊，是亂也。」林氏之說與杜注應無二致。「先與整師而來」即杜注「秦、晉和整而來」，是「整」；「後乃自相擊」即杜注「還而相攻」，是「亂」。斯即所謂「以亂易整」，其義至明。林氏所云「整師而來」，實指「秦、晉兩軍和整而來」，非指「晉軍軍容之整齊」。葉文是否因此而誤判，乃謂「林氏或許已看出杜注有未洽於理的地方，故用詞已不完全根據杜注，但仍依違在己意與杜注之間，沒有真正指出杜注的缺失所在。」果真如此，則杜氏實蒙無妄之冤。

（四）再就「仁、知、武」三者之屬性作深層之剖析

案「仁、知、武」三者應皆屬於道德之層面，蓋即孔子所強調之「知、仁、勇」三達德。王力等《古代漢語》收有此文，於「不武」句特別注明：這裡的「武」和上文的「仁」，都是上古時的抽象的道德觀念。」再考諸《左傳》一書，「不武」之句，頗不乏見，如僖公三十年：「以亂易整，不武。」宣公四年：「仁而不武，無能達也。」襄公三年：「君師不武，執事不敬，罪莫大焉。」襄公十年：「城小而固，勝之不武。」凡此之「武」皆是「武勇」之義。又宣公十二年：「夫文，止戈為武。」止戈為武，是為「勇」也。又謂武有七德，即「禁暴、戢兵、保大、定功、安民、和眾、豐財者也。」然則「武德」之義，與「仁」、「知」同屬道德之層面可知矣。春秋之世，對於三達德頗為重視，如成公十五年，郤至曰：「人之所以立，信、知、勇。」定公四年：「違彊凌弱，非勇也；乘人之約，非仁也；滅宗廢祀，非孝也；動無令名，非知也。」晉文公為一代之霸王，焉有不重視此三達德之理？子犯請擊秦，晉文公告以若擊秦則將陷於「不仁、不知、不武」之境地，適足以見其深謀遠慮，展現霸主之胸懷。若將「不武」釋為「軍容不威武」，則未免狗尾續貂，非僅與「仁」、「知」全不相稱，且有誤導世

人以為晉文公識見短淺，不重「武德」，只重「軍容威武」之嫌，是豈雄才大略如晉文公者之本意歟？

眾所周知，杜預之注最能發明《左傳》之義理，故千百年來讀《左傳》者，莫不奉為圭臬。孔穎達《春秋正義．序》云：「晉世杜元凱又為《左氏集解》，專取丘明之傳，以釋孔子之經，所謂子應乎母，以膠投漆，雖欲勿合，其可離乎？今校先儒優劣，杜為甲矣。故晉、宋傳授以至于今。」《四庫全書總目、春秋左傳正義》：「有注疏而後左氏之義明：左氏之義明，而二百四十二年內善惡之跡，一一有徵。」其說是也。

當然，讀書不能無疑，杜注亦非全無疏漏。前賢之於杜注，亦多有所補苴。如趙汸《左氏傳補注》、顧炎武《左傳杜解補正》、惠棟《春秋左傳補注》、丁晏《左傳杜解集證》、沈欽韓《左傳補注》、洪亮吉《春秋左傳詁》、張聰咸《左傳杜注辨正》等，均可概見於《皇清經解》、《通志堂經解》，以及其他叢書。今人縱再有所疑，亦必須言之有據，所謂有一分證據、說一分話是也。如章太炎《春秋左傳讀》僖公三十年「微夫人之力不及此」云：麟案《新序．善謀》述此云：「微夫人之力不能弊鄭」。是劉子政所據左傳古說如此，與下文「因人之力而敝之」相應，言非秦無以弊鄭，既因秦弊鄭之力而後弊秦，是不仁也。不謂非秦力不能有晉國也。章氏之說可謂言之有據，然復文版「春秋左傳會注」卻謂「新序」之說，蓋劉向以意改之。有據之說，尚且未必為世人所採信，況無根臆斷之說乎？考以亂易整，不武句，自杜注以來，從無異說，亦無疑議，今乃謂之有誤，且更指楊伯峻、林雲銘皆從之而誤。既欲作翻案之文章，即須有堅強之證據，否則徒亂人意而已。然觀乎葉文，似淳出個人之臆斷，並無確切之論證。就學術自由之立場而言，葉文自可有其獨自之看法；但就高中國文教科書而言，影響深遠，編輯與審查皆須審慎從事，以免貽誤後學也。

「黃永武教授的生平與學術述介」專題報告（學術部分）

黃慶萱　南華大學

《二〇一〇年黃永武先生學術研討會論文集》，民國九〇年十月

黃慶萱教授：

張主任、政欣兄、各位與會的朋友們，大家好。

今天我有機會來参加這個盛會，和葉政欣教授共同報告黃永武先生的生平和學術，個人深感榮幸。我和葉教授商量好由他側重黃先生的生平事迹，我則側重學術成就方面。

現在由我來報告黃永武教授的學術成就。在沒有認識黃永武本人之前，我已先讀過永武兄的作品。那是在一九五七年考入師大國文系作大一學生的時候。有一天，在數學系丁惟隆的書桌上，看到署名「詠武」所著的《心期》和《呢喃集》。丁和永武是臺南師範的同學，這兩本書是永武送給丁的。《呢喃集》有點兒像劇本，包括〈春的禮讚〉、〈情的感應〉、〈愛的激動〉、〈雨的憂鬱〉、〈陰的愁霧〉、〈晴的歡愉〉，是年輕人繽紛的理念通過詩般的心靈語言，作具體的呈現。《心期》以新詩的形式敘述愛情故

事，包括〈心期〉、〈心象〉、〈心韻〉、〈心蝶〉、〈心痕〉。「她們寧可去擁抱無情的傲骨，偏擯拒那些吻她足踝的情人。」「他用腳尖在地上劃了一個圓圈，沉默了俄頃，然後膽怯地……」嘿！這位詩人觀察入微，心思細密得很哪！那時，我忽然想到印度嘉里陀莎（Kalidasa）的戲劇《莎昆妲蘿》（Sakuntala）。我不是說這些書在情節上有什麼相似，而是那種既純真又曲折的愛情的相似，以及意念性靈的相似，使我把它們聯想在一起。當時我好想見見這兩本書的作者。五年後，這願望達成了。一九六二年，黃永武和我同榜考上了師大國文研究所碩士班。一九六五年，又同榜考上了博士班。永武學長碩士論文〈形聲多兼會意考〉、博士論文〈許慎之經學〉都是十分精彩的學術論文。「五經無雙許叔重」，遍通五經，談何容易啊！他的成就，實在不僅僅限於文學理論和創作。一九六九年，他的新著《字句鍛鍊法》出版，是一本講究實際修辭的書。《字句鍛鍊法》，一九八六年有增訂本，二〇〇二年再次增訂。接著，他研究詩學，《中國詩學》〈思想篇〉、〈設計篇〉、〈鑑賞篇〉、〈考據篇〉洋洋灑灑四本陸續出版，使他獲得民國六十九（一九八〇）年國家文藝獎。這四本詩學巨著也曾增訂，在二〇〇八年重排出版。這些，都可看出永武兄做學問時時在進步著。而《詩心》、《愛國詩牆》、《詩與美》、《敦煌的唐詩》、《讀書與賞詩》、《抒情詩葉》、《詩林散步》。此外還有《唐詩三百首鑑賞》，是和在座張高評教授合著的，也都跟詩學有關。還有《載愛飛行》、《珍珠船》卻是散文集。永武學長多年來教書兼行政職務，當過研究所所長、文學院院長。這些書都是他教書辦行政之間，空下來的五分鐘、十分鐘點點滴滴寫下來的。他的工作效率和毅力也教我羨慕不已。

又教書，又擔任行政工作，還要寫這麼多的書，人豈不要忙壞了？這又不盡然。永武學長初寫《中國詩學》，可能是有系統、有規劃地寫，想爲中國詩學的理論建立起一個體系。但是後來可能是「從心所欲不踰矩」，雖然仍有著一個目標，一塊範圍，卻從自己閱讀詩篇，與人生體驗中觸發靈感，隨時記錄下來。於是，寫作成爲生活中的一種調劑，一種喜悅，一種享受。《詩林散步》最能顯示這種情趣。當詩已化爲一座林園，讓人悠遊於其間，生活於其間，學著處世的修養，領略愛情與友情，偶發巧思奇想，自具創造的智慧。始於瀟灑，終於曠達，而快樂與幽默，自在其中。《詩林散步》這本集子裡，討論詩與瀟灑、快樂、智慧、修養、生活、處世、幽默、創造、友情、愛情、奇想、巧思、曠達的種種關係，透露的也許就是這樣的意思吧！

一九九二年，永武兄《詩香谷》第一集、第二集由健行出版社出版，而洪範出版社出版的《愛廬小品》：〈靈性〉、〈生活〉、〈勵志〉、〈讀書〉，使他在一九九三年再度獲得國家文藝獎中的散文獎。《詩心》之後，永武兄在三民書局又出了四本書：《愛廬談文學》、《愛廬談心事》、《愛廬談諺詩》、還有《詩與情》。永武兄的「愛廬」我是住過的，在金山農場，庭園花木栽培，自成格局，視野遼闊，能見山見海。取名愛廬，是取陶淵明「吾亦愛吾廬」的心境。永武對家人、對師友、對學生，也的確充滿真摯的愛。

一九九七年，永武《生活美學》四書：《天趣》、《諧趣》、《情趣》、《理趣》出版，永武沒有再去申請國家文藝獎，很可惜。

二〇〇一年，永武兄退休已三年，《山居功課》出版。山居依然作功課，雕香刻翠、麗情慧性、感花惜草，隨處體認美，快樂的，認真的活過每一天。

二〇〇八年，永武兄把二〇〇一年開始在中央日報副刊所寫的「林下小記」專欄散文，結集出版。是移民加拿大維多利亞島後所記。永武兄這個新家我也住過幾天，森林、湖泊、大海，實在別有天地。「林下小記」出版時易名為《黃永武隨筆》，分上下兩冊，寫景、記學、說理、關情。翻讀時每多感悟。

近年來，永武和我都在讀《周易》，我在寫《周易經傳通釋》，偏重義理發揮；永武兄在寫《易象類釋》，重點在象數分析。在電話中我們談得最多的竟是《周易》。《易象類釋》積稿已超過百萬字，改名《黃永武解周易》，快出版了。

現在，我把永武兄學術方面的成就總結一下：他能文學創作，能文學理論和批評，也能寫學術論文，還編了許多叢書。

創作方面：早年寫的《呢喃集》是詩劇，《心期》是故事詩。後來創作集中在散文方面。永武兄寫的傳統律詩絕句也非常棒，我讀過的手稿很多，可惜好像沒有出版。在文學理論和批評上，永武兄的成就也十分出色。從早年的《詩心》開始，到後來的

《中國詩學》四本書，更是不朽之作。《詩與美》、《唐詩三百首鑑賞》、《詩香谷》、《敦煌的唐詩》也是實際批評方面廣受佳評的作品。

他的碩士論文、博士論文，可以看出他在文字語言學和經學方面的功力。快出版的《黃永武解周易》，我在電話談論中已可斷定會是《周易》象數上承先啓後最具體系的巨著。

永武兄不只寫書，還編書。他編了：《杜詩叢刊》七十二冊，還編了《索引》。又編了《敦煌寶藏》一百四十冊。《敦煌古籍敘錄新編》十冊，和《敦煌遺書最新目錄》。可惜他和張高評合編的《全宋詩》卻晚了一步，未能出版。這方面，下午林慶彰兄會仔細評論。

我就說到這裡了。下面請政欣兄補充。謝謝各位！

老友如古琴

黃永武 《中央日報》副刊，民國九〇年十月

老友如古琴，非僅白紘像白髮，烏漆斑駁像皺紋，而是彈的次數不多，一彈就彈出成百成千的舊曲老歌。

成大退休的葉政欣教授夫婦來訪，我和葉兄在師大唸碩士班時同租一室，埋頭書堆，覺得世界很大，現今都退休了，天各一方，卻覺得世界變小了。

那時兩人都是單身漢，現在他已做了爺爺。相見時倒沒有老年疲憊的感嘆，但畢竟和當年不同了，年輕時學問擺第一，見面總是談書，現在已將健康擺在第一，招待他吃完藍莓加乳酪，又勸他爬上高梯摘園裡成熟的無花果，話題全是藍莓抗氧化名列第一，無花果防癌名列第一……健康，才能讓自己優雅地變老。

談起那段師大歲月，是民國五十一年吧，大家很窮，遇到婚喪喜慶的帖子，禮金都是我向你借，你向我借，師大附近有一個污泥地的竹篷是常去用餐的地方，門口一鍋免費的蜆子湯，有錢時加菜，煮半條虱目魚湯，就算豪華一下。而葉兄是南部人，他姊姊

擅長煎虱目魚，偶爾北上帶來幾條，我們便有數日口福。

同租的那間房子，地基不穩，住不久，房屋傾斜起來，又搬去一家老宅，那時和平東路的老房子，常有十幾人合用一間蹲坑的，相對於葉教授現今四層樓透天厝的巨宅，誰曾夢想過？我和葉兄真是目擊台灣全面起飛的見證人。

記得葉教授結婚時，照本省規矩，安床以後至新婚夜前，新郎不可以獨睡，要召男童作伴，才是生男之兆。那時我乘軍機去岡山，擔任這男童的任務，我這個外省人，到了南部小鎮，受到熱情款待，政欣於我如兄如弟，什麼本省人外省人，彷彿時光倒錯了，二二八事件大概是民國八十幾年才爆發的吧？不然那時為什麼這樣融洽？現今反倒族群撕裂呢？

葉兄說常讀到我的文章，我就猜他仍訂閱中央日報，葉嫂謝金美教授搶先說：「本來家裡訂四份報，實在看不完，想退掉二份，中華日報是南部地方報，一定少不得：中央日報已訂了三十年，絕對不能停。所以家裡剩下這兩份報」。葉兄又補充說：「《血色京畿》是每天必讀的」。有人說：吃什麼，就可以推斷一個人。那麼讀什麼，自然也可以推斷一個人。兩份乾淨的報紙，映出兩個乾淨的人。

有句荷蘭諺語：「年輕的一群，笨的一群。年老的一群，冷的一群。」回想年輕時我們以笨法子讀經典，扎扎實實，至今一點也不後悔。現在年老相會，仍有熱情談《血色京畿》，心何曾冷了？

謙謙君子風，隨緣且盡心

——葉政欣教授專訪

郭妍伶

《成大中文系創系五十周年專刊》，民國九十五年十一月

專訪當天見到葉老師時，可說是既驚且喜，令人訝異的是，歲月似乎未在老師身上留下任何痕跡，喜的是許久不見，老師仍是那麼的溫文儒雅，言談間使人有如沐春風之感，令我不禁想起大學時老師教授《左傳》的模樣，誠如一部《左傳》有彬彬君子之禮，亦有言詞交鋒、機智應答，老師溫雅平和的音調，有禮有節的應對中，更不時透露出生活的智慧。於是，在自窗間投入的和煦陽光與案上馥郁飄香的奶茶的陪伴下，老師侃侃話當年，談起許多關於成大中文系（所）的點點滴滴。

話說民國八十至八十二三個學年間，葉老師接任成大中文系系主任一職。初到任時，適逢「中國文學研究所」成立，「歷史語言研究所」分家的第一年，是一個新的開始，所有的制度與課程都需重新建立、安排，行政工作較以往更為繁重，相對地也需要付出更多的時間與精神，所幸在全體教師和學生的共同努力下，這段甘苦與共的探索

期，總算安然度過了。在這三年中的系務發展，就老師的記憶所及，比較重要的有下列六項：

一、成立了許多工作小組，協助系務推動。當時設立了如「學術發展」、「課程規劃」、「經費運用及圖書設備」、「空間規劃」等小組，推舉系上教師加入工作團隊，協助籌劃，或參與決策，提供寶貴意見，幫助推動各項工作。

二、加強教學與研究，成立專題研究室。追求高深廣博的學問，除了靠老師與學生本身的努力外，系上所能提供的，便是營造更好的研究、學習環境。因此，「魏晉南北朝學術」、「敦煌學」、「唐宋文學」、「經學」和「宗教與文化」等七個研究室相應而生，每個研究室由系上教師根據自己的專長分別加入，集結群體力量激盪思考、相互問難，有助於學問的精進與研究成果的提升，並增加老師申請國科會獎助的機會，同時讓學生們有更多機會向師長請益。

三、舉辦研討會等學術活動。除舉辦第二屆「魏晉南北朝文學與思想」學術研討會，廣邀國內外學者參與，並於會後出版論文集外，又和管理學院企業管理學系合辦「中國文化與企業管理學術研討會」和與工學院資訊工程研究所合辦「甲骨學與資訊科技學術研討會」，這些都是國際性的學術研討會，而跨領域的討論、交流，亦是種有意義的嘗試，可拓展成大學子的視角，探觸未曾開發的新領域。這些學術活動的舉辦，對於提升成大中文系的聲譽，都具有相當的幫助。

四、創刊《成大中文學報》及《雲漢學刊》兩種學術性刊物。前者供本系教師刊登學術論著，後者則是供研究生投稿學術論著的園地。這兩種刊物都是每年出刊一次，至今均已各出刊十餘期，對鼓勵本系師生研究提供了不少助力。

五、申請成立中文所博士班。鑑於當時中文系在研究工作上的進展，系上教師認為有申請成立博士班的必要，故合群力策劃申請案，經教育部審核通過，獲准成立。時間約在民國八十三年四月間，為當時全體師生特別歡慶的一件事。葉老師於這一年的七月底便任滿，許多後續的工作便由繼任的宋鼎宗教授繼續推動。

六、繼續推動「鳳凰樹文學獎」和「鳳凰劇展」，使這兩項由中文系舉辦，行之有年的活動繼續傳承發展。文學獎及劇展配合教學、習作，鼓勵學生發揮創意，勤於筆耕或展現自我，都有實質的成效。

老師一口氣說了許多任內成大中文系的大事後，為自己三年任期所體會的經驗下了個結論，他說：「系務工作的推動，就像在賽跑般，需要一棒接一棒地傳承下去。若說個人任內有什麼成績，也是靠前一棒奠下的基礎，才能做到，當然更少不了全體師生的共同支持與努力。」老師十分謙虛、不居功，但也讓我們知道，面對千頭萬緒的工作，不可能有完結的一天，永遠都要持續成長、前進，系務工作如此、學業如此，人生又何嘗不是如此呢？

除了中文系的運作外，老師也十分關心學生們的生活、學習情況，對於大家口耳相傳的必修三種學分，老師輕笑道：「個人的建議：學業是學生的責任，是這階段當盡的本分，應該先把握好學業，再向其他方面探索。大學是人生的黃金時期，除了注意自己的學業外，社團活動的參與應該擺第二，發掘興趣、培養做事的能力，以及合群的習慣，也是重要的，學校的各社團可以提供這方面的歷練機會；至於感情則擺第三，可以隨緣把握，遇有適當機緣，應該主動爭取，如果沒有，慢慢來也可以。」這番談話，觸動了訪問者小小的八卦雷達，話鋒一轉，便關心起老師和師母的相識經過。談到師母，老師一反談論系務及學術的瀟灑，突然顯得有些靦腆，並偷偷透露，原來這段因緣是老師的師長化身月老，牽起紅線的兩端，一對才子佳人便就此緊緊相繫至今。最後，老師不忘勉勵中文系的學子們，要用心培養自己，注意千金不換的健康，盡心、隨緣，人人都有不同的際遇，人生將各自展現屬於自己的精彩片段。

懷念張子良老師

——並略記其在南師語教系演講內容大要

謝金美，民國九十六年九月

我就讀高雄師範大學國文研究所碩士班時，張子良老師是我非常敬佩的老師之一，他不只學問淵博，對蘇東坡研究獨到，而且教學極爲認真，做事有條不紊，爲人更是溫文儒雅，謙虛平和，的確是兼經師、人師於一身。由於外子葉政欣先生與張老師是舊識，而且有六年的時間，他們在一起審查高中教科書，所以他與我們家有更深的情誼。次子耕榕結婚，張老師還親臨致賀，讓我們倍感榮幸。

張老師身體雖不算強壯，但健康情形大致不差，平日生活規律，飲食有節制，本以爲應可安享天年，不料竟在民國94年4月間因肝病住院。我們間接得到消息，外子和王偉勇教授及本人一起去高雄醫學院附設醫院探視他。在病房內，有位學生在照顧著。張老師雖然看來較以往清臞，但精神還很好。他表示很感謝學生排班輪流不眠不休的照顧。我們當然知道是因為他對學生的指導和關心，讓他們銘感在心，才能得到學生如此的回報。當時談到他的病況，也談中文學界的動態。張老師神情愉快，我們祝福他早日痊癒，他還表示痊癒後定要到台南來玩玩，走走。我們都放下了心，期盼著他痊癒後的會面之約。可是過了不久，竟傳來張老師病逝的消息，讓我們很感意外。後來才輾轉得知，張老師因病情稍好，急於回家，就辦理出院。卻不料回到美濃家中，發現遭竊，遺失許多重要文件，情緒大受影響，以致於醫藥罔效。小偷對人的傷害，一至於此。因我家也有遭竊的經驗，那種翻箱倒櫃、雜亂狼籍的景象，真是恐怖。而且這種陰影會留存在腦海中很長一段時間。健康的人遭竊，反應尚且如此劇烈，張老師病體尚未痊癒，見此情景，真會大受打擊，而且他又沒有體力收拾殘局，以致病情惡化，鬱鬱而終。想到這裡更令人無限傷感。

後來，在佛光山上，為張老師舉行了追思祭禮，無論遠近，親朋好友同仁學生都來了。人人滿臉哀戚，為張老師的未能安享天年而不捨，為高師大喪失一位良師而痛惜，學生們更因為失去一位諄諄教誨的師長而感到終身遺憾。時間很快的過了兩年多，看到母校將舉辦學術研討會以紀念張老師，更令我們這些學生憶起張老師的教導和關懷，尤令人悵然若失，緬懷不已。

民國八十年至八十三年，本人承乏南師語教系主任，曾邀請張老師到系裏演講，他一再推辭，經再三拜託，才勉強答應。演講日期是民國八十二年十二月十三日（星期一）。題目是「談詩歌的聲情之美」，講得非常精彩。當時本人曾略作筆記因此想藉此稍作整理，加以介紹，使張老師當年的音容笑貌，可以依稀留存在我們的腦海裏。記錄不夠周詳，尚乞鑒諒。

張老師講詩歌的聲情之美，分成四部分：包括引言、詩歌的抒情傳統、影響詩歌聲情的各種因素、結語。茲分述如下：

一、引言

他先引「自去自來堂上燕，相親相敬水中鷗。」這副對聯談聲情之美。「自去自來」對「相親相敬」，句式相同，平仄方面則是「仄仄仄平」對「平平平仄」：「堂上燕」對「水中鷗」，句式也相同，平仄方面是「平仄仄」對「仄平平」；平仄完全相對。而且我們彷彿看到堂上燕子自去自來的飛翔，水中鷗鳥親暱遊戲的景象，又似乎聽到燕子在天空飛翔的聲音，鷗鳥在水中嬉戲的聲音，這就是聲情之美，而詩歌更可以欣賞它的聲情之美。因爲詩本來就是美的，它是所有文學最精要的部分。

元．方回《瀛奎律髓．序》曰：「文之精者唯詩。」「詩之精者唯律。」格律、聲律使詩有其美。詩，細緻、科學、傳播面廣，是所謂「詩情畫意」。大凡精美的文學，不管它以何種形式表現，多少含有詩的素質，而且它可以和其他藝術交融，包括畫、音樂、戲劇、小說等。詩情與筆鋒、筆意可互相彰顯。詩是語言，也是音樂。

讀詩雖無助於求職、考試，但卻是一生中最有用的。學詩、愛詩的孩子不會變壞，一般人不一定要具備詩歌的知識，只要喜歡讀，去讀就是了。孔子說詩的功能是：「可以興，可以觀，可以群，可以怨，邇之事父，遠之事君，多識於草木鳥獸之名。」《論語》載孔子訓鯉曰：「不學詩，無以言。」今日社會充滿暴力，包括言語暴力，可以說是因為沒有詩的涵養。宋代黃山谷說：「三日不讀詩，對鏡覺面目可憎，言語無味。」詩可以精化、美化言語。詩很精鍊，在使用時，可以精確掌握，以最少的語言，最精鍊的方式來表達。而且讓人覺得高雅、精緻。

二、詩歌的抒情傳統

詩有六義：風、賦、比、興、雅、頌，但詩歌以抒情為最主要的目的。明．胡寅《斐然集》卷十八引李仲蒙語：「索物以託情，謂之『比』；觸物以起情，謂之『興』；敘物以言情，謂之『賦』。索物只是手段，目的在烘托、寄託情感。比就是善於譬喻；所謂觸物，就是以物為情的引發點，人如果心思敏銳，見物可以有額外的觸發；所謂「敘物以言情」，就是表面上寫物，實際上帶有作者主觀的情意在內。

現代人講文學有四大功能：抒情、寫景、敘事、說理，但其最終目的還是要表達其情。而自古以來，詩分詠物、詠史、遊記、遊仙等，都只是粗淺的分類，應該說，沒有純粹的詠物、詠史、遊仙等，它們都在抒情，顯示的是一種感受或體認。例如蘇東坡的〈赤壁懷古〉，並非在歌詠赤壁或稱讚周瑜，而是在抒情。抒情是詩的唯一傳統，否則它就會成爲文字遊戲。禪家表現思想成爲「偈語」，理學家以詩言心性，則會「淡乎寡味」。

三、影響詩歌聲情的各種因素

（一）句式

所謂句式是指以幾言句爲主，有以下幾種：

1. 以四言爲主：如《詩經》，是形成詩歌語言中最基本的句式，它四平八穩，然覺過分穩定。
2. 以五言為主：《詩經》中二句八字，往往濃縮爲五言。
3. 以六言爲主：唐、宋時作者較多，四言與六言爲雙式句。均較穩重，有安定感。
4. 以七言爲主：發展較晚，五言二句之內容，以七言一句表達。五言與七言爲單式句。均較活潑。
5. 雜言：有些感情，單用單式或雙式均不便，便有雜言。

詩是一種語言，也受散文發展的影響。唐宋時代古文已成主要文學形式，但遇公文書、詔書、頌詞，多用四言、六言，因它們有穩定莊重之感。在詩歌方面，則以五言、七言為主。

（二）語言

包括雙聲、疊韻、實字、虛詞、疊字等。雙聲、疊韻歌唱性強；名詞、動詞多為實字；語氣詞多為虛詞；疊字則感覺凝重。如〈渭城曲〉的用韻、聲節均佳。四句有三韻，很能產生音樂上的效果。又如柳永詞的特色是：一、多口語化的字，二、善用雙聲、疊韻、疊字。如「念去去，千里煙波，暮靄沈沈楚天闊。」而秦觀詞特別閑婉：蘇東坡、辛棄疾的詞似文；名作家瓊瑤的小說，融入李後主、秦觀和李清照的詞最多。

（三）聲拍節奏

如李白的〈子夜四時歌．子夜冬歌〉：「明朝驛使發，一夜絮征袍，素手抽鍼冷，那堪把剪刀，裁縫既遠到，幾日到臨洮。」其句式及詞組是：221，212，221，212，212。五言為單式句，221詞組更顯急促；而212詞組則較平穩，本首先急促而後從容，煩雜如絮，包含多意。又如「臨行密密縫，意恐遲遲歸。」也曲盡其妙。所以聲拍節奏很重要，讀詩要真正讀出來，不要只是看，讀詩就會多了聽覺上的感受。

（四）聲調

指平仄。所謂平上去入，一平對三仄。聲調上的安排，有助於聲情。平上去入聲情不同，平聲和暢；上聲婉轉；去聲高亢；入聲急促。音樂性高的，講究四聲或五聲（陰平、陽平、上、去、入）。急迫性的詩歌押入聲韻，如蘇東坡〈念奴嬌〉、岳飛〈滿江紅〉，姜夔將之改平聲韻，聲情全異。國語注音符號的調號：ˉˊˇˋ、很能顯示聲調的高低發展。如「頓老相如」其聲調為「去、上、陰平、陽平」因四個聲調不同，比較好聽。

（五）韻部

無論是２０６韻或歸併為十九部，均可大分為開口韻和合口韻，另有少數齊口韻與撮口韻。開口韻響亮、明朗；合口韻則低沈，如泣如訴；齊口韻細緻，撮口韻則突出。詳細情形請參閱王易《詞曲史》第六章的介紹。

（六）其他影響聲情的因素

1.題材：如以美人為仲介物，描寫英雄。風景美，則聲情自然美。寫牡丹，自然富麗堂皇；寫孤雁，自然低沈暗突。寫得志英雄，自然煥發，與失路英雄，自然不同。

2.體式：如《詩經》〈國風〉〈大、小雅〉屬風雅體，其他詩歌有騷體、樂府、古體詩、近體詩、詞、曲等，這些不同體式，自會有不同聲情。鄭騫先生曾說：「讀詞如翩翩佳公子；散曲如惡少。」所言爲意識、情調，它沒有價值高低的不同，而是情調不同。

3.作者的藝術風格：如書法家，即使臨貼，也有作者的才性在內，反之，如豪放者張飛畫美女，即使婉約，與真正婉約仍有差異。婉約派作家的豪放作品，不如豪放家作品之豪放，此之謂本色。

4.時代的風會：時代有共同的文化性格，漢唐盛世，漢代趙飛燕，唐代楊玉環，環肥燕瘦，均有其美。聲情與時代文學藝術審美風格有密切相關。六朝人不懂欣賞陶淵明詩，鍾嶸《詩品》僅列之爲中品，其時風格如此。而當時男人施朱抹粉。唐代則肯定壯美，與六朝風氣不同。所以漢魏詩和唐宋詩有明顯不同，因風調不同。

結語

要更深刻了解詩歌的聲情之美，以及增進自己的文學欣賞能力，請同學們在大學畢業之前，做到下列二件事：

一、讀《唐詩三百首》中自覺有興味者。加以細細品味。而唐圭璋的《宋詞三百首》也應該讀。詩是韻文之本，詞是詩餘，都很值得誦讀、欣賞、體會，多讀書才能左右逢源，運用無窮。

二、買本林雲銘的《古文析義》，多用心讀，記住其中的精言美句，以後將受用無窮。因散文之本是古文，多讀古文可增強文言文的閱讀與寫作能力。

謝金美敬記　民國九十六年九月十二日

魯實先教授甲骨文對聯墨寶兩件

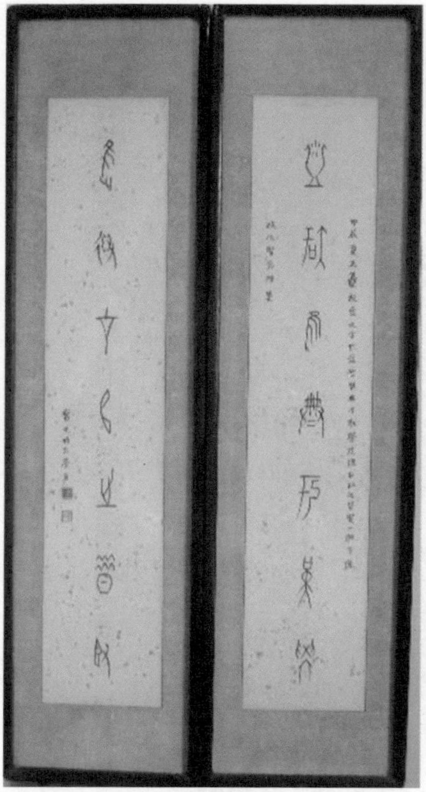

1.魯實先老師書甲骨文致勉聯

釋文：益智惟典于勤學；
進德在師之昔賢。

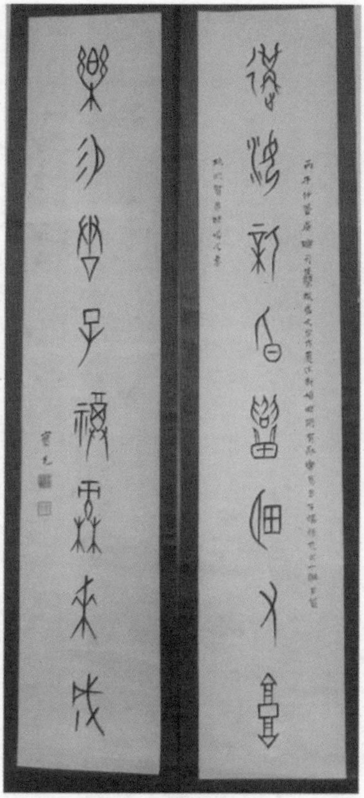

2.魯實先老師祝賀政欣新婚聯

釋文：邁汝新婚昭明有融；
樂易君子福祿來成。

（此兩件甲骨文對聯，皆吳仲寶學兄（璵）代為向魯老師商請書寫，仲寶兄為魯老師指導論文弟子，與老師較為親近之故。能得此墨寶，除了要感謝魯老師外，還要特別感謝仲寶兄的協助。）

李漁叔教授、宗孝忱教授對聯墨寶各一件

3.政欣結婚，李漁叔老師作聯致賀

文曰：水如碧玉山如黛，
　　　詩滿紅箋月滿庭。

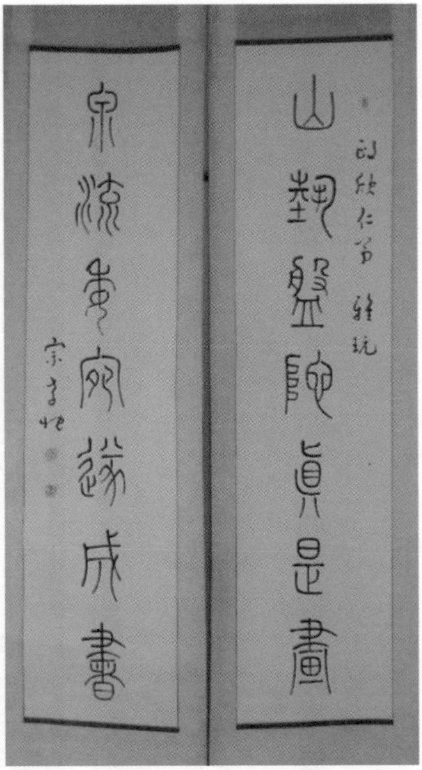

4.宗孝忱老師書勉聯

文曰：山勢盤陀真是畫，
　　　泉流秀宛遂成書。

于大成、黃宗義教授作書

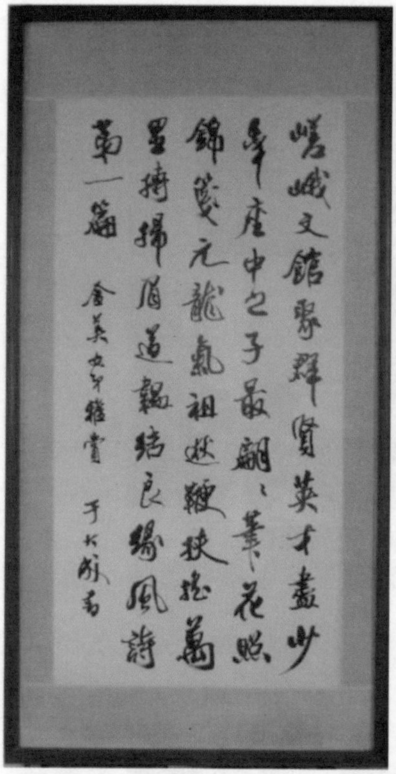
嵯峨文館聚群賢英才盡少
年座中之子最翩翩筆花照
錦箋元龍氣祖逖鞭扶搖萬
里摶掃眉道韞結良緣風詩
第一篇
金美女弟雅賞
于大成書

5.尉素秋老師作「阮郎歸」詞致賀政欣、金美結婚，金美於民國六十六年三月在高師大進修碩士時，得間請于大成老師揮毫，臨時未攜帶印章，故未用印。

詞曰：嵯峨文館聚群賢，英才盡少年，座中之子最翩翩，筆花照錦箋。元龍氣，祖逖鞭，扶搖萬里摶，掃眉道韞結良緣，風詩第一篇。

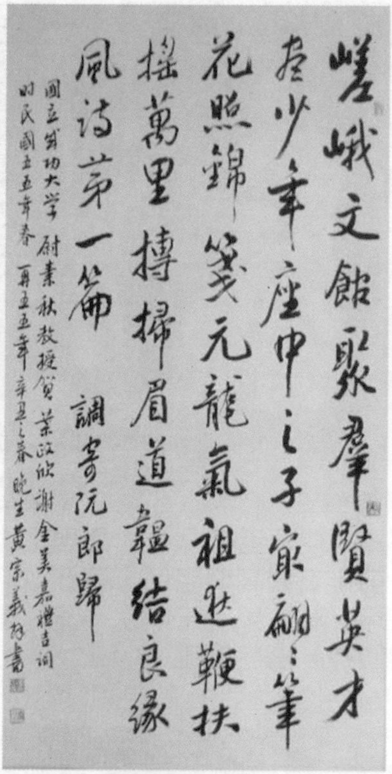
嵯峨文館聚群賢英才
盡少年座中之子最翩翩筆
花照錦箋元龍氣祖逖鞭扶
搖萬里摶掃眉道韞結良緣
風詩第一篇
調寄阮郎歸

6.政欣、金美於民國五十五年三月九日結婚，尉素秋老師作「阮郎歸」詞致賀。又五十五年後，請黃宗義教授作書留念。

高明、尉素秋兩位老師八十壽慶，分別與成大中文系同仁、政欣及家人合影

1.慶賀高仲華老師八十大壽與成大中文系同仁餐敘合影（前排右起高明老師、葉政欣、江建俊。後排右起吳文璋、林金泉、宋鼎宗、施人豪、羅士凱、施炳華、廖國棟）攝於高雄 77.4.12

2.中文系慶賀尉素秋老師八十大壽，政欣率家人金美、耕柏（右一）、耕榕和尉老師合影。攝於民國 77 年

政欣與成大中文系施之勉主任、趙阿南老師、于維杰老師等合影

政欣與後協里宗親們合影

1.政欣、金美結婚時，成大中文系施之勉主任（中）、趙阿南老師（右二）、于維杰老師（左二）、沈秋桂兄，光臨會場，和政欣合影。（55.3.9）

2.岡山後協里「葉氏祠堂」舉行重陽節祭祖後，宗親們合影。（前排左起葉永泉、葉文祿夫婦、葉啓泰、葉文化〔主祭者〕、葉明福嬸、葉啓昌、葉政欣、謝金美）（102.10.12）

宋子開老師國畫、黃宗義教授書贈對聯
政欣與成大中文所研究生合影

1.宋子開老師所繪山水畫

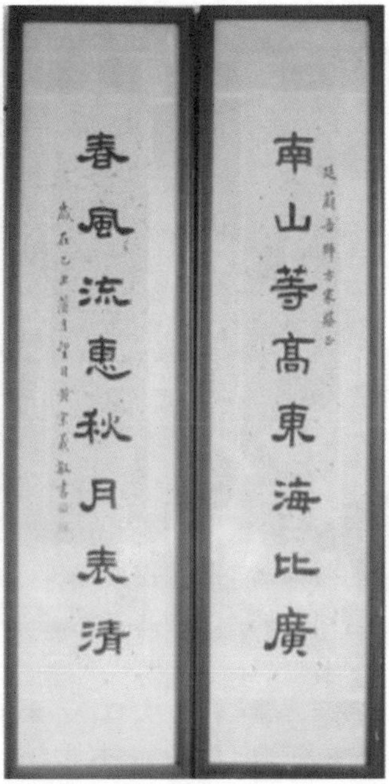

2.黃宗義教授年輕時期書贈賀聯

文曰：南山等高，東海比廣
春風流惠，秋月表清

3.政欣兼任中文所所長時，與碩士班研究生合影

1.國立編譯館高中國文教科書審查委員會同仁合影（左起王偉勇、蔡崇名、葉政欣、張子良、林保淳、洪讚）

2.國立編譯館高中國文教科書審查委員會同仁與工作人員合影（前排左起王偉勇、張子良、葉政欣、林保淳。後排左起楊妙燕、黃陶陶、吳小姐、陳明哲、張蓓蓓、吳明津、蔡小姐。另有劉培翊、左德成兩位於稍早退出不在相片中）（87.5-93.7）

與黃永武伉儷合影兩件

趙文傑小妹妹書贈「鶴壽」二字特大楷

1.政欣夫婦旅遊加拿大，特地拜訪老友黃永武教授伉儷住地維多利亞島，一同合影。離開布洽花園前，黃永武教授伉儷又趕來送別。

2.黃永武教授伉儷應邀來成功大學演講，與成大中文系同仁餐敘合影（前排左起陳怡良、黃夫人、黃教授、葉政欣、梁冰枏、陳愛虔。後排左起羅士凱、江建俊、張高評、楊文雄、王偉勇、廖國棟、林耀潾）。

3.趙文傑小妹妹書贈「鶴壽」二字特大楷。趙小妹妹四川綿陽人，多才多藝，其父趙心平先生，是政欣旅遊四川時結交的朋友。文傑在父母刻意栽培下，又得藝術專校的專業訓練，未來成就未可限量。

政欣與吳仲寶（璵）、林建農合影

友人謝雅廉

政欣與岡山中學同學合影

1.成大中文系五十周年系慶，（左起吳璵、葉政欣、林建農）。

2.謝雅廉，四川綿竹人，任職岡山空軍通信學校。（1923-1992）

3.與省立岡山中學同學合影。（左起常昭鳴、顧志涵、張棨生、葉政欣攝於台中東勢林場）（74.9）

外祖父母及父母親照相

1.外祖父清吉公

2.外祖母葉張珠

3.父親約四十歲時留影

4.母親約四十歲時留影

與家人生活照

1.政欣（後排左）與母親（前排右二）、大姊秋月（後排右）、二姊秀美（前排左二）、二姊夫李新長、嫂嫂蔡綢（前排右一）、三姊秀鑾（後排中）留影。（64年）

2.政欣初二時與哥哥、三姊（前中）、五姊純慧（後中）、六姊秋雲、妹淑貞（前右）合影

4.政欣（右後）與母親、哥哥鍾炎樹留影。（74 年 7 月）

3.政欣與五姊純慧（中）妹淑貞合影。（99 年 10 月台北士林）

5.政欣、金美在台南市東安路寓所前

政欣新婚與朋友合影
葉政欣全家福合影

1.政欣新婚與朋友合影。（右起傅延雄、顧志涵、陳國忠、湯立恒、梁天璇、張燊生、謝雅廉）

2.葉政欣全家福，長子耕柏（後排右三）、長媳秀珍（右四）、次子耕榕（後排左三）、次媳王鈿（左四）

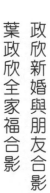

政欣金美結婚家族大合照

政欣金美結婚家族大合照（前排左起陳水勝舅、嫂嫂蔡綢、哥哥鍾炎樹、母親、金美、政欣、祖母、大哥鍾長庚、大嫂顏秋月、鍾再昌兄，後排左起陳國忠、陳玉葉姊、葉啓清姊夫、秋霞姊、大姊鍾秋月、大姊夫蘇金發、三姊秀鑾、三姊夫黃國治、妹淑貞、五姊純慧、二姊夫李新長、二姊秀美、五姊夫林吉成、外甥蘇文禎、六姊夫陳國隆、陳國火、甥蘇文德、六姊夏美）

耕柏、耕榕小時候的家居照

1.兩人在祖母照顧下在庭院騎車（凸顯祖母老人家的「裹小腳」）

（按：這張照片很別緻，人照半邊，顯然沒照好，不過卻意外照出母親是「裹小腳」的一代。這張照片，政欣金美看了會回憶起母親在台南同住的時光，兒子會回憶起和祖母相處的日子。）

2.金美與小孩在庭院。（摩托車的記憶）

（按：孩子小時，家裡是用機車代步的。每天媽媽機車帶進帶出，看了此照，會喚起機車的記憶。）

1.外丹功大仙鶴步。（2013.12）

2.鄭氏太極拳。（2017.6）

政欣練功（二）

1.練太極劍。（2017.6）

2.練太極刀。（2017.6）

後記

經過兩個多月的努力，拙作《澹園文錄》的編印工作，即將完成。它代表了自己人生走過的一段過程，內心深有感觸。回想自己就學以來，從小學、中學，到大學、研究所，受教於許許多多位老師們，幫助自己在各方面成長，可謂恩深義重，當銘感五中。其中印象比較深刻的，如小學的艾師兆清、寇師文騰、戴師玉振、徐校長耀坤。初中的湯師行知、鄧師鼎、艾教務主任弘毅、粱訓導主任維民、劉校長述先。高中的李師永富、李師驥民、于師維杰、戴教務主任廷禮、李教務主任冕世、陳校長震等。大學在東吳中文系一年，有陸師鐵乘、張師立齋，成大中文系三年，有我在〈中文系人的回顧〉一文中列舉的八位，還有羅校長雲平。師大研究所則有林師尹、程師發軔、熊師公哲、李師漁叔、宗師孝忱、許師世瑛。博士班則有高師明、魯師實先、陳師立夫、林師尹等，而高師仲華（明）和林師景伊（尹）兩位是我博士論文的指導老師。以上各級師長，惠我良多，師恩浩蕩，將永銘心中。

這次政欣懇請多位好友，也是同事，同意為拙作《澹園文錄》寫序言，使拙作增光不少，非常感謝。黃永武教授著作等身，成就非凡。陳金雄教授教育行政幹才，屢任要職。陳怡良教授研究楚辭及陶淵明文學，兩岸知名。張高評教授博通經史及詩學，著述宏富。江建俊教授精研魏晉玄學，成就可觀。王偉勇教授精於宋詞，學識廣博，才幹多方。以上六位皆成就卓越，久為多士導師，政欣視為畏友，得以結交，深感榮幸。

上文為六位好友略做介紹，覺得意猶未盡，想再多說幾句。黃教授多才多藝，詩人氣質濃厚。舊學涵養既深，用以研究詩學等學術及散文創作，能左右逢源，得心應手，成果豐碩，屢獲中國文藝獎。本書附錄有黃慶萱教授專文論述，請參閱。我和永武兄從大學學生時代起，認交六十餘年，久而對他越加尊敬。最近大陸學界開始注意到他的學術成就，對他頗多推崇，可以預見未來大陸將有一股「黃永武熱」的風潮到來。他說：「我一生寫作與教學，都在倡導鑑賞詩文的美，生活的美，是個快樂的作家和學人。」這就是黃永武教授。

陳金雄教授專長於六朝文學及應用文的研究，做事認真負責，識見廣博，獲成大夏漢民及吳京兩位校長的倚重，先後當過總務長等重要行政工作及教育部主任秘書等重要職位。稍後又歷任國立大學僑生先修班班主任（校長）及樹人醫事專校校長多年，所至擴充設備，改善教學，建樹極多。對大學教育頗多貢獻。又獲選台南大學（南師）校友會理事長四年，團結校友，壯大組織，亦多貢獻。金雄兄籍隸高雄市梓官區，我則是緊鄰的岡山區，也算同鄉，又屬同庚同事，兩人相知非淺。

陳怡良教授個性爽朗，研究楚辭及陶、謝等南北朝文學，成就卓越，為台灣及大陸同行學者所敬重。任教成大中文系數十年，在校人緣甚佳，普獲同仁信任，常被推舉為學校教師評審會委員，處事公正，為同仁爭取應有權益，頗獲好評。他是我在成大中文系學生時的前後期同學。畢業後又在中文系任教同事數十年，相知至深。

張高評教授學識廣博，治學有得。專研春秋左傳、唐宋詩學、宋代文藝理論、史記、古文義法等學術，成果凸出，榮登中文系名譽教授。由於研究成績亮麗，成大退休後，香港樹仁大學曾聘為教授兼中文系主任多年，借重其才學，大陸數所大學亦紛紛邀約講學，很受重視，實為我成大中文系之光。近一兩年受時疫影響，出境受限，仍接受委託，編撰研究著述不輟。

江建俊教授精研魏晉玄學，能重視歷史背景的瞭解，直探本原，故論述能深入而精彩，成就卓越，榮登成大中文系名譽教授。江教授重視蒐集資料，多年購藏大陸出版文史書籍不下兩萬冊，影印有關魏晉玄學資料保存亦不下萬餘張，其餘相關圖片器物，為數亦夥。凡此均足見其志趣所在，亦有助於他研究工作之進行。最近編著《魏晉玄學辭典》，即將完成，嘉惠士林。

王偉勇教授精研兩宋詞學、蘇辛詞、詞學批評、應用文、詩詞吟唱等。文筆精湛練達。才思敏捷，故每能出類拔萃，為同儕所信服。我曾和他在國立編譯館同審高中國文教科書六年，他表現凸出，商決問題，每多卓見。任教成大期間，兼任過中文系主任、研究所所長，及文學院院長，榮登名譽教授、學校副教務長，深受學校當局所倚重，洵為行政幹才。退休後，應聘為英國威爾斯大學漢學院客座教授，繼續貢獻其才學於異邦。

以上粗略推介六位學者的成就，限於篇幅，恐掛一漏萬，如有出入，尚祈鑒諒。這裡要特別一提的是，成大中文系退休教授于維杰老師，是我省立岡山中學的高中國文老師，年長於我八歲。後來在成大中文系又同事近四十年，直到退休，對政欣頗多照顧。于老師今年已高壽九十二歲，身體機能已感衰退，這次未能請他為本書寫序，深覺遺憾。

又本書「附錄」中借重李教授爽秋（鎏）、黃教授慶萱兩位的大文，還有永武兄文和郭妍伶學弟的專訪，及內子謝金美教授文一篇，有助相關問題的瞭解，在此一併致謝。葉政欣謹記。

葉政欣及家人大事年表

一一一年八月十日製

民國年	月	日	政欣歲數	大事記	備註
28	11	3	1	政欣出生於台灣省高雄縣岡山鎮（今改高雄市岡山區）後協里。父鍾名，時年42歲；母鍾葉順，時年41歲。外祖父葉清吉，時年61歲，外祖母葉張珠，時年58歲。兄弟姊妹九人，排行第八。	因外祖父母僅生母親一女，故政欣從母姓，姓葉，二姐亦從母姓，其餘均姓鍾。
34	8		7	台灣省光復。次年8月入岡山國民小學就讀，四年級轉前峰國民小學。	
41	6		14	國小畢業。9月考入省立岡山中學初中部就讀。43年5月，初二下學期，祖父逝世。	祖父享壽76歲。
44	6		17	初中畢業，9月直升岡山中學高中部。	
47	6		20	高中畢業。9月考入東吳大學中文系。次年9月，轉學成功大學中文系二年級就讀。50年1月加入中國國民黨為黨員。	此年大學聯考採不分組考試。
51	6		24	大學畢業，獲文學士學位。9月考入台灣師範大學國文研究所碩士班就讀。	
53	6		26	碩士班畢業，獲文學碩士學位。8月起，服「預備軍官」役一年，至54年7月31日。	
53	12	7	26	服役中，父親逝世，享年67歲。	
54	8		27	受聘任成功大學秘書、中文系兼任講師一年。次年改為專任講師兼秘書兩年。	成大校長為羅雲平先生，中文系主任為施之勉教授。

民國年	月	日	政欣歲數	大事記	備註
55	3	9	28	與謝金美女士結婚，金美33年生，小我五歲。	
55	3	19	28	住入勝利路成大宿舍，門牌56號，後改90號。妹淑貞同來住台南幫忙，她稍後考取台南家專夜間部家政科，就讀四年畢業。	
56	1	1	29	妻金美，52年6月台南師範學校畢業，任教台糖車路墘糖廠虎山代用國小，至是轉任省立台南啟聰學校小學部教師。	
56	2	3	29	長子耕柏出生。	雇用女孩幫忙照顧。
56	5		29	碩士論文《春秋左氏傳杜注釋例》由嘉新公司出版。	
56	9		29	金美公餘，考入成大夜間部中文系就讀。	啟聰學校教師在職。
56	12	29	29	祖母逝世享壽86歲。	
57	8		30	政欣辭成大秘書室兼職，專任中文系講師。8月，中國國民黨革命實踐研究院黨政建設研究班四十四期結業。	
59	9		32	政欣成大留職停薪兩年，進台灣師大國研所博士班進修。母親較長期來住台南持續數年。	台北借住明福舅家約一年每兩週南返。
60	12	6	33	次子耕榕出生。	
61	6		34	金美成大夜間部中文系畢業，獲文學士學位。	
61	8	1	34	政欣成大復職。台師大學籍繼續至畢業。	
62	8		35	政欣在成大升等為副教授。金美改任啟聰學校初職部教師。	
63	9		36	金美利用暑假到台師大修滿教育學分，改任啟聰學校高職部教師。	

民國年	月	日	政欣歲數	大事記	備註
65	9		38	金美辭教職，考入高雄師範學院國文研究所碩士班進修。	高師院所長為黃永武教授。
67	5		40	政欣在台師大國研所提出博士論文：《賈逵春秋左傳遺說探究》，通過校內口試。	指導教授為高明與林尹兩位教授。
67	6		40	金美通過高師院國研所論文口試，獲文學碩士學位（論文：《古今書信研究》）	指導教授于大成先生。
67	8		40	金美應聘台南啟聰學校高職部教師一年。	校長童家駒先生。
68	1		41	政欣通過教育部博士論文口試，獲國家文學博士學位。口試委員有毛子水、王夢鷗、陳槃、周法高、王靜芝、高明、胡自逢等七位教授。	台師大國研所所長為李鍌教授。
68	8		41	金美應聘任台南師範專科學校講師。	
70	2	18	43	遷入大學路12巷公寓居住。	自購。
72	1		45	政欣博士論文略作修正，改題《漢儒賈逵之春秋左氏學》，由興業圖書公司出版。	110年6月，文史哲出版社再版。
73	2		46	論文《杜預及其春秋左氏學》，由興業圖書公司出版。	78年9月，文津出版社再版。
73	8		46	政欣升等為教授。	
74	9		47	金美升等為副教授。	
75	1	5	48	母親逝世，享壽87歲。	
75	8	1	48	金美兼任台南師專圖書館主任一年。	至76年7月31日。

民國年	月	日	政欣歲數	大事記	備註
75	7		48	政欣以交換教授名義，到韓國光州「全南大學校」中文科講學一年。	至76年6月。
76	8	1	49	師專改制為師院，金美續兼任台南師範學院圖書館代館長二年。	至78年7月。
77	4	5	50	遷入東平路透天屋居住，稍後門牌改為東安路。	自購。
78	6		51	耕柏成大建築系畢業。	
78	8	1	51	金美升等為教授。真除圖書館館長。	至80年7月31日。
79	8	27	52	政欣與金美參加「國文天地」舉辦的大陸上海、杭州千島湖、黃山旅遊。為首次出國及大陸旅遊。此後至108年的30年間，共出國51次，33次到中國大陸，18次到大陸以外國家。大陸除西藏外，各省市都到過，大城市如北京、上海、杭州、西安、成都、烏魯木齊等地，都不止一次，杭州最多，達四次。不過大陸地方太大，到過的地方也只是少數較著名景點而已。多參加旅行團，與親朋好友等同行，均頗愉快。	國外旅遊部分，有美國、加拿大、日本、香港、澳門、瑞士，東歐四國，法國名山，德國過境，紐、澳、新加坡、印尼、泰國、越南、柬埔寨、馬來西亞、沖繩等國家或地區。
79	9		52	金美考入國立高雄師範大學國文研究所博士班就讀。屬在職進修。	
80	8	1	53	政欣以教授兼任成大中文系所主任、所長，在任三年。金美同時以教授兼任師院語文教育學系主任，一任三年。	至83年7月31日。成大校長馬哲儒。師院院長陳英豪。

民國年	月	日	政欣歲數	大事記	備註
84	4		57	耕柏獲美國密西根大學建築碩士學位。	
84	6		57	金美取得文學博士學位。（論文：《崔東壁學述》）	何淑貞教授指導。
85	8	1	58	金美再兼師院語教系主任及國語文教育中心主任三年。	至88年7月31日。
86	3		59	耕柏通過高等考試，取得「建築師」資格。	錄取的55人中，名列第13。
87	8		60	政欣應國立編譯館聘，兼任「高中國文」教科書審查委員會主任委員六年。	至93年5月。
88	3		61	耕柏與林秀珍女士結婚。	親家林皆森先生。
90	5	25	63	耕柏長子恆一在高雄出生。	
90	8		63	金美自台南師範學院提前退休。應聘至立德管理學院通識教育中心任教一年。	在南師任教共22年，兼行政11年。
91	2		64	政欣自成大中文系提前三年退休，應聘至南台科技大學通識中心任教三年退休。	至94年2月。
91	6		64	次子耕榕與王鈿女士結婚。	親家王一三教授。
91	8		64	金美應聘至南台科技大學通識中心任教七年退休。	至98年7月。
91	4	28	64	政欣參加日本東京「二松學舍大學」國際學術研討會發表論文，「關於台灣學校教科書古典教材與古典教育的現況與未來」。金美隨行。	8月27日前往。8月30日返回。

民國年	月	日	政欣歲數	大事記	備註
92	7		65	長媳林秀珍在高師大國研所獲文學博士學位。（論文：「蘇轍詩歌之風格與價值」）張高評教授指導。	86年6月台師大國文研究所論文北宋園林詩之研究邱燮友教授指導。
92	8		65	秀珍應聘南台科技大學通識中心助理教授三年。	
93	9		66	金美編著《應用文》出版。	麗文文化事業。
94	6	17	67	耕柏長女恆安在高雄出生。	
94	8	24	67	耕榕長女德琳在美國德州阿靈頓出生。	
94	8	25	67	政欣與金美到美國德州阿靈頓，探視王鈿、耕榕。	至9月11日回台灣。
95	8	1		秀珍應聘高雄正修科技大學通識中心助理教授，105年1月，升任副教授。	
95	10		68	金美獲高教評鑑中心基金會聘請，擔任大學院校系評鑑委員，不定期至大學院校系所或通識中心，擔任評鑑工作。	
96	7	3	69	到美國德州阿靈頓耕榕家，16日起與金美、耕榕、德琳及唐亦乾教授前往美國東北部旅遊，包括華盛頓、紐約、尼加拉瀑布等地，又到紐澤西州楊士華家。	至30日回阿靈頓。
96	8	1	69	在美阿靈頓，與金美、耕榕、德琳及耕柏全家前往休士頓旅遊，到秀珍弟林志哲家，親家夫婦亦來美。3日回阿靈頓。	

民國年	月	日	政欣歲數	大事記	備註
96	8	4	69	在美，與金美、耕榕及耕柏全家前往美國西南部地區旅遊，參觀矽化木公園、大峽谷、胡佛水壩、拉斯維加斯賭場秀、聖多納等地。16日回阿靈頓。	8月30日返台。
97	5	8	70	耕榕次女德玫在美國德州阿靈頓出生。	
97	11		70	金美編著《閱讀與寫作》出版。	麗文文化事業。
98	7		71	耕榕獲美國德州大學阿靈頓分校管理學博士學位。	
98	11		71	耕榕任國立中正大學資訊管理學系助理教授。	
99	4		72	德琳小學入學前，通過提早入學測驗，成績98級分，台南全市只通過11人。	
99	6		72	次媳王鈿獲美國德州大學阿靈頓分校管理學博士學位。	
99	8		72	王鈿任成大管理學院「國際企業與經營管理研究所」助理教授，以英語授課。	
99	11	25	72	政欣與金美到嘉義南華大學參加「黃永武先生學術研討會」，政欣與黃慶萱教授共同擔任「黃永武先生的生平及學術」專題報告。	
101	8			金美編著《國文測驗題綜覽》出版，以後每年新編新出一冊，連續六年。	志光出版，應參加高普考之需。
101	10	28	74	舉辦岡山後協里「葉氏祠堂」祭祖。參加宗親約40人。以後每年訂重陽節祭祖。	表演太極拳、刀、劍助興。
104	10	10	77	金美應陳金雄理事長邀請，出任台南大學「校友總會」秘書長四年。	至108年9月。

民國年	月	日	政欣歲數	大事記	備註
105	8		78	孫男恆一就讀高雄復華中學高一。	
106	2	1	80	王鈿在成大管理學院升等為副教授。	
107	2		80	耕榕轉任台南大學經營管理系助理教授。	
108	4	23/24	81	政欣〈故鄉岡山後協里與我〉一文，在《中華日報》副刊發表。	
108	8		81	孫男恆一考入東海大學生命科學系就讀。	
109	1		82	耕榕在台南大學升等為副教授。	
109	2		82	新冠肺炎病毒爆發於大陸武漢，迅速漫延全球，情勢嚴重。各國紛採隔離政策，各國間交通中斷，出國旅遊完全停擺。	
109	8		82	孫女德琳考上台南女中高一，孫女恆安考上高雄小港高中高一，恆安旋即轉學道明中學高一。	德琳獲選進語文資優班。
110	5		83	兩人開始參加「太極氣功十八式」晨練，在附近公園，每天一小時。	陳順勝場長、許寶賢副總輔導、陳克文總教練。
110	11		83	德玫就讀台南後甲國民中學初二，學業成績優良，獲選進語文資優班。	
111	8		84	政欣《澹園文錄》編印中，預計國慶日前後可以出版。又預計明年（112）六月，長孫恆一可望大學畢業，孫女恆安、德琳高中畢業，德玫國中畢業，四人預計同年畢業，也算是巧合。	未來的事不敢十分確定，只有祈求神明保佑成全。

（待續）